АННА
БЕРСЕНЕВА

ВОКЗАЛ
ВИКТОРИЯ

Роман

Трилогия «Женщины да Винчи»
Книга вторая

2025

Тридцатилетняя Виктория — женщина в самом уязвимом положении, какое только можно себе представить. Живет в промышленном городе российской провинции, работает школьной учительницей, одна растит сына, вступающего в тяжелый переходный возраст. И при этом отличается от окружающих тем, что не может жить во лжи. А это значит, что времена сплошного «крымнаша» раздавят ее и, что самое для нее страшное, изуродуют разум ее сына, сделают любимого ребенка ее врагом. И вот в этой безнадежной ситуации Вика принимает решение настолько неожиданное, что оно едва ли пришло бы в голову даже одной женщине из ста. Именно такие решения век назад принимали люди, которые жили в Москве, в Берлине, в Лондоне, и о своей связи с которыми она даже не подозревала.

Bibliografische Information der Deutschen Nationalbibliothek:
Die Deutsche Nationalbibliothek verzeichnet diese Publikation in der Deutschen Nationalbibliografie; detaillierte bibliografische Daten sind im Internet über http://dnb.dnb.de abrufbar.

Satz: ORDEN COMPANY LTD
Druck und Verarbeitung: Libri Plureos GmbH, Hamburg

ISIA
MEDIA

Printed in Germany

ISBN 978-3-689599-77-5

Часть I

Глава 1

А приятно, когда в честь тебя что-нибудь назвали! Особенно что-нибудь такое основательное, как вокзал Виктория. И даже если ты точно знаешь, что назвали его вовсе не в честь тебя, то можешь на этот счет обманываться, и это будет не худший самообман в жизни человечества и в твоей собственной жизни.

Ступеньки вокзальной лестницы были, кажется, латунные. Они тускло поблескивали под ногами, и понятно было, что люди, когда-то сделавшие такие ступеньки, считали свою жизнь не случайностью, а звеном в бесконечной цепи.

— Мам, смотри, какой чел!

Витьку, конечно, не могла заинтересовать такая ерунда, как ступеньки, будь они хоть из чистого золота. Он во все глаза смотрел на вокзального служащего.

Если бы не форменная одежда, Вика никогда в жизни не догадалась бы, что это служащий железной дороги.

— Я себе тоже такую штуку сделаю! — уверенно заявил Витька.

— Не глазей на человека, здесь это не принято.

Вика легонько подтолкнула его в спину и едва удержалась от того, чтобы взять за руку и утащить подальше. Хорошенькие идеи приходят ему в голову! Ей вовсе не хотелось, чтобы сын побрился налысо, оставил только полоску посередине головы, выкрасил эту полоску в ярко-алый цвет и соорудил из нее петушиный гребень. Именно так выглядел служащий железной дороги, на которого Витька озирался все время, пока поднимались по лестнице, чуть шею не свернул.

Чтобы ее ребенок украсился петушиным гребнем — эта идея Вике не понравилась. Но что с такой прической, доброжелательно улыбаясь, прекрасно себя чувствует средь бела дня человек в форме, — понравилось очень.

Даже огромный, подавляюще чужой вокзал Виктория показался ей после этого как-то поуютнее. Она заметила, что и Витька приободрился тоже.

Если бы не он, Викина бодрость не продлилась бы долго. Купить билеты заранее в сети — на это она еще была способна. Но разобраться, что делать с этими билетами и куда идти в гигантском, шумном, людном пространстве лондонского вокзала, — это было уже выше ее способностей. По счастью, у Витьки все эти незнакомые объемы если и вызывали растерянность или даже опаску, то он скрывал это от себя и тем более от мамы.

— Нам вон туда.

Он махнул рукой направо, где по Викиному представлению был тупик, и взялся за ручку большого чемодана, намереваясь двинуться в этом направлении.

— Почему именно туда? — машинально спросила Вика.

Она привыкла следить, чтобы поступки сына были осмысленными, а не какими придется. Чтобы он жил не наобум святых, как школьная уборщица Глафира Фоминична говорила. Про святых Витька не думал, но склонность делать что в голову взбредет, без лишних размышлений, была ему присуща. Из-за такой особенности его характера Вика всегда дотошно выспрашивала, зачем да почему он поступает так, а не иначе.

Она вообще глаз с него не спускала и привыкла знать о каждом его шаге. Но об этом теперь лучше было не думать.

— Потому что оттуда наш автобус уходит, — объяснил Витька. — В прошлый раз мы же туда шли, не помнишь, что ли?

Ничего Вика из прошлого приезда не помнила. Она тогда была ошеломлена так, что ей было не до разглядывания вокзала Виктория.

Правда, в прошлый раз и Витька был растерян не меньше, а может, и побольше, чем она, и даже дом Шерлока Холмса, в который он так рвался, из растерянности и подавленности его тогда не вывел. Но вот запомнил же, где останавливается нужный автобус.

А она из первой поездки запомнила только свое смятение, больше ничего, и Лондон весь остался в тумане того смятения, поэтому теперь Вика увидела его как будто впервые.

Этот город был прекрасен.

Можно было, конечно, списать свое восхищение на то, что не так уж много она видела в своей жизни больших городов. Но Париж ведь видела, а значит, есть с чем сравнивать. Утонченное совершенство Парижа она не могла забыть и знала, что города более красивого ей не встретить никогда, и от Лондона ничего в этом смысле не ожидала.

И вдруг, глядя на Лондон из окна автобуса, поняла, что такое город. Не этот именно город, столица Великобритании, а город вообще — явление его в человеческой жизни. Наверное, Вика поняла это даже раньше, еще когда поднималась по латунным ступенькам вокзала Виктория. За сотни лет прошли по ним миллионы ног, так и было нужно, в том и состоял смысл этих ступенек. Сотни лет они выполняли свой долг и приобрели от этого значительность такую же очевидную, как тусклый и глубокий блеск латуни, из которой были сделаны.

И вереница домов вдоль улицы, и каждый кирпич их стен говорили безмолвно и прямо: мы появились потому, что люди решили жить вместе и выработали для себя правила, без которых их общая жизнь невозможна. Люди сделали это раз и навсегда. И все мы — дома из потемневших кирпичей, просторные парки, красные телефонные будки, — есть незыблемое свидетельство того, что правила, по которым люди однажды решили жить, пребудут вечно.

— А Петр Первый тоже в Оксфорде был, — глядя в окно, сказал Витька.

Вика вздрогнула. Меньше всего интересовал ее сейчас Петр Первый.

— Разве? — спросила она. — Я не знала.

— Точно был. Мы его по истории недавно проходили.

«Что ты теперь будешь проходить по истории? — подумала она, глядя на Витьку. — И при чем к этой истории буду я, вся моя жизнь, наша с тобой жизнь?..».

От этой мысли ее охватил мгновенный ужас. Паническая атака — Вике уже и медицинский термин был известен.

Но не зря все, кто ее знали, говорили, что она умеет держать себя в руках. Другие от таких атак таблетки принимают...

«А что ты ему можешь предложить взамен? — сказал ей холодный голос. — Тысячу раз все обдумано — хватит».

Конечно, это был ее собственный внутренний голос, но прозвучал он отрезвляюще, будто со стороны.

— Мы, наверное, опоздали, — сказала Вика. — Рабочий день закончится, и нас не примут.

Самолет из Москвы прилетел в Гэтсвик, до вокзала Виктория из этого дальнего аэропорта пришлось ехать гораздо дольше, чем из Хитроу, зато перелет стоил в пять раз дешевле, и это не оставляло выбора. Во всяком случае, Вике.

— Думаешь, нас на улице оставят? — усмехнулся Витька. — Вряд ли. Мы же сообщили, что сегодня приедем. Значит, дождутся.

Прав ее сын, конечно. Они в разумном мире, здесь люди ведут себя человечно не только в силу личных душевных качеств, но и потому, что доброжелательность является частью общей разумности. И которое-нибудь из двух проявлений доброжелательности, личное или общее, сработает обязательно.

Глава 2

Испытывать сотрудников школы на доброжелательность не пришлось. Когда Вика и Витька, запыхавшись от торопливой пробежки с чемоданами по Оксфорду, подошли к воротам, до окончания рабочего дня оставалось полчаса. И их действительно ожидали.

— Ну что, Вик, ты не все лето играл в стратегии? — спросил учитель, который беседовал с Витькой перед поступлением.

Тогда он обсудил с ним какую-то книжку, которой Вика даже в руках у ребенка не видала — потом выяснилось, что Витька читал ее где-то онлайн, — попросил решить пару задач и уравнений, поболтал еще о чем-то — она не поняла ни слова, — и в результате всего этого сказал Вике, что знания у парня приличные, английский неплохой, но вот только компьютерным играм он уделяет слишком много внимания, в этом его надо ограничивать.

«Я в этом ничего не понимаю, — чуть не сказала Вика. — То ли он играет, то ли полезное что-нибудь делает — как это узнать?».

Но вслух она этого тогда не произнесла: и позориться не хотелось, и не очень-то могла выразить свою мысль по-английски, то есть опять же не хотелось позориться.

А учитель вызвал у нее тогда доверие, и она была рада, что именно он встретил их в первый школьный день. Он похож был на улыбчивого служащего с алым гребнем на вокзале Виктория, этот учитель, хотя прическа у него была самая обыкновенная.

— Виктория, я попрошу вас уехать сегодня?

Они переходили через дорогу — дома, в которых жили ученики, стояли на противоположной стороне от школы, — и в уличном шуме его голос прозвучал приглушенно.

— Что, простите? — переспросила Вика.

— Будет лучше, если Вик сразу погрузится в школьную жизнь. Вы можете навестить его через неделю. Но не будет правильно, если в эти первые дни вы станете приходить ежедневно. Это помешает ему ощутить новое в своей жизни и понять, как соотнести это новое с прежним.

Она поняла сказанное не полностью, а лишь в самых общих чертах. Но и общих черт было достаточно.

— Но я... — растерянно проговорила Вика. — Я должна... билет. У меня обратный билет завтра... вечер. — Скудный английский усиливал ее растерянность еще и косноязычием. Обязательно начнет заниматься! — Я могу только завтра утром. Я не могу через неделю прилетать. Наверное, — зачем-то добавила она.

Ей было стыдно объяснять, что она вообще не знает, сможет ли навещать своего сына. У этого приятного человека, который доброжелательно смотрит на нее и говорит с вопросительной интонацией, чтобы ее не обидеть, — у него, может, обморок случится, узнай он, что мать не будет навещать своего ребенка, то есть непонятно, когда сможет навестить, но в ее положении это «непонятно когда» — просто малодушная маскировка реальности...

— В таком случае вы можете увидеться с Виком завтра после занятий.

Видимо, учитель счел за благо не спорить со странной женщиной.

Дом, в котором предстояло жить ее сыну, не был, конечно, похож на квартиру в привычном понимании, но и интернатом все же не казался. В первый приезд Витька, правда, был разочарован, когда убедился, что если старое здание школы с натяжкой можно считать Хогвардсом, то жилой дом совсем не похож на школу волшебников. Но Вика тогда сопрягла у себя в голове две фразы — что снявши голову по волосам не плачут и что пусть это будет самое большое разочарование в его жизни, — и сочла дом приемлемым.

Да и что здесь могло показаться ей неприемлемым? Большая столовая внизу — хоть и не старинная, но с такими же длинными столами, как в сказочной школе. Лестница на второй этаж, к спальням. И в столовой, и в спальнях чувствуешь себя так, что становится понятно значение слова «покойно». Воспитатели улыбчивые, и улыбки их не выглядят нарочитыми. Вот только то, что на тридцать мальчишек приходилось всего два воспитателя, мистер и миссис Питт, у которых к тому же имелось трое своих детей и старшему из них было всего десять, — вызвало у нее некоторую опаску.

Но что с этим можно было поделать? Пойти в воспитательницы самой? Она бы пошла, да кто ее взял бы.

— Мальчики сейчас в школе, — сказал учитель. — Я подожду на улице. Миссис Питт поможет Вику разложить вещи, а потом я провожу его туда.

Миссис Питт улыбнулась. Витька поспешно кивнул. Слишком поспешно. И судорожно сглотнул при этом — Вика заметила, как дернулось его горло. Паника охватила ее снова, ударила мгновенно.

Взять Витьку за руку и уйти. И чемодан забрать, не надо раскладывать вещи. Поменять билет. То есть не поменять, просто взять второй билет, для Витьки. Это правильно. Сейчас она чувствует, что это правильно.

«Ты знала, что так будет. Твое решение не было спонтанным. То есть было, но оно правильное, и ты поняла это сразу, как только оно пришло тебе в голову. Оно единственное правильное из всех возможных. Да их просто и не было, возможных. Было только вот это, невозможное. Ты его приняла и осуществила. И то, что ты чувствуешь теперь, это всего лишь...».

— Не волнуйтесь. Вашему мальчику будет у нас хорошо.

В голове миссис Питт слышалось сочувствие. Но это и понятно: то, что испытывает мать, оставляя ребенка одного в чужой стране, вызывает у всякого нормального человека именно сочувствие, и миссис Питт не исключение.

— Меня зовут Мэри, — сказала она. — А мужа Джерри. Он сейчас повел дочку к стоматологу. Вы можете звонить нам в любое время. В России ведь теперь уже ночь? — с любопытством спросила она.

— Вечер, — ответила Вика. — Поздний вечер. Плюс четыре часа к вашему времени.

— Но разве должна быть такая большая разница? — удивилась Мэри. — Ведь Земля вращается иначе.

Вика и сама не понимала, почему нужно было установить московское время так, как взбрело в чью-то неумную голову. Но сейчас ей было не до того, чтобы обсуждать разницу во взглядах на вращение Земли в Англии и в России.

— Вы хотите еще раз посмотреть ванную? — спросила Мэри, когда Витькины вещи были сложены в тумбочку и одежда развешана в шкафу, где каждому мальчику было отведено свое отделение.

— Спасибо. Мы уже видели. Или там что-нибудь изменилось? — уточнила Вика.

— Ничего не изменилось, — улыбнулась Мэри.

Кто бы сомневался. Если в Оксфорде есть дома, которые не изменились за пятьсот лет, то что могло произойти за три месяца с ванной комнатой? Ну, плитку новую положили, может. И то вряд ли, прежняя была хороша.

— Дети сейчас в комнате для творчества, — сказал учитель, когда вещи были разложены и Вика с Витькой вышли к нему из дома.

Он деликатно отвернулся, чтобы не мешать ей проститься с сыном.

Паника у нее внутри стала такой сильной, что закружилась голова и в глазах потемнело.

— Пока, ма, — сказал Витька.

Он смотрел в сторону, и вид у него был такой несчастный, что Вика почувствовала: сейчас она не просто заплачет, а забьется в истерике.

Она знала, что все это пройдет нелегко. Но что у нее при этом будет чувство, будто она не в оксфордской школе своего ребенка оставляет, а в концлагере, — такого все-таки не предполагала.

— Я завтра приду! — воскликнула Вика. — Вить, мы с тобой завтра попрощаемся!

— Ага.

Он кивнул и пошел к воротам. Открылась калитка. Мелькнули за ней лужайки — поля для тенниса и крикета. Когда полгода назад Вика вошла за эти ворота, поля понравились ей больше всего. Именно такой она представляла английскую школу — с просторными ярко-зелеными полями для игр. И комната для творчества, в которую Витька сейчас направлялся, тогда понравилась тоже. Картины висели на стенах, и стояли мольберты, и лежала на столе скрипка... Скрипка, правда, объяснил ей тогда учитель рисования, оказалась в той комнате только потому, что дети писали с нее натюрморт, а музыкальная школа располагалась в отдельном большом здании.

Обо всем этом можно было только мечтать. Вернее, обо всем этом даже мечтать было нельзя. Но горе не становилось меньше. Не растерянность, не печаль, а именно глубокое, неизбывное горе. Вика не понимала, с чем оно связано, лишь смутно чувствовала, что не с расставанием только, а с чем-то большим — более значимым и значительным.

Витька исчез за воротами. Вика зажала себе рот обеими руками. Глаза у нее были сухими, но изо рта рвался не крик даже, а дикий, ужасающий вой.

Глава 3

Всю жизнь, с самого детства, Вика была любопытна.

Ну просто ей все было интересно. Она не понимала даже: скучно — это как? Что человек чувствует, когда скучает, с чего у него это начинается, что происходит с ним потом? И чем заканчивается его скука — человек засыпает?

Когда Вика была маленькая, то не могла в этом разобраться. Но и к тридцати своим годам этого не узнала. Во всяком случае, не узнала на собственном опыте.

И, конечно, в любой другой день любопытство заставило бы ее обойти Оксфорд вдоль и поперек, заглянуть за каждую незапертую калитку. Тем более что — она читала — в некоторые колледжи, самые старые, даже экскурсию можно взять.

Но сейчас это казалось ей странным, даже диким. Ну как она пойдет на экскурсию в колледж Крайст-Черч, где снимали фильм про Гарри Поттера? Зачем она пойдет туда одна, без Витьки?

«Надо было мне с ним быть... отдельнее. — Мысли в ее голове кружились бессвязно, но от этого не становились менее мучительными. — Тогда все это не было бы теперь так тяжело».

Вика не относила себя к мамашам, которые рассматривают ребенка как оправдание бессмыслицы собственной жизни и требуют от него, чтобы он этой странной миссии соответствовал. Ей достаточно было лишь приглядывать за Витькиными повседневными занятиями, она вовсе не стремилась в них вмешиваться, да у нее и времени на это не было.

Но за тем, что было в его жизни не повседневностью, а главным содержанием, Вика не со стороны наблюдала. Это вообще не называлось таким отвлеченным словом, как наблюдение.

Когда в восемь лет Витька влюбился в одноклассницу Катю, а та не отвечала ему взаимностью, потому что была настоящая оторва, росла как трава в поле и Витьку считала занудой-отличником, с которым нормальной девчонке интересно быть не может, — когда все это происходило в жизни ее сына, Вика переживала едва ли не больше, чем он сам, хоть виду и не подавала.

И его ссора в третьем классе с лучшим другом Серегой не казалась ей ерундой. Серега пообещал, что Витька поедет с ним и с его отцом на три дня рыбачить, и Витька волновался, мечтал, предвкушал, готовился, накопал червей и сделал гороховое тесто для наживки, а Серега преспокойненько уехал без него и, как потом выяснилось, даже не сказал отцу про своего друга. Пожадничал, хотел единолично хвастаться всему классу тремя днями, проведенными в лесу на дальнем берегу водохранилища, и фотографиями пойманной щуки. Это было самое настоящее предательство, первое в Витькиной жизни, он переживал ужасно, и Вика переживала тоже, и забыла об этом предательстве даже позже, чем он.

Она знала, что ее сын нервнее, чем выглядит в глазах окружающих, что он болезненнее переживает разочарования, чем большинство людей, что он совсем не обидчив, но и совсем не подозревает в людях зла, и что все это делает его очень уязвимым в мире, который в основном состоит из неуязвимых толстокожих людей.

Она знала о нем так много именно потому, что он был неразделен с нею, она всегда считала это благом, и вот теперь вдруг оказалось, что это не благо никакое, а мученье.

Вика подняла голову. Она стояла под готической стеной какого-то колледжа, и сверху, со стены, смотрели на нее разномастные каменные лица. Они ехидно смеялись, недовольно кривились, укоризненно морщились, загадочно улыбались... Может, это были лица людей, которые здесь учились? Они были очень живые, но совсем чужие. Из-за их живости Вике казалось, что все они чего-то от нее хотят, а из-за их чуждости она не понимала, чего именно.

«Это и для Витьки так, — подумала она. — И это всегда будет так, для него никогда не станут своими эти люди, эти лица... Или он привыкнет?».

Ответа на этот вопрос она не знала. Может, его и не было, ответа.

В вечернем воздухе раздался звон колокола. Вика попробовала сосчитать, сколько будет ударов, чтобы понять, который час, но после двенадцатого считать перестала — колокол все бил и бил. Наверное, это традиция какая-нибудь, здесь же сплошь традиции... Она отыскала в сумке телефон и посмотрела время — было пять минут десятого.

Можно было уехать в Лондон, автобусы ходили всю ночь. Но лишние расходы на билет... Они с Витькой и так уже заплатили больше необходимого: только на оксфордской автобусной станции Вика выяснила, что, оказывается, можно было ехать из аэропорта прямо сюда, не заезжая в Лондон. По привычке не жалеть об уже сделанном она решила, что в денежном выражении ошибка не велика, зато вокзал Виктория вселил в них с Витькой уверенность каким-то непонятным, но очевидным образом.

Но возвращаться в Лондон, чтобы там переночевать, она сочла глупым. А в оксфордские отели, наверное, уже не устроиться: начало учебного года, все родители привезли детей. Можно, конечно, поискать, вдруг найдется где-нибудь свободная койка, много ли ей надо. Но понятно ведь, что даже самая непритязательная койка стоит здесь и сейчас таких денег, платить которые Вике совсем не хотелось.

Не принцесса, на лавочке посидит. Вряд ли в студенческом городе полиция гоняет людей, сидящих ночами на лавочках, все же здесь молодые — романтика, любовь...

Местечко, где можно было провести ночь, сразу же и обнаружилось. Правда, народ, его облюбовавший, на студентов совсем не походил. Впрочем, кто их тут разберет? Если служащему центрального лондонского вокзала можно находиться на рабочем месте с ярко-алым гребнем на голове, то не исключено, что влюбленным оксфордским студентам можно иметь помятые пропитые лица и слоняться ночью вокруг какого-то островерхого сооружения, похожего на шпиль затонувшего собора.

Подойдя поближе, Вика убедилась, что сооружение является не соборным шпилем, а памятником, и люди, которые вокруг него бродят, хотя и не кажутся грязными, но являются все же стопроцентными бомжами. Разве что не вынужденными, может, а идейными — в живописных хипповатых нарядах, с собаками в плетеных ошейниках.

«Вот с ними до утра и посижу, — решила Вика. — На них внимания не обращают, на меня тем более не обратят».

Она присела на постамент, с горем пополам прочитала надпись на нем. Кого-то здесь в Средние века сожгли, оказывается, им и памятник. Хипповатая собака подошла, обнюхала Викины кроссовки и доброжелательно повиляла хвостом. Бомжи на нее не взглянули, только один спросил о чем-то, но таким тоном, словно она всю жизнь провела в их компании. Говорил он по-английски, да и выглядел тоже очень по-английски — Вика затруднилась бы объяснить, в чем это выражается, но это было для нее очевидно, — однако акцент у него был такой необычный, что она не поняла ни слова, только разобрала, что он назвал ее леди, как будто они встретились на королевском приеме.

Она глупо улыбнулась в ответ и развела руками. Бомж не стал ее ни о чем больше спрашивать и занялся своими делами: уселся на траву, хлебнул пива из темной бутылки и стал трепать собаку по загривку, что-то громко, но не зло выкрикивая на своем странном языке.

Вика огляделась. Неподалеку был вход в отель — готическая, ярко освещенная арка со стеклянной дверью, за которой виднелся старинный вестибюль. Одного взгляда было достаточно, чтобы понять, что отель очень дорогой. В его стеклянную дверь то и дело входили люди с чемоданами, слышалась русская речь. Конечно, ведь русских студентов теперь много в Оксфорде и привозят их сюда богатые родители.

Вика сидела, обхватив колени, на постаменте и размышляла обо всем этом без интереса. Не размышляла даже, а просто обводила взглядом площадь, памятник из серого с глубоко скрытым золотистым отливом камня, отель, построенный из такого же камня... Да здесь и все почти здания из такого камня, как он называется, интересно, оксфордский, может?.. Стало совсем темно, и вестибюль отеля сверкал теперь за стеклянной дверью тоже как камень, только не серый, а драгоценный.

После только что пережитого отчаяния ее охватила апатия. Непонятно, что вредит человеку больше — то, что истощает его силы, или то, что их парализует. Для Вики, пожалуй, апатия была хуже, и она хотела выйти из нее, но не могла — смотрела перед собой пустыми глазами и не в силах была пошевелиться.

Ее жизнь пришла к самой большой перемене из всех, какие случались до сих пор, и, наверное, из всех, которые могли когда-либо случиться в будущем. Понятно, что она такой перемены не ожидала, просто не могла ожидать. И понятно, что она растерялась. Но понятно также и то, что времени на растерянность ей отведено очень мало, не больше, чем до утра.

— Хоть с бомжами покурю! — услышала Вика. — Нету жизни нормальному человеку в этих европах!

Сказано было по-русски. Вика обернулась и увидела женщину своих примерно лет. Та вышла из отеля и быстро шла к памятнику, на ходу размахивая незажженной сигаретой.

— Сэр, огоньку дадите? — спросила она бомжа с собакой, уже по-английски.

Тот щелкул зажигалкой, женщина с удовольствием втянула в себя дым и, сев рядом с Викой на постамент, сказала:

— Зажигалки и той в отеле не найдешь. Нормально, да? И муж такой же малахольный стал, как они тут все — здоровье бережет. Как не русский, ей-богу.

Она произнесла все это по-русски без сомнения в том, что Вика ее поймет.

Вика перестала курить, когда забеременела — стало тошнить от одного вида сигаретной пачки. И после родов желание курить не вернулось. Не начинать же было через силу, так и не курила с тех пор.

— Живешь здесь? — спросила ее собеседница.

— Нет.

— А чего тогда? — удивилась она.

Вика ее удивлению как раз не удивилась. Знала, что на даму, ребенок которой может учиться в Оксфорде, она не похожа, на проститутку, промышляющую в Англии, тоже: порода не соответствует ни тому, ни другому. Вот за прислугу из интеллигентных, пожалуй, сошла бы.

— Сына в школу привезла, — ответила Вика.

— А!.. В Дракон?

— Да.

— В пансион, или жить здесь будешь?

— Жить здесь не буду.

— Везет тебе, — вздохнула Викина собеседница. — А меня мой сюда хочет заселить. Типа мать ты или не мать, ребенок гастрит на ихней еде заработает. Насчет жратвы — это да, ноги тут протянешь. И чего теперь? Супчики ему выстряпывать? Пусть тогда дома в школу ходит, будет супчики кушать на завтрак, обед и ужин. Это я мужу такая говорю, — уточнила она. — А он мне такой: ради меня мать работу бросила, а она, между прочим, профессор была, не то что ты! А я ему: вот и возвращайся к своей кошёлке, она уже тоже профессор, наверно! Это я не про мамашу его, а про бывшую, — пояснила она. — Там детей не получалось, ну, он и развелся, когда я залетела.

От нее пахло только что выпитым вином, этим, наверное, объяснялась ее откровенность. Она затянулась последний раз, бросила тлеющий окурок под ноги и сказала:

— Вообще, я считаю, это все предрассудки — Оксфорд, Оксфорд! Мне девчонка одна рассказывала, у нее брат в Дрэгон-скул, так у них, говорит, вообще сплошная игра. Чему научатся? Но тут за ними хоть следят. А у меня малец такой, знаешь — через год я с ним по-любому не справлюсь. На иглу подсядет точно, а оно мне надо? — И, расценив, наверное, Викино молчание как недоверие, пояснила: — Наши же все подсаживаются.

Кого она называет нашими, Вика не поняла. И от непонимания вспыхнул у нее внутри маленький огонек интереса. Она даже удивилась — думала, что отчаяние и тоска затушили в ней этот огонек если не навсегда, то очень надолго.

— Ты сама откуда? — спросила Вика.

— Из Ханты-Мансийска. Мы с мужем год назад в Москву перебрались. А ты?

— Из Пермского края.

— Тебя как зовут?

— Виктория.

— А я Люда. Ты в «Рэндольфе» живешь?

Люда кивнула в сторону отеля.

— Нет. Я завтра уезжаю.

— И чего? — не поняла Люда. — На лавочке будешь ночевать?

— Отель заранее не забронировала, — не вдаваясь в подробности, ответила Вика.

— Так можно же...

— Английского не знаю, — прекращая дальнейшие расспросы, отрезала она. — Объясниться не смогу в отеле.

— Ну ты странная, — покачала головой Люда. — Английского я тоже не знаю, но в «Рэндольфе» же по-русски говорят. Тут наши все тусуются. Депутаты, бизнеса, чиновники — все, короче. Пошли.

Она встала, отряхнула джинсы и приглашающе махнула рукой.

Вика представила, сколько стоит номер в «Рэндольфе», и решила, что не двинется с места даже под угрозой расстрела.

Люда не производила впечатления проницательного человека, но, бросив на Вику догадливый взгляд, сказала:

— Можешь у нас в номере переночевать. Две комнаты, мальца мы уже сдали — диван свободен.

— Нет.

Вика даже головой помотала для убедительности. Стыд бросился ей в голову так, что в носу защипало.

— Да ладно тебе! — хмыкнула Люда. — Мы с Серегой нормальные. Ликерчику выпьем, я «Айриш крим» купила в самолете. Или виски, если хочешь. Пошли, пошли.

Поколебавшись, Вика все же встала с постамента. Сидеть здесь всю ночь холодно. И тоска подкатывает к горлу. И, главное, не надо обладать особой проницательностью, чтобы понять, что Люда все равно не отстанет: отзывчивость соединяется в ней с желанием выпить в компании, а вместе эти два чувства — необоримая сила.

Глава 4

Отель оказался таким респектабельным, что, едва войдя в него, Вика сразу пожалела, что поддалась на Людины уговоры. Респектабельность сама по себе ее не смутила бы, но вот то, что она попала во все это старинное дорогое великолепие неправильным образом, смутило очень.

Но куда теперь деваться? Не бежать же, теряя обувь, как Золушка из дворца. Вика с отстраненным видом прошла мимо портье и двинулась вслед за своей неожиданной спутницей по лестнице вверх.

Но тут же ей пришлось проявить спортивную сноровку, чтобы увернуться от мужчины, спускавшегося навстречу. Он был так пьян, что едва не свалился прямо на Вику. Она чудом отпрыгнула в сторону, а он таким же чудом успел ухватиться за перила. Привалившись к ним, он постоял несколько секунд, несвязно матерясь себе под нос, и двинулся дальше. Его лицо показалось Вике знакомым.

Дома она бы и внимания не обратила, что человек направляется ночью на улицу полураздетый и пьяный. Но здесь это показалось ей таким странным, что у нее само собою вырвалось:

— Куда же он в таком состоянии?

— Да он всегда в таком, — хмыкнула Люда. — Привык. Видела по телеку, в Думе он какой? Морда вечно красная, как только инсульт не хватит.

Вика наконец сообразила, что действительно видела этого человека по телевизору.

— Законы однако же пишет, — вырвалось у нее.

— Кто ему даст законы писать? — удивилась Люда. — Его дело голосовать, как скажут. — И насмешливо поинтересовалась: — А ты что, идейная?

— Что он в Оксфорде делает? — вместо ответа спросила Вика.

— Что и все, — пожала плечами Люда. — У них у всех дети тут. Ну или в Швейцарии.

«Больше об этом ни слова, — подумала Вика. — Мне нет до всего этого дела. Я не хочу сойти с ума».

Свет в коридоре был неяркий. Золотились деревянные панели на стенах, поскрипывали половицы, и казалось, откуда-нибудь из угла вот-вот раздастся песенка сверчка.

Распахнув дверь в номер, Люда с порога провозгласила:

— Серёнь, я подружку встретила! Она у нас переночует.

Недовольства на лице Серёни не выразилось. Но только потому, что на нем не выразилось вообще ничего — он лишь на секунду поднял глаза от английской газеты. Люде он годился если не в отцы, то в очень старшие братья. Вике хватило одного взгляда на него, чтобы понять: он из тех мужей, про которых посторонние женщины с завистью говорят, что за ними как за каменной стеной. Правда, мало кто из этих посторонних завистниц задумывается, приятно ли жить с каменной стеной. Вика во всяком случае такой дивной женской доли для себя не хотела.

Людин муж поднялся с дивана и, прихватив с собой газету, ушел в спальню.

— Я лучше пойду, — сказала Вика. — Помешала человеку.

— Ничего ты не помешала, — махнула рукой Люда. — Он только рад, что я его тормошить не буду. И все равно в десять вечера всегда ложится. Говорю же, здоровье бережет. Садись — радоваться будем. Вот он, ликерчик! — Она извлекла из открытого чемодана бутылку и посмотрела на нее любовно, как на родственницу. — А вот он, вискарик.

Бутылка виски была встречена таким же ласковым взглядом. Люда поломала, не разворачивая, шоколадку, уселась на стул напротив Вики и сказала:

— Ты интересная.

— Чем? — пожала плечами Вика.

— Я про любого человека сразу могу сказать, кто он и что. А про тебя ничего не скажешь.

— Что же в этом интересного? — улыбнулась Вика.

— Но-виз-на! — отчеканила Люда. — Мне, знаешь, кажется, что я все в жизни уже знаю. Такая это скука, просто жуть! Не понимаю, как академики какие-нибудь живут? Все знать — это ж повесишься.

Такой поворот известной мысли «меньше знаешь — крепче спишь» показался Вике оригинальным. Это было немного удивительно, потому что сама Люда оригинальной ничуть не казалась. Она была очень цельная и в цельности своей понятная с первого же взгляда и с первых же слов.

— Давай выпьем, — сказала Вика. — Промерзла до печенок, если честно.

Не хочется, чтобы Люда начала играть с ней в угадайку, а чем наверняка можно отвлечь ее внимание, долго гадать не приходится.

— Давай! — с готовностью согласилась та.

Ликеры, как и все сладкое, Вика терпеть не могла, поэтому пришлось выпить виски. И неожиданно оказалось, что пьется оно без усилия и горло не обжигает. Наверное, потому что сорт какой-то очень хороший, Вика таких бутылок никогда и не видела даже.

В голове и в руках, и в ногах потеплело одновременно. И в сердце тоже. По крайней мере, стало легче дышать и крик перестал рваться из горла.

— Ну вот, — сказала Люда. — А ты не хотела. Тебе успокоиться надо. Не ты первая, не ты последняя. Англичанцы все норовят подростков с рук сбыть. А мы же теперь Европа.

— Ты думаешь? — усмехнулась Вика.

— Я со своим не знаю, что делать, — сказала Люда. — Честно тебе говорю. А они в Драконе этом — знают. Вот и пусть воспитывают. Скажешь, не так? Мальцы только сейчас бузят, а потом нам сами спасибо скажут, что мы их сюда сдали.

— Витька не бузит, — непонятно зачем сказала Вика.

— Значит, умный. Тем более спасибо скажет. Вырастет — будет мировая элита.

Люда произнесла это с такой важностью, что Вика невольно улыбнулась.

— Ты очень странная, — внимательно глядя на нее, сказала Люда. — Ты совсем не наша.

— Да, — не стала спорить Вика. — Совсем не ваша.

Может быть, Люда вкладывала в слова «не наша» не тот смысл, что она. Но в любом случае они были точными, эти слова.

Ощущение абсолютной, неизбывной отдельности от всего, что еще совсем недавно было у нее общим с большим количеством людей, — было таким острым, что острее была только боль от расставания с Витькой.

И когда это стало так? Вика не заметила. Она просто поняла это в один непрекрасный день. Вот это — что она «совсем не наша». Это так потрясло ее тогда, что она не знала, что с этим делать. Да и теперь она этого не знает.

— Ну, по второй, — сказала Люда. — А ликер что, совсем не будешь? Тогда я допью, а потом с тобой вискариком догонюсь. Понеслась душа в рай!

И, мгновенно опрокинув в горло вторую порцию виски, Вика почувствовала, что душа ее действительно понеслась. Если не в рай, то к ощущению такой свободы, какой, наверное, никогда уже не будет в ее обыденной жизни.

Глава 5

— Слушай, ну чего ты переживаешь? Они с утра все равно в школе, никто б нас к ним не пустил. А сейчас как раз домой идут. Да не беги ты! — воскликнула Люда.

Она прислонилась к увитой плющом стене, тяжело дыша. Вике пришлось остановиться тоже. Бежать в самом деле было трудно: после неожиданного ночного пьянства сердце колотилось в груди, как в бочке, и даже в неподвижном состоянии, не то что на бегу.

Но Дрэгон-скул была уже в двух шагах, и терять время она не собиралась.

Когда Вика и едва поспевающая за ней Люда добежали до школы, калитка открылась и на улицу как горох посыпались ученики. Вика углядела Витьку сразу и, забыв про Люду, да вообще обо всем забыв, бросилась к нему.

Она впервые видела его в форме — у них в школе форму только в этом году решили ввести, а прежде все ходили в чем хотели, — и удивилась, как не похож он на других детей, несмотря на одинаковую у всех одежду. Он был самый настоящий Маленький принц, это было первое, что она подумала о своем сыне, когда в роддоме ей принесли его кормить и она увидела, что глаза у него расчерчены светлыми расходящимися лучами и взгляд от этого не по-детски внимательный.

Ни разу за двенадцать Витькиных лет ей не показалось, что она ошиблась. В нем была утонченность, которая не становилась менее очевидной никогда, и даже сейчас, когда он, хохоча, толкался с каким-то долговязым мальчишкой и что-то наперебой с ним орал.

— Вить... — позвала Вика. И, поняв, что произнесла это слишком тихо, повторила, судорожно сглотнув: — Витька!

Он обернулся, вытянул шею, покрутил головой. Он был такой маленький, что она едва не разрыдалась. Хотя ночью выплакала, кажется, все слезы под то и дело опустошаемый стакан и Людины утешения.

— Мам! — закричал он. — Мы до обеда свободны! Джерри разрешил с тобой погулять! Только я переоденусь, о'кей?

И тут же толкнул долговязого, крикнув ему какую-то фразу, в которой Вика не поняла ни единого слова.

Сегодня он не выглядел ни растерянным, ни подавленным, он был полностью погружен в свою новую жизнь, которой вчера еще не было, а сегодня она соткалась из сильных впечатлений и мелких дел, и стремительного приятельства, и наивных планов, и скучных обязанностей, и веселых желаний... Он отдался этой своей новой жизни с такой мгновенной легкостью, что Вика почувствовала укол ревности.

Но ревновать к тому, что ее сын счастлив, было для нее непредставимо.

Девочки отправились во второй из домов, стоящих напротив школы, а мальчишки вразнобой двинулись к первому.

— Кто такой Джерри? — спросила Вика, идя рядом с сыном.

— Мистер Питт. Миссис Питт — это Мэри, а мистер — Джерри. Которые нас воспитывают. Их надо называть ма и па, — добавил он, бросив на Вику смущенный взгляд.

— Ну и называй, раз надо, — пожала плечами она.

Что значат любые слова, в том числе эти ма и па? Да ничего. И особенно ничего не значат они по сравнению с тем, что ей осталось видеть сына час. Один час. Вот этих слов, их смысла лучше не осознавать совсем.

— Ну что, не съели твоего Витьку драконы?

Люда подошла к Вике и Витьке, крепко держа за плечо веснушчатого пацана, который при этом вертелся и подпрыгивал, пытаясь освободиться от ее руки. Шкодливость светилась в его глазах так ослепительно, что Вика поняла, почему все заботы по его воспитанию Люда мечтает переложить на профессионалов. Правда, понятно было также, что шкодливость эта такого рода, которую очень легко преобразовать в живой интерес ко всему и вся. Но это Вике было понятно, а Люде — наверняка нет, и темперамент сына наверняка вызывал у нее ужас.

— А мой, прикинь, их по-русски материться учил! — сказала она. — Еще и показывал, что есть что и где находится.

— А как им перевести, если не показывать? — пожал плечами ее сын.

Вот он на принца не был похож нисколько. Только огонек любопытства — впрочем, очень яркий, не случайно же Вика сразу его заметила, — облагораживал незамысловатые черты его лица.

— Молчи давай! — хмыкнула Люда. — Переводчик хренов.

Она предложила пообедать всем вместе, но Вика отказалась. Время было слишком драгоценно, чтобы тратить его на пустые разговоры даже с хорошими, но все-таки посторонними людьми.

Люда с Максом ушли, а Вика с Витькой перешли улицу, разделяющую школу и дом. На крыльцо прямо перед ними неторопливо поднялся кот, рыжий, как в викторианских романах. И маленькая кошачья дверца внизу двери была такая же, как в книжках, и кот вошел через эту дверцу в дом с таким же важным видом, как в этих прекрасных неторопливых книжках описывалось.

— Ну, иди переодевайся, — проводив кота взглядом, сказала Вика. — Я здесь подожду. Только свитер надень, я тебя прошу. Уеду — тогда и будешь как они.

Английская манера одеваться приводила ее в оторопь. Даже не сама манера, в ней-то не было ничего особенного, а то, что в любой холод все здесь ходили в тоненьких майках без рукавов и точно так же одевали своих детей.

Когда в прошлый приезд, весной, продрогшая от пронизывающего ветра Вика увидела полугодовалого младенца, который сидел в коляске в шортиках и носочках, она не поверила своим глазам. Но и в следующей коляске ребенок был одет точно так же, только уже без носочков — он весело болтал совершенно голыми ножками, не обращая внимания на текущие из носа сопли, на которые и его родители внимания не обращали тоже. После этого она уже не удивлялась тому, как одеваются подростки, вернее, тому, что ранней холодной весной они раздеты, будто жарким летом. Но наблюдать своего сына в таком спартанском виде все-таки не была готова.

Витька выскочил из дома через пять минут в свитере и даже в куртке.

— Проголодался? — спросила Вика.

— Почти, — секунду подумав, кивнул он.

Ни на один вопрос он не отвечал сразу, всегда ему требовалось хотя бы мгновенье для раздумий. Однажды Вика спросила зачем, и он ответил: «Чтобы было честно».

— Тогда пройдемся, — сказала Вика. — Нагуляешь аппетит.

Витька кивнул, и они медленно пошли по улице к центру.

Вся Викина жизнь прошла в городе, где ни один дом не был старше пятидесяти лет. И теперь ей казалось странным, как быстро здесь, в Оксфорде, ей стало естественным видеть вокруг себя сплошную старину. То есть не быстро это даже произошло, а просто мгновенно — вот она идет по улице между домами, каждому из которых не меньше ста лет, а самому старому пятьсот, и чувствует себя рыбой в воде. Как странно!

Но эта мысль мелькнула у Вики в голове лишь мимолетно. Как она чувствует себя в Оксфорде, не имеет никакого значения. Главное, как чувствует себя Витька.

— Ну как тебе в первый день было? — небрежным тоном спросила она.

Вот что делать, если он ответит: «Мне было плохо, забери меня отсюда»? Вика не знала.

— Хорошо, — сказал Витька. — Майкл рассказывал про Вселенную.

— Майкл — это кто?

— Учитель. Который меня встречал.

— И что, вы его по имени зовете? — удивилась Вика.

— Так здесь же отчеств нету. — Витька снисходительно улыбнулся маминой недогадливости. — А вообще-то мы его Хан Соло зовем.

— Прямо в лицо?

— Ага. Это же из «Звездных войн», — объяснил он с таким выражением, будто имя героя «Звездных войн» должно восприниматься учителем как награда. — В школе у всех должны быть прозвища. И учителя тоже люди.

— И что же вам рассказывал про Вселенную ваш Хан Соло?

Вика сочла за благо не вдаваться в дискуссию, люди ли учителя и как их по этому случаю надо называть.

— Он сказал: самая увлекательная часть Вселенной находится у вас между ушами, — сообщил Витька. — Это ваш мозг!

Он потрогал себя за уши, словно проверяя, так ли это. Уши у него были похожи на тонкие раковины жемчужниц. Когда Вика была маленькая, то находила такие на берегу Камы. У нее и у самой были такие уши, сын вообще был на нее похож.

— А какой это был урок? — спросила Вика.

— Я не очень понял. Просто разговор.

«И правда, игра какая-то, а не учеба», — подумала она с тревогой.

Но что в ее тревоге толку? Ничего уже не поделаешь.

Они дошли до входа в крытый рынок, такой же старинный, как и все в этом городе. Из-под его сводов, из многочисленных кафешек, доносился жизнерадостный шум и плыли, смешиваясь, разнообразные вкусные запахи.

— Мам, я есть совсем не хочу, — сказал Витька. — Давай просто так посидим? В школе потом пообедаю.

Вика не стала настаивать. Ей и самой кусок не полез бы сейчас в горло, а Витька тем более взволнован. Она-то лишь о расставании с ним думает, а он — о многом, о многом... О новой своей жизни.

Пошли по улице дальше, миновали рынок, вошли в просторный двор, окруженный большими зданиями, и сели на ступеньки того из них, которое напоминало театр.

— Вить, — сказала Вика, — я ведь долго не смогу к тебе приехать.

— Я знаю.

Голос сына звучал спокойно, но на нее он старательно не смотрел, и ухо-жемчужница стало совсем белым.

— Если ты скажешь, я тебя сразу заберу. Как только ты скажешь.

Он молчал. Вика не знала, какой его ответ сделал бы ее счастливой. То есть счастливой — знала: если бы он сказал: «Забери меня сейчас». Но через сколько недель или месяцев это ее мгновенное счастье полностью съелось бы виной и отчаянием, — на этот вопрос у нее ответа не было.

— Мам, — наконец проговорил Витька, — ты же сама говорила...

— Что? — подождав немного, спросила она.

— Что неосмысленную жизнь не стоит жить...

— ...но и непрожитую жизнь не стоит осмыслять, — улыбнувшись, закончила Вика.

Умный у нее ребенок, что тут скажешь!

— А у меня теперь это — вместе, — сказал ее умный ребенок. — Я буду и жить, и осмыслять.

— Да.

Человек со стороны, может, его слов не понял бы. Но Вике они были понятны совершенно. Слишком долго она внушала себе каждое утро: живи и не думай, не думай ни о чем, иначе не выживешь... И если даже она, человек взрослый и по натуре не из слабых, чувствовала, что от этого у нее начинает мутиться сознание, то что станется с сознанием ребенка?..

— Мне здесь нравится, мам, — добавил он извиняющимся тоном. — Сразу понравилось. Даже не понимаю почему.

— А весной мне сказал: ничего особенного!

— Ну, я же тогда не знал... А вдруг бы ты передумала меня сюда отдавать? Тогда зачем бы я стал проситься?

— Я постараюсь приехать поскорее, — вздохнула Вика. — А пока, если тебе что-то из дому понадобится, сразу скажи, я через Максову маму передам.

— Макс ничего такой парень, — сказал Витька. — Он хочет, чтобы мы с ним вместе на каратэ пошли заниматься. Но я больше хочу на волейбол.

— Куда хочешь, туда и иди. Мало ли чего Макс хочет!

— Да ты не волнуйся, — сказал Витька, заметив ее беспокойство. — Здесь же все как хотят, так и делают.

«Вот это вряд ли», — подумала Вика.

Хотя, может быть, сын ее прав, и в школе, в которую она его отдала, за двести лет научились объяснять детям, где проходит граница между желаниями и прихотями, и учат настаивать на первых и отторгать вторые. Но как ей узнать это наверняка? Никак.

— Только я тебя умоляю, одевайся по-человечески, — вздохнула Вика. — Особенно горло! Не хватало ангину заработать или гайморит какой-нибудь.

На форуме русских родителей она начиталась ужасающих историй о том, как учителя и воспитатели не обратили внимания, что ребенок выходит на улицу с мокрой головой, потому что здесь это в порядке вещей, и довели его до больницы.

— Буду! — поспешно кивнул Витька.

Не будет, конечно. С его неспособностью сопротивляться общему настроению — все будут полуголые ходить, а он кутаться? Да ни за что она в это не поверит! Но ничего с этим уже и не сделает.

— Помнишь, мы с тобой на Варвик-сквер сидели, и женщина гуляла в тапках, а собачка в сапогах? — улыбнулся Витька.

Конечно, она это помнила. Это было в первый их приезд — они вернулись из Оксфорда в Лондон, до самолета оставалось время, но не много, только на прогулку в окрестностях вокзала Виктория, они и пошли по первой попавшейся улице, и дошли до перекрестка, который назывался Варвик-сквер. Сумерки только начинались, а дождь недавно закончился, и в весеннем маленьком сквере вдруг запел соловей. Он пел совсем рядом с улицей, по которой ехали машины, за цветущим кустом, рядом с которым стояла лавочка. На лавочке сидели две женщины и увлеченно беседовали. На соловьиные рулады они внимания не обращали: то ли были неромантичны, то ли просто привыкли. Они явно жили на этой улице — одна из них вывела погулять собачку породы джек рассел. Она-то и была — бр-р! — в шлепанцах на босу ногу. Женщина, а не собачка, та как раз была обута в щегольские красные сапожки.

Вике казалось, что Витька тогда даже не глянул в их сторону, он был задумчив и почти что мрачен. Он не ожидал того, что произошло в Оксфорде, он думал, что мама просто привезла его посмотреть Англию, давно ведь обещала… А она тогда пребывала в таком смятении, что не обратила бы внимания даже на динозавра в сапогах. Она думала только об одном: вот, получилось. Не должно было получиться то, что она задумала, слишком это было невероятно, однако — получилось, и как-то очень просто, очень обыденно, сама собою пришла удача. Но удача ли это, и, главное, что теперь делать, как решиться и бросить в топку этой неожиданной удачи всю свою жизнь, с таким усилием выстроенную?..

— А помнишь, на дереве возле Темзы тоже сапоги висели? — улыбнувшись, спросила Вика.

— Ага! Только не сапоги, а просто туфли.

Ей хотелось, чтобы Витька перестал сейчас думать о расставании, и она обрадовалась, что удалось отвлечь его внимание на что-то веселое. А на одном из деревьев, которые росли вдоль Темзы, в самом деле были развешаны туфли. Тогда, весной, они дошли до реки — оказалось, это близко от вокзала Виктория, — но что туфли на деревьях означают, так и не поняли и решили, это просто такое английское чудачество.

Наверное, теперь он в этом разберется. Только уже без нее.

— Мам, перестань плакать, — сказал Витька. — А то я тоже заплачу, и все твои старания пойдут насмарку. Как насмарку пишется, вместе или отдельно?

Он говорил, как мало кто из его ровесников. Ну какой мальчишка скажет «насмарку»? Скоро и он так не скажет — забудет все эти слова, которые она так любила, и как они пишутся, забудет тоже.

— Вместе, — сказала Вика. — И не плачу я, с чего ты взял? Здесь просто ветер невозможный. Прошу тебя, шарф не забывай.

Глава 6

Сказочные слова «куда глаза глядят» всегда приводили Вику в ужас.

Она сразу представляла избушку на курьих ножках, Бабу Ягу и одинокую девицу с посохом, стоящую на опушке темного леса. И хотя еще в юности узнала, что «куда глаза глядят» это просто закрывшаяся у тебя за спиной дверь дома, который не был уютным и не был твоим, но все-таки давал тебе ощущение хоть какой-то защиты, и пустая улица, и город не то чтобы большой и не то чтобы совсем чужой, но такой, который ты должна теперь осваивать самостоятельно, — хотя Вика знала, что «куда глаза глядят» означает не что-нибудь страшное, а всего лишь вялую серединку-наполовинку, ни рыбу ни мясо, — но рисунок из растрепанной детской книжки про Финиста Ясна Сокола все равно вставал у нее перед глазами при этих словах, произнесенных даже мысленно, и нагонял ужас не меньший, чем в детстве.

Они ей даже снились, эти слова, много лет снились после того как она закончила школу и стала самостоятельной, и идти куда глаза глядят у нее не было уже необходимости. Въелись они в самые оболочки мозга, наверное.

И, как теперь выяснилось, не зря. А зря она считала, что ей больше никогда не придется пережить этот ужас — стоять с чемоданом на распутье и думать, куда направиться. То есть не думать, а гадать, потому что никаких зацепок у нее нет и, значит, ничто рациональное на ее поступки не влияет.

Впрочем, нет, рациональное сейчас в ее размышлениях все же имелось: надо было рассчитать, на каком расстоянии от Москвы ей по силам будет снять квартиру. Именно квартиру — Вика не чувствовала, чтобы жизнь довела ее уже и до необходимости смириться со съемом комнаты.

По ее расчетам получалось около восьмидесяти километров. Все, что ближе, слишком дорого для нее. И даже не лично для нее, а для того чтобы у нее появилась возможность бесперебойно подбрасывать дрова в топку своей удачи.

«Раз дошло до «куда глаза глядят», двинем дальше — к «первому встречному», — подумала Вика.

Первая встречная оказалась такой шумной, что пройти мимо нее было трудно. Вика еще в самолете ее заметила — обратила внимание на ее прическу, укрепленную лаком, как бастион. Теперь эта дама стояла в длинной очереди к окошкам пограничного контроля и громогласно произносила в телефонную трубку:

— Нет, ну что значит «машина сломалась»? А ножками? А на электричке с Новопетровской? Отвык уже? А я, значит, на себе теперь семьдесят пять километров чемоданы должна тащить? Это после ночи в самолете! — И, выслушав, вероятно, какие-то оправдания, сердито воскликнула: — Мозги у тебя жиром заплыли, вот и не сообразил!

Она сердито бросила телефон в сумку. Прическа при этом возмущенно колыхнулась. Вика встала в очередь следом за ней и спросила:

— Извините, а Новопетровская — это что?

Женщина резко обернулась и, смерив ее сердитым взглядом, буркнула:

— А вам какое дело?

— Я к подруге еду, она мне написала, как добраться, а я бумажку потеряла, — спокойным тоном соврала

Вика. — Помню, было название Новопетровская, но что это такое, не помню. А тут вдруг от вас слышу. Не подскажете, что это?

— Платформа, — нехотя произнесла женщина.

— Далеко? — тем же ровным тоном поинтересовалась Вика.

— Семьдесят пятый километр по рижскому направлению. А телефона у вашей подруги что, нету?

— Есть. Но у нее на даче сеть плохая и часто пропадает. Вот, не могу дозвониться. Спасибо, что подсказали. Это с какого вокзала?

— С Рижского, девушка, — со вздохом ответила женщина с прической. — С какого еще вокзала может быть рижское направление?

Взгляд, которым она при этих словах окинула Вику, ясно говорил: и летают же в Англию такие идиотки!

«Ну вот, — мелькнуло в голове у Вики, — не успела подумать, сразу зацепка появилась».

Логики в ее намерении добраться именно до платформы Новопетровская было, прямо сказать, маловато. Правильнее было бы поискать жилье поближе к Домодедову. Ну правда, если тебе все равно, куда податься, то зачем ехать аэроэкспрессом до города, спускаться в метро, еще и пересадки делать?..

Но в том, что происходило с Викой в последние полгода, было так мало логики, что она не просто привыкла к ее отсутствию, а стала даже чувствовать, когда нелогичность может оказаться благотворной. Она сама не понимала, каким образом чувствует это — физиологическим каким-то, необъяснимым, более старым, может быть, чем ее собственная жизнь.

Вика всю жизнь взвешивала каждый свой поступок на весах здравомыслия и теперь не перестала. Но теперь случалось, что ее охватывала... Нет, не бесшабашность, а странная уверенность: вот сейчас, именно в эту минуту и в этом деле, выбор не имеет смысла, а надо просто отдаться на произвол судьбы.

Куда глаза глядят, первый встречный, произвол судьбы... Странные, нежеланные слова вошли в ее душевный обиход! Но что делать, если в сфере слов простых и желанных больше не проживешь? Именно это поняла она полгода назад, и если тогда такое понимание было для нее подобно удару молнии, то теперь она просто вышла из метро на Рижском вокзале и взяла билет до платформы Новопетровская, семьдесят пятый километр.

Платформа оказалась самая обыкновенная. Тропинка в траве, автобусная остановка, площадь перед рынком, разномастные киоски, стоянка такси, тоже разномастных.

Невдалеке виднелись блочные четырехэтажные дома. К ним Вика и направилась.

Хрестоматийные старушки на лавочках у подъездов не сидели, только пьяный, и то не на лавочке, а прямо на траве. Но за домом обнаружилась приземистая женщина лет пятидесяти, одетая в выцветшую болоньевую куртку. Она копалась на небольшом огороде под окнами.

— Здравствуйте! — громко произнесла Вика. — Не подскажете, где здесь квартиру можно снять?

Женщина разогнулась. В руках у нее была только что выдернутая из земли морковка. Она бросила ее в ведро, окинула Вику равнодушным взглядом и спросила:

— На сколько?

— Ну... — Вика не знала, как ответить. Будущее представлялось ей смутным и необозримым. — На год, — наконец нашлась она.

— Тут никто не сдает.

Женщина снова согнулась над морковной грядкой.

Можно было возмутиться: зачем спрашиваешь, на сколько, если все равно не сдаешь?

Но велик ли смысл в таком возмущении?

— А где сдают? — спросила Вика.

Женщина разогнулась снова и ответила:

— В Пречистом найдешь, может. Зять говорил, у него соседка вроде хотела квартиру сдать.

— Далеко это? — деловито поинтересовалась Вика.

— Восемь километров. Сразу за Кучами. Автобус ходит. Дом вот такой же, четыре этажа, от шоссе второй.

Автобус стоял на площади у платформы. Наверное, его расписание было связано с прибытием электрички. Как только Вика вошла и села у окна, он медленно двинулся в длинной пробке, в основном состоящей из груженых фур.

Ей не верилось, что вчера она шла по улице Оксфорда.

Нет никакого Оксфорда. Ничего нет — только вереница плюющихся дымом большегрузов и пять-шесть панельных домов вдоль шоссе, и редкий лес с желтеющими березами и съеденными жучком сухими елками, и две девчонки лет двадцати, медленно идущие с детскими колясками по обочине, смеющиеся и за разговором безостановочно сплевывающие шелуху от семечек. Призрачность всего, что не имеет отношения к этому миру, была так очевидна, что Вику прошиб холод.

«Но Витька-то не призрак! — одернула она себя. — Ну и нечего тут страхи разводить».

Второй дом от шоссе в Пречистом действительно выглядел родным братом того, возле которого женщина копала морковку у платформы Новопетровская. Разыскивать зятя той женщины Вика не стала. Зачем, если все равно ни с ней, ни с ним не знакома? Она просто спросила у первого же вышедшего из подъезда мужика, кто здесь хотел сдать квартиру, и через минуту уже звонила в дверь на втором этаже.

Вике почему-то представлялось, что хозяйка будет так же похожа на приземистую женщину с морковкой, как похожи их дома. Но эта оказалась совсем другая — Викина ровесница, с правильными чертами простонародного, но не грубого лица.

— Ну да, собираюсь сдавать, — подтвердила она. — А тебе кто сказал?

— Попутчица в электричке, — ответила Вика.

Практически так оно и было. И тратить время, описывая всю цепочку случайных людей и слов, приведших ее сюда, не имело ни малейшего смысла.

— Вот же ушлый народ! — хмыкнула хозяйка. — Девять дней только вчера было, уже жильцов шлют. А ты сама откуда приехала?

— Из Пермского края.

— Работать?

— Понятно не гулять, — усмехнулась Вика.

— Совсем не понятно, — в тон ей усмехнулась хозяйка. — Такие, как ты, в Москву на гулянку едут. Она же и работа, правда.

Девка была резкая, но не стервозная. Как себя с ней вести, было понятно.

— Я — работать, — сказала   Вика. — Ресницы наращивать.

— Да? — В глазах хозяйки вспыхнул интерес. — А дома почему не наращиваешь?

— Дома желающих мало, — объяснила Вика. — И к тому же я с мужем разошлась, а квартира его, так что и жить теперь негде.

— А дети есть?

В ее голосе послышалось что-то вроде сочувствия, не глубокого, но достаточного для того, чтобы сдать квартиру.

— Сына с матерью оставила.

Необычные сведения о себе Вика сообщать не собиралась. Пользы от них нет наверняка, а вред весьма вероятен. Люди не любят необычное. И это еще мало сказать, не любят.

— Я в принципе не против, — сказала хозяйка. — Думала, правда, после сороковин квартиру сдать. У меня мать умерла, — пояснила она. — Ну там душа, говорят, до сорока дней в доме, или что-то типа того. Но ты не чурка зато. Так что в принципе могу и сейчас... Если не боишься.

— Не боюсь.

Это была правда. Вика и вообще была не из пугливых, а с тех пор как у нее родился Витька и она поняла, чего на самом деле следует бояться, страх перед блуждающими душами мог вызвать у нее лишь снисходительную улыбку.

— Пошли тогда, — сказала хозяйка. — Я Лена. А квартира вот эта. — Она кивнула на дверь напротив. — Сейчас ключ возьму. Да, а цена тебя устраивает?

Названная Леной цена Вику устраивала вполне. Она даже обрадовалась: не ожидала, что в Москве — ну, не в Москве, но в пределах поездки на электричке — найдет жилье за такие деньги. Конечно, после электрички автобус еще... Но все равно приемлемо, даже очень.

Квартира, правда, не понравилась ей совсем. Не потому, что потолки низкие, кухня — вдвоем не разминешься, и обои наклеены, наверное, еще при советской власти. Но вот то, что жизнь старого и больного человека долго тянулась в этих стенах... Войдя, Вика перестала дышать носом.

— Я потому и прошу недорого, — словно оправдываясь, сказала Лена. — Вонизм тот еще, да. Говорю же, думала таджикам сдать.

— Ничего, — сказала Вика. — Обживусь.

— Я тебе зато регистрацию сделаю, — пообещала Лена. — Нужна ведь?

— Нужна, — кивнула Вика.

Регистрация была нужна, и цена подходила, и расстояние. И надо было с самого начала утвердиться в понимании того, что «нравится», «не нравится» и все вариации этих слов не должны больше иметь для нее значения.

— А ресницы мне приклеишь? — спросила Лена. — Интересно! Я ни разу не наращивала. Хотя свои страшные, как вся моя жизнь.

Ресницы у Лены были не страшные, а самые обыкновенные, светлые и не длинные, как у большинства русоволосых женщин, как и у самой Вики.

— Сделаю, — улыбнулась Вика.

— Давай прямо сейчас!

И жизнь у Лены, видно, была не страшная, но очень скучная, потому она и обрадовалась неожиданному развлечению.

— Ладно, — согласилась Вика. — Только глаза твои сфотографирую до и после.

— Зачем? — насторожилась Лена.

— Выложу у себя в блоге — что было, что стало. Люди на картинку реагируют, а мне клиентура нужна.

— А, реклама, — поняла Лена. — Ладно, фоткай. Но тогда бесплатно делай!

Это было уже нахальство — с какой радости бесплатно? Вика всем клиенткам ставила условие, обязательная фотография глаз до и после ее работы, и что в этом особенного? Но спорить с хозяйкой сейчас не хотелось: все-таки ни квартира еще не снята, ни регистрация не оформлена. Мало ли...

— Только давай к тебе пойдем, — сказала Вика. — У тебя скамейка низенькая есть? Ну, детская или чтобы корову доить.

— Детской нет, а для дойки найду, — хмыкнула Лена. — Мать когда-то корову держала, у нас тут и сарай рядом остался. А зачем низкая скамейка?

— У тебя же стола специального нету. Ты на диван ляжешь, — объяснила Вика. — А мне рядом сидеть надо, и чтобы руки на уровне твоих глаз были. Это же долго, ресницы наращивать, часа два уйдет.

— Два часа! — ахнула Лена. — Я думала, полоски на глаза наклеишь, и все.

— Полоски сто лет назад были. А сейчас к каждой ресничке искусственную приклеивают. От своих не отличишь потом.

— Сдуреть можно, — покачала головой Лена. — Как ты выдерживаешь? Я вон паззлы, и те не могу собирать. Терпения не хватает.

— У меня хватает, — сказала Вика.

Все складывалось для нее благоприятно. Но каким же безнадежным унынием была эта житейская благоприятность пронизана!

Глава 7

Такое волнение, как сейчас, по дороге к своей первой московской клиентке, Вика чувствовала лишь несколько раз в своей жизни. Когда шла на первый урок, когда входила в кабинет чиновника, который мог дать или не дать ей жилье, когда... Да и все, пожалуй. Когда родился Витька, это не волнение было — совсем другое, не простое.

А то, что происходило с ней сейчас, было как раз очень просто: она впервые должна была сделать работу для более взыскательных людей, чем те, для кого она делала эту работу прежде. И как же ей было не волноваться?

Да еще Москва!.. Не на бегу, не чтобы только на самолет успеть, а так, чтобы пройтись и посмотреть, Вика бывала в Москве два раза: в восьмом классе на экскурсии и когда отвозила Витьку в Лондон. И оба раза чувствовала, что Москва на другие города не похожа. Или нет, не так — никакой город на другие города не похож, это естественно, но именно в Москве есть что-то пугающее и понятное одновременно. Вот это соединение чужого с совершенно понятным и показалось ей тогда необычным, и сейчас тоже.

Она даже специально приехала из Пречистого самой ранней электричкой, чтобы привыкнуть к этому ощущению.

И оказалось, правильно сделала. Только не из-за дивных московских впечатлений, а по самой простой причине: через пятнадцать минут после того как вышла из метро на Арбатской площади, Вика поняла, что заблудилась. Заблудилась, как дурочка, в переулочках.

Переулочки эти кружили и вились без всякого плана и смысла, их было так много и такие они были короткие, что Вика перестала понимать, где заканчивается Большой Афанасьевский и начинается Малый, почему только что был Малый Каковинский, а вот он уже сделался Трубниковский, и как ей выбраться из этой вязи, чтобы попасть на Малую Молчановку к Дому со львами.

А может, дело было еще и в удивлении, почти тревоге. Почему именно этот дом, особенный для нее, оказался первым, в который ей предстоит войти в Москве?

В конце концов Вика рассердилась на себя за отвлекающие мысли, включила навигатор в айфоне, и вязь переулочков распуталась мгновенно, и Дом нашелся.

Она долго стояла у калитки, глядя на львов у крыльца, и сердце у нее билось так, будто она увидела родного человека. Это было удивительно — Вика никогда не считала себя сентиментальной. Впрочем, и сейчас слезы умиления не стояли у нее в горле. Что-то другое она чувствовала, но что, не знала.

Наконец она сбросила с себя это странное оцепенение и позвонила.

В таком доме Вика не бывала ни разу в жизни. Это был особенный мир, он сообщал о своей отдельности в ту же минуту, как только приоткрывал перед посторонним свои двери.

Она думала об этом все время, пока поднималась на шестой этаж в бесшумном, похожем на металлическую капсулу лифте. Это не была только лишь отдельность богатства, вот что Вика понимала смутно, но верно. За всем этим зримым богатством — просторным вестибюлем и лепниной на высоких потолках, и цветами на лестничных площадках — было что-то еще, незримое, название чего она не знала, но существование чувствовала.

Дверь квартиры на шестом этаже была уже открыта. На пороге стояла женщина в красном шелковом кимоно с золотыми драконами. Внешность у нее была такая, какую Вика не ожидала здесь увидеть. Слишком уж нехитрым был облик этой женщины, ничто в нем не напоминало ни Дом со львами, ни Москву вообще. Или Вика просто неверно себе Москву представляла?

— Ну что ты так долго? — не здороваясь, нетерпеливо проговорила та. — Я же сказала, у меня время ограничено.

— Я не опоздала, — пожала плечами Вика. — Здравствуйте.

— Проходи, проходи.

Возражений эта женщина явно не терпела, но, кажется, настолько не понимала, как можно ей возражать, что даже не замечала их.

Квартира удивила не меньше, чем хозяйка. Комната, в которую они вошли — огромная, с арочным окном, за которым виднелся балкон, — напоминала зубоврачебный кабинет из-за белых стен и нежилого духа. То есть пахло-то здесь обычным цитрусовым экстрактом. На низком журнальном столике, стоящем перед белым кожаным диваном, Вика увидела хрустальный флакон с жидкостью лимонного цвета и торчащими, как стебли без цветов, деревянными палочками, все это и благоухало странно и приятно. Но дух, именно дух был нежилой, как и белые стены, и белая же мебель самых простых, ничем не оживленных линий.

— Ресницы сделай очень длинные и изогнутые, — сказала хозяйка, проходя в первую от прихожей комнату.

Ей было около пятидесяти, лицо у нее было широкое и чуть приплюснутое, не среднеазиатское, но и не европейское. Ну да, Люда же говорила, что эта Антонина с Севера, как и она, с Таймыра, что ли, не то с Ямала. Знак причудливо смешанной крови — в широких скулах, в узковатых, необычной формы глазах.

— Вам очень длинные и тем более изогнутые не пойдут, Антонина, — сказала Вика. — А вот прямые к лицу будут.

— Нет, — покачала головой та. — Я хочу изогнутые и длинные. И чтоб на концах вот так, знаешь, вверх и вбок. Как у Волочковой.

Что тут скажешь? И зачем, собственно, что-либо говорить человеку, который в пятьдесят лет хочет иметь ресницы, как у попсовой дивы?

— У нее ресницы кукольные, — все-таки не удержалась Вика. — И выглядят неестественно, сразу видно, что не свои.

— Ничего. Мне такие же сделай.

Пока Вика раскладывала на столе палетку с ресницами и инструменты, Антонина улеглась на диван. Вика подложила ей под голову кожаную подушечку, а на нижние веки — коллагеновые патчи.

— А правда, что вот эти штуки, которые ты под глаза кладешь, морщины уберут? — поинтересовалась она.

— Разгладят слегка.

— А свои ресницы не вылезут?

— Нет.

— А красить их точно не надо будет?

— Точно.

Вика отвечала на все эти вопросы ровно столько раз, сколько у нее было клиентов. Не слишком много вообще-то.

— Я все равно краситься буду, — сообщила Антонина. — Не могу без этого, как голая себя чувствую. И тени люблю голубые, яркие. Мне подружка говорит:

Тоня, с голубыми тенями, тем более в нашем возрасте, сейчас никто уже не ходит. А я не могу. И чего я, скажи, должна себя насиловать? У нее дочка за француза замуж вышла, живут под Парижем, я забыла, как этот пригород называется, так у них там...

— Вы только не шевелитесь, — попросила Вика. — У меня же пинцеты в руках. И клей.

Она уже смыла с ресниц остатки туши и расчесала их специальной расческой.

— Не буду, — пообещала Антонина. — Но я, если молча, то усну вообще, мне лучше разговаривать. Так вот, говорю, под Парижем дочка у Ольки живет, пригород дорогой, никаких арабов или там кого, французы только, и те графья, как в кино про Анжелику и короля, помнишь, было такое, ну, ты не помнишь, молодая, и у Олькиной дочки муж тоже граф...

Она действительно лежала неподвижно, как мумия, и приклеивать одну за другой ресницы не мешала. Но речь ее лилась так, что через пару минут Вике пришлось следить уже за собой, не уснуть бы под это мерное журчание. Одно было хорошо: не приходилось ничего говорить самой, как это бывало с клиентками, желавшими за свои деньги не только получить красивые ресницы, но и вволю поболтать.

— И вот у них в поселке этом, представляешь, косметикой вообще не пользуются. Не то что запрещено, а не принято, считается неприлично. Олька там просто извелась за месяц, она с внуком приезжала сидеть и, говорит, честное слово, извелась. В булочную утром пошла, у них же принято каждое утро свежее покупать, пирожные там, круассаны, десерт, они там не обедают без десерта, и вот она пошла в булочную и, конечно, подкрасилась, а она не так, как я, голубые тени и сама не накрасит или там ресницы удлиняющей тушью, это нет, но все равно, дочка ей потом такая говорит, ты, мам, больше, я тебя пожалуйста прошу, косметикой вообще не пользуйся, тем более днем, а то все будут говорить, что это за проститутка к нашей Мари приехала. Вот ты скажи, можно так жить? Невозможно, я считаю. И тарелки у них там запрещены, ну, антенны спутниковые, потому что портят архитектуру, на балконах можно только цветы, и то не всякие...

«В конце концов, я ведь не знаю, как живут в аристократических пригородах Парижа, — подумала Вика. — Так что это даже интересно послушать».

— Ты в приворот веришь? — неожиданно спросила Антонина.

Вика удивилась бы такому повороту разговора, но удивляться, держа пинцетом микроскопическую ресницу, было неудобно.

— Нет, — окунув ресничку в клей, ровным тоном ответила она.

— А я верю. У нас все верят, и не зря, я считаю.

Вика приклеила очередную искусственную ресницу к Антонининой. «У нас» — это было ей теперь понятно. Даже странно, почему она не сразу сообразила, что ничего московского в этой женщине нет и помину. И одежда лежит и висит в ее квартире где попало — на креслах, на спинке стула, на дверной ручке и даже на полу, как в гостиничном номере, в который вселились два часа назад.

— Отец мой всегда дробины и картечи из убитого зверя доставал и в новые заряды потом по одной клал, а потому что такой заряд никогда мимо не пролетит, и так оно и есть, ни разу не подводило, и с приворотом то же самое, это же народная мудрость, вот у меня подруга, не Олька, другая, пошла к ведьмачке, чтобы она ее мужа от любовницы отворожила и к ней обратно приворожила, и она так и сделала, ведьмачка, про любовницу он думать забыл, только всё к Нинке, к жене, и ни на шаг не отходит, но стал страшно ревнивый, просто за каждым шагом стал следить, в молодости и то такого не было, Нинка даже жаловалась нам, а потом совсем он ее приревновал и убил, вот как бывает, и как после этого в приворот не верить?..

«И охотничьих примет я тоже не знаю, и тем более про привороты, — подумала Вика. — Так что и это интересно».

Если смотреть отвлеченно, то все это, может, и было интересно, но чтобы считать эти сведения интересными лично для себя, Вике требовалось усилие. Впрочем, не самое большое это было усилие из тех, которые ей приходилось совершать над собою.

— И я, если честно, лучше бы тоже к той ведьмачке обращалась, чем к обычным экстрасенсам, но где ее теперь найдешь, — сказала Антонина.

— А обязательно к кому-нибудь обращаться? — не удержалась Вика.

— Конечно. — У Антонины не дрогнул ни один мускул на лице, и только по интонации можно было понять, что она удивилась странному вопросу. — У всех же экстрасенсы. И астрологи обязательно, без астрологов люди шагу не делают, и правильно, я считаю, что-то такое есть точно, я когда финансовый год закрываю, то всегда со своей астрологиней советуюсь, и как звезды встанут, так всегда и сходится.

Финансовый год — удивительно. Вика была уверена, что никакого самостоятельного занятия эта женщина иметь не может — ездит вслед за богатым мужем в Москву и обратно и, как Люда, проводит основную часть времени в разговорах с подругами. А вот поди ж ты.

— В Москве тоже все так, думаешь, у нас только? — сказала Антонина. — От Москвы и пошло вообще, гороскопы и прочее, плюс у нас шаманы, конечно, это тоже накладывает отпечаток, и здесь шаманы в моду вошли, это от нас, в Москве много наших, потому что у нас же нефть, газ.

К тому моменту, когда наклеена была последняя ресница и Антонина села на диване, крутя головой, Вика чувствовала, что у самой у нее в голове гудит, как в пустой бочке.

— Красота! — сказала Антонина, глядя на себя в зеркало пудреницы, которую извлекла из сумки. — А ты говорила, изогнутые не надо. На десять лет помолодела. Еще гиалуронку уколю — как новенькая буду.

— Надолго вы в Москву? — спросила Вика, вставая с журнального столика, на котором сидела во время работы.

И прикусила язык: зачем ей это знать? Понадобятся новые ресницы, Антонина наверняка ей позвонит, вон как собою любуется, понравилось, значит. А подробности — откуда приехала, надолго ли, — интересовать ее не должны, да и не интересуют.

— Послезавтра сразу после совещания уеду, — ответила Антонина. — Гиалуронку — завтра. Вообще, конечно, надо уже всё сделать, ну, губы поддуть, нос выпрямить, но времени нет. Нос — это в Швейцарию ехать, а когда мне? У меня же не работа, а дурдом. Хотя в Липецке есть один хирург, так вот он, говорят, носы делает — швейцарцам не снилось. Сама не видела еще, но верю, мы вообще лучше, нечего перед Западом прибедняться. Я, может, к нему и поеду. Но все равно нужно время на это выделить, это же восстанавливаться сколько, недели три, если не больше, придется отпуск брать. Сколько с меня? — спросила она.

Все-таки правильно Люда предупредила, чтобы Вика забыла те цифры, которые называла своим, как она сказала, деревенским землячкам. Назвала бы Антонине цену, которую считала самой высокой из допустимых, та, пожалуй, засомневалась бы, заслуживает ли такая мастерица доверия. А так — вынула из кошелька оранжевую купюру и отдала без тени удивления со словами:

— Я твой телефон всем даю, да?

Вика кивнула. При этом она изо всех сил постаралась, чтобы вид у нее был самый невозмутимый и не вырвался бы какой-нибудь торжествующий выкрик.

— Давай кофе выпьем, — сказала Антонина. — У меня сегодня релакс, даже телефон выключила, иначе не дадут расслабиться. Перышки чищу, вообще отдыхаю. Ты какой пьешь, обычный или зеленый?

— Зеленый кофе? — удивилась Вика.

— Ну да, для похудания. Хотя тебе ни к чему.

Антонина окинула ее быстрым взглядом. В нем не было зависти — скорее всего, просто потому, что двадцатилетняя разница в возрасте позволяла ей уже не сравнивать Викину фигуру со своей.

— Пойдем в кухню, заварим, — сказала она.

Релакс релаксом, а варить и подавать кофе непонятно кому, практически прислуге, — этого Антонина не могла себе позволить. Вика поняла это так ясно, как если бы та произнесла это вслух. Властность и сознание своего превосходства въелись в эту женщину, как в шахтеров въедается угольная пыль.

Кофе пить Вике не хотелось. То есть хотелось, но где-нибудь в маленьком кафе, сидя в одиночестве за столиком у окна, глядя на тревожную и привлекательную, подчиненную непонятному порядку жизнь старого московского переулка... Она видела по дороге сюда французскую кондитерскую, и хотя забыла, где именно, но можно ведь найти.

— Пойдемте, — сказала Вика.

Кухня выглядела такой же нежилой, как и комната с арочным окном, и другие две комнаты, в открытые двери которых она мельком заглянула, идя по коридору. Вика никогда не видела, чтобы от жилья — дорого отремонтированного, отделанного и меблированного — веяло такой безликой нежилью. Даже квартира в Пречистом, в которой она три дня без отдыха обдирала старые и клеила новые обои, отдраивала туалет и кухню, — даже то убогое жилище не производило на нее такого гнетущего впечатления. В чем тут дело, Вика не понимала. Все по отдельности — белая мебель с золотистыми узорами, белые шторы на окнах, паркетные, тоже белые полы, — не вызывало отторжения, наоборот, свидетельствовало о хорошем вкусе того, кто все это подбирал и собирал. А вот общее, неуловимое, но ощутимое целое... Вика поежилась.

Посередине кухни стоял набитый магазинный пакет, из которого торчал ананасовый хвост.

— От ананасов тоже худеют, — сообщила Антонина. — Меня от них тошнит уже. Держусь-держусь, а потом картошки жареной ка-ак наемся! Но сейчас не буду. Разбери сумку, — сказала она. — Там кофе должен быть, поищи.

Кофе нашелся сразу, молотый обжаренный и в зернах зеленый. Пока Вика разбирала какие-то диковинные пастилки, про которые Антонина сказала, что это низкокалорийные конфеты, и твердый итальянский сыр, и мягкий французский, и испанский хамон, — Антонина неторопливо молола для себя зеленые зерна в ручной кофейной меленке и не переставая говорила:

— Ананасы мне по крови подходят. Диета по анализу крови, знаешь? Мне, оказалось, из фруктов подходят только ананасы. Включи чайник. Нет, из крана не наливай, там бутилированная должна быть, я заказывала. Отец у меня был манси, мать русская, сибирячка. Как мне по крови могут подходить ананасы? А морковка самая обыкновенная — категорически нет. Вот как такое может быть, объясни?

Она не болтала — не было в ее интонациях ни тени той вдохновенности, которая заставляет женщин вести бесконечные увлеченные разговоры, — а вот именно говорила, ровно и монотонно, будто и теперь лежала неподвижно, как мумия, и ей разрешено было только шевелить губами.

— Кровь — загадочная вещь, — сказала Вика. — Мы даже не представляем, откуда она в нас.

Что еще можно ответить, если тебя спрашивают, как то или другое может или не может быть в жизни? Только абсолютную банальность.

Антонина посмотрела на нее с уважением. Вика этому совсем не удивилась: она уже поняла, что ее первая московская клиентка относится к тому типу людей, которые способны воспринимать только общеизвестное. Да и оно является для них открытием. Кем она работает все-таки? Невозможно было соотнести эту въевшуюся в ее натуру властность с так же плотно въевшейся в ее мозг заурядностью.

— Это да, — кивнула Антонина. — Я вот считаю, пары надо по крови подбирать. Ну, или по генетике, это одно и то же. Чтобы дети рождались качественные.

— Так в Германии делали, — сказала Вика. — При Гитлере.

— Да? — удивилась Антонина. — И правильно. Вообще, я считаю, в истории многое пора пересмотреть. При Гитлере у немцев настоящий порядок был, дороги хорошие строили. Немецкие земли он объединял. И нельзя всё черной краской мазать, надо видеть хорошее и брать пример. Если б он на нас войной не пошел, вообще другое к нему было бы отношение. У нас его бы оценили.

Вика молчала. Не потому даже, что Антонина выгодная клиентка, за которой потянется цепочка таких же выгодных, а просто потому, что объяснять ей что-либо бессмысленно.

Когда Вика услышала подобное впервые, возмущение рвалось из нее, как лава из вулкана, она задыхалась от невозможности высказать все доводы одновременно, их миллион у нее был, доводов... Но когда это повторилось два раза, и три, и пять, она поняла, что все ее доводы, хоть одновременно, хоть поочередно, не имеют ни малейшего значения. Что возразишь человеку, который уверен, что при Гитлере был настоящий порядок? Строили дороги, присоединяли земли и зачинали качественных детей, а что кого-то там убили, так наверняка те сами были виноваты. При Сталине вон тоже расстреливали врагов народа и правильно делали, и...

Всё! Всё... Она не хочет сойти с ума. Она не может себе этого позволить.

Щелкнул вскипевший чайник. Вика насыпала в свою чашку молотый кофе и залила его кипятком. Руки у нее слегка дрожали, но все же не так, чтобы это можно было заметить.

Способность Антонины мгновенно переходить к совершенно другой теме оказалась на этот раз благоприятной.

— Завтра дочка моя прилетает, — сказала та. — Маринка. Сможешь завтра прийти? Ей тоже ресницы нарастишь.

— Смогу, — кивнула Вика.

— Только не в эту квартиру, а на четвертом этаже. Я ей там купила. Тут вообще приличный дом. Как положено отреставрировали и снаружи, и внутри сохранили, а не то чтобы все сломать, один фасад оставить, знаем, как они делают. Квартир тут мало, всё по уму. Наверху зимние сады, я хожу — красиво. Сначала хотела в новом каком-нибудь доме квартиры всем купить, и дочке, и сыну, а потом решила тут. Цена та же, а все-таки история. Это тоже капитал, я считаю.

— А кто здесь раньше жил? — спросила Вика.

Не надо было спрашивать, конечно. Зачем продлевать время общения, которое из утомительного превратилось в невыносимое?

— Понятия не имею, — пожала плечами Антонина. — Квартира чистая, без обременения, все проверено. А кто там и что там раньше — откуда мне знать? Коммуналка была, наверное. Центр же, тут везде одни коммуналки были.

Вика хотела сказать, что дома на Малой Молчановке построены еще до революции, и этот тоже — значит, квартира не всегда была коммунальной. Но говорить этого, конечно, не стала. Как бы Антонина ни оценивала капитал истории, но что она может знать о Малой Молчановке? Да и Вике самой какое дело до прошлого этого унылого в своей дороговизне жилья? Никакого.

Но и когда ждала лифта, и когда спускалась с крыльца между двумя львами — что у них на щитах написано, интересно? — не отпускал ее этот непонятный Дом.

Вика закинула голову. Арочное окно на шестом этаже сверкало под прямыми солнечными лучами и тоже было похоже на щит — зеркальный. Ей вдруг показалось, что именно оно, окно это, глухим щитом закрывает жизнь, которая была в этом доме совсем другою.

Странная это была фантазия. Но долго еще Вика стояла, глядя вверх на полукруглое окно, и чувствовала необъяснимую тревогу.

Глава 8

«Не удался мой побег. Давно, усталый раб... Глупости! Никакой я не раб. Но побег — не удался».

Непонятно, почему именно эта мысль пришла Полине в голову и почему именно в ту минуту, когда она подошла к дому на Малой Молчановке и закинула голову, оглядывая его фасад.

Фасад красивый, ничего не скажешь. Гармоничный. Особенно полукруглое центральное окно на предпоследнем этаже.

«Пусть моя комната будет за этим окном, — загадала Полина. — Тогда — удача».

У крыльца стоял грузовик, и четверо рабочих сгружали с него двух огромных каменных львов. Нет, не каменных, бетонных, поняла Полина, подойдя поближе и приглядевшись. Ну да, ей же и сказали, выдавая ордер на комнату: это на Малой Молчановке, Дом со львами, только львов сейчас нету, их в войну от бомбежек убрали.

— А щиты куда подевались? У них щиты были.

Высокая женщина лет сорока в выцветшем ситцевом платье наблюдала за разгрузкой. Она и спросила про щиты, которых в лапах у львов действительно не было.

— Идите куда шли, гражданка, — сказал милиционер.

Он тоже наблюдал за тем, как львов снимают с грузовика, но делал это по долгу службы, а не из праздного любопытства.

— Так я сюда и шла! — тут же возмутилась она. — Живу я здесь. Домой уже пройти нельзя!

Милиционер, видно, был опытный: окинув гражданку быстрым взглядом, спорить с ней не стал, а покладисто ответил:

— Проходите в подъезд, вас никто не задерживает.

Полина поднялась на крыльцо вслед за нею.

— Щиты сперли точно, — бросила гражданка, открывая входную дверь.

— Ну кому могли понадобиться бетонные щиты, Шура?

Другая женщина как раз выходила в этот момент из подъезда. То есть не женщина, а девушка моложе Полины. По привычке мгновенно схватывать и оценивать внешность даже первого встречного Полина сразу поняла: лицо ее не назовешь красивым, но что-то в ее облике есть такое, что притягивает взгляд и от чего язык прирастает к нёбу.

Впрочем, Шурин язык к нёбу прирасти явно не мог.

— Ты, Серафима, не говори, чего не понимаешь, — отрезала она. — Я их знаю — им надо, не надо, а только от чего отвернешься, то сейчас и сопрут. И щиты сперли.

Девушка не ответила — спустилась с крыльца и пошла по улице. Полина посмотрела ей вслед. Показалось, она смотрит на можжевеловый куст, но не тот, что растет сам собою, а тот, что спустился на землю с дальнего края картины да Винчи.

Даже Шура проводила взглядом эту Серафиму.

— Блаженная, — заключила она, когда та скрылась за углом. И поторопила Полину: — Вы, женщина, заходите или нет?

Квартира, в которую Полине был выписан ордер, оказалась на шестом этаже. Потолки в этом доме были просто заоблачные, а лестничные пролеты бесконечные. Если бы Полина не натренировалась, поднимаясь ежедневно в свою берлинскую квартиру, то сейчас у нее блестящие мушки перед глазами плясали бы, а так — ничего, долетела, как птичка.

Все время, пока поднимались, Шура шла за нею шаг в шаг, монотонно приговаривая:

— На тот свет они нас хотят отправить, а сами тогда жилье наше займут, комнаты своим раздадут...

Точку в своем монологе она поставила, когда они с Полиной остановились у двери двадцать третьей квартиры.

— Уже раздали, — припечатала Шура. — Вы, гражданочка, никак вселяться пришли?

— Да, — с улыбкой подтвердила Полина. — Соседями будем.

— И лезут, и лезут... Будто без них соседей мало! — обращаясь не к Полине, а к пространству, возгласила та.

Но на возмущение таких, как Шура, внимания Полина никогда не обращала. Да вообще-то и ни на чье возмущение она не обращала внимания. Русская пословица: «На всякий чих не наздравствуешься», — казалась ей правильным руководством не только к жизненным, но и к простым житейским действиям. Она достала из сумочки ключ с привязанной к нему бумажкой, на которой химическим карандашом был написан номер квартиры, и открыла дверь. Шура, тоже расстегнувшая сумку, застыла со своим ключом в руке.

«Что ж, жилье как жилье, — подумала Полина, проходя из прихожей в длинный коридор. — И соседи как соседи. Испорченные квартирным вопросом. Интересно, милосердие стучится в их сердца?».

Роман Михаила Афанасьевича, так, конечно, и не изданный, но услышанный ею, когда он читал его для избранного круга, поразил Полину так сильно, что и спустя много лет фразы из него вспоминались по самым разным поводам.

И — да, удача ее не оставит! Отперев свою комнату, единственную, на двери которой висела сургучная печать, так что перепутать было невозможно, Полина увидела прямо перед собою высокое арочное окно, на которое десять минут назад смотрела с улицы.

Что-нибудь это да значило. Полина прошла в комнату, чихнула от тяжелого, настоявшегося пылью воздуха и дернула за оконные створки. Затрещала замазка, створки распахнулись, и в комнату ворвался сырой, пахнущий мокрым асфальтом и листьями осенний воздух.

«Я в Москве, — подумала Полина. — Это окончательно. И я одна. А вот это не окончательно. Будет мне удача в этой комнате!».

Дверь скрипнула, комнату пронизало сквозняком.

«С соседями еще работать и работать, — подумала Полина. — Стучаться здесь, видно, не принято».

Она думала, что пришла Шура — выразить какое-нибудь недовольство, чтобы сразу обозначить отношения с новой соседкой. Но в дверях стояла девчонка то ли шестнадцати, то ли двадцати лет. Да и двадцать пять могло ей быть, возраст ее определить было невозможно. Полина всегда считала, что человеческие лица меняет не столько возраст, сколько разум. А он в выстраивании лица этой девчонки явно не участвовал.

Зато у нее были необыкновенные глаза — круглые, но, главное, беспримесного желтого цвета. Полина таких никогда в жизни не видела.

— Здрасьте, — сказала девчонка. — Вас как зовут?

Обращается к незнакомому человеку на «вы» — уже неплохо. Глядишь, и стучаться в чужую комнату научится.

— Полина Андреевна Самарина, — представилась она. — А вас?

Девчонке сошло бы и «ты», ей это наверняка и понятнее было бы, да и представляться по имени-отчеству Полина не привыкла. Но в воспитательных целях...

— Таисья. Петрова.

Когда-то Полина увлеченно читала книжки о происхождении фамилий в разных странах. Это ей потом оказалось полезно — понимать, откуда родом человек, с которым приходится иметь дело. Сам-то человек мог, конечно, родиться где угодно, этого по фамилии не определишь или, во всяком случае, определишь не всегда, но род его — дело тоже существенное, даже если он ничего о своих предках не знает. Загадочное дело кровь, это Михаил Афанасьевич тоже не зря заметил в своем романе.

Ну и что в прошлом, в длинной цепочке предков у этой желтоглазой простолицей девчонки? Ничего. Петр, сын Петров. Или Иван, или Яков — Петровы дети. Летом праздновал их отец именины, вся семья в этот день разговлялась после Петровского поста, сыновья напивались браги до одури и дрались всласть, а чуть свет опять шли работать в поле.

«И к чему вот лезут в голову всякие глупости?» — одернула себя Полина.

Впрочем, ей всегда бывали интересны отвлеченности. В меру, конечно.

— Вы по каким дням уборную будете мыть? — спросила Таисья. — Я список составляю.

Такой вопрос привел Полину в замешательство. Правда, ровно на пять секунд.

— Скажу, как только найду домработницу, — ответила она.

— Мне сейчас надо, — помотала головой Таисья. — Говорю же, список составляю. Сегодня вывешу.

— Значит, поставь меня последней в списке. Сколько в квартире семей?

— Семь.

— Вот восьмой и поставь.

За неделю надо устроить свою жизнь. То есть не жизнь, а просто быт, но и с устройством быта тоже тянуть нечего.

— Всё? — спросила Полина.

— Ага, — кивнула Таисья и сообщила: — Старшая по квартире Шура Сипягина. Которую вы видели уже. Если какой вопрос серьезный — к ней. А по мелочам и ко мне можно.

— Тая, ты учишься или работаешь?

Воспитывать девчонку «выканьем» Полине надоело.

— В пельменной работаю. Посудомойкой.

— Домработницей ко мне пойдешь? У меня жизнь напряженная, Таечка, мне с хозяйством справляться будет трудно, да и некогда. А ты справишься.

Полина не сомневалась, что Тая согласится. С ней вообще мало кто не соглашался. А если у девчонки и руки такие же ухватистые, как взгляд, то бытовые дела можно считать улаженными.

— Платить сколько будете? — быстро спросила Тая.

— Больше, чем в пельменной.

— Ладно, — кивнула она. — Только вы меня оформите, как положено, а то милиция кишки начнет мотать, тунеядка, мол.

— Не волнуйся, — улыбнулась Полина. — Комар носа не подточит.

— Ну как оформите, я тогда из пельменной и уволюсь, — заключила Тая. — Говорите, если что надо. Моя дверь по коридору последняя. Кладовка.

Тая ушла. Полина присела на стул и обвела комнату взглядом. Не очень пока понятно, как устраивать новую свою жизнь, но здешнее пространство подходит для чего-то нового, она чувствует такие вещи. Только мебель надо будет выбросить — тягостью от нее веет, это она чувствует тоже. Да и не трудно понять почему, и не нужна для этого какая-то особенная чувствительность. Полина сама же сорвала печать с двери — ясно, куда скорее всего подевались хозяева опечатанной комнаты.

Некоторое время ей казалось, что она сидит в полной тишине. И только потом, стряхнув с себя оцепенение — с подготовкой к новой жизни, с предвосхищением ее оно было связано, — Полина сообразила, что никакой тишины здесь нет и не предвидится.

Закончился рабочий день, и за стеной стоял такой шум, будто там был не коридор, а оживленная городская улица. Один мужчина сморкался, другой кого-то звал сердито и громко, женский голос что-то выговаривал на ходу, а детский сердито возражал, потом раздался быстрый грохот, будто колеса проехали, и Полина вспомнила, что у одной из дверей висел на стене самокат — на нем кто-то и прокатился теперь, наверное. Потянуло запахом щей и прогорклого масла, и почему-то с улицы. А, видно, не только у нее в комнате, но и в кухне открыто окно, и кто-нибудь взялся разогревать еду.

«Жилище, что и говорить, могло быть получше, — подумала Полина. — Но могло и похуже, даже сильно похуже, — философски заключила она. — Так что жалеть не стоит точно. А пора его обследовать».

Выйдя из комнаты в коридор и отправившись на поиски уборной, она с ностальгическим чувством вспомнила туалетную комнату в берлинской квартире — карамельного цвета кафель с тонко, как на фарфоровом сервизе, прорисованными розами, массивную ванну на бронзовых львиных лапах и ароматические соли, которые хозяйка пансиона всегда выставляла для жильцов на плетеной из лозы этажерке, не забывая пополнять их запас во флаконах.

А кстати, эта московская квартира очень на ту берлинскую похожа. Ну конечно! И потолки такие же высокие, и такая же на них лепнина... Только здесь все обветшало, потрескалось и потускнело, а там сверкает чистотой и постоянной обновленностью.

Не сверкает, а сверкало. Нет больше того дома на Кудамм. Единственная от него уцелевшая обгорелая стена смотрит на улицу черными дырами бывших окон.

Как глупо! Ладно еще, когда человек разрушает чужую жизнь, это хоть чем-то можно объяснить — жадностью, подлостью, завистью наконец. Но как не иметь ума настолько, чтобы не понимать, какие именно твои поступки, следуя друг за другом в неотменимом порядке, совершенно точно разрушат жизнь твою же собственную? И как это вышло, что подобную глупость проявил не один человек, не десять и не тысяча, а миллионы людей, да еще таких рассудительных, как немцы?

Полина и теперь, спустя почти десять лет, не понимала того массового недомыслия так же, как не понимала его в тридцать восьмом году, когда приехала из Парижа в Берлин. Даже ей, иностранке, тогда в течение одной недели стало ясно, к чему здесь дело идет и чем закончится. Так оно и вышло. А миллионам местных граждан ничего ясно не было. Они ликовали, рыдали от счастья жить в такой замечательной стране и гордились, гордились собой бесконечно! Странно, странно.

Но что же — та часть ее жизни окончена, и незачем теперь о ней думать. Теперь надо войти в кухню, из которой доносится деловитый вечерний гул, и познакомиться с людьми, бок о бок с которыми ей предстоит провести следующий отрезок своей жизни. А прежний — забыть. Так она делала всегда, и ни разу еще не пришлось ей жалеть о таком ритме движения по жизни.

Но все же многое, многое из прежнего то и дело всплывало у нее в памяти.

Глава 9

«Я – понятно. А вот другие — почему они захотели пойти на сцену?».

Эта мысль приходила Полине в голову каждый раз, когда она гримировалась перед спектаклем в большой гримерной театра «Одеон» среди таких же, как она, артисток «на выход». Первичные мотивы, ведущие человека на актерский путь, интересны ей были потому, что для нее профессия была вторична.

Она решила быть актрисой только из страха перед тем, что ее жизнь пройдет самым обыкновенным образом. Как у всех. Как у ее родителей: рано утром папа уходит на работу в какой-то департамент, названия которого Полина не знает и не интересуется знать, потому что работа эта для папы случайна, и хотя он дорожит ею как зеницей ока, но лишь потому, что за нее платят деньги, на которые можно жить, и вот он выполняет весь день какие-то обязанности мелкого клерка, возвращается поздно вечером усталый, а мама тем временем идет на маленький рынок на углу, стараясь подгадать к тому моменту, когда торговля уже сворачивается и все становится дешевле, потом готовит, гладит и штопает одежду, убирает квартиру, потому что позволить себе прислугу они не могут, вечером они обедают втроем, потом читают каждый свою книжку, потом родители обсуждают, что интересного произошло за день, а Полина, прислушиваясь краем уха к их разговору, не понимает, как можно считать интересным то, что они обсуждают... И так каждый день пять раз в неделю, и в выходные примерно то же, только вместо работы поездка в Булонский лес на пикник, но и в пикнике нет ничего интересного, потому что заранее известно во всех подробностях, как он пройдет, и ни разу не случалось, чтобы он прошел как-нибудь иначе. Или в гости к знакомым, жизнь которых так же однообразна, но им так же не скучно проживать эту жизнь, как и Полининым родителям.

— У нас есть причины не скучать, — сказала мама, когда Полина спросила ее однажды о том, чего сама не могла ни понять, ни объяснить. — Наша молодость пришлась на такое бурное время, что... Оно ушибло нас, Полинька. Выбило из нас все силы. Такое напряжение не проходит бесследно — мы надорвались. Мы постарели сразу же, как только добрались до Франции. Мне сорок лет, а я чувствую себя... Нет, не старухой, конечно, нет-нет, но все-таки пожилой дамой, у которой все главное в жизни уже прошло, и слава богу. Я больше не хочу ничего яркого, необыкновенного, пусть даже и в положительном смысле. У меня нет на это сил.

Выслушав это объяснение, Полина пожала плечами. Не наяву — ей вовсе не хотелось обидеть маму, — а мысленно. Как можно радоваться, что лучшее в твоей жизни уже прошло, она не понимала. Вот хоть убей, не понимала! То есть, конечно, когда жгут твой дом и убивают соседей, и ты лишь чудом успеваешь бежать из деревни в Москву, и там всех, кто тебе близок не по крови уже, потому что близких по крови просто не осталось, но хотя бы по воспитанию, убивают тоже... Конечно, после этого будешь чувствовать себя напуганным и опустошенным. Наверное, будешь; так Полина старалась думать. Но на самом-то деле, внутри себя, она в это не верила.

Опустошение — навсегда? И никаких желаний — тоже навсегда? И считать, что вот эта серенькая, как парижский дождик, жизнь — единственное счастье на все оставшееся тебе на земле время?.. Да ни за что!

Ее жизнь будет другою, это она решила твердо еще когда училась в лицее. То есть это правильнее было назвать не решением, а просто знанием. Она — другая, ей не подходит однообразный цвет жизни, ей нужны яркие краски. Может быть, если бы она пережила то, что пережили родители, то была бы такая же, как они, но она — спасибо им — родилась уже здесь, в Париже, и натура ее проявляется так, как ей свойственно, а не так, как диктуют обстоятельства.

Но мало понимать, что ты хочешь яркой жизни, куда труднее понять, каким образом ее для себя добиться. Размышления об этом приводили в растерянность даже никогда и ни от чего не терявшуюся Полину. Ну вот что ей делать? Сбежать из дому в Марсель и, переодевшись в мужское, проситься юнгой на корабль, отплывающий куда-нибудь в Перу? Понятно же, что это глупость несусветная. Никто ее юнгой не возьмет, а если возьмет, то недолго ей удастся притворяться мужчиной, а если и удалось бы долго, то в жизни юнги нет ровным счетом ничего из того, о чем она мечтает. Просто драишь палубу и лазаешь по каким-то вантам или реям, или брамселям, или как их там называют, а кругом, сколько глаз хватает, одна лишь вода, которая только в первые три дня кажется отличной от воды на парижской мостовой после дождя...

Точно так же не привлекала Полину жизнь охотников за экзотическими животными, и ошеломляющие полеты авиаторов не привлекали тоже...

«Может быть, я просто боюсь труда? — спрашивала она себя. И себе же по справедливости отвечала: — Нет. Я упорна и делать над собой усилие умею. Я боялась холодной воды, меня это злило, я решила избавиться от этого глупого страха — и избавилась, и плаваю теперь осенью, в ноябре, и у меня даже насморка не бывает.

Но зависимость труда от чужих и глупых людей, вот чего я боюсь безусловно, вот чего для себя не хочу ни за что!».

Неизвестно, каким выбором закончились бы все эти размышления — до окончания лицея, который родители оплачивали полным напряжением всех семейных сил и средств, оставалось все меньше времени, — если бы не знакомство, ожидать которого было не то что совсем невозможно, но все же очень затруднительно.

— Лиза, Полинька, вы не представляете себе, кого я сегодня встретил!

Папу было не узнать. Во всяком случае, Полина его таким никогда не видела: глаза беспечно сверкают, на губах пляшет улыбка, кончики усов лихо закручены, и от всего этого кажется, что он помолодел лет на двадцать.

— Кого, Андрюша?

В мамином голосе слышался почти что испуг. Полина почувствовала его так же явственно, как папину радость. От любых потрясений, даже прекрасных, мама не ожидала хорошего.

— Сережу! — радостно сообщил папа. — Сережу Рахманинова. Он выходил, вообрази себе, из нотного магазина на рю Риволи, остановился купить фиалок, а я как раз расплачивался с цветочницей. Ты не представляешь, как он обрадовался!

— Представляю. — Мама улыбнулась. Даже улыбка не сообщала ее лицу видимости счастья. — Я бы тоже обрадовалась соседу и приятелю юности.

О том, что композитор Рахманинов был папиным соседом по тамбовскому имению, знала даже Полина, не считавшая сведения такого рода существенными. Еще в раннем детстве она поняла из родительских разговоров, что все сколько-нибудь незаурядные люди в России были приятелями детства или соседями — по дому в Петербурге, по переулку в Москве, по подмосковной даче или по имению в какой-нибудь дальней губернии. Так уж была устроена эта огромная страна, что все значительное в ней умному человеку невозможно было миновать, просто живя своей естественной жизнью. Отметив для себя однажды эту особенность, Полина не придавала ей значения. Та жизнь в России все равно кончена, и какая разница, как она была устроена?

А знакомых и соседей по той прежней жизни папа и мама встречали в Париже постоянно. Вот, еще одного встретили. Конечно, Рахманинов великий композитор, это всем известно, но ведь и Иван Сергеевич Шмелев тоже великий, он писатель, и папа даже нарочно давал Полине читать его рассказы, чтобы она усвоила настоящий русский язык, — а с ним родители встречаются не так уж редко... Одним словом, о встрече папы с Рахманиновым Полина забыла ровно через пять минут после того как услышала.

И напрасно! Через три дня Рахманинов пригласил папу с женой и дочерью на свой концерт, а после концерта на ужин, а там, в ресторане... Там Полина увидела женщину, которая поразила ее так, как ни один человек, да и ничто вообще не поражало в жизни.

Та женщина вошла, когда гости уже собирались сесть за стол, и все сразу же забыли об ужине, и все взгляды сразу обратились на нее. В ресторанном зале собралось много красивых, с тонким вкусом одетых дам, поэтому в таком мгновенном и всеобщем внимании к одной было что-то необъяснимое. Но не пугающее это было внимание — в вошедшей высокой, очень стройной женщине не было ничего зловещего или мрачного, — а магическое.

В этой женщине был вызов. В каждом ее движении и во взгляде, и в повороте головы, и даже в том, что ее тонкий, с горбинкой нос был длиннее, чем допустимо, чтобы лицо могло считаться красивым, но при этом ее лицо было не просто красивым, а невыразимо прекрасным... Значительным оно было!

Вся она — и внешность ее, и проявленная через внешность суть — была значительна, вот что Полина поняла, ошеломленно на нее глядя.

На ней было платье из темно-золотой, с багровыми разводами ткани. Из-за своего цвета ткань казалась тяжелой, но в действительности была такой тонкой, что от каждого движения и даже вздоха колебалась, как занавес, и так же, как театральный занавес, скрывала за собою что-то небывалое, не принадлежащее никому, но всем обещающее загадку и счастье.

И в такой расцветке платья тоже был вызов, кстати, и на ком угодно другом оно показалось бы безвкусным, но на этой женщине — наоборот: в ее платье был стиль, и понятно было, что он создан ею и только ей присущ.

— Кто это? — спросила Полина у мамы, пока гостья здоровалась с Рахманиновым.

— Ида Рубинштейн, — ответила мама. — Балерина. Эпатажная, правда? Впрочем, с ее богатством можно себе позволить все что угодно, в том числе и эпатаж.

Полина так не считала. В лицее, где она училась, было немало девочек из очень богатых семей, и мельком, не слишком приглядываясь, но все же наблюдая за их родителями, она давно уже поняла, что само по себе богатство не делает человека значительным. Отец ее подружки Элен владел судоверфями где-то в Польше и был богат, как Крез, но одного взгляда на него было достаточно, чтобы понять, как он скучен и зауряден.

Нет, богатство Иды Рубинштейн, конечно, имело значение, без него не закажешь у кутюрье такое платье из золото-багряного шелка, но оно являлось лишь обрамлением чего-то другого, присущего ей от природы и полностью ею воплощенного.

Весь вечер Полина не сводила с Иды глаз. Та сидела на другом конце стола, поэтому не было слышно, что она говорит, и только однажды, отвечая на вопрос какого-то пухлого господина, сидящего близко от Полины, Ида произнесла громко:

— Не вижу для себя выбора между путешествиями и искусством. Первое велико, но второе безгранично. А полная смена впечатлений необходима мне постоянно, иначе я чувствую себя больной.

— Гордыня, и вокруг себя гордыню сеет, — проворчал потом этот господин.

Он был прав — Ида лишь снисходила до окружающих, но отделяла себя от них категорически, этого невозможно было не заметить. У всех на глазах она создавала и себя, и свою жизнь, и правила своей жизни, и все вокруг нее подчинялись этим правилам, и это происходило не из-за ее денег и не из-за роскоши, которой она была окружена, а из-за одной лишь ее воли быть такой, какою она себя являла.

Так значит, это возможно? Возможно создать свой собственный мир, свои собственные правила, и если сделать это с уверенностью в своем на то праве, люди примут твои правила и подчинятся им, и даже счастливы будут подчиниться!..

Так думала Полина, не отводя взгляда от Иды, и размышления эти наполняли все ее существо восторгом.

Когда шли из ресторана домой, она буквально выудила из мамы все, что та знала об Иде Рубинштейн.

— Ах, боже мой, да ведь я тебе уже объяснила: она эпатажна и экстравагантна! — Видно было, что маме не хочется говорить о таких опасных, с ее точки зрения, человеческих качествах. — И что еще о ней сказать? Ну, танец Саломеи она когда-то станцевала — сбрасывала с себя одно за другим семь покрывал и оставалась на сцене совершенно голая. Разумеется, это всех шокировало, церковь страшно возмущалась, все газеты о ней писали, и весь Петербург говорил.

— О ней и теперь пишут и говорят, — заметил папа. Поднялся ветер, и он повыше поднял воротник пальто. — Говорят, у нее при особняке под Парижем парк, в котором дорожки выложены мозаикой, и будто бы Бакст придумал в этот парк какие-то особенные лотки для растений, их каждую неделю переставляют, чтобы менять ландшафт.

Тут разговор прервался, потому что дождь хлынул как из ведра и всему семейству Самариных пришлось бежать домой бегом.

Но уже назавтра Полина отправилась в публичную библиотеку и прочитала все, что удалось достать об Иде Рубинштейн. Что там парк с мозаикой на дорожках! В особняке, где Ида принимала всю парижскую богему, висел золотой театральный занавес и были разложены на всеобщее обозрение пыточные инструменты из Сенегала и самурайские мечи, и африканские ткани, а спальню ее охраняла пантера, которую иногда выводили к гостям.

Но главным было не это, а именно то, что Полина ощутила сразу: воля, с которой Ида настояла на своем праве быть самой собою. И балериной она сделалась, хотя природные ее данные этому не способствовали ничуть, и в сумасшедший дом ее родственники тщетно пытались упрятать, чтобы она не позорила фамилию...

Все что угодно было в ее жизни, единственного не было — однообразия.

Это следовало осмыслить. Выйдя из библиотеки, Полина медленно шла домой от метро на площади Вогезов — они жили в маленькой съемной квартире в Марэ — и думала, что делать с тем ослепительным примером, который явила ей Ида. С чего ей начать, за что зацепиться, чтобы обозначить собственный путь и пойти по нему, невзирая ни на что?

Пантера и особняк с парком, где дорожки выложены мозаичной плиткой, — неосуществимо, это Полина понимала. Да и балет, наверное, тоже: все-таки ей уже шестнадцать лет, она никогда не танцевала, и поздно начинать. Но ведь артистическая карьера — это не обязательно балет...

Во время учебы Полина участвовала во всех лицейских спектаклях. Когда русская эмигрантская община ставила водевиль к Пасхе или разыгрывала «Вечера на хуторе близ Диканьки» к Рождеству, ее тоже всегда приглашали и все говорили, что девочке Самариных непременно надо быть артисткой, у нее несомненные способности. Тогда она не придавала этому значения, потому что способности у нее были ко многому и постоянно обнаруживались новые, но вот теперь...

Когда Полина объявила, что после лицея намерена поступить в высшую театральную школу, это не вызвало у родителей восторга.

— Я так и предполагала, что ты выдумаешь нечто странное, — вздохнула мама.

— И почему ты не хочешь стать врачом? — расстроился папа.

«Ведь это верный кусок хлеба», — читалось в его глазах.

Но, наверное, они в самом деле не предполагали, что Полина выберет для себя какую-нибудь респектабельную буржуазную профессию, поэтому горевали недолго. К тому же — ведь их дочь наверняка обладает артистическим даром, и это наверняка будет замечено режиссерами, а затем и публикой, а значит, у нее будет успех, деньги и надежное жизненное положение. Насколько вообще что-нибудь может быть надежно в современном мире, где самая что ни на есть респектабельная страна Германия вдруг сошла с ума от любви к какой-то бредовой теории, которая оправдывает убийство людей.

Разочаровывать родителей Полина не хотела. Но чем дольше она училась актерскому мастерству, тем более очевидным становилось для нее, что присущая ей живость ума, склонность к неожиданным поступкам и притягательная внешность — эти качества она сознавала в себе и прибедняться была не склонна, — все это в совокупности не дает того загадочного явления, которое называется актерским даром.

Она старалась об этом не думать. Она прилагала все усилия для того, чтобы сделать артистическую карьеру. Она еще училась, но ее уже взяли в театр «Одеон», пусть пока на коротенькие роли, которые в России, она знала, назывались «кушать подано», но ведь это еще ничего не значит, это еще переменится, не может не перемениться!..

Но сколько бы Полина ни уговаривала себя не падать духом, страх обыденности, исчезнувший было после встречи с Идой и решения избрать артистический путь, — этот страх все чаще тревожил ее разум и подступал к сердцу.

Глава 10

В таком вот смятении сердца и разума возвращалась она вечером после спектакля домой.

Улица была пустынна, фонари горели тускло, и Полина думала о том, что не любит Париж и не любила никогда, хотя родилась в нем и выросла. Чего-то не хватало ей в этом городе.

До эмиграции родители жили зимой в Москве, а летом в имении под Тамбовом. Она предполагала, что ей могут быть приятны именно эти города, но когда разглядывала их дореволюционные фотографии, то никакой особенной приязни не ощущала. Возможно, ее город маячил еще где-нибудь впереди.

«Сколько можно? — сердито подумала Полина. — Все впереди да в будущем... Так и жизнь пройдет в пустом ожидании!».

Это все равно как надеяться на то, что когда-нибудь ее будет ожидать после спектакля сонм поклонников и сверкающее авто, и роскошный ресторан, в котором все они станут праздновать ее поражающий воображение успех. Надеяться-то можно, но вот покамест она идет после спектакля по темной улице одна и пешком, и роль у нее в этом спектакле мизерная, не роль даже, а какой-то несущественный вскрик, и надеяться на успех в таком положении может только идиотка, а она совсем не...

— Эй, куколка, стой!

Этого следовало ожидать. Ее приняли за проститутку и хотят снять на два часа или на всю ночь. Не зря папа предлагал встретить ее после спектакля. Может, следовало согласиться, но совсем уж это было бы стыдно.

Полина ускорила шаг. Человек, назвавший ее красоткой, тоже это сделал. Она услышала его дыхание прямо у себя за спиной, и сразу же в ее плечо вцепилась его рука.

И как только это произошло, она поняла, что не нужна ему никакая проститутка, а остановил он ее потому, что сейчас убьет. Смертью тянуло от него, как от подвала сыростью. Не оборачиваясь, Полина рванулась вперед — и тут же вторая рука убийцы оказалась у нее на горле и стала вдавливаться в него медленно, но совершенно неотвратимо.

Первый раз в своей жизни она видела человека, который наслаждался чужой смертью. То есть она не видела его, но чувствовала лучше, чем если бы смотрела в упор. И знала, что первая встреча с поглотителем жизни будет для нее последней.

Вероятно, он не только передавил ей горло, но и нажал на какую-то точку, которая отвечала за движение и зрение. Руки и ноги у Полины отнялись, а темнота перед глазами стала стала кромешной. И появились в этой тьме синие, красные, зеленые капли. Они были похожи на дождевые, но не летели косой сетью, как дождь, а плыли завораживающе, так же, как угасало ее сознание.

«Если сейчас фиолетовая появится — будет мне удача», — медленно, в ритме этих разноцветных капель, подумала Полина.

Фиолетовая капля тут же появилась и полетела, тускнея, справа налево, но какую удачу могла она принести, разве только смерть без мучений, и...

И вдруг вместо всех этих разноцветных тускнеющих капель вспыхнул у нее перед глазами яркий свет! Слишком яркий, чтобы быть уличным. Полина упала коленями на асфальт — совсем он не мокрый, нет никакого дождя, тем более цветного — и, закашлявшись, схватилась руками за горло. В нем саднило, першило, но оно не было сломано или скручено, сквозь него проходил воздух, который она хватала кусками, как мороженое в детстве.

Ей хотелось лечь на асфальт плашмя и зажмуриться, но вместо этого она вскочила. Хотелось побежать прочь, не оглядываясь, но она стремительно обернулась.

Азарт хлынул в нее вместе с воздухом и оказался сильнее страха. Она впервые ощущала подобное, и ей стало весело, хотя веселого во всем происходящем было мало.

Картину, открывшуюся ее взгляду, смело можно было назвать эпической. Во всяком случае, именно такие картины Полина представляла себе, когда читала в лицее эпос о нибелунгах. На пустынной улице дрались двое, и даже неверно было называть происходящее дракой — это было сражение. Один из сражающихся был низкорослый, с непомерно длинными руками — зрение у Полины обострилось необычайно, и она видела все отчетливо, будто при дневном свете, — а второй высокий и широкоплечий. Длиннорукий пытался обхватить его вокруг пояса и повалить, а он резко отшатывался то вправо, то влево и не давал ему это сделать. Видимо, поняв тщетность своих усилий, длиннорукий вдруг прянул вниз и обхватил все-таки высокого не вокруг пояса, а под коленями. Полина ахнула. Один рывок, сейчас длиннорукий его сделает — и противник грохнется затылком об асфальт. Не успеет он оторвать от своих колен эти огромные цепкие руки!..

Но пока Полина об этом думала, высокий сделал совсем не то, что она могла предполагать. Руки убийцы он от своих колен отрывать не стал, а резко ударил того с обеих сторон по вискам ребрами ладоней. Убийца издал такой крик, какого Полине не то что слышать не приходилось, она не могла даже вообразить, что подобный звук может издавать человеческое существо, — и скорчился на асфальте. Он дернулся дважды коротко, потом еще раз длинно — и затих.

— Скорее, мадемуазель!

Высокий схватил Полину за руку и потащил прочь. Как ни странно, ей не пришло в голову сопротивляться.

А может, не странно это было. Как в недавнем прикосновении руки убийцы к своему плечу она почувствовала его жажду чужой смерти, так в этой, сжимающей ее ладонь сейчас руке — уверенность и власть.

Они шли быстро, почти бежали. Стук собственных каблуков по асфальту казался Полине невыносимо громким. Она вздохнула с облегчением только когда свернули за угол, потом еще и еще раз и вышли на оживленную улицу на противоположой от «Одеона» стороне Люксембургского сада.

— Давайте присядем, — сказал Полинин спутник.

Это правильно. Через некоторое время труп длиннорукого найдут и полиция начнет поиски убийцы. И лучше им сидеть к этому времени в ресторане среди сотен беспечных горожан, пришедших на традиционный пятничный ужин, а не кружить по улицам, привлекая внимание своей неприкаянностью.

Уверенность, что длиннорукий не просто потерял сознание, а именно убит, могла бы показаться странной. Но ощущения странности от того, что она так спокойно думает о чужой смерти, у Полины не возникало. И точно так же не казалось ей странным, что она держит за руку человека, который только что совершил убийство, и садится с ним за уличный столик ресторана.

— Поужинаем? — предложил он.

В его голосе тоже не слышалось ни тени удивления или хотя бы беспокойства о том, что его могут арестовать. И это тоже не казалось Полине странным, вот ведь как! Аппетита у нее, правда, все же не было, но это, пожалуй, было единственное, в чем проявилось ее волнение — еще полчаса назад она чувствовала голод и сразу по приходе домой вот именно собиралась поесть, несмотря на поздний час.

— Благодарю, я не голодна, — ответила она.

— Я тоже. — Он улыбнулся. — Но ведь после спектакля принято ужинать. И пить шампанское.

Полина насторожилась. Откуда он знает про спектакль?

— Я видел вас сегодня в театре. — Наверное, он заметил ее беспокойство. — Но я не шел за вами специально, поверьте. Просто узнал вас, когда... Уже потом я вас узнал.

— Шампанского выпью, — кивнула Полина. — Все-таки я взволнована, знаете ли.

— Не удивительно.

Он снова улыбнулся. Улыбка у него была не то чтобы обаятельная, но очень мужская — сдержанная. Это Полине понравилось. По крайней мере, не похоже, что он примется сейчас хвастать своим эффектным поведением. Хотя мог бы и похвастать, эффектным оно было без сомнения. И эффективным, кстати.

Подошел гарсон, Полинин спутник заказал шампанского. Только теперь, прислушавшись, она сообразила, в чем состоит особенность его речи, лишь волнение помешало ей заметить это сразу.

— Вы русский? — перейдя на родной язык, спросила она.

Он ответил тоже по-русски:

— Да. Сильно чувствуется акцент?

— Не сильно, — покачала головой Полина. — Но француз все-таки расслышит. А поскольку я и русская, и француженка, то и расслышала акцент, и поняла, что он у вас русский.

— Тогда закажем устрицы, а? — чуть смущенным тоном попросил он. — Я как московский гость о них мечтаю.

— А вы прямо из Москвы гость? — удивилась Полина.

— Да. Игорь Валентинович Неволин, — представился он.

— Полина Андреевна Самарина.

— Я знаю. Еще во время спектакля в программке посмотрел.

В длинном списке актрис «на выход» русская фамилия была только одна, поэтому его проницательность Полину не удивила. А вот то, что именно ее игра привлекла его так, чтобы смотреть в программке фамилию, было, пожалуй, достойно удивления. Что могло его заинтересовать — ее возглас: «Скорее, скорее идите сюда! Дядя Поль умер»?

— У вас чрезвычайно притягательная внешность, — сказал Игорь Неволин. — Но не для театра.

Хорошенький комплимент!

— А для чего же? — хмыкнула Полина. — Для модной лавки?

Московский гость то ли не заметил, что она рассердилась, то ли не счел нужным обращать на это внимание.

— Для кино, — ответил он.

Однако! Не далее как сегодня, гримируясь перед выходом на сцену, Полина разглядывала себя в зеркале и думала ровно о том, что не пластика ее, не речь даже, а именно лицо могло бы привлечь внимание зрителей, если бы им удалось его разглядеть. Черты его неправильны, но так своеобразны, что на лицейских уроках живописи учитель даже говорил, будто она похожа на Даму с горностаем Леонардо да Винчи.

«Даму с горностаем» Полина знала только в репродукции, потому что сама картина находилась в каком-то польском замке, но другие портреты да Винчи — и «Джоконду», и «Прекрасную Ферроньеру» — она разглядывала в Лувре часами, а потому понимала, что означает такое сравнение. Это было самое убедительное признание ее незаурядности, какое только можно себе представить.

Но кто разглядит такие тонкости, как изгиб губ, разрез глаз или абрис щек актрисы на сцене? Разве что зрители первых пяти рядов. Иное дело кино — там есть крупный план.

— Неужели вы никогда не мечтали о карьере в кино? — спросил Неволин. — Трудно поверить.

— Не вижу смысла тратить время на мечтанья, — пожала плечами Полина. — Эта мысль пришла мне сегодня в голову, вы правы. Но это вовсе не значит, что теперь я стану перекатывать ее у себя в голове бессонными ночами.

— А что это значит?

— Что завтра же я пойду на киностудию показываться всем режиссерам, каких мне удастся там обнаружить.

— Решение верное, — кивнул он. — Но толку вы вряд ли добьетесь.

— Почему же?

— Потому что внешность у вас, как это ни странно для русской, совершенно европейская.

— Ну и что? — не поняла Полина.

— А то, что актрис с европейской внешностью здесь слишком много. То есть практически все актрисы здесь таковы. В Париже вы не произведете фурора.

— А где произведу? — усмехнулась Полина. — В Голливуде?

— Возможно, и в Голливуде. Но наверняка — в Москве.

— Я думала, вы говорите всерьез, — поморщилась она.

— Я и говорю всерьез.

— О том, чтобы я отправилась на кинопробы в Москву?

— Да почему же нет? — пожал плечами Неволин. — Вы производите впечатление незаурядной девушки. Неужели верите бреду, который рассказывают об СССР парижские белогвардейцы?

— По-вашему, я должна верить бреду, который рассказывают советские шпионы?

— Это вы обо мне?

— Хотелось бы верить, что нет, но...

— Я не шпион, — вздохнул Неволин. — А всего-навсего сотрудник Госкино. Слышали про такую организацию?

Про такую организацию Полина, разумеется, не слышала, она не имела привычки интересоваться посторонними для себя вещами, но догадалась, что это должно быть нечто, управляющее в СССР кинематографом.

— Как мы с вами, однако, своевременно встретились, — иронически проговорила она. — Надо же, какое удивительное совпадение!

— Вы, конечно, вправе мне не верить, — сказал Неволин. — И совпадение действительно странное, я понимаю. Но это в самом деле всего лишь совпадение. Ну посудите сами, Полина Андреевна. — Он потер ладонью лоб. Кажется, его расстраивала необходимость оправдываться в том, в чем он не чувствовал себя виноватым. — Цель моей командировки — изучить положительный зарубежный опыт. В моей, разумеется, сфере, в кинематографе. Наладить связи, совместную работу. Всем известно, что лучшие киноактеры получаются из театральных. Это школа, это уровень — мастерство, как говорится, не пропьешь. Естественно, что я отправился в театр. И увидел вас. И ваше лицо меня поразило.

— Это тоже естественно? — спросила Полина.

— Да.

Его небольшие, узко поставленные глаза смотрели умно и внимательно.

— Послушайте, Игорь Валентинович, — сказала Полина. — Вы полчаса назад у меня на глазах убили человека. Вы сделали это профессионально и хладнокровно. И вы хотите, чтобы я поверила, будто вы занимаетесь кинематографом?

— Почему вы решили, что убил? — Он пожал плечами. — Пи... пенделя хорошего дал, вот и все. И никакого на то профессионализма не требуется. Я в Марьиной Роще вырос, Полина Андреевна. Это, чтоб вы понимали, самый что ни на есть хулиганский район Москвы. А умение драться достигается упражнением, как писатель Булгаков — по другому, правда, поводу — заметил.

Официант принес шампанское, откупорил и, ловко отмеряя пену, разлил по бокалам.

— Давайте выпьем за нашу встречу, — сказал Неволин. — Чтобы она стала не простой случайностью, а счастливой.

— А кто такой Булгаков? — отпив шампанского, спросила Полина.

— Неужели не знаете? — удивился Неволин. — Булгаков Михаил Афанасьевич, писатель первостатейный. А драматург какой! Пьесу «Дни Турбиных» тоже не знаете? А она между тем во МХАТе не то что успех — фурор имеет. В Москве непременно сходим, — словно о само собой разумеющемся, сказал он.

И в ту минуту, когда он так сказал, будто бы разноцветные стеклышки повернулись у Полины в голове. И сложилась из них совсем другая картина мира, чем была до сих пор.

Полина знала, что не относится к людям, которыми можно манипулировать. Скорее, сама она без особенного труда могла добиться чего хотела от любого человека, даже от совсем незнакомого. И сейчас ей не казалось, что она поддалась обаянию, или влиянию, или силе убеждения, или даже гипнозу какому-нибудь. Нет, дело было именно в том, что она сама, внутри себя вдруг поняла: мир совсем не обязательно выглядит так, как она полагала до сих пор. Можно взглянуть на него с иной точки зрения, и он сразу же переменится, сразу откроются такие его стороны, которые до сих пор были от нее скрыты.

Эта мысль — на самом-то деле мысль о неограниченных возможностях — так поразила ее, что она замерла с наполовину выпитым бокалом в руке.

— Вы в самом деле считаете, что я могла бы иметь успех в советском кино? — спросила она наконец.

— Не сомневаюсь, — кивнул Неволин. — И потом, Полина Андреевна, ну что такое актерский успех? Вы наверняка сами наблюдали, как он возникает.

Да, необходимы исходные данные — талант, внешность, хорошая школа. Но этого мало, скажем прямо.

— Еще нужна удача, — сказала Полина.

— А что такое удача? Это некая движущая сила. То есть такая, которая двигает талантливого человека в правильном направлении. Туда, где его заметят. Будет у актрисы хорошая роль в хорошем фильме у хорошего режиссера — и вот пожалуйста, она звезда. А не будет — и пропадет в безвестности со своим талантом и с внешностью, и со школой.

— А позвольте вопрос? — сказала Полина. — Правильная сила — это, надо понимать, вы? Вы хотите, чтобы я стала вашей любовницей?

— Это два вопроса. Причем между собой они не связаны.

— И?..

— И на оба я отвечаю: да.

Что ж, не зря она сразу, по одному лишь прикосновению ладони почувствовала в нем уверенность и власть. Это не была власть над нею, Полиной Самариной, не родился еще такой человек, который имел бы над нею власть, и не родится никогда, наверное. Но на жизнь, на ту жизнь, которой она хотела бы для себя, его власть распространяется. И своей властью он готов предоставить эту жизнь ей. Что ж...

— Что ж, Игорь Валентинович, — сказала она. — Я согласна.

— На что? — быстро спросил он.

— Поехать в Москву на кинопробы. А вы что подумали?

Неволин наконец расхохотался.

— Ну вы и язва! — сказал он сквозь смех. — И правильно. Пресная женщина не сможет стать настоящей актрисой. А вот наконец и устрицы. К морю, что ли, за ними ездили?

Пока официант устраивал на маленьком столе большое блюдо, на котором во льду были разложены две дюжины устриц, Полина встала.

— Сейчас вернусь. Я должна телефонировать, — сказала она. — Дома волнуются.

— Муж?

— Родители.

Она вошла внутрь ресторана и прошла к телефону, стоящему в отгороженном бархатной шторой закутке у туалетной комнаты.

— Где же ты? Спектакль давно закончился! — Мамин голос звучал встревоженно. — Может быть, папа все же за тобой приедет?

— Не надо, — отказалась Полина. — Сегодня был успех, мы в ресторане, празднуем всей труппой. Я вызову такси, мамочка, не беспокойся.

— И когда же ты будешь дома?

— Утром.

Глава 11

Когда закончили ужинать и вышли на улицу, парижский вечер был еще в самом разгаре. Выходные предстояли длинные, потому что за ними следовал Троицын день, и горожане, не разъехавшиеся по своим загородным домам в Нормандию или в Прованс, отдавались отдыху самозабвенно и безоглядно. Знаменитое парижское «сорти» — «выйти вечером» — наполняло город такой радостной, такой беспечной жизнью, что сидеть дома казалось просто глупостью.

— Поразительное дело парижская толпа, — сказал Неволин. — Ее и толпой-то не назовешь. Каждый — личность!

— Не преувеличивайте, — пожала плечами Полина. — Люди как люди.

— Вообще-то да, — кивнул он. — У нас люди лучше.

— Интересно, чем же? — усмехнулась Полина.

— Целью.

— Построить рай на земле?

— Вот вы смеетесь, а человек без большой цели жить не может. И не должен. Тем более русский человек. Мы же не французы, не индивидуалисты. Мы — вместе. Русскому на миру, как говорится, и смерть красна.

— Не агитируйте меня, Игорь Валентинович, — поморщилась Полина. — Смерть меня ничуть не соблазняет. Тем более на миру. А в Москву я поеду, уже ведь сказала.

— А я закрепляю успех! — засмеялся он.

— Для этого не обязательно говорить пошлости.

— В чем же пошлость? — обиделся он. — Что я русских людей высоко оцениваю?

— Философ Владимир Соловьев, если вам такой известен, считал, что эта лестница ведет в ад.

— Какая лестница? — не понял Неволин.

— От национального самосознания к национальному самодовольству, от него к самообожанию и в итоге к самоуничтожению.

Неволин ответил не сразу. Видимо, не ожидал от парижской актрисульки таких познаний.

— Вы хорошо образованы, — заметил он наконец.

— Родители не готовили меня в актрисы.

— А в кого они вас готовили?

— Если бы знать! — засмеялась Полина. — А вообще, Игорь Валентинович, сейчас не время для умных бесед.

— Для чего же время?

Его вопрос прозвучал сердито. Пожалуй, он счел, что она посадила его в лужу, этого он не ожидал, и это было ему неприятно.

— Для того чтобы пойти к вам в отель и остаться наконец вдвоем, — глядя прямо ему в глаза, сказала Полина.

Этого он, кажется, ожидал еще меньше. Смирился уже, наверное, с тем, что и совместный ужин, и даже мгновенное согласие ехать в Москву означают в Полинином случае одну лишь взбалмошность, а никак не обещание близости.

Что ж, довольно она поводила его за нос. Огонь авантюризма, так неожиданно разгоревшийся в ней, требует все новых и новых дров. И пусть летит в этот огонь вся ночь без остатка!

— Где вы остановились? — чтобы вывести Неволина из оторопи, спросила Полина.

— В «Истрии». На рю Кампань-Премьер, — машинально ответил он.

«Пожалуй, и впрямь не шпион, а простой советский импресарио, — подумала Полина. — Шпион поселился бы роскошнее».

Крепко держа ее за руку — видно, не знал, что еще взбредет ей в голову, не сбежит ли, — Неволин подозвал такси.

В автомобиле он сидел напряженно, как подросток, к которому неожиданно проявила благосклонность одноклассница: и сам вроде этого добивался, и не верится, и растерян... Это было трогательно. Он нравился Полине тем больше, чем больше проявлений живости и искренности она в нем находила.

Улочка Кампань-Премьер была совсем коротенькая, отель «Истрия» совсем маленький. Все в нем, начиная от стойки портье, было такое миниатюрное, будто кто-то решил поиграть в настоящую взрослую жизнь и сделал копию настоящих взрослых вещей. И коридор можно было пройти в два шага, и в номере на пятачке прихожей вдвоем можно было только стоять...

Они и стояли, целуясь. Стали целоваться сразу же, как только закрыли за собой дверь.

Едва ощутив прикосновение его губ, Полина поняла, что ее первое впечатление о Неволине — точнее, о своем от него ощущении — не было ошибочным. Сила и уверенность чувствовались в его поцелуях так же, как в первом прикосновении его руки, и во взгляде, и в интонациях... Ей не была свойственна пустая романтичность, она не грезила о возвышенном герое, да ни о ком она вообще не грезила, ей чуждо было само это занятие. Но вот теперь, когда первый в ее жизни мужчина сжал ее в объятиях и принялся целовать, она почувствовала, что это именно то, чего она хотела. Не ментально, не спиритуально, не возвышенно, а просто физически то, что ей подходит, нравится, что мгновенно, едва начавшись, делается частью ее, вносит ту ноту, без которой ее прежняя жизнь, оказывается, была неполной. Такой же неполной была ее жизнь без его поцелуев, как без мощного чувства азарта, хлынувшего в нее, когда руки убийцы отпустили ее горло. Как же она не знала, что поцелуи равны спасению от гибели?

Многого она в своей прежней жизни не знала! И без теперь узнанного больше жить не собирается.

Все же Полина ощущала некоторую тревогу. Никаких возвышенных переживаний грядущая потеря невинности у нее не вызывала, но вызывала опаску неизбежная боль. Из-за этой опаски, пока Неволин расстегивал длинную вереницу маленьких пуговок на спине, снимая с нее муслиновое платье с рисунком из ярких маков — делал он это, кстати, очень умело, — ничего похожего на вожделение, на страсть или на что-либо подобное Полина не испытывала.

Но вот когда он опустился перед ней на колени и прижался губами к кружевной резинке ее чулка, и потянул потом эту резинку вниз зубами, — тогда-то по ее телу наконец пробежала та самая дрожь, которая в романах называясь электрической искрой.

Стянув с Полины чулки, Неволин положил руки ей на бедра и сильным нетерпеливым движением развернул ее к себе. Он по-прежнему стоял перед нею на коленях, и теперь она ощущала его дыхание у себя между ног. Это было так чувственно, так бесстыдно и так прекрасно, что у нее потемнело в глазах. Точно так же, как в то мгновенье, когда рука убийцы сжала ее горло!

Наверное, такое сходство поразило бы Полину, если бы она способна была это обдумать. Но какое там!..

Мыслям не осталось места в ее голове — в ней полыхал сплошной огонь. Быстро и сильно распалил ее этот мужчина!

Она думала, что Неволин отнесет ее сейчас на кровать — опаска перед болью опять мелькнула в пылающей голове, — но нет, он продолжал целовать ее живот, вел по нему дорожку губами, языком, и опаска исчезла, растворилась в сплошном удовольствии, которым так неожиданно оказалась физическая любовь. Полина не предполагала, что это будет так.

На кровати они все же очутились, но к тому времени, когда у нее исчез уже и страх перед болью, и способность думать исчезла полностью. Все исчезло, что относилось к области рацио, обычно такой сильной в Полинином существе.

Ноги ее были теперь раскинуты с тем же нерассуждающим бесстыдством, с каким Неволин только что целовал ее, стоя перед нею на коленях, руки обнимали его за шею, очень крепкую, а голова, откинутая назад, моталась по подушке, и звуки, вырывающиеся из полуоткрытых губ, только напоминали вскрики боли, на самом же деле не боль они выражали, а одно только счастье. Вот, оказывается, что такое счастье! Как же она не знала его до сих пор?..

Тело у Неволина было тяжелое и широкое, в этом состояло особенное удовольствие от его объятий. Он придавил Полину сверху мощным своим костяком, ее косточки под ним захрустели, она даже вскрикнула, но он не обратил на ее вскрик внимания и правильно сделал. Она сама не знала, чего в этом вскрике больше, боли или удовольствия.

А вот в том, что он делал с нею дальше, точно была только боль. Полина не была мазохисткой, чтобы это могло ей понравиться. Но зато от боли, разрывающей ее изнутри, сознание у нее немедленно восстановилось.

«Что ж, — подумала она этим своим прояснившимся сознанием, — потеря девственности и должна быть болезненной, это естественно. Но это ведь только один раз так, надо полагать. В следующий раз боли уже не будет, а вот все остальное останется».

Остальным она называла огонь, вспыхивающий во всем теле от бесстыдных мужских поцелуев, и вихрь в голове, и звон в костях. Все это повторится непременно.

Покуда Полина размышляла таким образом, мужчина, к которому ее размышления относились, вскинулся над нею, глухо вскрикнул, задрожал и забился так, будто боль теперь пронизывала его. Полина уже ничего не ощущала, поэтому оценивала происходящее внимательно и с определенным интересом. Лицейский преподаватель алгебры считал, что у нее аналитический ум, прочил ей научную карьеру и был очень разочарован, когда она выбрала артистическую, зарыв таким образом, как он заметил, свой талант в землю. А вот — пригодилась-таки способность к анализу!

Подумав об этом, Полина едва сдержала смех. Интересно, что сказал бы Неволин, если бы догадался, что она анализирует в такой возвышенный момент? Впрочем, он не производит впечатления идиота, чтобы воспринимать происходящее как нечто возвышенное. Приятное — да, безусловно. Для нее приятна была первая часть действа, для него, скорее всего, вторая, но оба они получили удовольствие друг от друга, это несомненно.

Неволин отпустил Полину и, перекатившись на спину, лег рядом. Она покосилась на свои плечи: сильно он их сжимал, не останется ли синяков? В фонарном свете, падающем с улицы, этого было не разглядеть.

— Спасибо, Полина. Мне было очень хорошо с вами.

Ей понравилось, что он не перешел на «ты».

— Не буду обманывать, Игорь, — ответила она. — Вы мой первый мужчина, поэтому мне было скорее больно, чем хорошо. Но дальше будет лучше, я думаю.

— Дальше будет лучше, — помолчав, подтвердил он. И повторил: — Спасибо.

«Как много всего вошло в мою жизнь вместе с ним, — глядя на него, подумала Полина. — И как же сразу я это почувствовала! Верно, ждала чего-то подобного, сама того не сознавая. Что ж, пойдем дальше по пути перемен. Куда-нибудь он меня да выведет».

Вот, вывел ее этот путь на Малую Молчановку, в длинный коридор московской коммуналки. И как все это ни убого — главное, голова ее цела, а голове ее цены нет, и голова ее придумает, как переменить жизнь. Не однажды она вырывалась из очерченного ей людьми и обстоятельствами круга, вырвется и на этот раз.

Хотя на этот раз круг, следует признать, больше напоминает глухую стену. И существа, эту стену охраняющие, посерьезнее будут, чем львы у входа в Дом, где ей назначено жить.

Глава 12

Зря Дом со львами вызывал у Вики тревожную опаску. Он-то и принес ей удачу в Москве.

Через неделю ежедневных визитов туда ей показалось, что все его жильцы только тем и озабочены, чтобы нарастить ресницы и сделать японский маникюр, технологию которого она освоила так, на всякий случай, а оказалось, что очень даже кстати.

Дочь Антонины прилетела в Москву с двумя подружками, все они захотели нарастить ресницы из интереса, и результат оказался для них такой приятной неожиданностью — «ой, мы думали, будут как у кукол, а они как свои, ну не отличишь от настоящих!» — что они немедленно сделались Викиными постоянными клиентками и тут же бросили ссылочки на ее блог другим своим подружкам, а те своим.

Через неделю Вика работала уже ежедневно с утра до вечера, и если бы можно было увеличить сутки вдвое, то клиентов у нее на такие двойные сутки хватило бы тоже.

— У тебя, Вичка, собственный почерк, — сказала однажды, разглядывая в зеркале новенькие ресницы, ее свежеиспеченная клиентка Анна, женщина неопределенных занятий и определенного, размером с пентхаус и «Бентли», состояния. — Нижние реснички тоненькие делаешь, а верхние вроде почти и не изогнутые, но глаза от них такие огромные становятся — обалдеть!

Вика улыбнулась Анниным словам. Собственный почерк у нее действительно образовался, потому что ресницы «тоненькие» и «почти не изогнутые» имели названия и номера по длине, толщине и изгибу и возможностей для их сочетания было множество, этим она и пользовалась.

В общем-то Вика знала, что так будет. Даже в Крамском, где жителей было в двадцать раз меньше, чем в столице, поток желающих иметь длинные ресницы был немаленький, здесь же, в Москве, он сделался просто неиссякаемым. Это ее устраивало. Собственно, за этим она сюда и приехала.

И только этим она теперь занималась. Чтобы выспаться, ей хватало ночи, а во всем, чем люди заполняют свободное время, стремясь расслабиться, переключиться или повеселиться, особенно в таком городе бесчисленных для этого возможностей, как Москва, она не нуждалась.

В ее отношении к жизни в Москве было что-то исступленное. Вика сама чувствовала это, но не удивлялась. Она понимала, в чем причина такого странного состояния ее духа.

Мысли о Витьке не давали ей покоя. Она не разлучалась с сыном никогда, и теперешняя разлука с ним, разлука настоящая, бескрайняя, представлялась ей пропастью, глубочайшей катастрофой всей ее жизни. Да что там — представлялась! Так оно и было.

Конечно, они разговаривали каждый день. Вика для того и купила не только Витьке, но и себе самые дорогие гаджеты, чтобы этому не мешали хотя бы технические помехи. Совершенное творенье Стива Джобса, лежащее в кармане, вызывало у нее восхищение именно потому, что приближало к ней сына каким-то очень естественным, само собою разумеющимся образом. Ей нравилось, что где-нибудь посреди Москвы вдруг может появиться перед нею Витькино лицо и зазвучать его голос.

Но и это не восполняло ее отчаяния и горя.

Она давно уже поехала бы к нему, деньги на это у нее постепенно появились, и становилось их все больше. Но поездка означала бы, что к нужному времени у нее не окажется денег достаточно, чтобы оплатить следующий год Витькиной учебы. Вика рассчитала накопление буквально по дням, и этот расчет приводил ее в ужас, потому что, как она ни старалась, работая без выходных, возможность за год собрать нужную сумму все же была неочевидна.

Когда Вика об этом думала — обычно ночами, перед рассветом, — холодный пот прошибал ее и мокрой становилась подушка.

Она гнала от себя эти мысли. Она научилась гнать от себя все ненужные мысли с той минуты, когда поняла, что ничего не изменит в окружающей жизни и единственное, что она может сделать — это перестать думать вообще, и это последний оставшийся ей способ не сойти с ума.

Хорошо хоть Люда бывала в Оксфорде часто. Она сговорилась все-таки с мужем: жить в этой Англии дурацкой не буду, но ездить — ладно, раз в две недели. И вроде бы не могла она сообщить о Витьке ничего такого, что Вика не знала бы от него самого, но взгляд со стороны, тем более такой приметливый, как у Люды, оказывался полезен.

Люда замечала, носит ли Витька шарф — сам он не обращал на это внимания, как ни старался, — вовремя ли отправляет в стирку носки, не завален ли его шкафчик каким-нибудь хламом и не шмыгает ли он носом. К тому же она умела, несмотря на свой хромающий английский, выспросить учителей и домашних воспитателей обо всем, что имело отношение к жизни ее сына, а заодно и Викиного, к тому же участвовала в частых школьных сборищах, призванных сплотить родителей и учителей, сделать их одной большой семьей. Эти слова, правда, вызывали у Люды хохот: она была уверена, что англичане только притворяются заботливыми, на самом же деле рады и счастливы, что хотя бы частично избавились от геморроя, связанного с детишками подросткового возраста. Это было ей очень понятно, она и сама отправила Макса в пансион именно из этих соображений. На собрания она ходила исправно и была в курсе всех школьных дел не из интереса к воспитанию, а из здорового природного любопытства.

Еще Люда возила Витьке обожаемую им мамину шарлотку — единственный пирог, который Вика умела печь, — а однажды сказала, что неплохо бы сварить детям съедобный суп вместо той британской бурды, которую им дают в школьной столовой. Мысль о том, чтобы везти в Англию суп, показалась Вике дикой, но Люда не находила в этом ничего странного.

— А что такого? — пожала она плечами в ответ на Викино недоумение. — Привезу в контейнере, плитку электрическую с собой возьму, в «Рэндольфе» разгорею и прям в кастрюльке отнесу.

Именно так она и поступила — мальчишки были в восторге. Правда, на третий или четвертый раз суп у нее в багаже разлился, и ей пришлось выливать его из чемодана в туалете аэропорта Хитроу под осуждающими взглядами филиппинских уборщиц, на которые она, впрочем, не обращала ни малейшего внимания.

Вика ахала, когда Люда все это ей пересказывала, та же если чему и удивлялась, то лишь Викиному удивлению.

— Ты-то чего ахаешь? — не понимала она. — Сама же такая.

— Какая? — переспросила Вика.

— Склонна к нестандартным решениям, — с ученым видом объяснила Люда. — Скажешь, нет?

Люде были известны подробности Викиной оксфордской затеи, поэтому сказать «нет» Вика не могла, это было бы неправдой.

— А вообще, — сказала ей однажды Люда, — расслабилась бы ты уже, а? Все в порядке. Малец в Англии учится. Могли мы с тобой в детстве про такое мечтать?

Вот уж Вика в детстве не только не могла мечтать о том, чтобы ее сын учился в Оксфорде, — она и о существовании Оксфорда не знала. И в общем, Люда была, конечно, права...

— Он скучает, — сказала Вика.

— С чего ты взяла? — пожала плечами Люда. — Некогда им там скучать. У них же минуты свободной нету. Ей-богу, чуть только свободная минута — им раз, и кружок рисовально-кувыркальный какой-нибудь. Ни дурака повалять, ничего. Я б повесилась, честное слово.

— Все равно он обо мне скучает, — покачала головой Вика. — Я чувствую.

— Это ты по нему скучаешь, вот тебе и мерещится, — заметила Люда. — Я и говорю: расслабься, мать. Мужика себе заведи. Ты фригидная, что ли? У меня такое впечатление, что мужчина у тебя был один, Витькин отец-производитель.

— Почему же? — усмехнулась Вика. — И после него случались.

— Ну и?..

— Ну и я с ними рано или поздно расставалась. То есть скорее рано, чем поздно.

— А почему? — с интересом спросила Люда. — Можешь объяснить?

Она постоянно повторяла, что Вика — женщина-загадка. Не удивительно, что ей были интересны Викины отношения с мужчинами. Да и уроки какие-нибудь полезные хотела извлечь, может. Люда напоминала Вике мамашу Татьяны Лариной: так же умела супругом самодержавно управлять, и точно так же дела у нее шли на стать.

А от Вики в смысле уроков управления мужчинами пользы быть не могло.

— Не знаю, — пожала плечами она. — Мне с ними очень быстро становилось скучно.

— Ой, ну не могу я от тебя! — расхохоталась Люда. — Мужчина тебе что, аниматор?

Она была права. Вика и сама понимала, что такое объяснение — скучно, мол, становилось — уместно давать девочке подросткового возраста, а не ей. Но что с этим поделаешь? Можно научиться уступать друг другу — да, взрослые люди должны это уметь. Можно прощать друг другу слабости, мелкие и даже не очень. Но как приспособиться к тому, что тебе скучно с человеком, которого ты видишь каждый день? Как научиться с ним при этом жить? И, главное, зачем, чего ради этому учиться? Тратить свою единственную жизнь на совершенно постороннего человека — какая в этом мудрость?

— А вот с одним мне не скучно было, — вспомнила Вика. — Он веселый был и умный. И, кстати, аниматором как раз и работал. Я с ним в Греции познакомилась, в отеле.

— Он грек, что ли, был? — спросила Люда.

— Нет, он был из Челябинска. Подработать приехал. Ну и вышел у нас с ним типичный курортный роман. Потом он мне весь ящик любовными письмами заспамил. А потом ко мне в Крамской приехал.

— И что? — заинтересовалась Люда.

— На работу устроился, на ГЭС. Месяц поработал — в таксопарк перешел. Потом и оттуда уволился. Денег ему на жизнь хватало, он в Челябинске квартиру сдавал, а на себя и Витьку я и сама зарабатывала. Витьке семь лет тогда было, он спрашивает: дядя Женя, а почему ты на работу не ходишь? А тот ему отвечает: сейчас в мире новая концепция. Тут и я заинтересовалась. Какая же, говорю, новая концепция на этот счет явилась в мир? А теперь, говорит, достаточно одного процента рабочей силы и ресурсов, чтобы обеспечивать для всех людей их основные потребности. И в работе на износ, говорит, нет смысла для общества, наоборот, если все начнут меньше работать, то не будет безработицы, потому что на одно рабочее место можно будет брать двух или даже трех людей.

— Логика, между прочим, есть, — хмыкнула Люда.

— Есть, да. Только при мысли, что мой сын такую логику с детства усвоит... В общем, попросила я дядю Женю вернуться домой. Хоть в Челябинск, хоть в Грецию.

— Все-таки это глупо, — заметила Люда. — То есть каждый шаг у тебя вроде бы и правильный, а в результате выходит пшик.

— Наверное.

— Не наверное, а точно. Потому что у тебя цели нет.

— Какой цели? — не поняла Вика.

— Да никакой. Ну, должна же у человека быть в жизни цель. Выйти, например, удачно замуж. Или, я не знаю, кинозвездой стать. А у тебя ее нету.

— У меня была... — проговорила Вика. — Я хотела — и стала.

— Кинозвездой?

Вика не ответила. Ее готовность пускать Люду в свою жизнь была не безграничной. Она вообще не хотела, чтобы в ее жизни толкались посторонние люди. Слишком много их было в детстве.

— Я пойду, Люд, — сказала она. — У меня еще двое ресниц сегодня.

— А мужчину все-таки заведи, — посоветовала Люда, провожая Вику в прихожую. — Хотя бы для здоровья.

Глава 13

Цель в жизни... Эти слова не выходили у Вики из головы, когда она спускалась по лестнице Дома и по ступенькам между львами у крыльца. В этих наивно звучащих словах была не просто житейская логика и житейская же патетика — в них была правда.

Что было бы с ней, если бы цель не появилась у нее в детстве? По какому пути пошла бы жизнь, если бы высокая цель не озарила ее юность? А теперь... К чему она стремится теперь, что манит ее в будущем, что придает смысл любым, даже самым незначительным поступкам в настоящем, что поднимает с кровати по утрам и выводит на улицу в мрачную осеннюю погоду, помогает не обращать внимания на насморк и выздоравливать после гриппа? Заработать достаточно денег, чтобы выучить Витьку, это безусловно. Но если смотреть не на Витькину, а на ее собственную жизнь, то следует признать, что настолько бессмысленной она не была никогда.

И невозможно этот смысл придумать, и не высосешь его из пальца. Он либо есть, либо нет его.

Вот сейчас смысла в ее жизни нет. И от того, что девяносто человек из ста даже не поймут, что она имеет в виду и зачем вообще об этом думать, тоска не отпускает ее сердце и разум.

Вика заглянула в записную книжку. Следующие ресницы ей предстояло делать в Лефортове.

В этом районе она бывала уже дважды, и он ей нравился. Здесь меньше чувствовалась скороспелая новизна, и Москва поэтому казалась какой-то... Непрерывной, вот какой. Дома, мимо которых Вика шла, чтобы попасть на улицу Госпитальный Вал, стояли на своих местах и сто, и, может быть, двести лет, являя собою очень мощные и именно непрерывные обстоятельства жизни. Мало в Москве было мест, создающих такие обстоятельства.

Вот Лондон весь из них состоит. Мыслями постоянно в него возвращаясь, Вика уже поняла, что с первой минуты чувствовала себя в Лондоне как рыба в воде. Причины такой своей приязни к городам с непрерывными жизненными обстоятельствами она назвать не могла, но ощущала эту приязнь отчетливо.

А в Москве это ощущение являлось ей лишь редкими промельками. Вот как здесь, в Лефортове.

Когда она вышла из метро, зарядил мокрый снег. Для Москвы снег в середине октября, может, и рановато, но на Каме Вика к такому привыкла, не считала это суровостью природы, да и вовсе не обращала на осенний снег внимания.

И вдруг в лицо ей ударила такая огромная мокрая плюха, что она захлебнулась и закашлялась. Но, главное, одновременно с плюхой ее толкнуло в бок так сильно, что она вскрикнула и упала в придорожную лужу.

Выплюнув грязь и протерев глаза, Вика успела разглядеть массивный зад машины, которая лихо отъезжала рядом с нею от обочины. Эта-то машина и обдала ее грязной жижей с ног до головы, толкнув вдобавок бампером. Заодно Вика разглядела и номер, полузалепленный брызгами. Правда, непонятно, чем ей этот номер мог пригодиться: не догонять же нахала с требованием извиниться за саднящий бок и изгаженное химической московской грязью пальто.

В Крамском половина из проходящих мимо людей подбежали бы к ней, спрашивая, что случилось, не ушиблась ли, не сломала ли чего, стали бы поднимать с асфальта и предлагали бы вызвать «Скорую». Здесь не подошел никто. Впрочем, Вику это уже не удивляло. Она в первые же дни после своего приезда отметила это странное московское не равнодушие даже, а просто нелюбопытство. Когда в метро стало плохо пожилому мужчине и он, хрипя, упал на пол, никто не бросился к нему хотя бы с расспросами, не говоря уже с предложением помощи. Пока Вика пробиралась к нему из другого конца вагона, один из пассажиров нажал кнопку связи с машинистом и попросил вызвать врачей на следующую станцию.

Вику так поразила эта история, что она не удержалась и рассказала ее Анне с пентхаусом и «Бентли», к которой как раз ехала в тот день.

— Это Москва, детка, — усмехнулась Анна. И объяснила: — Нам здесь каждый день приходится иметь дело с тучей народу. Если на каждого кусок жизни тратить, что на себя останется? Элементарная самозащита. — И, заметив по Викиному лицу, что такое объяснение не кажется ей убедительным, поинтересовалась: — А тебе что, требуется сочувствие посторонних людей? Мне, например, совершенно нет.

Вике не только сочувствие, но даже внимание посторонних людей никогда не требовалось. Но...

— Но это не важно, требуется мне или не требуется, — сказала она. Ей трудно было объяснить, что же вызывает у нее отторжение, она подыскивала для этого слова. — Пусть они мимо меня как мимо стенки проходят, я только рада буду. Но тут же совсем другое...

Какая-то черта, общая для всех больших городов мира, была в Москве перейдена. Какая-то естественная для мегаполиса мера взаимной жесткости и жестокости была превышена. Это невозможно было считать нормой,

Вика чувствовала. Но точно так же чувствовала она: в этом городе, который и понятен ей, и чужд одновременно, добавилась для нее еще одна деталь в конструкцию жизни, которую она не может изменить. Еще на одну деталь этой новой жизненной конструкции ей остается просто не обращать внимания. Если она не хочет сойти с ума.

А что при этом иссыхает сердце... Так кому до ее сердца дело? Ей и самой, пожалуй, уже не очень.

Все эти мысли вертелись у нее в голове, пока она оттирала грязь с лица и пальто влажными самолетными салфетками, которые машинально положила в сумку, когда летела из Лондона.

Не добавило ей радости это мелкое происшествие у обочины. Слишком не добавило.

Прежде чем войти в подъезд дома на Госпитальном Валу, Вика остановилась у песочницы во дворе. Дурацкие мысли одолевают ее голову, дурацкие! Что об отсутствии смысла, что о неправильной конструкции жизни. Бесплодностью своей они привели ее в такое раздражение, в такую злость, что ей нужно было время, чтобы успокоиться.

С этими все никак не стихающими чувствами обводила она взглядом ни в чем не повинный девятиэтажный дом, умело встроенный в старую улицу, красно-зеленую, с новенькими качелями-каруселями детскую площадку, аккуратный двор, плотно заставленный машинами...

Черный «Лендровер» притянул ее взгляд сам собою, даже внимание на него обращать не пришлось. Массивный зад, полосатая ленточка на антенне, но мало ли черных «Лендроверов», а ленточки вообще на каждом втором... Вика опустила взгляд и убедилась, что номер тот самый, который она запомнила без всякой разумной цели.

Дурацкий джип! Дурацкий номер! Дурацкие мысли взбаламутились в ее голове!

Она подошла к машине, пнула ногой колесо. Сигнализация не включилась. Открыла сумку, вынула косметичку, из косметички — складной швейцарский ножик. Много лет назад, когда такие только появились в продаже, Вика купила одинаковые себе и Витьке. Очень уж они были ладные и красивые, эти ножички с серебристым швейцарским крестом на бордовом поле, со множеством лезвий и приятных приспособлений вроде отвертки или крошечных ножниц.

Она не ожидала, что колесо проткнется так легко. Ей казалось, для такой покрышки не лезвие перочинного ножа требуется, а меч-кладенец какой-нибудь. Но ничего, проткнулось как миленькое. И отлично! И сколько она может сдерживать в себе раздражение, злость, тревогу, отчаяние? И зачем, в конце концов, она должна все это сдерживать, когда люди вокруг не только не сдерживают, но с удовольствием выплескивают из себя отвратительнейшую гнусь и уверены в своем полном на это праве, и не понимают даже, о чем здесь можно размышлять вообще?!

Она ткнула ножиком во второе колесо, обошла машину и поочередно проколола оба передних.

Такое мстительное удовольствие Вика последний раз испытывала в пятом классе, когда они с девчонками расколотили все окна в коттедже одного пацана, который бил их, обзывал по-всякому и с мерзким хохотом задирал им юбки. Тогда, в тринадцать лет, она этого чувства — нарастающей, не знающей преград ярости — испугалась и решила, что не стоит себе его позволять: далеко оно ее может завести.

А может, зря она так решила тогда. Люди ведь чувствуют способность зайти далеко и пасуют перед этой способностью, потому что не многим она присуща.

«Ну, хватит, — решила Вика. — Так и к клиентке опоздаю».

Неизвестно, к чему она относила эти слова, к своим мыслям или к колесам джипа. Все же к мыслям, наверное, колес-то у машины только четыре, и все четыре уже проколоты.

Глава 14

Клиентка эта, Наташа, не входила в цепочку богатых Людиных и Антонининых знакомых. Она просто увидела фотографии Викиной работы, рассеянно бродя по сети. Именно такие девчонки, не богатые, но имеющие чуть больше денег, чем фантазии, а потому с утра до вечера ищущие, чем бы себя занять и украсить, обеспечивали неиссякающий денежный ручеек, имя им в Москве было легион.

— Только я, может, беременная, — сообщила Наташа, когда уже легла на раскладушку и Вика прикрыла ей нижние веки силиконовыми патчами.

Ну, здрасьте! Написано же в блоге русским языком: при беременности ресницы приклеятся плохо или не приклеятся вообще!

— Так что ж я теперь, девять месяцев вообще как эта ходить должна? — заныла Наташа, когда Вика ей об этом напомнила. — И к тому же еще не точно. И вообще, я не знаю, может, аборт сделаю.

Искать логику в этих рассуждениях Вика не стала. Оставалось надеяться, что праймер — жидкость, предназначенная как раз для подобных случаев, — все-таки позволит приклеить искусственные ресницы к настоящим, несмотря на бушующие в Наташином организме гормоны. А если и праймер не поможет, то клиентка для Вики наверняка будет потеряна: уже понятно, что сколько ей ни объясняй, почему ресницы не держатся, все равно она будет считать, что их просто плохо приклеили.

«Придется все-таки место в салоне арендовать», — думала Вика, сидя рядом с раскладушкой на крошечной складной скамеечке, которую принесла с собой.

Нанесение праймера требовало особенной осторожности, потому что он мог затечь в глаза. И, конечно, делать это было бы проще на специальном стуле возле специального стола, два часа одну за другой приклеивать реснички, согнувшись в три погибели, неудобно. Но платить за место в салоне... Жалко денег, жалко! Да и салонов, где наращивают ресницы, в Москве хватает, а Викины клиентки хотят, чтобы она приходила к ним на дом.

Наташа точно была беременна: ресницы приклеивались плохо, с каждой приходилось возиться в два раза дольше, чем обычно. К тому же она хотела излить душу, и два с половиной часа Вике пришлось выслушивать все подробности ее романа с каким-то Дамиром, который, конечно, парень такой ничего, юморной, и зарабатывает хорошо, но кто его знает, может, у него там в Баку жена с пятью детьми, а даже если нет жены и он на Наташе женится, то уживутся ли, он жутко ревнивый, ей это категорически не нравится, она же не старуха и не уродина, чтобы на мужчин не смотреть вообще, и вот роди такому ребенка, а потом, чуть что, он его отберет, особенно если сын, у них же там на Кавказе знаешь как насчет сыновей...

Вика пыталась расслышать в Наташином монологе хоть одно неожиданное слово, но не могла. Та еще только открывала рот для очередной словесной очереди, а уже было понятно, что она скажет.

— Ты что!.. Нет, это вряд ли... — машинально приговаривала Вика. — Да?.. И что ты решила?

— Что эта дура может решить? — послышалось за спиной. — У нее в мозгах того участка нет, которым решения принимают.

С самого начала своей ресничной работы Вика приучила себя не отвлекаться ни на что. Даже землетрясение не заставило бы ее вскочить или замахать руками, рискуя попасть пинцетом клиентке в глаз. И уж тем более не мог ее заставить это сделать какой-то голос за спиной.

Но голос, надо признать, был интересный. В нем слышалось то, что Вика распознавала в людях сразу — по взгляду, по улыбке, по едва уловимому жесту какому-нибудь.

Живость ума она чувствовала мгновенно, вот что.

И в мужском голосе, назвавшем Наташу дурой, звучала эта живость. Хоть вообще-то для того, чтобы оценить Наташины умственные способности, большого собственного ума не требовалось.

— Вла-ад! — проныла Наташа. — Ну ве-ечно ты!..

— А чего ты перышки чистишь? Дамиру хочешь понравиться? — усмехнулся этот Влад.

Его широкая тень легла у Вики из-за спины на Наташино лицо.

— Отойдите, пожалуйста, от лампы, — попросила Вика. — А то ресничку неправильно приклею.

— Ничего страшного, — сказал Влад.

Он подошел поближе — тень увеличилась. Но вообще-то Вика уже закончила, ресницы оставалось только расчесать.

— Ну отойди же! — проныла Наташа. — Не мешай!

— Это что, вы ей все ресницы новые наклеили? — спросил Влад.

Теперь в его голосе слышалось удивление, и оно было таким же искренним и открытым, как за мгновенье перед тем — насмешка.

Живость, открытость ума — не так уж часто Вике приходилось теперь встречать эти качества.

Она обернулась.

То, что она почувствовала, было сродни... Снежной плюхе, вот чему! Такой, как та, которой она захлебнулась три часа назад, и долго отфыркивалась, и хватала воздух ртом. Только та плюха была грязная и вызывала отвращение, а эта... Взгляд на мужчину, нависшего над ней всем своим неимоверным ростом, вызывал сплошной, беспримесный восторг.

От него веяло силой — очевидной, сознающей себя и потому веселой и великодушной. Он был так похож на былинного богатыря, каким его рисовали в хороших детских книжках, на Ивана Царевича или Финиста Ясна Сокола, что Вика не удержалась и рассмеялась.

Она смеялась, держа в одной руке пинцет, в другой расчесочку для ресниц, а Финист Ясный Сокол смотрел на нее сверху. Потом он улыбнулся с такой открытой доброжелательностью, от которой Вике захотелось смеяться еще громче.

Но тут она спохватилась: ему ведь может быть неприятно, что она хохочет вместо ответа на простой вопрос.

— Ресницы не новые, — объяснила Вика, — а нарощенные. К каждой своей реснице приклеивается искусственная. Иногда не одна, а две или даже три, — зачем-то добавила она.

Как будто его могла интересовать технология наращивания ресниц.

Но его, похоже, интересовало все новое и неизвестное. И хотя похоже было также, что неизвестного для него в этом мире очень много — гораздо больше, чем Вика могла бы считать приемлемым, — ясность его взгляда искупала этот недостаток.

— Ничего себе! — Он изумленно покрутил головой. — Это ж какое терпение надо иметь, чтобы к каждой реснице новую... Я б, наверно, умер.

— Ви-ик, все уже? — спросила тем временем Наташа. — Можно уже вставать?

— Сейчас, расчещу только, — вспомнила про нее Вика.

— Ресницы — расчесывать? — хмыкнул Влад. — Ну вы даете, девчонки! Но ресницы все-таки лучше, чем грудь, — добавил он.

— В каком смысле лучше? — улыбнулась Вика. Она протянула Наташе зеркало и сказала: — Любуйся!

— В смысле, лучше искусственные ресницы прицепить, чем грудь силиконом накачать, — объяснил Влад, пока Наташа разглядывала в зеркале свое лицо. Оно в самом деле преобразилось: Вика сделала ей ресницы таким образом, что ее круглые, узко поставленные глаза распахнулись и словно бы раздвинулись на лице. — Ресницы все-таки просто шерсть. А когда грудь искусственная... Противно же в руки взять.

— Это у тебя шерсть! — обиделась Наташа. — Что вы вообще понимаете? Тут ради них стараешься-стараешься...

— Ради Дамира можешь не стараться, — хмыкнул Влад. — Он парень с головой, на тебе не женится. Наташка в детстве такой умной казалась, — сказал он, глядя на Вику. — Читать в пять лет научилась. Когда в первый класс пошла, я как раз в последний, мне ее первого сентября на плече дали нести с колокольчиком. Так фотку нашу даже в «Московском комсомольце» напечатали. Брат и сестра Развеевы, будущий олимпийский чемпион и будущая отличница, что-то такое. А теперь вон только ресницами хлопает.

Вика поднялась со скамеечки, разогнула затекшую спину. Совсем старуха стала, спина уже болит... Последнее слово в этой мысли проплыло у нее в голове как-то слишком медленно, потом закружилось, отозвалось гулом в ушах. Она почувствовала, что потолок странным образом наклоняется, взлетает вверх. Или это она падает, но куда?..

Ничего похожего на настоящий обморок — какого-нибудь черного обрыва, пустоты — Вика не ощутила. Впрочем, у нее ведь никогда не случалось обморока, откуда ей знать, каким он бывает?

Но что она падает на пол, сознавала отчетливо. Вот только почему-то не могла удержать себя на ногах, как странно!..

— Э, э, ты что?!

Это она тоже услышала отчетливо, в обмороке так не бывает. И что Влад держит ее за плечи, явно было реальностью. Еще какой реальностью! В руках его сила ощущалась сильнее, чем во взгляде и в улыбке.

— Ну-ка встань, Наташка, — распорядился он.

И Вика почувствовала, что, поддерживая под плечи, ее кладут на раскладушку.

— Говорю же, дуры! — Его голос теперь был сердитым. — Будет нормальный человек три часа скрючившись сидеть ради каких-то ресниц? Вон как мышцы у тебя свело, сосуды пережало, может!

Головокружение у Вики не прекратилось, но потолок над нею стал вращаться помедленнее.

— Я сейчас встану, — сказала она. — Извините.

— Лежи уж, — хмыкнул Влад. — И чаю сладкого надо выпить. Наташка, принеси.

У Вики всю жизнь было низкое давление, так что сладкий крепкий чай был, конечно, кстати. Интересно, как он догадался?

Наташа убежала заваривать чай. Влад присел на корточки перед раскладушкой. Теперь его глаза были совсем близко от Викиных, и она могла убедиться: правильно поняла, что он такое, с первого же произнесенного им слова.

Простой, сильный, великодушный, открытый человек. Редкая редкость.

— Полегчало? — спросил он. — Ты что? Нельзя же так над собой издеваться.

Когда он говорил, каждое следующее слово меняло его глаза. Как интересно! Вот только что они были серые, и вдруг стали немножко голубые. И сразу же — совсем светлые, прозрачные, как водка. Интересно, водки много он пьет?

«А тебе какое дело? — тут же подумала Вика. — Вот какой тебе в этом интерес?».

Ничего такого, что могло составлять для нее интерес в мужчине, в этом Владе не было. Но притягивал он ее очень сильно. Вика не привыкла себя обманывать, поэтому не стала делать перед самой собою вид, будто это не так.

Но его она об этом своем притяжении ставить в известность, конечно, не собиралась.

Его лицо виделось ей то пронзительно ясным, то туманным. Никак она не могла прийти в себя.

— Ничего особенного, — сказала Вика. — Я всегда так работаю.

— Во-во. А нельзя. Ну-ка ляг на живот, — велел он.

— Это еще зачем?

— Не бойся, не изнасилую.

— Вот уж не боюсь! — совсем по-девчоночьи фыркнула Вика.

Ей и смешно стало по-девчоночьи. Когда-то они с девчонками дразнили друг друга перед сном: одна показывала палец, и все падали на кровати от неудержимого хохота. Такая вдруг на них накатывала дурость.

— Переворачивайся.

Вика легла на живот. Руки Влада коснулись ее плеч. Он провел по ним ладонями, слегка сжал. У нее потемнело в глазах. И на этот раз совсем не из-за спины затекшей.

Совершенно ему не пришлось бы ее насиловать. Желание, которое он вызвал у нее прежде, чем она успела его хотя бы увидеть, теперь стало таким острым, таким пронзительным, что Вика едва не вскрикнула. Никогда, ни одного мужчину на свете она не хотела вот так — до дрожи.

— Не дрожи, — сказал Влад. — Да расслабься ты! Мышцы в тонусе, твердые вон как камни.

Он стал массировать ей плечи, спину. Так неожиданно и неприлично возникшее в ней желание не становилось меньше — просто ужас какой-то, все внутри билось и пульсировало от шеи до ног! — но на сведенные мышцы движения Влада подействовали благотворно: исчезло ощущение, будто в шею воткнули сверху острый кол.

— Во-о... — приговаривал он. — Вот так-то лучше.

Вика перевела дыхание. Многого она еще о себе не знает! И хотя телу стало приятно, в него словно эликсир молодости влили одним махом, но сознавать, что совершенно посторонний мужчина поджег ее так легко, будто высохшую до звона соломинку, ей было все же неприятно.

— Спасибо, — сказала Вика. — Все прошло.

Она перевернулась на спину. Действительно, шея перестала болеть, а голова кружиться. И лицо Влада, светлые веселые его глаза сразу же явились перед нею отчетливо, во всей красе.

Глаза действовали на Вику не меньше, чем прикосновения. Вот наказанье!

Пришла Наташа с подносом, на котором стоял стакан в подстаканнике и лежала шоколадка.

— Чай очень крепкий, — предупредила она. — И сахара шесть ложек. Но я лимон бросила, чтоб не так приторно было.

Вика села, взяла, поблагодарив, чай. Ей хотелось поскорее уйти. Не очень-то приятно вдруг обнаружить, что ты готова отдаться совершенно постороннему мужчине. А если он почувствовал ее желание? Вику даже холодный пот прошиб, когда она это представила.

— Спасибо, — поспешно повторила она. — Со мной все в порядке, я пойду. У меня сегодня еще одна клиентка.

— Так сильно деньги любишь? — усмехнулся Влад.

Это замечание, да еще вместе с усмешкой, рассердило Вику.

— Люблю ни от кого не зависеть, — отрезала она, вставая с раскладушки.

— Это правильно, — кивнул он. — У меня тоже характер тот еще. Ладно, пошли.

— Куда? — не поняла Вика.

— Скажешь, куда. Отвезу тебя.

— Не надо! — воскликнула она.

Влад посмотрел удивленно.

— Ты что? — сказал он.

Кажется, решив что-либо, он не брал во внимание посторонних возражений. Он не принимал при этом командирский вид, не супил сурово брови, его лицо вообще не менялось. Но делал он все так, как будто возражений и быть не может.

А вообще-то зачем ему возражать? Пусть довезет.

За три часа снег успел растаять начисто, даже на газонах его не осталось. Тускло зеленела последняя осенняя трава, текли вдоль тротуаров грязные ручейки, и все это вместе со сгущающимися сумерками должно было нагонять уныние.

Но молодая бодрость, так неожиданно и сильно проснувшаяся, никуда из Викиного организма не исчезла. Она бурлила у нее внутри и радостно покалывала губы. Как пузырьки первого лимонада, выпитого в детстве. Вика очень хорошо запомнила это ощущение и теперь узнавала его.

Когда она сказала, что ей надо попасть на Шаболовку, Влад даже приостановился в дверях подъезда.

— Ничего себе! — воскликнул он. — Вот это судьба! Я же там живу.

— Так уж сразу и судьба, — пожала плечами Вика. — Просто совпадение.

Но вообще-то и ее такое совпадение поразило. И не могла она понять, приятно поразило или неприятно.

Она шла вслед за Владом через двор к его машине и изо всех сил старалась не любоваться его походкой. Но с ума же можно сойти от такой походки — как не любоваться! Абсолютная естественность, не скован ничем и идет так же ладно, так же уверенно, как разминал Викины сведенные мышцы, как придерживал стакан с чаем, когда она делала первые глотки и руки у нее еще подрагивали от не совсем прошедшей слабости.

Они прошли мимо детской площадки, свернули за угол, к торцу дома. Влад достал из кармана ключи от машины.

Черный «Лендровер» стоял у тротуара косо. Словно припал к асфальту левым боком. Да и не стоял он, а почти лежал на брюхе.

«Похоже, совпадениям конца не будет, — подумала Вика. — Может, и правда судьба?».

Влад рассердился так, что она испугалась. Лицо побелело, скулы стали острыми, наверное, из-за стиснувшихся от гнева зубов. Он ударил ногой по одному из спущенных колес, зло выдохнул:

— Гады! Это кому ж я так дорогу перешел, а?

И задрал голову, словно тот, кому он перешел дорогу, должен был показаться в разрыве серых туч. Он был не только сердит, но и так расстроен, что Вике захотелось признаться в своем преступлении. Или убежать от греха подальше. И непонятно было, что окажется сильнее — честность, появившаяся у нее в зрелые годы, или страх за свою шкуру, обычный в детстве.

Но пока она размышляла, как поступить, Влад взял себя в руки. То есть чуть ли не в буквальном смысле слова — сжал кулаки, разжал и мрачно буркнул:

— Видишь, что. Придется тебе самой добираться.

— Я доберусь, — поспешно кивнула Вика. — А... что ты будешь делать? — спросила она прежде чем сообразила, что вопрос дурацкий.

— Эвакуатор вызывать.

Вика помедлила еще мгновенье... Нет, не смогла решиться!

— Я пойду? — осторожно спросила она. — Или подождать?

— Чего ждать?! — рявкнул он. — Иди уже!

Гнев его выглядел таким же открытым, как улыбка и взгляд. Мороз шел по коже от одного лишь зрелища такого гнева!

Вика не решилась даже «до свиданья» сказать. Мысль о том, чтобы признаться, исчезла вовсе.

Она попятилась и без оглядки, все ускоряя шаг, пошла прочь.

Буря бушевала у нее в груди. Немало в ее жизни было разных чувств, но только теперь она поняла, что означает это книжное выражение: в груди бушует буря.

Прежде все ее чувства, даже самые сильные, были непротиворечивы. Она любила, ненавидела, возмущалась, радовалась, злилась, чувства могли давать ей счастье или больно бить и ранить, но они не сталкивались друг с другом, налетая с противоположных сторон, они не были взаимоисключающими.

Теперь же чувства накатывали волнами и каждая следующая волна перекрывала прежнюю. И началось это даже не в ту минуту, когда Вика подошла вместе с Владом к искалеченной ею машине, а раньше, когда эта машина отбросила ее в лужу, и продолжалось потом, когда сквозь пустой поток ничего не значащих Наташиных слов вдруг послышался его голос, и хотя ничего значимого в словах, этим голосом произнесенных, не было, но он пробил вязкую кашу, в которую превратилась ее жизнь, а прикосновение его рук словно форточку распахнуло — и хлынули в эту форточку чувства живые, вот эти самые, которые теперь бушевали в ее груди бурей.

«Я влюбилась, что ли? — растерянно подумала Вика. — Или просто хочу его, потому что у меня нет мужчины и естественно мне хотеть такого Ясна Сокола?».

Разобраться в этом было невозможно. Она пыталась вытащить, вылущить из своего прошлого события, в которых проявлялась бы любовь или хотя бы физическое желание, чтобы сравнить с тем, что ощущала сейчас. Желание — да, возникало, конечно, и раньше. Правда, раньше оно никогда не бывало таким сильным, как нынешнее, и, главное, никогда не являлось так мгновенно. А любовь...

Вика считала, что была в ее жизни любовь, она всегда была в этом уверена. Но теперь засомневалась.

Глава 15

Конечно, она понимала, что жизнь в детдоме вот-вот закончится.

Она не просто понимала это — ждала этого, дни считала и, как ей казалось, готовилась. Но когда это стало совсем близкой, у порога стоящей реальностью, Вика растерялась.

Как все это будет? Проснуться утром, позавтракать... Чем позавтракать? Хлеба с вечера купить, колбасы? Или колбаса — это дорого, и каждый раз ею завтракать не получится? Тогда, может, лучше, сварить яиц? Или яйца выйдут еще дороже? Нет, яйца, пожалуй, не стоит. Вика однажды попробовала их варить в детдомовской кухне, но все они лопнули, вытекли, и получилась какая-то бесформенная и безвкусная бело-желтая лапша.

— Ничего, — сказала Ольга Васильевна, когда Вика поделилась с ней своими сомнениями. — В студенческой столовой будешь питаться. И девчонки в общежитии станут что-нибудь готовить — присмотришься.

Ольга Васильевна была хорошая. К ним ко всем она относилась не то чтобы как к своим детям — Вика не знала, как люди относятся к своим детям, — и не то чтобы очень тепло, но каждого видела насквозь, а потому понимала, с кем надо построже, иначе на голову сядет, кому послабление можно дать, а кого необходимо подбодрить. Вику она выделяла из всех — говорила, если та приложит усилие, то выйдет в жизни на правильную дорогу.

Если бы директором детдома была не Ольга Васильевна, вряд ли Вике удалось бы доучиться в школе до конца: в основном всех детдомовских старались выпроводить после девятого класса и дать какую-нибудь полезную специальность. Да никто заканчивать одиннадцать классов и не стремился. А Вика стремилась, и директор ее в этом вопросе поддержала. Так и сказала:

— Я тебя, Виктория, в этом вопросе поддерживаю. Ты девочка с головой, учиться тебе надо без всяких-яких. Главное, на кривую дорожку не попасть, а приложить усилие и на правильную выйти.

И даже когда Вика объявила, чему именно хочет учиться, Ольга Васильевна не стала ее отговаривать, хотя желание, прямо сказать, было неожиданное.

Она лично позвонила в Пермский университет и потребовала, чтобы они взяли Вику на филфак. Может, и без звонка никуда бы не делись — детдомовских обязаны были принимать вне конкурса. Однако принимали с неохотой даже в средние учебные заведения, если специальность востребованная, а тем более в университет. К тому же надо было собрать кучу разных справок, сама Вика не сумела бы, а Ольга Васильевна собрала и вовремя в Пермь отослала.

Так что Вика была ей благодарна по гроб жизни, как говорится. Она в последнее время полюбила всякие такие выражения, которые в обычной жизни не очень-то услышишь, и книги полюбила, в которых их можно прочитать. «Пословицы русского народа» Владимира Даля, например. В школьной библиотеке была эта книжка, Вика ее взяла и не возвращала так долго, что библиотекарша даже в класс пришла, чтобы напомнить. Только Вика и после этого не сразу вернула. Можно подумать, за этой книжкой очередь стоит! Сто лет никому не нужна. А быстро ведь ее не прочитаешь: у каждой пословицы сто противоположных смыслов, и над каждой надо думать, что она означает и что из нее следует. Вера Марковна, учительница по русскому и литературе, всегда говорила, что в бездумном, как у гоголевского Петрушки, чтении толку нет. И очень за Викиным чтением следила. Если бы не она, филфак Вике вряд ли в голову пришел бы.

Будущая учеба была единственным, что спасало Вику от растерянности перед близящимся выпуском из детдома. Только об университете она вообще-то и думала. И когда Ольга Васильевна сказала, что следует позаботиться о жилье, то не придала ее словам значения.

Но директорша умела настаивать на своем.

— Ты, Виктория, — сказала она, — должна смотреть вперед. Университет это, конечно, хорошо. Но комнату получить — это жизненно важно. Закончишь учиться, и что? Ни кола, ни двора. А так будет тебя ждать жилплощадь. Тем более, пока ты в Перми, мы ее сдадим, вот тебе живая копейка, на дороге не валяется.

Она и направила Вику в контору, названия которой та не могла запомнить, да не очень-то и стремилась. Что-то связанное с жильем, этого ей было достаточно.

— Личное присутствие всегда действует вернее, — объяснила Ольга Васильевна. — Явишься, скажешь: вот я перед вами стою сирота, через месяц выпускаюсь из детдома, будьте добры обеспечить меня комнатой, как по закону положено. И не уйду отсюда, скажешь, пока все бумаги на руки не получу.

Под нужной Вике дверью ожидала огромная, длиной в целый коридор очередь. Наверное, если бы она в нее встала, то попала бы в кабинет к ночи или, скорее, не попала бы вовсе. Но из открывшейся двери выглянула секретарша, назвала ее фамилию и сказала:

— Проходите, вас ожидают.

Наверное, тоже Ольга Васильевна добилась, чтобы Вику пропустили вне очереди.

Ее никогда не называли на «вы», от такого обращения она сразу забыла, что надо говорить.

Но начальник, сидящий в кабинете, отлично все помнил.

— К сожалению, обрадовать вас нечем, — сказал он, как только Вика закрыла за собой дверь. — Вы присаживайтесь, присаживайтесь. Жилплощадь вам положена, мы это понимаем и от своих законных обязанностей не отказываемся. Но и вы нас поймите...

Он что-то объяснял Вике про трудности жилищного строительства и финансовое положение района, а она смотрела на него и думала, что такие, как он, начальниками не бывают.

Все казенные люди, каких ей приходилось видеть во время комиссий, которые постоянно приезжали в детдом с проверками, были либо вытянуты вверх, либо растянуты вширь. Они были квадратные или прямоугольные. В крайнем случае, имели форму параллелепипеда. Но линии их были прорисованы резко, жестко, не прорисованы даже, а прорезаны в грубом материале, из которого делаются те, кто занимают важные кабинеты.

А этот был именно прорисован умелой и нервной рукой. Вика занималась в художественной студии, и рисовать у нее получалось неплохо, но она точно не сумела бы провести такую причудливую линию скул, нарисовать такой высокий лоб над тонко изогнутыми бровями. И губы — она недавно прочитала в альбоме по живописи, что такая форма губ называется «лук Амура».

Сколько этому человеку лет, Вика не понимала. Он был взрослым, а любых взрослых она считала одинаковыми и не имеющими возраста вообще.

— Вы понимаете? — спросил он.

Вика вздрогнула. Из того, что он сказал, она не поняла ни слова. И смотрела на него, как кролик на удава.

— Я действительно хочу вам помочь.

В его голосе послышалось что-то вроде сочувствия. Вика к сочувствию не привыкла, но почему-то сразу его распознала. А может, потому и распознала, что не привыкла.

— Давайте вы придете еще раз, а я к тому времени постараюсь подготовить для вас какие-то реалистичные предложения, — сказал он.

— Меня в другой раз к вам не пустят, — сказала Вика.

— Почему? — удивился он. — Вам не разрешают выходить из детдома? Извините, я просто не в курсе ваших правил.

— Из детдома выходить разрешают, — объяснила она. — Но к вам сюда меня просто так не пустят. У вас там очередь огромная в коридоре. Как же я войду?

Он засмеялся и сказал:

— Вы мыслите точно и быстро! А мне показалось, что вы растеряны.

Правильно ему показалось — Вика действительно растерялась. Но это совсем не означало, что у нее перестала работать голова. А что попасть к нему в кабинет дело для нее невыполнимое, это ведь нетрудно сообразить при любой растерянности.

— Хорошо, — сказал он, — я пришлю вам предложения с курьером. Или давайте знаете как сделаем... — Он заглянул в бумаги, лежащие перед ним на столе. — Вот здесь у вас в характеристике написано, что вы посещаете детскую Школу искусств. Правда?

— Да.

— Я почему обратил внимание — ведь у вас там новый концертный зал открывается на днях?

Вика молча кивнула. Все-таки растерялась она очень сильно, глядя на тонкое, нервное его лицо.

— Я буду на этом мероприятии. — Он тоже смотрел на нее не отрываясь. — И смогу вам лично передать необходимую информацию по тем возможностям, которые у нас имеются для обеспечения вас жилплощадью.

Слова, которые он произносил, были бесформенные и мертвые. А взгляд, которым смотрел на Вику, был совсем другой — полный живого к ней интереса, вот какой. Это было так странно! Вика никогда не видела, чтобы человек так отличался от себя самого внутри себя самого.

— Договорились? — спросил он.

Вика кивнула.

— Тогда до скорой встречи.

Конечно, он хотел, чтобы она поскорее отстала от него со своей жилплощадью, это было понятно и ничуть ее не расстраивало. Но вот то, что сейчас она выйдет из кабинета и никогда больше не увидит этого необычного человека, расстроило ее, и даже очень.

Она только за дверью вспомнила, что забыла попрощаться. И обрадовалась: все-таки ведь невежливо уйти, даже «до свиданья» не сказав.

Вика приоткрыла дверь и заглянула обратно в кабинет. Он не разглядывал какие-нибудь документы и не разговаривал по телефону, а просто сидел, глядя перед собою, и чему-то улыбался. Улыбка у него была такая, что Вика забыла, что хотела сказать.

— До свиданья, — все-таки спохватилась она.

И поскорее захлопнула дверь. Ей показалось, он расслышит, как бешено колотится ее сердце.

Глава 16

Вика была уверена, что больше никогда его не увидит. Но когда шла на открытие нового концертного зала в Школе искусств, все-таки сильно волновалась. Так-то и не пошла бы на это открытие, может, но смятение, в котором находилась, не удерживало ее от действий, а наоборот, заставляло их совершать. Она и не подозревала, что ее внутренний механизм действий настроен таким образом.

Он пришел. Сидел в первом ряду среди почетных гостей, а потом поднялся на сцену, чтобы поздравить школу. И когда, прежде чем начать свою речь, обвел взглядом зал, Вика поняла, что ищет ее. Она поняла это раньше, чем он ее увидел, и это оказалось для нее таким счастьем, таким острым и сильным счастьем, что когда он встретился с ней взглядом и улыбнулся, то она улыбнулась в ответ уже без всякой растерянности, с одним только этим пронзительным счастьем, которое испытывала впервые в жизни.

Торжественная часть была короткая, а когда на сцену вышел детский хор, Вика пробралась к выходу.

Он догнал ее уже на улице.

— Подождите, куда же вы! — сказал он. — Мы ведь хотели поговорить о вашем жилье. Я специально время для разговора выделил, машину отпустил... Подождите.

Он улыбнулся той самой улыбкой, которая была у него на лице, когда он о чем-то думал в одиночестве у себя в кабинете.

— Пойдемте на набережную, — предложил он. — Присядем, все обсудим.

Улицы в центре Крамского были очень красивые, Вика любила по ним гулять. Особенно вот эта, которая вела от Школы искусств к Каме. Первостроители ГЭС, пятьдесят лет назад поставившие свои жилые бараки на берегу реки, рассудили правильно: раз на красивые дома денег пока нет, надо сделать свой поселок красивым с помощью деревьев.

И деревьев в Крамском было множество! Березы и клены, и липы, а главное, особенные яблони-китайки, стойкие к уральским морозам. Яблочки на них созревали маленькие, зато сидели на ветках гроздьями.

И так же, гроздьями, эти яблони цвели. Сейчас, в июне, все они были усыпаны огромными шапками белых цветов, которые источали сильный и нежный запах. Яблони были высажены по обе стороны улицы, их ветки образовывали над ней длинную, сплошь цветущую арку, в конце которой блестела под солнцем река.

— Как вас зовут? — спросила Вика, когда они вышли на эту улицу и направились к набережной. — Я не запомнила.

— Максим Леонидович, — ответил он.

И замолчал. Вика молчала тоже. Запах яблоневых цветов кружил ей голову, но ни страха, ни даже растерянности она больше не чувствовала.

Все лавочки вдоль берега были заняты мамашами, выгуливающими детей, но в самом конце аллеи все-таки нашлась одна свободная скамейка. Она стояла чуть в отдалении, за кустами жимолости, поэтому мамаши ее не заметили, наверное. Максим Леонидович сел на эту скамейку, и Вика села рядом с ним. Жимолость тоже цвела, и запах от нее исходил такой же прекрасный, как от яблонь.

— Ты не очень-то похожа на детдомовского подростка, — сказал Максим Леонидович.

— Я не обманываю, — заверила Вика.

Он улыбнулся.

— Я знаю. Документы у тебя в порядке. Я имею в виду, что ты даже чисто внешне производишь впечатление более... развитого человека, чем обычные детдомовские выпускники. А почему тебя не удочерили? — спросил он. — Мне казалось, на здоровых детей вообще очередь, а тем более... На ментально здоровых.

— Меня удочеряли, — ответила Вика. — Но вернули.

— Почему?

Он удивился очень искренне. Во всяком случае, ей так показалось. Хотя, может, он просто умеет показывать свои чувства такими, какими хочет их показать, ведь он начальник.

— Они сказали, что хотели совсем другого, — сказала Вика.

— Другого ребенка?

— Нет, от меня хотели совсем другого. Или от другого ребенка, это все равно. Они думали, я буду как они.

— Это очень странно. — Максим Леонидович покачал головой. — Усыновителей ведь как-то готовят. Курсы есть, по-моему, психологи с ними работают. И такое вот...

— Часто возвращают, — пожала плечами Вика. — Я услышала, как она ему сказала: мне кажется, что у меня дома постоянно живет посторонний человек, я утром просыпаюсь и сразу об этом думаю, это никак не проходит и это невыносимо. Назавтра он меня отвез на детскую площадку, а забрала оттуда Ольга Васильевна уже.

Вика отлично помнила, как это было. Как Ольга Васильевна привела ее а тот день обратно в детдом и сказала:

— Одежду твою, игрушки и прочие личные вещи я сюда везти запретила. Ни к чему. Забудь.

Она сказала это резким, жестким тоном — может быть, думала, что Вика станет просить, чтобы ей отдали какую-нибудь любимую куклу, и хотела сразу это пресечь. Но Вика ничего не собиралась просить. Когда она жила в семье, у нее этих игрушек были горы. И была мама, водившая на занятия в художественную студию, и папа, катавшийся с ней на лыжах. А потом — «невыносимо», и детская площадка с яркими красно-синими качелями, на которой Вика ожидала Ольгу Васильевну. И что по сравнению с этим значит потеря игрушек?..

— Сколько тебе было лет? — помолчав, спросил Максим Леонидович.

— Восемь.

— Черт знает что! — Он стукнул себя кулаком по колену. — Это — люди?

— Люди сами себя не знают. Как заранее угадать?

Она пришла к этой мысли тогда же, в восемь лет, и решила, что больше в семью не пойдет. Этого никто не понимал — в детдоме все мечтали, чтобы их взяли, а Вика действительно была нарасхват, ее многие хотели удочерить. Тем более что родственников не имеется и известно, что мать была не алкоголичка, и нет ее в живых, этой матери, не явится в самый неподходящий момент, тоже немаловажный фактор. Если бы сразу после рождения Вика не заболела туберкулезом и не провела первые три года своей жизни в больницах и санаториях, ее, наверное, забрали бы в семью прямо из роддома.

— А долго ты у тех людей жила? — спросил Максим Леонидович.

— Два года.

— Таких сажать надо! И биологических родителей, которые детей бросают, тоже.

— Биологических сажать — не поможет, — заметила Вика. — Они тогда своих детей просто топить будут сразу как родят, вот и все.

Максим Леонидович посмотрел на нее удивленно и почти с опаской.

— Ты рассудительна, — сказал он.

И вдруг притянул к себе и поцеловал. Это никак не следовало из его слов, это вообще ни из чего не следовало, но поцелуй был таким, что Вика мгновенно почувствовала: иначе и быть не могло.

Хотя его чувства, наверное, были противопложны уверенности.

Отпустив ее, он побледнел так, будто совершил какой-то опасный поступок.

— Я не хотел... — пробормотал он. — Как-то само вышло... Извини!

— Вы необыкновенный, — сказала Вика. — Не извиняйтесь, пожалуйста!

Голова у нее кружилась от его поцелуя сильнее, чем от запаха цветущей жимолости.

За кустами послышался детский визг и женский голос:

— Куда мяч кидаешь?! Я сейчас кому-то кину! Кто из колючек будет доставать, мама, да?

— Пойдем отсюда. — Максим Леонидович быстро поднялся с лавочки. — Люди кругом...

Куда он намерен пойти, Вика не спросила. Если бы оказалось, что он предлагает ей броситься в Каму, она сделала бы это не задумываясь.

Но никуда он бросаться не стал, а пошел по аллее, все ускоряя шаг, и Вика поспешила за ним.

Они шли молча, не глядя друг на друга. Мысли метались у Вики в голове.

«Почему он на меня не смотрит даже? Может, не хочет, чтобы я за ним шла? — растерянно думала она. — Но тогда почему не скажет? Или ждет, что я сама отстану?».

Она не могла этого понять, но и остановиться, остаться без него не могла тоже.

Они прошли дальше того места, где заканчивалась вымощенная плиткой часть набережной. Максим Леонидович стал подниматься вверх по склону, и Вика за ним. Каблук ее босоножки хрустнул, но она не решилась остановиться, а когда выбрались на ровное, заасфальтированное место, то постаралась идти так, чтобы каблук не отвалился совсем.

Идти далеко не пришлось — прямо над склоном стояли дома, которые в Крамском называли Царским Селом. Построили их совсем недавно, они были очень красивые, особенно из-за разноцветной плитки, которой их облицевали, и из-за длинных застекленных балконов. Вике именно балконы больше всего нравились, она даже мечтала, как хорошо было бы жить в доме с таким красивым балконом, но сейчас ей было не до красоты.

Максим Леонидович прошел к дому, который стоял ближе всех к берегу. Теперь Вика идти за ним не решалась. Она остановилась у газона. Уйти? Он обернулся и повторил:

— Пойдем, пойдем.

И она вошла вслед за ним в подъезд.

Вика была взволнована тем, что с ней уже произошло и продолжало происходить, но все-таки заметила, какой этот подъезд просторный и светлый, и лестница широкая, будто во дворце, и в углу, где почтовые ящики, растет в кадке огромный зеленый куст, а на стенах висят эстампы.

Максим Леонидович был, кажется, взволнован еще больше, чем она. Все время, пока ехали в лифте, он не смотрел на Вику. Глаза у него не бегали, просто он смотрел мимо ее взгляда, и в его взгляде было смятение.

Они приехали на последний этаж, прошли в конец небольшого общего холла. Он вставил ключ в замок последней из трех дверей и сказал:

— Что ж я делаю, а?

Вика молчала. Что она могла ответить? Он открыл дверь, и она вошла вслед за ним в квартиру.

Вика была не то чтобы любопытна, но приметлива. Так руководительница художественной студии о ней говорила и добавляла еще, что это такое же хорошее качество для художника, как мелкая моторика, которая у Вики тоже замечательно развита. Наверное, так оно и было.

Но сейчас вся ее приметливость исчезла напрочь. Она ничего не видела вокруг, ничто не было ей интересно.

Максим Леонидович снова обнял ее сразу же, как только вошли в прихожую, и сразу же стал целовать. И это был уже не один поцелуй, как на лавочке, а сразу много, один за другим, и все одновременно.

Губы у него были в самом деле нервные, это она правильно поняла с первого же взгляда на него. Нервные, прекрасные, томительные — Вика запомнила это слово, когда читала стихи Пушкина, и хотя в тех стихах оно относилось ко взорам, но и к поцелуям, которые она чувствовала сейчас на своих губах, подходило тоже.

И к рукам его подходило это слово, к тонким длинным пальцам, и к тому, как взял он ладонями ее лицо и, глядя ей в глаза, спросил:

— Ты правда не против? Правда?

— Да, — сказала Вика.

«А это правда любовь с первого взгляда?» — чуть не спросила она.

Но не спросила, конечно. Что она, дура, такое спрашивать? Откуда ему знать, любовь у нее или не любовь, с первого взгляда или не с первого. Во всем, что с ней происходит, никто кроме нее самой не разберется.

Но сейчас ей и самой не хотелось ни в чем разбираться. Ей хотелось только, чтобы он продолжал ее целовать.

И он исполнил ее желание. Да еще как! У Вики губы вспухли, пока они шли из прихожей в комнату. Она ничего не видела, ей казалось только, что все вокруг какое-то ослепительно белое. Сначала она думала, что от волнения так кажется, но когда зрение у нее ненадолго, пока Максим Леонидович раздевался, прояснилось, то она поняла, что обои действительно белые, и от этого комната выглядит как колыбель принцессы из сказки про Спящую Красавицу. Да, феи принесли новорожденной принцессе подарки именно к такой колыбели. Так в книжке было нарисовано, Вика запомнила с детства.

Но мгновенья, когда она могла что-то видеть вокруг себя и с чем-то это видимое сравнивать, закончились сразу же, как только Максим Леонидович положил ее на кровать прямо поверх гладкого, без единой морщинки, белого покрывала и сам лег с ней рядом. Одежды на нем уже не было, и это смутило Вику так, что захотелось зажмуриться.

Она вообще относилась ко всему этому настороженно. Девчонки много разговаривали об этом вечерами в спальне, но на самом деле ничего этого в детдоме не было: Ольга Васильевна следила, и воспитатели все следили тоже. У некоторых девчонок, правда, это происходило с парнями в школе, то есть после школы, и там уж было не уследить, конечно, но у Вики... Сколько она ни присматривалась к парням, и даже к тем, которым явно нравилась, ни один из них не вызывал у нее желания попробовать, что это за штука такая, секс. А стыдиться того, что вот кто-то уже попробовал, а она еще нет... Ну разве будет нормальный человек стыдиться, что он отличается от других?

В общем, теперь, лежа рядом с Максимом Леонидовичем, вернее, уже не рядом, а в его объятиях, Вика почти что испугалась. И испугалась почти, а не совсем только потому, что влюбилась в него, это было ей теперь совершенно уже понятно.

И еще потому, что он был ласковый. Трепетно ласковый. И в этом его нервность проявлялась тоже.

Тело у него было горячее, Вика почувствовала сильный жар, когда он прижался к ней весь — плечами, животом, ногами и даже пальцами ног. Жар был такой, что она могла бы подумать, у него температура, но все-таки понимала, что это совсем другое.

— У тебя уже был кто-нибудь? — вдруг отстранившись от нее, спросил он.

Жар в нем при этом не утих, чувствовался даже на расстоянии.

— Нет, — сказала Вика.

Он замер. Потом выдохнул:

— Зачем ты мне это сказала?

В его голосе послышалось отчаяние.

— Но вы же спросили, — ответила она.

Он замер, не придвигаясь к ней. Это длилось, кажется, очень долго. Вика лежала молча и неподвижно.

— Поздно!

Он произнес это неожиданно, резко и громко. Вика вздрогнула. Но прежде чем она успела понять, к чему относится его «поздно» и что означает, Максим Леонидович навис над ней, накрыл ее собою, и она почувствовала, что ее больше нет.

Ее — нет, а есть только он, ставший ею, весь он у нее внутри, и это так странно, что даже не больно. Должно быть больно, девчонки рассказывали, что даже орали в первый раз, но она вот чувствует совсем другое — полную перемену себя, превращение в какое-то новое существо. Как это удивительно, чувствовать такое!

Боль она все-таки ощутила, но длилась эта боль очень недолго, Вика только вскрикнуть успела. И сразу подавила в себе вскрик — стыдно же кричать и как-то глупо, ведь ничего страшного не происходит.

А когда эта мгновенная, до вспышки в глазах боль прошла, ей стало необыкновенно хорошо. Прекрасно ей стало! Плечи Максима Леонидовича она видела так, будто растянули над ней огромную ткань и та колеблется, вздрагивает под каплями дождя, трепещет от ласкового ветра...

Максим Леонидович отстранился, приподнялся. Теперь он стоял над Викой на коленях, и она, глядя снизу вверх, могла рассмотреть его лицо во всех подробностях. На лбу у него блестели светлые капли, глаза были закрыты, и на щеках лежали тени от ресниц. Какие длинные, оказывается, у него ресницы! Глаза закрыты, а губы, наоборот, чуть приоткрылись. Как будто улетела стрела, выпущенная из этого прекрасного лука...

— Люди сами себя не знают, — произнес он. — Так ты сказала?

Вика не помнила. Может и сказала, какое это имеет теперь значение? Она вглядывалась в него, вслушивалась в себя, и это действовало на нее так ошеломляюще, что все другие явления жизни казались ей несуществующими.

Она думала, что Максим Леонидович снова ляжет рядом и обнимет ее, но он только быстро поцеловал ее и сразу же встал на пол, надел халат, который висел рядом с кроватью на какой-то необычной стоячей вешалке из светлого дерева. Халат был такой же белый, как и все в этой комнате.

— Хочешь кофе? — спросил Максим Леонидович. — Обеда нет, к сожалению. Завтра придет помощница, приготовит.

Непонятно, зачем он это сказал. Чтобы Вика помощницу дождалась, что ли?

Кофе ей не хотелось. Происшедшее слишком переполняло ее. Оказывается, секс это совсем не то, что она о нем слышала. Это что-то совсем не физическое, то есть физическое не имеет особенного значения, то есть оно забывается сразу же, как только заканчивается, а то, что не забывается, — как назвать?

Любовь. Вика не могла придумать другого слова.

— Будешь кофе? — повторил он.

— Нет, — ответила Вика.

Она тоже села на кровати и только теперь поняла, что, оказывается, все это время была одета. Ну то есть почти одета... Блузка, которую она считала парадной, совсем не измялась, только пуговка оторвалась. Ну да, им ведь покупают такую одежду, которая не мнется.

«Что у меня в голове? — с недоумением подумала Вика. — Какая-то блузка, причем блузка, когда со мной такое».

Может, она преувеличивает значение того, что случилось? Ведь Максим Леонидович ничего об этом вообще не говорит. Кофе предлагает, как будто бы просто пригласил ее в гости. Но ошеломление ее было так велико, что она не могла считать все это преувеличением.

Она тоже встала с кровати. Босоножки валялись на ковре, каблук одной из них лежал рядом — совсем отломался, как же она пойдет... Вика смотрела на отломанный каблук и не могла поверить, что все в ее жизни, да что там в ее жизни, во всем мире останется неизменным.

Максим Леонидович ушел в ванную, там зашумела вода.

— Ну, иди, — сказал он, снова появляясь на пороге комнаты.

— Уже идти?

Вика вздрогнула.

— Ванная свободна, — сказал он.

Она вздохнула с облегчением. Все-таки не прямо сейчас все в ее жизни вернется к прежнему.

Ванная не ошеломила ее, несмотря на множество красивых вещей вроде бронзовых кранов с завитушками под старину, таких же колец для полотенец и хрустальной вазы с цветами, стоящей на полу. Вика машинально понюхала цветы, но они оказались искусственные.

Похожая ванная была в квартире, где она жила два года. Только краны и кольца для полотенец были там не бронзовые и тусклые, а никелированные и блестящие.

Это было не то, что могло бы ее ошеломить, особенно сейчас.

Когда Вика вернулась в комнату, Максим Леонидович уже надел костюм. Не тот, который был на нем с утра, а новый.

— Я должен вернуться на работу, — сказал он. — Извини. Я же не предполагал, что... — И повторил: — Извини.

Вика кивнула. Она не знала, что сказать. Ей хотелось, чтобы он ее поцеловал, просто до слез этого хотелось. Но ведь об этом не скажешь, не попросишь.

Максим Леонидович поцеловал ее уже в прихожей. Начал было открывать входную дверь, но вдруг бросил крутить хитрые рукоятки замков, повернулся к Вике и крепко ее поцеловал. И замер, прижав ее к себе.

— Простишь ты меня? — сказал он. — Наверное, нет.

— За что простить? — спросила Вика.

Она в самом деле этого не понимала. Он не только не сделал ей ничего плохого — она была счастлива, что все это получилось у нее не с каким-то ненужным, лишним в ее жизни человеком, а с ним. Он так понравился ей, она так мгновенно в него влюбилась, что ей казалось естественным быть от этого счастливой.

Но обо всем этом она не думала так отчетливо и ясно. Все-таки она была растеряна.

— Я не смогу тебя проводить, — сказал Максим Леонидович вместо ответа.

А зачем ее провожать? Разве она сама не дойдет? И разве ей хочется, чтобы он появился рядом с ней возле детдома? Совсем нет! Она даже вздрогнула, представив это.

Кажется, Максим Леонидович заметил ее растерянность.

— Я тебя найду, — сказал он.

И эти слова сразу наполнили Вику счастьем. Как будто беспорядочно насыпанные железные опилки вдруг легли ровными кругами по силовым линиям магнитного поля, им показывали такой опыт на уроках физики.

Жизнь в настоящем, а главное, в будущем приобрела от его слов стройный вид, оттого Вика и обрадовалась. Ей хотелось поцеловать Максима Леонидовича — показалось, что тогда и он почувствует то же счастье, которое она чувствует сейчас. Но поцеловать его она не решилась, а быстро выскользнула в открытую перед нею дверь и побежала по лестнице вниз.

Глава 17

Он нашел Вику в декабре, через три дня после того как она вернулась из Перми, до родов ей оставалось три месяца. Ольга Васильевна на свой страх и риск разрешила ей пока пожить в детдоме, но велела немедленно получить жилье.

Вика и сама понимала, что сделать это следует как можно скорее. Да и что тут непонятного? Надо же куда-то принести ребенка из роддома.

Но не хотелось даже представлять, как она является к Максиму Леонидовичу со своим огромным животом и напомнает, что ей положена жилплощадь. Очень уж сильно она на него рассердилась полгода назад, когда поняла, что он исчез из ее жизни совсем. Пронесся, как острая звезда по летнему небу, и исчез, и больше появляться не собирается. Она даже не из-за беременности на него за это рассердилась, о беременности она тогда еще не знала.

Вообще же беременность не удивила ее нисколько. Пожалуй, Вика больше удивилась бы, если бы вышло иначе. Все, что случилось у нее с Максимом Леонидовичем, было в ее понимании так значительно, так сильно, что не могло закончиться пустотой. Не должно было так закончиться.

Все в детдоме считали, что Вика залетела от кого-то в Перми, в общежитии. Ольга Васильевна даже говорила, что очень из-за этого в ней разочарована — думала, она серьезная девушка с большими планами на будущее, а оказалось вот что.

Вика никого не переубеждала — зачем? Не все ли равно посторонним людям, кто отец ее ребенка? Ей и самой уже все равно.

Но когда, возвращаясь вечером из магазина, столкнулась с этим отцом буквально нос к носу на улице возле детдома, то все-таки растерялась. Почти как в тот раз, когда увидела его впервые.

Он переменился с того раза. Или это ее взгляд переменился? Да, наверное — Вика смотрела сейчас на Максима Леонидовича и не чувствовала ни малейшего трепета. Ни в себе, ни в нем.

— Здравствуй, — сказал он. — Я хочу с тобой поговорить.

— О чем? — спросила она.

— А ты не понимаешь?

— Нет.

Вика пожала плечами. Она действительно не понимала. Она проучилась в университете и прожила в Перми всего полгода, но ее представления об отношениях между взрослыми людьми изменились за это время существенно. И сквозь увеличительное стекло произошедшей с нею перемены она видела свои отношения с Максимом Леонидовичем, как... Да просто не видела она их, вот как. Не может у нее с ним быть никаких отношений, ну и нечего о нем, значит, думать.

Ветер был злой, снег лепил в лицо, улица была пустынна.

— Давай хоть под стену отойдем, — сказал Максим Леонидович.

Вика сделала несколько шагов в сторону и остановилась под стеной дома. Здесь не так сильно шумел ветер, можно было разговаривать.

— Почему ты мне не сказала... про это? — спросил Максим Леонидович.

Она нисколько не удивилась, что он связывает ее беременность с собою. Если она чувствует, что их связь была хоть и мгновенной, но не случайной, то почему бы и ему не чувствовать того же самого?

— А что б вы сделали? — усмехнулась Вика. — Жить со мной стали бы?

Наверное, она произнесла это слишком насмешливым тоном. И, может, такой тон обидел его.

— Уж как-нибудь решил бы! — сердито воскликнул он. Но тут же взял себя в руки и произнес уже спокойнее: — Можно было бы меры принять, если бы ты мне сразу сказала.

Под мерами он, наверное, понимал аборт. То же самое сказала ей в женской консультации врачиха, когда стала заполнять карточку и спрашивать о семейном положении и родителях. Про аборт — да, Вика как-то не сообразила. Может и сделала бы, если бы ей вовремя подсказали. А может и нет.

Когда она поняла, что беременна, то впала в такое состояние, в каком никогда не находилась прежде. Токсикоза у нее не было, она ходила на лекции, сидела в библиотеке, готовилась к семинарам, и во всем этом ровном течении жизни ей было так хорошо, что казалось, все это будет длиться и длиться вечно. Да, именно ощущение вечности вдруг накрыло ее. Как будто опустилось сверху большое, но очень легкое облако.

Но объяснить Максиму Леонидовичу, что происходило с ней тогда, Вика не могла. Она и себе-то не могла этого объяснить.

— Но что-то я... — проговорил он. — Растерялся, наверное. Ну так растеряешься тут! Когда Козловская явилась жилье для тебя требовать, потому что ты родить должна... Я слова не мог выговорить.

Значит, Ольга Васильевна не стала рассчитывать на Викину способность добиться жилья и взялась за дело сама.

— Послушай, — сказал Максим Леонидович, — а ты уверена, что это мой ребенок?

Все-таки он задал этот вопрос. Что ж, и правильно. Когда забеременела Викина соседка по комнате в общаге, то честно сказала: спала с троими сразу, кто отец, не знаю, а предъявлять буду тому, у которого материальное положение получше.

Так что Максим Леонидович имеет право спросить, конечно. Хотя и непонятно, зачем ему это знать.

— Уверена, — ответила Вика. — У меня после вас мужчин не было.

— Так я и думал! — Он не произнес это, а простонал. — И ведь сразу же понял, сразу!..

— Что поняли?

— Что ты на других не похожа. — В его голосе послышалось уныние. — Ладно, — вздохнул он. — Теперь это уже не имеет значения. Скажи, чего ты от меня хочешь?

— Я — от вас? — удивилась Вика.

— Да, да! — раздраженно бросил он. — Я хочу, чтобы ты понимала: если докажешь отцовство, то получишь только алименты.

— Я не собираюсь ничего доказывать.

Его слова, его тон не показались ей обидными и тем более не ошеломили ее. Если бы он заговорил с ней так в тот день, когда они шли под цветущими яблонями и она чувствовала, что любит его больше жизни, — тогда да, тогда она в Каму бросилась бы от таких слов, наверное. А сейчас...

Между двумя встречами с Максимом Леонидовичем она переменилась так сильно, что теперь перед ним стояла совсем другая Вика. Он этого не знал, потому что внешне, если не считать живота, она выглядела точно так же. Но внутри себя она стала другая, и любила она его в той жизни, в которой ее теперь уже не было.

Эта мысль была смутной, не совсем понятной, и сейчас, то есть прямо сию секунду у Вики не было возможности разобраться в ней получше. Но и не к спеху, потом разберется.

— Ты правду говоришь? Правда, не собираешься доказывать?

В его голосе слышалась просительная надежда. Это было неприятно.

— Да, — ответила Вика. И объяснила: — Я с вами жить не хочу, не думайте. Я вас больше уже не люблю.

— О господи! — Он покрутил головой. — Все это было бы смешно, когда бы не было так... Ну хорошо. Мне придется положиться на твое слово. Больше все равно не на что. Не к нотариусу же тебя вести за распиской.

— Могу сходить, — пожала плечами Вика.

— Не заверит, — усмехнулся Максим Леонидович. — Но на твое слово я надеюсь. Сколько тебе лет? — спросил он.

Она уже ненавидела этот вопрос. После того как беременность стала заметна, ей задали его раз сто, наверное. Многим людям по службе было положено интересоваться этим.

— Восемнадцать. Через месяц будет.

Даже в белом свете фонаря было видно, как побледнело его лицо.

— Виктория!.. — простонал он. — Я тебе помогу, честное слово! Я серьезно могу тебе помочь, я все сделаю!

Он впервые назвал ее по имени. А Вика и не думала, что он его помнит.

— Ты пойми... — Теперь его голос звучал совсем жалобно. — У меня уже направление в кармане. В Москву, в Академию управления. После учебы возвращаться сюда не планирую. И тут вдруг такое... Еще и несовершеннолетняя. Биографию мне хочешь погубить?

— Нет.

Она правда не хотела губить его биографию. Ей просто не было до него дела.

— До свидания, — сказала Вика. — Я замерзла. Пойду.

— Да-да, — поспешно произнес он. — Тебе нельзя мерзнуть.

Он сделал какое-то быстрое движение — ей показалось, хочет ее обнять. Но не обнял, конечно.

Вика отошла от стены, под которой они разговаривали. Ветер сразу же налетел на нее, чуть не сбил с ног, но она вывернулась. Ветра всегда гуляли зимой над Камой, она привыкла.

— Я на тебя надеюсь! — услышала она сквозь шум ветра.

Вика обернулась. Максим Леонидович еле виден был сквозь усиливающуюся метель. Она не стала вглядываться в его лицо. У нее было такое чувство, как будто она его уже забыла.

Ордер на квартиру Ольге Васильевне пришлось получать по доверенности. Вика в это время лежала на сохранении — в последний месяц появилась угроза преждевременных родов, поэтому ее положили, — а откладывать до выписки получение такого важного документа, Ольга Васильевна сказала, ни в коем случае нельзя.

Когда она пришла после этого к Вике в больницу, лицо у нее было такое ошеломленное, как будто ей выдали не ордер, а полный сундук золота.

— А что? И получше, чем золото, — подтвердила она, когда Вика сказала ей об этом. — Ты только посмотри! — Она эффектно бросила ордер на лежащую у Вики на одеяле книгу про Неточку Незванову. — Адрес смотри, адрес! И метраж.

Сама Вика не поняла бы, что особенного в адресе и метраже. Но вид у Ольги Васильевны был такой, что невозможно было сомневаться: произошло что-то невероятное, из ряда вон.

Невероятным оказалось все: и то, что вместо комнаты Вике выдали отдельную однокомнатную квартиру, и то, что находилась она не в разваливающемся бараке, а в новом доме, построенном для работников даже не ГЭС, а газового концерна, филиал которого совсем недавно появился в Крамском. Как такое стало возможно, Ольга Васильевна ума не могла приложить.

— Видно, Бурыкин решил на прощание доброе дело сделать, — сказала она. — Примета такая, чтоб на новом месте удача была.

— Бурыкин — это кто? — спросила Вика.

— А ты к нему на прием ходила, помнишь? Он в Москву на учебу уехал. И вот напоследок — представь. Ну, пусть ему Бог за хорошее отплатит. А тебе ремонт надо срочно делать. Там же ни обоев в квартире, ничего. Новенькая, как пасхальное яичко.

— Ремонт, наверное, потом... — пробормотала Вика.

Такого она не ожидала. Да и ничего она от него вообще-то не ожидала. Он поразил ее, но не ранил сердце, когда вошел в ее жизнь, а теперь и вообще стал для нее только воспоминанием.

— Когда — потом? — вздохнула Ольга Васильевна. — Когда ребенка будешь качать? Инфантильные вы все-таки! — с сердцем проговорила она. — Уж кажется, стараешься, стараешься... А вы как дети малые. Ладно. — Она убрала ордер с Викиной книжки. — Что это ты читаешь? — И, не интересуясь ответом, сказала: — Ремонт мы своими силами сделаем. Ребят подключим, которые в строительном учатся, им полезно практиковаться. Вынашивай, не волнуйся.

Как странно все это вышло! В какой странной последовательности — любовь, мгновенная и острая, потом обида, потом равнодушие... И вот теперь благодарность. Для чего пришли в ее жизнь все эти чувства?

Вика вздохнула, потрогала живот, который даже теперь, когда могла уже различить, где у ребенка ручка, где ножка, не сознавала частью себя, и, взяв с одеяла книжку, снова погрузилась в странные страсти придуманных людей. Очень они ее притягивали, оторваться не давали! И чем дальше заходила она в глубь собственной жизни, тем более важными и личными эти книжные страсти для нее почему-то становились.

От Достоевского она не отрывалась долго — ничьих больше книжек не могла читать. Почему так необходимо ей было пережить чувства и передумать мысли, которых не было ни в ее собственной жизни, ни в жизни любых людей, которых она знала или когда-либо могла узнать? Вика не понимала. Случайно попалась ей «Неточка Незванова» и увлекла, но это хотя бы понятно, там про несчастную любовь. Но почему после «Неточки» она стала читать все романы Достоевского подряд, даже когда уже родился Витька и ей, казалось бы, должно было стать не до книжек вообще?

Она читала ночами, благо ребенок был спокойный и спал по расписанию, читала во время прогулок в сосновом лесочке рядом с домом... Удивительное это, наверное, было зрелище, юная мамаша, сидящая на лавочке возле коляски со спящим младенцем, уткнувшись в «Братьев Карамазовых»!

Вика и сейчас улыбнулась, вспомнив это. Да, в восемнадцать лет для нее имели значение только Витька и Достоевский. Притягательность Достоевского со временем прошла, а Витьки — нет.

Стоило ей подумать о сыне, как в сумке раздался короткий удар колокола — Витька прислал фотографию. Вика увеличила ее насколько возможно, чтобы получше разглядеть его в компании мальчишек, идущих с ракетками после пинг-понга. Что у него за ссадина на скуле, интересно? Надо будет вечером спросить.

Она вглядывалась в лицо своего сына, в длинные, как у нее самой, глаза, в тонко — тоже как у нее — очерченные скулы. Она знала, что черты эти фамильные: спасибо Ольге Васильевне — вынула из личного дела и отдала Вике фотографию, оставленную ее матерью в роддоме вместе с ребенком.

Фотографию эту она отсканировала и поставила себе на заставку айфона, так что на нее можно было посмотреть в любую минуту и можно было сравнить ее хоть с собственным отражением в зеркале, хоть с Витькиным изображением здесь же, на экране.

Но все эти черты оставались в Викином сознании разрозненными, и нить, тянущаяся из тех дней, когда незнакомая женщина сфотографировалась с незнакомым мужчиной на крыльце Дома со львами, не сплеталась с ее собственной жизнью. Слишком резко была эта нить оборвана в той дали, которая могла уже называться тьмой времен.

И что там произошло в этой тьме, кто теперь узнает?

Глава 18

Желтоглазая Таисья оказалась отменной сплетницей. Отменной в том смысле, что приметливости ей было не занимать, а потому ее сплетни были содержательны.

Тайка рассказала Полине о каждом из обитателей квартиры, и характеристики, которые она давала соседям, были если не исчерпывающими — на это, понимая ограниченность Тайкиного кругозора, Полина не рассчитывала, — то по меньшей мере точными.

— Самая опасная — Шурка Сипягина, — сообщила она. — Людей ненавидит — у-у! Оно-то любить их не за что, я и сама не люблю, но все ж... Лавринчуков, в которых комнату вас, Полин Андревна, поселили, Шурка загубила. Всех пятерых. Сперва Степана Тимофеевича ночью забрали. Обыск был, меня понятой привели. А чего у них искать? Инженеры оба с Мариной Николавной, только-только с эвакуации воротились. Ничего и не нашли. Мы думали, Марину Николавну вышлют, да нет, назавтра тоже взяли. На Лубянку вызвали, показания давать или что там у них, и не вернулась. Уходила — детей поцеловала, чуяла, значит. Ну, детей, Кольку с Петькой, близнецов, и Леночку маленькую, тех в детдом, это уж как положено.

— А Шура при чем? — поморщившись, спросила Полина.

Ей было неприятно, что Тайка рассказывает обо всем этом с таким воодушевлением, и притворное сочувствие, которое она выказывала к загубленным Лавринчукам, Полину обмануть не могло.

— Так она ж их посадила, — убежденно сказала Тайка. — Шурка. Я их, говорила, посажу, враги народа они, говорила, и комнату занимают незаконно. И посадила. За комнату. Думала, ей переехать позволят, потому что окно вон какое, это каждый захочет, в такую комнату перебраться, чего ж. К управдому ходила. А ей дулю показали — метраж, говорят. Жирно тебе будет такие хоромы. Она ж одинокая, Шурка-то, да и кто с такой жить будет, понятно, никто. Потому что бабы, на которых мужики глядят, они же...

— А Серафима? — перебила Полина.

Тайкины рассуждения об отношениях полов ей были не нужны и не интересны.

— Блаженная, — ни на секунду не задумавшись, ответила Тайка. — И вот кто враг народа, так это она.

— Так блаженная или враг? — уточнила Полина.

— А вместе что, не бывает? Квартира эта вся была ейная. Папаши с мамашей ейных.

— До революции?

— Не, потом. Папаша начальник был большой. Партийный. Его в эту квартиру после революции вселили. Кто тут жил, которые хозяева, тех выселили, а его вселили. В восемь комнат! Большой, большой начальник был. С Лениным, говорят, за границей бедствовал.

Лицо у Тайки приобрело почтительное и мечтательное выражение.

— Так почему Серафима блаженная? — напомнила Полина. — И где теперь ее родители?

— Родители ее померли. Работали много или что, не скажу, не знаю. Это еще до меня было. А блаженная почему... Так ведь мамаша ее чего учудила? Как узнала, что из квартиры хозяев выселили, так и говорит мужу: не смогу я, говорит, тут жить, когда людей отсюдова выгнали. Серафима мне сама рассказывала, — пояснила Тайка. — Ну и пошла, значит, Серафимина мамаша, а она тогда на сносях была, и узнала, кто хозяин. А ему в Малом Ржевском комнатку дали в подвале, не то чтобы совсем на улицу выбросили или на Соловки загнали. Привела его Серафимина мамаша сюда и говорит: выбирайте, говорит, Вячеслав Александрович, любую комнату и живите. Всю квартиру вам вернуть никто мне не позволит, к сожалению, но хоть так. К сожалению!.. И Серафима тоже блаженная, — уверенно закончила Тайка. — В мамашу, значит.

— Вячеслав Александрович — это тот, который возле кухни живет? — уточнила Полина.

— Он. Помрет скоро, может. Старый же. Шурка его комнату теперь караулит. А остальных потом сюда заселили, когда Серафимины родители Богу душу отдали. Говорю же, враг народа Серафимка.

— Почему? — удивилась Полина.

Всей ее сообразительности недоставало, чтобы понять Тайкину логику.

— А который народный человек, простой, вот хоть я, разве ж он пустил бы сюда кого? Да я б на пороге легла, за ноги б зубами хватала, а в квартиру свою не дала бы чужих заселять. А Серафима — ничего, кроткая такая, и вселяйся кто хочешь. Если б не она, не было б тут Шурки. И Лавринчуки живы были бы, — заключила Тайка.

Есть все-таки причинно-следственная связь в ее рассуждениях. И как же причудливо смешивается в этой глазастой голове живая смекалка с беспросветной глупостью...

«Вот так вот, оказывается, народ понимает соотношение в мире добра и зла, — иронически подумала Полина. — Ладно, мне до этого дела нет».

Когда, нанимая Тайку в домработницы, Полина сказала ей, что сама с домашними делами не справится из-за сильной занятости, то и предположить не могла, что в действительности ей целыми днями нечего будет делать. Вообще нечего.

Зарплату ей платили, но когда она поинтересовалась, куда и когда приходить на службу, то человек, с которым она поддерживала контакты — не Неволин, того она, вернувшись из Вятки в Москву, больше не видела, — а другой, с лицом таким неприметным, что оно было невоспроизводимо даже в самой тренированной памяти, сказал:

— Не беспокойтесь, Полина Андреевна. Для родины вы сделали все, что могли. Заслужили отдых.

Звучало это зловеще, хотя сказал он все же «отдых», а не «вечный покой».

Но ничего плохого с Полиной тем не менее не происходило. Даже наоборот, она была предоставлена самой себе и целыми днями могла делать что душе угодно.

Конечно, она понимала, что ее блаженная свобода — лишь видимость. И не только потому, что за ней следят, хоть та же Шура Сипягина, хоть и Таисья, возможно, да и другие люди наверняка. Но главное, на ее вопрос, когда будет выполнено то, что ей обещали, этот бесприметный Владимир Иванович отвечал:

— Не беспокойтесь. Мы всегда выполняем свои обещания, выполним и на этот раз. Когда будет возможно.

А на следующий прямой вопрос, когда же это будет возможно и, кстати, почему невозможно сейчас, ответа он уже не давал — смотрел бесцветными глазами и просто молчал, не чувствуя от этого ни малейшей неловкости.

Полина понимала, что сделать с этим не может ничего. А раз так, значит, мысли об этом надо убрать из головы. Это бесплодные мысли. Они могут свести ее с ума.

Она умела избавляться от мыслей такого рода, и даже не потому, что ее этому научили. Еще до всякой науки она это умела, от природы, и всегда так делала.

На этот раз избавление от бесплодных мыслей далось Полине немалым усилием разума, воли... Всего ее существа. Но далось все же, и теперь эти мысли были локализованы, не заполняя ее изнутри всю.

И как только это случилось, жизнь ее пошла странным образом.

Ощущение вечности вдруг накрыло ее. Как будто опустилось сверху большое, но очень легкое облако, в котором ей теперь предстояло жить всегда.

Умом Полина понимала, что это иллюзия, но ничего не могла с собою поделать. Она была спокойна, она гуляла по Москве, покупала в комиссионных магазинах шторы и мебель... Купила две старинные китайские вазы — в Берлине или в Париже ей на такие никаких денег не хватило бы, а в Москве они продавались за бесценок. Вероятно, их привез в качестве трофея какой-нибудь полковник, закончивший войну на Дальнем Востоке. Да много всего прекрасного продавалось в Москве после войны, с которой никто не вернулся с пустыми руками. Тайка только ахала, когда Полине доставляли домой изысканные, утонченные предметы интерьера.

А для чего все это, зачем... Она понимала это так же мало, как и то, зачем оказалась в Москве — после Парижа и Берлина, после всего, что с ней произошло.

Просто вилась и вилась причудливая веревочка событий и свилась непредсказуемым образом.

Глава 19

Что Игорь Валентинович Неволин никакой не импресарио советского кино, Полина поняла уже через месяц после того как приехала с ним в Москву.

Что позволило ей это понять, она и сама не объяснила бы. Он делал все, что вполне мог делать некий начальник, не чуждый богеме: водил ее не только на спектакли, но и на актерские посиделки после спектаклей, и на литературные посиделки тоже водил, представлял своим знакомым, среди которых были очень известные киноактеры, режиссеры и операторы, как французскую актрису, провожал вечерами в гостиницу «Метрополь», где для нее был снят номер...

Номер в «Метрополе» ее и насторожил. Полина трезво оценивала свое артистическое дарование и понимала, что такой номер, в каком совершенно бесплатно живет она, мог быть снят только для мировой кинозвезды, но никак не для парижской театральной актрисульки на роли «кушать подано».

И как только она это поняла, сразу же потребовала объяснить, что происходит.

В «Метрополе» это и было. Неволин зашел за Полиной, чтобы вместе пообедать в здешнем ресторане, кухня в котором на ее не слишком изощренный, но все-таки парижский вкус была простовата, однако добротна, а потом отправиться в Нескучный сад и покататься на ялике по Москве-реке.

Время, когда Полина изучала Москву с живым интересом, миновало, длилось оно месяц, не дольше. И теперь она начинала уже скучать. Отчасти потому, что Москва не явила перед нею каких-то неисчерпаемых духовных сокровищ, которые ей, впрочем, не слишком были и нужны. А главное, потому что она приехала сюда вовсе не для того, чтобы осматривать русские достопримечательности, к тому же траченные советским убожеством, как молью.

— Игорь, объясни мне, для чего ты сюда меня привез.

Они все-таки перешли на «ты», сделавшись любовниками. Нельзя сказать, что в Москве не были приняты обычные в кругу Полининых родителей условности. Советская кинозвезда Орлова и ее муж, режиссер Александров, с которыми Полину познакомил Неволин, обращались друг к другу, например, только на «вы», во всяком случае, при людях. Но между Полиной и Неволиным как-то незаметно установилось «ты», и она перестала обращать на это внимание.

— Я хочу знать, что я здесь делаю, — не дождавшись от него ответа, повторила она.

— Здесь — это где? — нехотя произнес он наконец. — В «Метрополе»?

— И в «Метрополе» тоже. И в Москве вообще. Ты говорил, что у меня будут кинопробы. Теперь о них и речи нет.

— Но ты ведь совсем недавно приехала, — попытался возразить Неволин. — Тебе же хочется посмотреть московскую жизнь.

— Обо всем, чего мне хочется, я скажу тебе сама, — отрезала Полина. — Если сочту необходимым. И вот сейчас мне хочется, чтобы ты ответил на мой вопрос.

Все-таки она могла делать с ним что угодно. Он, вероятно, и сам не заметил, когда стал так сильно от нее зависим. Лишь однажды обмолвился, что ее взгляд действует на него как рюмка водки. Можно было счесть это шуткой, но Полина понимала, что так оно и есть. И уточняла мысленно: вернее было бы сказать, что она стала необходима Неволину как рюмка водки алкоголику.

— Ну... Не получается сразу, — проговорил он. — Я не волшебник все же.

— Когда будут кинопробы?

— Требуется время...

— Для чего? Или... — Полина вдруг догадалась. — Или не для чего, а — кому? Меня проверяют? — резко выговорила она.

Вероятно, Неволин понял, что отделываться пустыми словами бессмысленно.

— Да, — кивнул он.

— Для чего?

— Чтобы сделать тебе предложения по твоей дальнейшей деятельности.

— А в Париже нельзя мне было сделать все предложения сразу? — сузив глаза, сквозь зубы проговорила она. — Так необходимо было плести чушь про карьеру кинозвезды?

— Это не чушь! — воскликнул он. — Карьера будет. Только...

— Только не кинозвезды, — зло бросила она.

— Кинозвезды. Только не здесь.

Вот это новость!

— А где же? — усмехнулась Полина. — Теперь станешь заманивать в Голливуд?

— Нет, — ответил Неволин. — Речь идет о Германии.

И по тому, как переменилось выражение его лица, сделалось жестким и твердым, и голос переменился тоже, Полина поняла, что заманивать ее он уже не будет никуда.

Решение о ней уже принято. А вот ее отказ принят не будет.

Все, что выкрикивала, рыдая, мама, узнав о ее честолюбивых планах, что жестко и неумолимо высказывал ей папа, — все это правда. Из того, во что она попала, вырваться невозможно. Если она прямо сейчас откажется делать то, чего от нее ожидают, то и убьют ее прямо сейчас. Может, Неволин и убьет. А может, не доверят ему, найдут другого исполнителя, ей-то какая разница? А если отказ последует потом, уже в Германии, куда ее, как выясняется, намерены отправить, то найдут возможность убить и там.

Холодный пот струйкой побежал у Полины по спине. Она думала, что такое бывает только в романах, и вот теперь чувствовала это на собственной шкуре — буквально.

Но как же все это могло произойти? С ней, именно с ней! И именно после того как она ощутила великую притягательность авантюризма и великую свободу, которую это качество характера дает человеку?

Она попала в ловушку, из которой уже не вырваться. И это значит...

Значит, она должна употребить весь свой разум не на бессмысленные и бесполезные лихорадочные попытки высвободиться, а на то, чтобы правильно построить свое существоваие в сложившихся обстоятельствах.

Эта мысль пришла Полине в голову так неожиданно и овладела ею так здраво и холодно, что даже пот испарился с ее кожи.

— Вы хотите, чтобы я шпионила для вас в Германии под видом киноактрисы? — спросила она.

Наверное, Неволин не ожидал такого ледяного спокойствия в ее голосе. Он посмотрел удивленно и пробормотал:

— Не то чтобы шпионила...

— Не то — а что?

— Послушай, — поморщился он, — давай ты сначала встретишься с людьми, побеседуешь.

— Эти люди объяснят мне, что я должна буду делать в Германии?

— Ну, не сразу объяснят...

— Сначала научат пользоваться рацией?

Теперь уже Неволин взмок — Полина видела темные пятна пота на его рубашке. Но она не давала ему перевести дыхание, ей ничуть не было его жаль.

— Полина! — наконец взорвался он. — Причем тут рация? Мы идиоты, по-твоему? Или ты считаешь, у нас технических сотрудников мало?

— Если судить по тебе — да, именно идиоты, — отрезала она. — Поэтому не исключаю, что вы собираетесь забросить меня в Германию на парашюте.

— Мы собираемся доставить тебя в Париж, чтобы ты приехала в Берлин поездом, — сказал Неволин. — В Париже ты не должна будешь ни с кем встречаться и никому звонить. У тебя будет время только на то, чтобы приобрести хороший гардероб. Денег у тебя на это будет достаточно. Вообще, денег у тебя теперь будет достаточно всегда.

— Я бы на твоем месте не давала опрометчивых обещаний, — безмятежным тоном заявила Полина.

— Каких обещаний? — не понял он.

— В которых содержится слово «всегда». Думаешь, не понимаю, что я для вас временный расходный материал?

— Полина, — вздохнул он, — давай ты сначала встретишься с начальством, а? — Его голос звучал уже просто жалобно. — Я и так сказал тебе то, что не должен был говорить. То есть это они должны были тебе все вот это сообщить — про Париж, про гардероб. Если бы ты согласилась на то, что они хотят тебе предложить. Но я подумал, лучше заранее тебе все рассказать. Чтобы ты точно согласилась. Потому что...

— Потому что иначе меня ликвидируют, — усмехнулась Полина. — А тебе это было бы жаль. Потому что ты не некрофил и предпочитаешь видеть меня в своей постели живою.

— Я с ума от тебя сойду! — Он не проговорил это, а простонал. — Ты меня так возбуждаешь, что... Ну их к чертям, эти ялики — иди сюда!

И, не дожидаясь ее ответа, схватил Полину за руки и притянул к себе. Впрочем, она и не собиралась возражать. Она была взволнована всем, что узнала, сердце колотилось у нее в груди, как язык в колоколе, и его возбуждение — очевидное, чуть пуговицы не отлетали от ширинки, — было ей сейчас очень кстати.

— Ла-адно... — проговорила она с медленным, растянутым вожделением. — Только уж ты постарайся все мысли у меня из головы вышибить. Сможешь?

И она расхохоталась, глядя, как он бледнеет, как дрожат его руки, расстегивая штаны, и как рвется из его рта возглас:

— Да... Да!

Глава 20

Влад позвонил, когда Вика входила в Дом со львами, как раз на крыльцо поднималась. Она теперь бывала в этом Доме так часто, что впору уже было салон открывать. Благодаря сарафанному радио все женщины, проживающие здесь постоянно или приезжающие время от времени, а также их сестры, подруги, сестры подруг и подруги сестер, — все желали иметь именно такие ресницы, какие делала именно Вика. А поскольку ресницы эти надо было не только приклеивать, но и спустя три недели снимать, а потом приклеивать заново, работа у нее по этому адресу не переводилась.

И когда он позвонил, Вика как раз шла работать.

— Слушай, глупо как-то вышло, — сказал Влад. Тон был такой, как будто разговор между ними и не прерывался. Вика не была даже уверена, что он поздоровался. — Надо было мне тебя отвезти все-таки.

— На чем, интересно? — усмехнулась она.

— На палочке верхом. — Он усмехнулся в ответ. И добавил: — На такси мог бы. Но стормозил что-то. Ты уж не серчай.

Даже по телефону было слышно, что он слегка волнуется. Слегка так, слегонца, чуток. Потому и ерничает.

— Ничего, я сама добралась, — ответила Вика. — Починил машину?

— А что там чинить? Шины поменял, и все.

Разговор был ей скучен. Она узнавала интонации, которые слышались в голосе Влада, и слишком хорошо знала, что за такими интонациями стоит. Все ее детство прошло среди людей, которые так говорят и мыслят, и всю ее взрослую жизнь эти люди претендовали на то, чтобы она жила по их правилам, и ей стоило немалых усилий их правил избегать.

Но вопреки всему, что она понимала, голос Влада взволновал ее.

— Хочу исправить свою ошибку, — сказал он.

— Каким образом?

— Отвезти тебя домой.

— Домой к кому?

— А это как скажешь.

— Я за городом живу, — сказала Вика.

Перебрасываться глупыми шутками ей надоело.

— За город тоже отвезу, — покладисто ответил Влад.

Он хотел с ней встретиться, это было ясно. И...

«И я этого хочу, — подумала она. — Так почему же нет?».

— Я освобожусь через... Да, через четыре с половиной часа, — сказала она.

— Еще двум дурам ресницы будешь клеить?

— Слушай, можем ведь и не встречаться, — рассердилась она.

— Все-все! Виноват, исправлюсь! — поспешно воскликнул он.

Вика закончила работу чуть пораньше, чем предполагала, но когда она вышла, Влад уже ожидал ее напротив Дома.

Остановившись на ступеньках крыльца, Вика минуту, не меньше, разглядывала его. Он был в машине не один — разговаривал с пассажиром. В салоне был включен свет, и Влад виден был поэтому хорошо. Она смотрела на его твердый, простой рукой выведенный профиль, видела даже, как играют блики на светлых его волосах, и думала, что жизнь ее безрадостна и одинока, что ей всего тридцать один год и глупо отказывать себе в радостях, которые для таких лет естественны, и вопрос «зачем?», задаваемый не к месту, выдает в задающем его не ум и даже не предусмотрительность, а одну только трусость.

И после того как все это легким ветром пронеслось в Викиной голове, она сбежала с крыльца и перешла через дорогу.

Влад, наверное, сильно был увлечен разговором: заметил ее, только когда она постучала в окошко. И так очевидно, так открыто обрадовался, что этого как раз невозможно было не заметить даже сквозь стекло.

Он вышел из машины, его пассажир тоже.

— Ты как часы. — Влад смотрел на Вику с высоты своего роста, и радость была у него в глазах и в улыбке, и даже в морщинке на переносице. — Все ресницы наклеила?

— И даже бразильский маникюр сделала.

Вика не могла сдержать ответной улыбки, глядя на него.

— А чем бразильский от обыкновенного отличается? — спросил он.

— Тем, что делается апельсиновыми палочками.

— Да-а... — Он изумленно покрутил головой. — Непростая у вас жизнь, девушки!

Они перебрасывались ничего не значащими словами, а радость от встречи передавалась от одного к другому без слов, переплывала по темному осеннему воздуху. Вика воочию ее видела, эту радость, как тихое облако.

Может быть, и Влад его видел, ведь оно летело прямо из его губ — из лука Амура.

— Здравствуйте.

Вика вздрогнула. Про пассажира, вышедшего вслед за Владом из машины, она и забыла. И зря — может, у них дело какое-нибудь и Влад приехал только для того чтобы предупредить, что отвезти ее домой не сможет.

Но, словно угадав ее мысли, этот человек сказал Владу:

— Ну, пока. Через неделю жду твоего звонка.

Вика окинула его быстрым взглядом. Не из интереса, а просто потому, что по стойкой детдомовской привычке всегда замечала и оценивала людей, которые хотя бы на короткое время оказывались с ней рядом. И вот странно: настороженность, которая была у нее в детстве к людям, давным-давно прошла, вернее, сменилась трезвым к ним отношением, а привычка мгновенно их оценивать осталась. Вика иногда думала, что это и не привычка, может, а какое-то внутреннее качество, от которого она не избавится, даже если и захочет.

Но сейчас все эти мысли мелькнули лишь по самому дальнему краю ее сознания.

А человек был интересный, пожалуй. То есть, вернее, неожиданный: обращался к Владу дружески, хотя трудно было предположить, что у того могут быть такие друзья.

Ума и происходящей от ума печали было у него в глазах гораздо больше, чем мог вместить в себя мир, обозримый и понятный для Влада, вот в чем было дело. И постарше Влада он выглядел. А так-то ничего особенного в этом человеке не было — поджарый, седой и коротко стриженный. В синем плаще. Глаза темно-зеленые, вот разве это необычно.

«В разведке я, что ли, собралась работать? — сердясь на себя, подумала Вика. — Ну что я изучаю постороннего человека, зачем?».

На самом-то деле она просто пыталась отвлечься от того, что так обрадовалась появлению Влада, и сердилась на себя именно за эту радость. Трудно было этого не понимать.

— Здравствуйте, — кивнула Вика.

— Это Виктория, — сказал Влад. — А это Дмитрий Палыч Зимин, учитель мой.

А, вот что! Ну да, только к этой категории его знакомых может относиться человек, так сильно на него непохожий.

— Очень приятно, — улыбнулась Вика.

Он улыбнулся ей в ответ и повторил Владу:

— Через неделю, не забудь.

— Не забуду, Дмитрий Палыч, — весело сказал тот. — Натренируем ваших мальцов, Брумель позавидует!

Дмитрий Павлович ушел, а Вика поинтересовалась:

— Брумель — это кто?

— А ты не знаешь? — Влад посмотрел удивленно. — Олимпийский чемпион по прыжкам в высоту.

— А!.. — улыбнулась она. — Так ты в высоту прыгаешь?

— Когда-то прыгал. И бегал. И плавал. Все перепробовал.

— А сейчас?

— Сейчас других тренирую.

Что он работает тренером, нетрудно было представить. Как только он об этом сообщил, Вике показалось даже, что она с самого начала знала это о нем.

— Палыч просит, чтобы я у него в школе спортивную секцию организовал, — объяснил Влад.

— Согласишься?

— Придется. Мы, когда пацанами были, Зимину в рот смотрели. Он тогда универ только что закончил и работать пришел. А в школе же мужики редкость. В походы нас водил. Костер под дождем научил разжигать.

Это сейчас все такое ерундой кажется, а тогда-то — ого! В общем, деваться некуда. Жаль время на эту секцию тратить, конечно. Ну, может, и не наберется еще. Сейчас же пацанам стрелялка в компе — вот и весь спорт. А прыгать-бегать, оно им как рыбке зонтик.

Витька тоже предпочитал компьютерные игры футболу, учителя в Дрэгон-скул говорили Вике, что им стоило немалых усилий приохотить его к спорту. Но добились же они своего, ну и Влад добьется, наверное.

А вообще-то она просто прячется за этот разговор на ничего не значащую тему, чтобы о чем-нибудь с Владом разговаривать и, разговаривая, смотреть на него. Только в этом дело.

Это занятие — смотреть на него — так заворожило Вику, что ей стоило усилия произнести:

— Ну что, поехали?

Даже головой пришлось покрутить, освобождаясь от наваждения.

— А ты куда-то спешишь? — спросил Влад.

— Сегодня никуда не спешу. Но завтра с утра на работу.

— Так выходные же! — удивился он.

— У меня — нет.

— А, ну да, девчонки же по выходным перышки чистят. Жалко.

— Чего тебе жалко? — улыбнулась она. — Девчонок или выходных?

— Думал тебя куда-нибудь пригласить.

— Ну так пригласи, — пожала плечами Вика. — Может, я не против на час позже спать лечь.

Она увидела, как он старается не показать, что обрадовался. Но разве не покажешь, когда глаза так и засверкали? Даже в темноте заметно.

— Ну так приглашаю! Только честно тебе скажу, я не знаю, где тут посидеть. Не мой здесь район. Может, ты хорошее место покажешь?

— Так ведь не мой здесь вообще-то не только район, но и город, — усмехнулась Вика. — И откуда мне знать, что такое для тебя хорошее место?

Он в ответ не усмехнулся, а улыбнулся. У Вики все вздрогнуло и забилось внутри от его улыбки. И от его взгляда. От всего, что он являл собою.

— Вези куда хочешь, — сказала она. — То есть куда знаешь.

Глуповато это прозвучало. Вика терпеть не могла выглядеть глупо в чужих глазах. Но сейчас ей было все равно.

— Садись, — сказал Влад, открывая перед ней дверцу машины.

Глава 21

Ресторан, в который Влад привез Вику, находился на Шаболовке. Ну да, он же говорил, что здесь живет. Конечно, знает район.

Вика не была искушена в московских ресторанах, поэтому не понимала, обычный ли тот, в который они пришли, или есть в нем что-то особенное. В Крамском она бывала в ресторанах главным образом во время каких-нибудь юбилеев, на которые ее приглашали коллеги, а с подружками встречалась в простых кафе. Или в те же кафе ходила с Витькой, чтобы попробовать какие-нибудь вкусности, которые что ни день, то появлялись новые. Витька всегда был сладкоежкой, а Вика кроме шарлотки так ничего сладкого готовить и не научилась. Всяческие торты, пирожные и печенья были для нее словно заговоренные, удивительно даже.

Ну а в Москве она по ресторанам и подавно не ходила. Хотя в кафе заглядывала, если выдавался час-другой перерыва между клиентками, не в Пречистое же на это время возвращаться.

Садилась с чашкой кофе у окна, смотрела на улицу и пыталась себя с этой московской улицей соединить. И ничего у нее не получалось.

Но здесь, в ресторане на Шаболовке, Вика ни о чем подобном не думала. То есть вообще ни о чем она не думала. В обществе Влада было невозможно заниматься умственными изысканиями.

Они просто разговаривали. Вернее, говорил в основном он, а Вика слушала. Ей не казалось обидным, что он рассказывает о своей, а не расспрашивает о ее жизни. Так ей было проще.

— Все думают, я травму получил, может. Иначе зачем из спорта ушел? А мне просто надоело. Не могу я так, понимаешь? Смотрю — результат даю хороший, а в сборную не берут. Почему, за что? А мне аккуратненько так объясняют: что ты, Владик, как дитя малое себя ведешь? Жить меня учат: тут подшерстить надо, там подсуетиться, здесь ощетиниться... Деньжат, учат, правильным людям занеси, будет тебе сборная. А я так не могу. Не могу, и всё. Ну что мне, наизнанку надо было вывернуться?

— Не надо было, — сказала Вика.

— Вот и я о том же. На тренерскую ушел. И не жалею. — Он глотнул вина. — Во-первых, сам себе хозяин. Во-вторых, материально совсем другое дело. Люди же сейчас как? Поняли наконец, что такое здоровый образ жизни. Фитнесом каждый второй занимается, тренеры нарасхват. Сколько сил хватает, столько работай, пожалуйста, проблем нет. Машину купил хорошую. От родителей переехал. Квартиру пока снимаю, правда, но в принципе думаю насчет ипотеки. На первый взнос уже есть, и выплаты потяну, не вопрос.

«Ты зачем меня в этом уверяешь?» — чуть не спросила Вика.

Но удержалась от такого вопроса — поняла, что он обидится, а ей совсем не хотелось его обижать.

Ей постепенно становилось с ним почти интересно, и она даже понимала почему.

Она впервые разговаривала с простым московским парнем. Именно — с простым, но московским, это было новое для нее сочетание. Вдобавок Влад был для нее притягателен, и это избавляло ее от настороженности, от желания поскорее закончить разговор — от всех возможных отрицательных чувств, которые наверняка возникли бы, если бы не ее тяга к нему.

Она могла предсказать каждое его следующее слово, в этом смысле он именно и был прост как пять копеек. Но за столом он при этом вел себя так, как в Крамском просто не сумел бы себя вести ни один человек, схожий с ним по происхождению, профессии, знаниям, интересам. Каждое его движение — как он держал вилку и нож, как машинально развернул на коленях салфетку, — было отмечено тем, что Вика до сих пор, правда, в основном по книгам, считала врожденными качествами людей совсем другого круга.

Влад к такому кругу не принадлежал точно, ничего врожденно аристократического не было ни во внешности его, ни тем более в образе мыслей. Но его врожденностью была Москва, и этим определялось его поведение. Вике интересно и ново было такое понимание.

— А ты ведь не московская сама? — вдруг спросил он.

Даже не спросил, а просто сказал с уверенностью.

— Я из Крамского, — ответила она.

— Это что такое? — удивился он. — Крамской художник вроде. В Третьяковке его картины, нас в школе водили.

— Ну да, художник, — кивнула Вика. — В честь него поселок и назвали. В Пермском крае. Первостроители, когда ГЭС на Каме заложили, так решили на общем собрании. Это начальник строительства предложил, — объяснила она. — Сказал: зачем нам очередной Первомайск или Октябрьск? Давайте назовем в честь художника Ивана Николаевича Крамского, великого сына нашей родины. Все и проголосовали.

— Надо же, какие люди тогда были... — задумчиво проговорил Влад.

— Людям это, я думаю, и тогда было все равно, — усмехнулась Вика. — Им велели — они кивнули. Велели бы Сталинском назвать или там Хрущевском — назвали бы. Повезло с начальником, вот и получился Крамской.

Кажется, он не очень понял, что она имеет в виду — посмотрел с недоумением. Но спросил совсем о другом:

— А почему ты оттуда уехала?

— Почему и все, — пожала плечами Вика. — Деньги нужны. У нас там много не заработаешь.

— В Москве, конечно, возможности другие, — согласился он. — Особенно для тебя.

— Почему для меня особенно? — улыбнулась Вика.

— Так ведь девчонок сколько! И все прихорашиваются, замуж хотят. Клей свои ресницы, сколько сил хватит. Да еще этот... Маникюр с апельсиновыми палочками. Та же ситуация, что у меня с фитнесом.

— Да, — согласилась Вика.

Они говорили об очевидных вещах. И одновременно между ними происходил совсем другой разговор, внятный обоим. Вика смотрела Владу в глаза и понимала каждое его безмолвное слово.

— Глупо вообще-то, — вдруг сказал он.

— Что? — не поняла Вика.

— Что мы с тобой сюда пришли ужинать.

— Почему?

— Потому что дома у меня два австралийских мраморных стейка. Приятель поставками занимается, все надежно. Он даже мастер-классы дает. Как эти стейки готовить, какая сковородка нужна, вообще всё.

— Ты ходил? — улыбнулась Вика.

— Ага. Интересно стало, — чуть оправдывающимся тоном ответил он. — Там, знаешь, и правда целая наука. Выбрать надо правильно, рибай или стриплойн, и портерхаус еще есть...

Влад замолчал. Вика видела, что он не решается сказать ей попросту: пойдем ко мне. И что это непривычно для него, не решаться сказать такие простые слова женщине, это она видела тоже, и это тронуло ее сердце. Вот именно так — тронуло сердце. Не больше, но и не меньше.

— А далеко ты живешь? — спросила она.

— В этом доме.

Вика не выдержала и рассмеялась. Его приемы были детски просты. Но ведь эффективны!

— Я никогда в жизни не ела австралийского мраморного мяса, — сказала она.

— Тогда пойдем?

— Да.

Глава 22

Мраморные стейки в самом деле оказались вкусными. Впрочем, Вика в этом и не сомневалась. Ждать, пока они поджарятся, долго не пришлось — ей показалось, что у Влада это и десяти минут не заняло. И очень кстати: в ресторане они успели только выпить вина и чем-то его заесть, Вика не запомнила даже чем.

Так что при виде огромных стейков, которые Влад, поджарив, ловко сбросил на огромные тарелки с огромной же чугунной сковороды, у нее потекли слюнки.

Она так проголодалась, что даже не обратила внимания на то, как выглядит его жилье, хотя обычно ей и внимания не надо было обращать на такое, она краем глаза все могла рассмотреть в подробностях.

Влад проголодался тоже, и они оба набросились на стейки, запивая их калифорнийским вином, бутылки с которым стояли у него в кухне наклоненные, в плетеной подставке.

— Интересно, как ты меня домой повезешь? — сказала Вика, кивая на пустую бутылку. — Я за городом живу, и далеко.

— А ты разве не останешься? — удивился он. И тут же смутился от того, что удивился так откровенно, и пробормотал: — В смысле, я думал, не водку же пью, вино ничего...

Ей так понравилось и удивление его, и мгновенное смущение! Она читала его как книгу, и даже проще, чем в книге, было ей прочитать все, что он мог сказать и сделать.

Вика смотрела в его глаза и видела в них только совершенно чистые чувства. Давно ей не приходилось видеть такой абсолютной, ничем не замутненной ясности в человеческих глазах.

Но все-таки ей хотелось его немножко поддразнить. Выудит она из него прямые слова! Тем более что он и сам, кажется, не прочь их выговорить.

— А ты хочешь, чтобы осталась? — спросила Вика.

Но ничего он говорить не стал — она ошиблась.

Влад встал, перегнулся через стол, за которым они ужинали — не очень удобный низенький журнальный столик, — и, притянув Вику к себе, поцеловал. Он был такой высокий, что дотянулся до нее легко и не только дотянулся, но и приподнял ее над полом, целуя.

И не болтаться же ей было в воздухе, как репке, выдернутой из грядки. Вика коснулась стола ногой и, перешагнув через тарелки и бокалы, обняла Влада за шею руками, а для надежности еще вокруг колен ногами. Целоваться так было очень удобно.

— Ух ты какая акробатка! — Его глаза весело блеснули. — Ты мне сразу понравилась.

— Потому что акробатка?

— Потому что... А сам не знаю почему! Вот вино же нравится. — Он кивнул на пустую бутылку. — А почему, и не скажешь.

— И сильно оно тебе нравится?

Вика все еще обнимала его руками и ногами. В таком положении она чувствовала всего его так, что голова кружилась.

— Умеренно. Ты насчет алкоголя не волнуйся, я ж спортсмен.

Тут Вика сама почувствовала смущение. Что это она его расспрашивает, будто замуж за него собирается? Насторожится сейчас — мужчины сразу чувствуют цепкие женские намерения. Или подозревают, даже если никаких намерений нет.

Но, кажется, Влад был не из тех, кто настораживается, подозревает и выставляет защиту. Только что-нибудь одно могло им владеть в каждый момент его жизни, и сейчас им владело желание. Как и Викой, впрочем.

Они еще раз поцеловались, стоя над тарелками и бокалами. А когда поцелуй закончился, то сразу же — еще раз. Как будто опасались, что чувство, бросившее их друг к другу, может исчезнуть от того, что они разомкнут объятия. Вот такие вот смешные, руками и ногами, объятия.

Но не могло оно уже исчезнуть, это чувство. Хотя чтобы перейти в спальню, потребовалось время и чтобы раздеться — тоже, и кровать была застелена пледом, который надо было снять, и делали они все это наперебой, но не торопливо, а как-то спокойно, с уверенностью в том, что промедление им помешать не может, даже наоборот.

У Вики так давно не было мужчины, что она беспокоилась: как все получится? Может, неловко, сбивчиво и не доставит удовольствия ни ей, ни ему.

Но как только они оказались на кровати, Вика поняла, что волноваться не о чем. Влад был не то что умелый… Хотя и умелый, наверное, тоже, но главным в нем все же было не любовное умение, а естественность каждого порыва и каждого движения, с помощью которого порыв осуществлялся.

Он делал в своей страсти все, что хотел, но не из настойчивости или наглости, а потому что не умел иначе.

А она была все-таки растеряна и оттого не проявляла никаких собственных стремлений, только позволяла ему делать что угодно — поднимать ее над собой и вдруг переворачиваться вместе с нею, и нависать над ней всем телом... Ему могла быть даже и обидна такая ее податливость. Но ничего она не могла с собой поделать.

Однако уже через несколько минут Вика поняла, что ни обиды, ни даже легкого недовольства Влад не чувствует. Он был с нею нетороплив — наверное, потому что она была ему как-то особенно приятна, не просто как была бы приятна любая молодая женщина. И понимание этого разгорячило ее больше, чем могло бы разгорячить нетерпение или страсть. Страсть, может, участвовала в происходящем тоже, но вот это долгое, медленное скольжение его рук по всему ее телу, и его пальцы путаются в ее волосах, и ладони у нее на лбу, и одновременно — губы ищут ее губ, и уже нет в ней ничего, кроме тяги к нему...

Влад сразу почувствовал, что Викина растерянность прошла, и сам переменился вместе с нею, стал резче, стремительнее, грубее. Нет-нет, только вначале, в минуты первой своей растерянности она сочла бы такую резкость грубостью, и неужели они были, эти минуты?..

Были или не были, а миновали бесследно. Теперь Вика не то что не пыталась преодолеть в себе безразличие, так не ко времени ее охватившее, наоборот, она даже сдерживала теперь свой порыв, чтобы не торопить Влада.

Но когда уже почувствовала его в себе, сдерживаться стало невозможно. Да и он не сдерживал себя — застонал, вдавил ее в кровать сильным своим, очень большим телом и не думал, что ей это может быть тяжело или больно, и правильно, что не думал...

Ей было безраздельно хорошо. Да, именно так — безраздельно. Ни с кем она не хотела, да и не могла разделить то, что происходило у нее внутри, ни с кем кроме мужчины, который вверг ее в такое сильное удовольствие.

А с ним удовольствие разделялось само собою, без всякого с ее стороны усилия.

И даже когда оно уже прошло, это разделенное ими на двоих удовольствие, Вика долго еще прислушивалась к его искоркам в себе, долго еще ловила его отзвуки в стремительном биении своего сердца.

И как же странно! То, что дал ей Влад, он дал только ее телу. Но теперь, завершившись, это вдруг и в сердце ее отозвалось легкими и радостными искрами.

Они лежали рядом и не знали, что сказать друг другу. Вика не знала потому, что не было у нее сейчас потребности в словах, а Влад... А не хотелось ей разбираться в его состоянии! Вдруг показалось, что разбираться в этом сейчас — все равно что подглядывать за ним.

Влад протянул руку, провел ладонью по Викиному плечу.

— Красивая, — сказал он.

— Кто?

— Тут кроме тебя никого нету.

— Я подумала, ты про кожу мою говоришь, может.

— Я же не девочка, кожу оценивать или там ресницы, — усмехнулся он. И без паузы поинтересовался: — У тебя мужа случайно нет?

— А для тебя это имеет значение? — вместо ответа спросила Вика.

— Вообще-то да. Если муж есть, то мне как-то... Неприятно или, может, неловко — не знаю.

— Мужа нет.

— Одна живешь или с родителями?

— Родителей тоже нет.

«Сейчас про детей спросит», — подумала она.

Ей не хотелось рассказывать ему о Витьке. То есть не о Витьке даже, а о том, где он сейчас находится.

Объяснить такому человеку, как Влад, почему она отдала ребенка в Оксфорд, казалось невозможной задачей. Да и просто не хотелось это ему объяснять. Мгновенная сердечная близость, которая непонятным образом возникла сразу после близости физической, исчезла так же мгновенно, как появилась.

К счастью, про детей Влад спрашивать не стал. Его заинтересовало другое.

— А почему родителей нет? — спросил он.

— Я детдомовская.

— Ого!

— А что ты так восхищаешься? Моей заслуги в этом нет.

— Да я не восхищаюсь. — Он слегка смутился. — Просто... Я с детдомовскими только на тренировках общался, в спортшколе еще. А так — никогда.

Он провел рукой над Викой, словно показывая, что означает «так». Вика улыбнулась.

— Ну и как? — спросила она. — Сильно от нормальных женщин отличаюсь?

Она спросила без всякой насмешки и тем более без обиды. К тому, что к детдомовским относятся как к особому человеческому виду, Вика привыкла с детства и даже тогда не обижалась на это. Они действительно другие, глупо отрицать очевидное.

Но Влад ответил неожиданно.

— Сильно, — кивнул он. — У меня такой женщины, как ты, никогда не было.

— Ой, не ври! — поморщилась Вика.

Только полная дура могла не понимать, что в жизни этого Финиста Ясна Сокола женщины встречались разнообразные, в том числе и «такие», как Вика, какой бы смысл он ни вкладывал в это слово.

— Не вру, — сказал он. — Ты и сдержанная какая-то, непонятно почему, и раскованная очень. Я про это.

В его объяснении была простота — не та, которая хуже воровства, а та естественная, которую Вика почувствовала в нем сразу и отмечала потом во всем, что он говорил и делал.

А сейчас она чувствовала: он хочет расспросить ее о том, что для него ново, и колеблется, можно ли это сделать.

— Спроси что хочешь, — сказала Вика. — Никаких страданий ты мне этим не доставишь.

Позади остались такие страдания. Да и вообще, с тех пор как Вика узнала жизнь других, не детдомовских людей, трудности собственного детства перестали казаться ей чрезмерными. В самых обыкновенных, с виду вполне благополучных семьях мог царить такой ад, по сравнению с которым детдомовская жизнь выглядела если не счастливой, то по крайней мере объяснимо несчастливой.

«Что-то меня банальности одолевают», — недовольно подумала она.

— А родители твои, они... Ну, они есть вообще? — спросил Влад.

Вопрос был естественный и ожидаемый. Почти у всех, кого Вике пришлось встретить в своей детдомовской жизни, родители были. То есть не абстрактно были, в том смысле, что когда-то произвели на свет детей, а существовали в реальности и жили обычно где-нибудь неподалеку. Бывало, что приезжали в детдом и привозили конфеты. Бывало, что не приезжали. Наблюдая за этим со стороны, Вика считала, что второе лучше, чем первое. Зачем ездить, если через час после встречи ты уже только и можешь, что бормотать: «Сынок, сбегай за бутылкой... Попроси, чтоб дали, скажи, мамке плохо, не хватило»? Глядя на все это, она радовалась, что к ней никто не приезжает и не приедет никогда.

— Их нет, — сказала Вика.

— И не было? — помолчав, спросил Влад.

Она поняла, что он имеет в виду.

— Были, — ответила она. — Они как раз были нормальные люди, что редкость. То есть отец был подлец, но обыкновенный подлец, не клинический. Сделал ребенка в рабочем бараке, потом — «я не хотел, твои проблемы» — и уехал. Приятного мало, но не он первый, не он последний.

— А куда уехал? — снова спросил Влад.

Вот странно — ему-то что за дело? Вике и самой никакого дела до тех времен, покрытых мраком, давно уже нет.

— Не знаю, — ответила она. — Видимо, на очередную комсомольскую стройку. В документах моих отец не отражен.

— А мать?

— А мать что должна была делать? Она сама детдомовская. Ну да, да! — поймав удивленный его взгляд, сказала Вика. — Я потомственная. Мать меня в Дом ребенка отдала. Не в бараке же было выращивать. Отказ не оформила — забрать когда-нибудь собиралась, может. Но тут авария на ГЭС, жертвы... Ну и она тоже — жертва. Все в Каме остались. В парке до сих пор монумент стоит — героическим первостроителям и все такое.

— Непростая у тебя биография... — проговорил Влад.

— Простых вообще не бывает, — пожала плечами Вика.

— У детдомовских?

— Ни у кого.

— Почему? — не понял он. — У меня самая что ни на есть обыкновенная. Родился, в школе отучился, армию отслужил, Институт физкультуры кончил. Что особенного?

Ответить на этот вопрос Вика не могла. То есть она, может, и попыталась бы, но он, вот именно он, ее ответа все равно бы не понял.

«Гений чистой... не красоты, а простоты, — улыбнулась она внутри себя. — Не глупости, нет. Именно простоты в самом чистом ее выражении».

— Я думал, таких, как ты, сразу удочеряют, — не дождавшись ответа, сказал Влад. — По телевизору говорят, что так.

— По телевизору много чего говорят, — заметила Вика. — Всему верить?

Ей не хотелось рассказывать ему о том, как ее удочерили и вернули. Не то чтобы хотелось это скрыть... Скорее, не хотелось проводить параллель между ним и первым, давно забытым мужчиной, который о том же расспрашивал когда-то. Не любила она таких повторов: в них была ей очевидна уже не банальность даже, а просто житейская пошлость.

— Я не хотела, чтобы меня удочеряли, — сказала Вика.

Так оно ведь и было вообще-то, если без подробностей.

— Почему? — удивился он.

— Потому что непонятно, кто удочерит. Бывает, что все хорошо, а бывает... Не хотела рисковать. Даже не обязательно плохие люди попадутся. Могут просто силы не рассчитать. Многие ведь думают, что у них доброе сердце, а на самом деле у них просто слабые нервы. Телевизор посмотрели, там деточку детдомовскую показывали, жалко бедняжку, дай-ка домой возьму — назавтра идут, просят. А потом не знают, что с ней делать, и правильно не знают: ничего с ней такие, как они, и не поделают.

— Слишком ты как-то жестко, — покрутил головой Влад.

«И правда, зачем я это говорю? — одернула себя Вика. — И кому, и когда!..».

— Может быть, — сказала она. — Я не мягкосердечная. — И, все-таки не удержавшись, добавила: — Но не только я. Ольга Васильевна, директор наша, тоже всегда предостерегала. Подругу свою даже. Та в Школе искусств рисунок преподавала, а из детдома многих туда записали, ну, она и захотела девчонку нашу одну удочерить. А Ольга Васильевна ей сказала: не надо, ты с ней не сможешь, не тот у тебя характер.

— И не удочерила?

— На выходные стала брать, на каникулы. Потом та от ее сына забеременела и заявление написала, что он ее изнасиловал. Хотела, чтобы на нее квартиру переоформили.

— Ну да!

— Сама хвасталась, что вот какую штуку придумала.

— Переоформили?

— Выкрутились как-то. В полиции взятку дали, еще где-то. Повезло, в общем. Влад! — сердито сказала Вика. — Я не хочу об этом разговаривать. Тем более сейчас.

— Не хочешь — не будем, — согласился он. — Я, знаешь, тоже не любитель... всего такого.

Это-то понятно. В его ясном мире просто нет места для таких явлений, как бездны человеческой природы.

— Тебе завтра во сколько вставать? — спросил Влад. — Я будильник поставлю. А потом когда увидимся?

Вике это понравилось. Не уверяет в любви с первого взгляда, не требует, чтобы перевезла к нему вещи. И раз это происходит не от какой-то особенной деликатности — нет ее в нем, это и видно, и понятно, — значит, просто не считает, что Вика теперь должна принадлежать ему. И хорошо, что не считает.

— Это я тебе колеса проколола, — сказала Вика. — Только я тогда не знала, что именно тебе.

— Какие колеса? Ох ты!.. — Он сел на кровати и посмотрел на нее с изумлением. — Зачем?!

— Рассердилась. Ты меня перед этим грязью облил и бампером толкнул еще.

Интересно, какая будет его реакция? Не поймет, разозлится, по морде двинуть попытается?

Влад расхохотался.

— Я сразу понял, что ты такая, — сказал он, отсмеявшись.

— Какая? — с интересом спросила Вика.

— Прямая. Без этих ваших женских штучек. А вот так: да — да, нет — нет.

— Как в Библии, — усмехнулась Вика.

— Что в Библии? — не понял он.

— Там написано, что слово должно быть: да — да, нет — нет, а остальное от лукавого.

— Ну, лукавство в тебе тоже есть, — сказал Влад.

Тут уж Вика еле сдержала смех. Ее-то он напрасно считает прямой, а вот сам он точно понимает слова только в самом первом их значении.

Но сказать ему об этом она не успела. Наклонившись над нею, Влад снова стал ее целовать.

«Это лучшее, что может быть, — отвечая на его поцелуи, подумала Вика. — Нарочно искала бы — такого не нашла бы».

Часть II

Глава 1

Вика никогда не считала себя особенно везучей, хотя и какого-то вопиющего невезения в своей жизни не замечала тоже. Но те полгода, которые она жила в Москве, можно было считать сплошной полосой везения. Она и считала.

Счастливой она эту полосу, правда, не называла, и понятно почему: Витька был далеко. Но если не мыслить такими отвлеченными категориями, как счастье, то все остальное ее устраивало. Все в ее теперешней жизни происходило в какой-то правильной последовательности и очень вовремя, этого невозможно было не замечать.

И поздний Антонинин звонок, безусловно, являлся частью этой последовательности.

Антонина так привыкла к красивым ресницам, а еще больше к регулярной перемене их длины и формы, что вызывала к себе Вику постоянно. К тому же, как Вика понимала, ей нравилась возможность два часа рассказывать о событиях своей жизни, не опасаясь, что эти рассказы обернутся против нее каким-нибудь опасным образом, как это могло бы произойти, будь Вика человеком из ее чиновничьего круга.

О том, что Антонина является министром финансов огромного северного региона, Вика узнала от нее уже давно, но это совершенно ее не заинтересовало. И Антонина — больше от житейской опытности, чем от природной приметливости, — такое органичное отсутствие интереса заметила и отметила.

Вика понимала все это отстраненно, как будто не о своей жизни. Да и не было это ее жизнью, хотя заполняло собою все ее дни, такой парадокс.

«Наверное, и сегодня не из-за ресниц она меня так срочно вызывает», — думала Вика, глядя в заиндевевшее окно электрички.

Антонина просила с электричкой не связываться, а ехать в Москву на такси, но Вика сочла это глупым — в пробке дольше простоишь, — поэтому такси намеревалась взять только в городе, на Рижском вокзале уже.

А мысль о том, что едет она, возможно, не для работы, была очень даже основательной. Однажды Антонина уже позвонила ей в такое вот время, даже позже, вообще среди ночи, и потребовала приехать срочно, срочно, как можно скорее, потому что она на грани самоубийства. Вика не то чтобы перепугалась — Антонина ей никто, да и в самоубийство ее она не поверила, — но приехала, конечно.

Антонина стояла в распахнутых дверях квартиры.

— Что мне теперь делать, ну что?! — воскликнула она, как только Вика вышла из лифта. — С собой покончить?!

Лицо у нее опухло от слез, глаза превратились в щелочки.

— А что случилось? — окинув ее быстрым взглядом, спросила Вика.

В Антонининой внешности не появилось ничего нового. Но что угодно могло произойти, конечно, не обязательно же это на внешности скажется.

Вика не находила в себе сочувствия к ней. Ей даже неловко было из-за этого. Точнее, неловкость была из-за того, что Антонина в трудную для себя минуту обращается именно к ней, не подозревая о ее равнодушии.

— А ты что, не видишь?! — всхлипнула та.

Они вошли в прихожую, Вика заперла дверь. Свет был включен во всей квартире.

— Посмотри!

Антонина ткнула пальцем себе в щеку и сразу же ойкнула, не от боли, а так, будто дотронулась до чего-то опасного.

— Пойдемте.

Вика прошла в комнату. Антонина послушно двинулась за ней.

В комнате были включены все лампы и лампочки, изобретенные прихотливой дизайнерской фантазией. Вика никогда не видела их включенными одновременно, и теперь ей показалось, что она стоит на цирковой арене.

— Что посмотреть? — спросила она.

— Вот тут, на щеке! И на подбородке, на подбородке уже тоже!

Вика вгляделась туда, куда Антонина указывала пальцем. По пухлой щеке тянулось длинное, бледное, с легким оттенком синевы пятно. Ого! Муж побить не мог — она в разводе. Хотя мало ли... Навестил бывшую супругу, может. Или любовник отметился.

— Вы ударились? — спросила Вика.

— Всё работа, всё времени на себя нету! — воскликнула Антонина. — Люди в Швейцарию ездят, золотые нити вживляют, нанотехнологии. А я ботокс колю, как в каменном веке! И вот что вышло. Ты посмотри, ты посмотри только! Как теперь жить с таким лицом, Вичка, как?!

«От нее зависят тысячи людей, — глядя в заплаканные Антонинины глаза, подумала Вика. — Десятки тысяч, сотни даже. Живут в бараках. Умирают в больницах — врачей не хватает, а те, что есть, хорошо если аппендикс вовремя удалят. А она с жизнью прощается из-за пятна от ботокса. В московской квартире за шесть миллионов долларов».

Ненависть, холодная ненависть залила ее так, что — вот странность! — в голове и в груди огонь заполыхал.

Вика знала природу этой ненависти. Не из зависти к чужому богатству она у нее происходила и не из желания иметь свое, и даже не из обостренного чувства справедливости. Прекрасно она знала, что справедливость не правит миром и если отобрать у одних и раздать другим, то справедливость все равно не наступит, совсем наоборот.

Но глупость, беспросветная, уверенная глупость, сочетающаяся даже и с быстрой житейской сообразительностью, но все равно остающаяся глупостью в первоначальном, гигантском смысле этого слова, глупость, намертво подчинившая себе сотни тысяч человеческих жизней и продолжающая их уничтожать, — вот что рождало ненависть, вот с чем Вика не могла смириться!

Самовлюбленная и властная, эта глупость стояла сейчас перед ней в мертвенном свете разномастных ламп и требовала сочувствия.

«Я ничего с этим не поделаю, — медленно, как заклинание, произнесла в уме Вика. — Я сделала все, что могла: я в этом не участвую. Больше сделать не могу ничего».

— Пойдемте в кухню, — сказала она.

— Зачем?

От удивления Антонина даже всхлипывать перестала. Может, решила, что Вика собирается вырезать у нее из щеки ботоксный синяк с помощью кухонного ножа.

— Здесь свет дурацкий, — ответила Вика. — Энергосберегающие лампочки — это, по-моему, какая-то огромная мировая афера. Скоро выяснится, что они зрению вредят.

— Почему?

Вряд ли Антонину заинтересовали вдруг судьбы мировой энергетики. Скорее, Викин невозмутимый тон подействовал: взгляд ее из панического сделался осмысленным.

— Потому что в их свете любая точка на коже выглядит как трупное пятно, это я давно заметила. Значит, что-то они со зрением делают, — объяснила Вика. — А в кухне у вас прежние лампочки, обыкновенные. Пойдемте.

Антонина смотрела так, будто Вика могла разъяснить ей какую-то вселенскую тайну. Пока дошли до кухни, находящейся в дальнем конце коридора, она успокоилась, хотя бы отчасти, и уже без слез выслушала Викины увещевания, что пятно почти незаметно, а с помощью обычного тонального крема его можно сделать незаметным совершенно, а через некоторое время оно наверняка пройдет, потому что ботокс имеет свойство рассасываться, не зря же его инъекции надо повторять регулярно.

Все эти обычные, никаких особенных сведений не содержащие слова Антонина явно воспринимала как глас с небес. Вика этому не удивилась. Если человек, сполна наделенный взрослой хваткостью и циничностью, каким-то загадочным образом сохранил тем не менее беспримесную подростковую инфантильность, которая позволяет ему считать любую неурядицу, происходящую лично с ним, вселенской бедой, — то влиять на него другому взрослому человеку, понимающему, что такое подростковое сознание, совсем не трудно.

Что такое это сознание, Вика понимала отлично, потому полностью убедить Антонину, что беда скоро минует, ей удалось в ту ночь минут за десять.

Вполне могло статься, что и сегодня Антонина снова вызвала ее для подобного же душеспасительного разговора.

Охранники Дома со львами Вику уже знали и пропускали без расспросов. Она их, правда, никогда не видела, только слышала голоса в переговорном устройстве у калитки перед Домом.

Пока охранники невидимо изучали ее на своих мониторах, Вика смотрела на львов, покрытых снежными шапками, на освещенное арочное окно на шестом этаже, на невысокие ступеньки крыльца. Она всматривалась во все это каждый раз, когда приходила сюда. И всегда ей казалось, что женщина и мужчина, незнакомые, но привычные, как собственная жизнь, стоят на этих ступеньках и улыбаются прозрачными улыбками, и растворяются под ее взглядом.

На этот раз Антонина встретила ее не заплаканная, а сосредоточенная.

— Дети только и умеют, что создавать проблемы, — с порога заявила она.

Вика не стала возражать. Учитывая, что сын у Антонины наркоман и мамаше уже приходилось спасать его от полиции за драку с охранниками ночного клуба, а потом и от тюрьмы за насмерть сбитого им пешехода, — проблем у нее, конечно, хватает.

Вика уже не удивлялась, что думает об этом без возмущения. Возмущаться поведением Антонининого сына было бы все равно, что действиями марсиан, захвативших Землю. Они полностью другие существа, и ничто человеческое к ним не применимо.

Но тут же выяснилось, что на этот раз проблемы Антонине создал не сын.

— Маринка кошку завела, представляешь? — сказала она.

— Представляю, — кивнула Вика.

Что уж такого непредставимого в кошке? Не медведь и даже не игуана.

— У матери спросить, этого они и в голове не держат. А возиться с их тварями — это мать, да.

Вообще-то Антонина хотела, чтобы дочь завела ребенка, пусть бы уже и без мужа, в тридцать пять-то лет. Но Марина сказала, что размножаться не собирается, потому что она не идиотка, на всю жизнь влезать в хомут. То есть это Вике во время очередного наращивания ресниц она сказала, а мать, может, и не стала информировать от греха подальше.

— Притащила мне сейчас свою кошку — на, мать, ухаживай, а она, видите ли, с мужчиной за границу уезжает. На месяц или на два, в Швейцарию или я не знаю куда. Да она и сама не знает. А у кошки прививки, видите ли, не сделаны и чипа в ухе нет, поэтому с собой ее взять нельзя. Разве мы так жили? — Антонина сердито пожала плечами. — У нас кошки во дворе бегали, а не то что прививки.

— И что? — спросила Вика.

Кошка интересовала ее так же мало, как Марина и Антонина. Ей хотелось поскорее узнать, причем здесь она.

— Да то, что я тоже уезжаю, — ответила Антонина.

— Надолго?

— Как карта ляжет. Лечиться еду.

— Вы заболели? — удивилась Вика.

Здоровье у Антонины было завидное, и не в последнюю очередь поэтому она так переживала из-за пятна на щеке: просто не с чем было сравнивать.

— Для всех — да, — резко произнесла она.

«Исчезнуть хочет на время, — поняла Вика. — Проблемы на работе».

Выяснять подробности она не стала. Про работу Вика никогда Антонину не расспрашивала, та рассказывала сама, охотно и очень умело — так, чтобы не сообщить никаких опасных деталей. Само по себе желание разговаривать о работе Вику не удивляло: понятно, что при Антонининой говорливости молчать о главном, из чего состоит жизнь, для нее невыносимо. Она и не молчала — рассказывала о том, что губернатор на вчерашнем совещании вдруг посмотрел на нее как-то не так, с каким-то таким, знаешь, Вичка, подозрением, она так и обмерла — наговорили на нее, точно! — и ночь не спала, а назавтра он ничего, улыбается опять и детям привет передавал... А вице-губернатор нанял астролога, чтобы тот по гороскопам определял, кого можно брать на работу, кого нельзя, и на какую должность, и по фотографиям тоже — по форме ушей, Вичка, знаешь, столько всего можно сказать, прямо насквозь человека видно, они теперь все к этому астрологу ходят, потому что не брать же людей наугад, можно так нарваться, что...

Все эти сведения в духе сельских суеверий, «Молота ведьм» и Ломброзо изливались на Вику постоянно, как помои из ведра, и интересоваться чем-либо дополнительно у нее не было ни малейшего желания.

Антонинина работа, вообще эта женщина, вся, в целом, диктовала только одно к себе отношение: меньше знаешь — крепче спишь.

— Я бы эту кошку выкинула, да и все, — сказала Антонина. — Но жалко. Все-таки божья душа.

Ее верования были причудливы, поэтому не приходилось удивляться, что она признает за кошкой наличие души. А вообще, при всем Викином безразличии к животным, почему бы и нет? Если считать, что душа есть у Антонины и ее детей, то у кошки она имеется точно.

Божья душа, словно услышав, что разговор о ней, выглянула из-под дивана.

— Трусливая, — сказала Антонина. — С утра там сидит, даже кушать не выходит.

Вообще-то это была не кошка, а котенок — размером с ладонь, снежно-белый. Выглянув, он тут же спрятался обратно.

— Как у Пульхерии Ивановны, — сказала Вика.

— У кого? — переспросила Антонина.

— Так. У знакомой одной. Хотите, чтобы я котенка к себе взяла? Он у меня не выживет. Я домой только ночевать приезжаю.

— А ты перебирайся сюда. Пока меня не будет, — встретив Викин удивленный взгляд, пояснила она. — Месяц точно не приеду. Только клиентов сюда не зови, работай как обычно.

— Сюда, конечно, нет, — машинально ответила Вика.

Антонина восприняла ее слова как согласие.

— Ну и хорошо! — сказала она. — Прямо сейчас и оставайся. У тебя же для ресниц все с собой? А за одеждой потом как-нибудь съездишь.

Вика хотела сказать, что еще ничего не решила, но у Антонины зазвонил телефон, и она отвлеклась.

«А зачем вообще-то отказываться? — подумала Вика. — Я перед ней ничем не обязываюсь. Только котенка кормить, так она бы мне его все равно навязала».

— Да, выхожу, — сказала Антонина и спрятала телефон. — Вичка, я уборщицу на месяц отпустила, но ты же сама справишься, да?

Тоже ничего удивительного. Антонина из тех, кому палец в рот положи — руку откусят. Но учитывая, что Вика совершенно не жаждет видеть здесь посторонних людей, в том числе и уборщицу...

— Справлюсь, — сказала она. И поинтересовалась: — А чем кошку кормить?

— Понятия не имею, — пожала плечами Антонина. — Маринка какой-то пакет с ней вместе притащила, в прихожей стоит. Там корм, наверное. А по мне, так нечего баловать — что себе готовишь, то и ей давай.

— Себе я только вареные яйца готовлю, — усмехнулась Вика. — Вряд ли она их будет есть.

— У нас кошки хлеб черный ели. А если в супе вымакаешь, то вообще за счастье. Ну, пока. Дверь за мной запри, ключи на полке. И наслаждайся жизнью!

Наслаждение вряд ли, но облегчение, закрыв за Антониной дверь, Вика почувствовала точно.

Она не то что любила одиночество — оно было ей необходимо. Полжизни Вика этого не понимала, да и как бы она могла это понять, если одиночества в половине ее жизни не было. Но как только оно пришло, она почувствовала себя в нем как рыба в воде. Одиночество не тяготило ее, и Витька был частью ее одиночества так же, как был счастьем.

В пакете, стоящем в углу прихожей, Вика обнаружила кошачий лоток и наполнитель, две металлические мисочки, меховую мышь и пакет с сухим кормом. Как котенок будет есть сухие шарики, было ей не очень понятно, но разбираться в этом не хотелось.

Она отнесла лоток в туалет, насыпала в мисочку корм, в другую налила воду и пошла за котенком. Извлечь его из-под дивана удалось с трудом, за хвост пришлось вытащить, но когда Вика отнесла его в кухню и поставила перед мисочками с едой и водой, он тут же бросился обратно под диван.

«Да пропади пропадом! — сердито подумала Вика. — Проголодается — сама придет, это же кошка».

Все-таки она еще раз легла на пол и заглянула под диван. Маленькое пятно белело у самой стенки, посверкивали в темноте испуганные глаза.

«Что со мной? — подумала Вика. — Где я, зачем?.. Где мой сын, почему всё... вот так?!».

Эта мысль накрыла ее неожиданно, как снежная лавина. Да, точно как лавина — только что не было никаких предвестий, и вдруг налетела, и ты уже под нею, и единственное, что еще чувствуешь — смертный ужас...

Вика глубоко вдохнула, выдохнула. Закрыла ладонью рот. Сжала зубы. Ничего не помогло!

Сидя на полу у дивана, она рыдала так, что голова колотилась о деревянный подлокотник.

Сколько это длилось, она не поняла.

Когда рыдания прекратились, ей показалось, что была в обмороке: не помнила, что происходило вокруг, что было с ней самой, пока она находилась в бессознательном состоянии. Да и как это можно помнить, обморок же.

Вика поднялась с пола, покрутила головой. Слезы слетели у нее со щек, и щеки тут же высохли.

Ничем не нарушаемая тишина, стоящая в комнате, успокоила ее, как успокоила бы любая примета одиночества. Вместе со спокойствием пришла — точнее, вернулась — способность внятно мыслить.

Вообще-то все хорошо. Не придется вставать чуть свет, чтобы вовремя приехать к первой клиентке. Не придется мерзнуть на остановке автобуса, а потом на платформе электрички. И пусть все это только на месяц, все равно хорошо. А если о чем и следует сожалеть, то лишь о том, что нельзя и съем квартиры в Пречистом на месяц прервать, деньги сэкономить, да и об этом сожалеть не стоит, потому что деньги она за Пречистое отдает предельно малые, иначе давно нашла бы для себя другое жилье.

И Влад, кстати, будет доволен. Вика видела, что он чувствует неловкость, когда ему приходится отвозить ее за город, да еще далеко за город, да еще в неприглядную пятиэтажку. Несколько раз он пытался завести разговор о том, чтобы она перебиралась к нему, но Вика этот разговор завести ему не давала, а он не слишком настаивал. Иногда она оставалась у него ночевать, конечно, но вещи не перевозила, да что там вещи, даже зубная щетка всегда была у нее с собой в сумке, а не у Влада в ванной. В общем, ему будет проще от того, что она поживет некоторое время на Малой Молчановке, и их отношения в это время будут непринужденнее.

А теперь надо лечь спать и проснуться завтра в том обычном ровном настроении, в котором она приучила себя жить, и именно это она сейчас сделает.

Вика выключила в гостиной свет. Комната сразу сделалась таинственной — из-за белизны стен и мебели, конечно. Только теперь она оценила белоснежный дизайнерский замысел — похоже, он для темноты был предназначен. Все вокруг переменилось — светилось изнутри, мерцало, манило... И алмазно сверкали огни за большим арочным окном.

Она подошла к окну. Широкая перспектива из него не открывалась — обыкновенная улица московского Центра, который по-прежнему вызывал у Вики странное чувство: смесь влечения и настороженности.

В ограде дома и на крыльце никого не было. Ограда появилась здесь уже в новые времена, но крыльцо осталось таким же, как в тот день, когда неизвестные, непонятные мужчина и женщина сфотографировались на нем между двумя львами.

Вика считала, ее мать отдала эту фотографию в крамской Дом ребенка как залог того, что она за ребенком сюда вернется. Проверить это было невозможно, поэтому в детстве Вика думала, что мать вернулась бы за ней обязательно.

Она смотрела на пустое крыльцо, на цементных львов со щитами и думала, что никого они, наверное, не защитили, эти стражи. Иначе по-другому, совсем по-другому сложилась бы ее жизнь.

Глава 2

Жизнь в Доме со львами опротивела Полине так, что хоть волком вой. Но выть не имело смысла, выбора все равно не было. Ей оставалось только ожидание: приедет или не приедет Леонид, соблазненный доктор, вятский затворник.

Она даже не то что ожидала его... Просто его возможный приезд был для нее как вышка в бескрайней воде. Полина видела такую, когда они с девчонками гуляли вдоль Сены и разглядывали эстампы на лотках букинистов. На одном из эстампов была изображена ловля рыбы в океане. Торчали посреди бесконечной воды длинные вышки, вернее, просто тонкие деревянные шесты, и на каждом с птичьей уверенностью сидел посреди океана туземец и ловил рыбу.

Вот и она сидит на таком одиноком шесте ожидания, и это единственное, что есть теперь в ее жизни прочного, и не только теперь — уже бесконечно давно ее жизнь лишена каких бы то ни было опор. Скользит она и катится по ветру, как соломинки и соринки, случайно сцепившиеся в комок.

Неостановимость и хаотичность своего движения по собственной жизни и по белу свету Полина ощущала постоянно, и Москва не помогла ей от этого ощущения избавиться.

Да и как могла ей помочь в этом Москва, если не помог ни любимый Париж, ни Берлин, массивный, устойчивый город?

Берлин жил прекрасно.

Полина не ожидала, что это окажется так, ведь в Германии фашизм, и все порядочные люди оттуда поэтому уезжают. Но Берлин и выглядел, и жил именно что прекрасно, даже по сравнению с Парижем, не говоря уже о Москве.

В первый же день, оставив вещи в пансионе на Курфюрстендамм, где для нее была загодя снята комната, она отправилась бродить по городу. Когда-то Элен, лицейская подружка, завидовала Полининой способности мгновенно ориентироваться в незнакомых местах.

— Ты как в сказках братьев Гримм! — говорила она. — В какой лес тебя ни заведи, ты как мальчик-с-пальчик обратную дорогу найдешь. А я, перед тем как в магазин войти, должна вслух сказать, направо или налево надо будет идти, когда выйду. А в незнакомом городе вообще ужас. Потеряюсь вернее, чем в лесу.

Ну а Полина знала, что не потеряется, поэтому ощущение беззаботности, когда она вышла на Унтер-ден-Линден, охватило ее полностью. Просто погрузилась в беззаботность, как в теплую реку, и голова у нее от этой беззаботности закружилась.

Уже через пять минут Полина сообразила, что голова у нее кружится от запаха цветущих лип. Таких лип, как на Унтер-ден-Линден, она не видела никогда и нигде, не зря и название у улицы такое — «Под липами». Присмотревшись, Полина заметила, как велики и густы желтые соцветья на древесных ветках. Прямо-таки плоды, а не соцветья. Казалось, ради таких соцветий эти липы и высажены, а может, так оно и есть.

И еще — Берлин был по-настоящему фешенебельным. Полина терпеть не могла пафоса ни в чем, в том числе и в архитектуре, и в стиле городской жизни. Но фешенебельность — это совсем другое, ее она и любила, и уважала, потому что знала: даже одеться нелегко бывает так, чтобы при первом же беглом взгляде создавалось впечатление ненарочитого лоска и богатства, не стремящегося бить в глаза, но при этом не могущего остаться незамеченным. Если в одежде трудно этого достичь, то уж тем более в рисунке, в облике города.

В облике Берлина фешенебельность была достигнута безусловно. Она являлась его сутью так же, как и основательность, и органичная принадлежность Европе.

Может быть, Полина потому в первую очередь ощутила в Берлине именно это — Европу, Европу! — что проведенный в Москве год сделал ее особенно восприимчивой к любым европейским приметам.

В Париже по дороге в Германию она провела всего один день, даже не переночевала, да еще Неволин сопровождал ее повсюду как тень, в магазин дессу и то вошел было с нею вместе, пришлось его чуть не сумочкой ударить, чтобы вышел, но что толку, все равно стоял на улице под дверью и нервно курил — наверное, боялся, что Полина исхитрится и как-нибудь сбежит через примерочную в одном бюстгальтере. Все это было так глупо, пошло, унизительно и так вместе с тем неодолимо, что Парижа она, можно считать, после Москвы и не видела.

А Берлин — ах, какой город! Какое одиночество в Берлине! Как прекрасно идти по этой Унтер-ден-Линден, не идти, а плыть в ее густом липовом воздухе! Даже звуки расположившегося рядом с каким-то массивным зданием военного оркестра не мешают, наоборот, усиливается от бравурных маршей ощущение беззаботности.

А в городском лесу Тиргартен! Тихо, только деревья шумят, и дорожки, прелестные прогулочные дорожки блестят под ранним июньским солнцем, и бонны, приведшие детей на прогулку, сидят на лавочках с такими чинными лицами, что хочется в голос расхохотаться, а рядом проезжают по аллеям всадники, и каждый из них смотрит на Полину с нескрываемым интересом, а один, самый элегантный, предлагает совершить конную прогулку вместе с ним, и с такой непринужденной вежливостью предлагает, что хоть соглашайся... И как же это все красиво, беспечно — чудесно!

Первый Полинин восторг от Берлина не схлынул, а лишь сменился восторгом вторым, а затем и третьим.

На второй или третий день своих одиноких прогулок она поняла, что этот город не только фешенебелен — в нем кипит та прекрасная жизнь, к которой она всегда стремилась и к которой начала уже понемногу привыкать, сделавшись актрисой в Париже: жизнь богемная, жизнь настоящая.

Привыкать-то она к ней начала, но в Париже привыкнуть все же не успела. А московская богема так сильно отличалась от европейской и при этом так старательно ей подражала, что не вызвала у Полины никаких чувств, кроме иронии. Природная догадливость мешала ей верить в искренность улыбок московских актрис, московские писатели и близко не умели быть такими вежливо-непринужденными, как обычный всадник на прогулке в берлинском Тиргартене, и все москвичи как один были напряжены, и каждый ожидал подвоха от каждого. Беззаботности там не было, а без нее не бывает и богемы.

«Забыть! — подумала Полина, вспомнив о Москве. — Сейчас — только забыть, а дальше видно будет».

Все это она подумала, входя в отель «Адлон» с намерением пообедать. Ресторан здесь, конечно, дорогой, но считать деньги, выданные ей Неволиным при прощании на Гар-де-л'Эст в Париже, Полина не собиралась. Обещал, что в деньгах у нее теперь нужды не будет, вот и пусть выполняет обещание. И обедать она теперь будет там, где сама сочтет нужным, а не где можно сэкономить пару марок. К тому же ей осточертела сытная московская еда, а в респектабельном берлинском отеле, можно не сомневаться, кухня окажется максимально утонченной.

В «Адлоне», при всей его респектабельности, шло какое-то совсем не респектабельное, но очень симпатичное веселье.

В вестибюле перед лестницей двое молодых людей показывали трюки с йо-йо. Деревянные диски так и летали вокруг них, а шелковые шнуры, на которых эти диски были закреплены, свивались таким причудливым образом, что диски, казалось, то замирали, то кружились по собственной воле, вне всякого человеческого участия.

Рядом с летающим дисками йо-йо выступал мим, по виду японец. Он показывал, как гуляет собачка — поднимает лапку у огромной напольной вазы с живыми цветами, смешно чешет нос другой лапкой... Немцы хохотали, иностранцы снисходительно улыбались. Полина несколько минут посмотрела трюки с йо-йо и пантомиму, посмеялась тоже и отправилась в ресторан.

Ей нравилось обедать в одиночестве, долго выбирать блюда, листая меню в тяжелой кожаной папке — действительно австралийские мраморные стейки? да, уважаемая фройляйн, и самые свежие, очень рекомендую, — нравилось ловить на себе взгляды мужчин, в том числе военных, пришедших сюда, по всей видимости, на деловой обед, нравилось читать в их глазах любопытный вопрос: интересно, кто эта дама и почему она одна?.. За проститутку ее принять было трудно, одежда не свидетельствовала о таком роде занятий, уж Полина в парижских магазинах постаралась, чтобы это было именно так, да и ничто в ней, ни манеры, ни взгляд об этом не свидетельствовали, за это она могла поручиться.

Поэтому она очень удивилась, когда один из посетителей, распрощавшись со своим собеседником и выйдя из-за стола, направился не к дверям ресторана, а к ее столику.

— Здравствуйте, мадемуазель, — сказал он. — Извините мою бесцеремонность. Но я так удивился и обрадовался, увидев знакомое лицо.

Беспечность из Полины словно ветром выдуло. Какое еще знакомое лицо? У нее память на лица была отменная, и она могла поклясться, что господина этого в глаза никогда не видала. И акцент у него... Полина не считала себя знатоком немецкого, хотя после лицея и разговаривала на этом языке свободно, но что перед ней не немец, определила с первой фразы. Да и не похож он на немца, не понятно пока чем, но не похож.

— Я вас видел в «Одеоне», — сказал он. — Потому и позволил себе подойти к вам сейчас. Не часто теперь встретишь в Берлине французскую актрису.

«И не француз, — подумала Полина. — И не русский. Интересно, кто?»

— Позвольте представиться, — сказал он. — Роберт Дерби. Журналист.

Ах, вон что! Англичанин. Полининой настороженности это не уменьшило. К тому же сразу вспомнилось, как познакомился с ней Неволин — тоже сослался на то, что видел ее на сцене... Не хватало только, чтобы ее зацепила еще и английская разведка! Этот, впрочем, ради знакомства с ней уличного бандита пока не убивает. Полина, кстати, не была уверена, что памятного ей разбойника в Париже не наняли тогда нарочно, на ее прямой вопрос об этом Неволин так и не ответил.

Выказывать мистеру Дерби свою подозрительность, наверное, не надо. Или надо? Все-таки они встретились не на Елисейских Полях, а в самом сердце страны, враждебной обеим их странам.

«Совсем испошлилась! — сердито подумала Полина. — Голова набита советскими клише!».

Она улыбнулась самой обаятельной своей улыбкой и сказала:

— Приятная встреча, мистер Дерби. Я, правда, не предполагала, что мои скромные сценические успехи так заметны, чтобы меня можно было запомнить.

— Это вы сами так заметны, что вас трудно не запомнить, — улыбнулся он.

Улыбка у него была открытая и такая же живая, как глаза. Глаза были расчерчены светлыми лучами, и от этого казались внимательными. Хотя, наверное, не казались, а внимательными и были. И держался он с той врожденной естественностью, которую невозможно изобразить, как ни старайся.

Знакомство с ним явно можно было считать не только полезным, но и приятным. Причем и то и другое — вне зависимости от нынешней Полининой ситуации. Просто полезно и приятно быть знакомой с английским аристократом, каковым, судя по всему, в том числе и по фамилии, является Роберт Дерби.

— Я не очень вам помешаю, если пересяду за ваш столик и мы выпьем кофе вместе? — поинтересовался английский аристократ. — Ведь вы уже пообедали?

Официант только что убрал Полинину тарелку с остатками соуса «табаско», с которым она ела австралийский стейк, и кофе она действительно уже заказала. Что ж, мистер Дерби приметлив.

— Я с удовольствием выпью с вами кофе, — ответила Полина.

— Но вот имя ваше я не запомнил, — сказал он, садясь напротив Полины.

Официант подошел мгновенно, кивнул на его просьбу принести эспрессо и исчез.

— Полина Самарина, — сказала Полина. — Мы можем говорить по-английски.

— А вам удобно?

Ей показалось, что он удивился. Хотя, может, только показалось: живость соединялась в нем со сдержанностью тоже самым естественным образом. Идеальный журналист и идеальный шпион, и поди пойми, кто он.

— Удобнее, чем по-немецки, — ответила Полина. — Английский давался мне в лицее лучше.

— Все-таки останемся пока в немецком, — предложил Дерби; легкая неправильность его немецкой фразы показалась Полине очаровательной. — Не хочется вызывать подозрение.

— Подозрение? — удивилась она. — Мне кажется, в этом ресторане никто и ухом не поведет, заговори мы хоть на зулусском.

— Вам кажется. — Его взгляд был так прям и ясен, что Полина усомнилась, может ли он быть шпионом. — Англичан здесь и сейчас, мягко говоря, не любят. Но горевать об этом нам с вами не стоит, я думаю.

— Я тоже так думаю, — согласилась Полина. — И вообще, я успокоилась на ваш счет.

— То есть?

Бровь его взлетела вверх так легко и тонко, одним лишь краем, что она невольно залюбовалась этим полетом.

— Я уж было подумала, что вас ко мне подослали, — объяснила она. — Но далее я подумала: если бы вы были шпионом, то, наверное, выучили бы мое имя ради знакомства.

Он улыбнулся. Полина догадалась, что ему хотелось не улыбнуться, а рассмеяться. Интересно было смотреть на него и его угадывать. Приятным оказалось для нее это знакомство, она не ошиблась.

— Я мучительно пытался его вспомнить, — сказал он. — Все время, пока обедал с Баумгертнером и поглядывал на вас исподтишка. Но вспомнил только, что фамилия у вас русская. Мне очень неловко от такой моей забывчивости.

— Почему же неловко? — пожала плечами Полина.

— Потому что я культурный журналист. То есть не так... Я пишу о культуре, да, вот так. О театре тоже.

— Ах, мистер Дерби!.. — воскликнула Полина.

— Можно Роберт просто.

— Роберт, я так мало пока сделала для культуры вообще и для театра в частности, что мою фамилию вам помнить совсем не обязательно.

Официант принес кофе. Пять минут назад Полина предвкушала его вкус и запах: в Москве она о настоящем кофе соскучилась чрезвычайно. Но Роберт Дерби оказался гораздо привлекательнее, поэтому об удовольствии от самого по себе кофе она забыла и пила его, не обращая внимания на вкус, и увлеченно болтала.

Выяснилось, что Роберт писал о «Русских сезонах» Дягилева и был даже лично знаком с Идой Рубинштейн, и разделял Полинино восхищение ею.

— Как удивительно, что вам нравится Ида, — заметила Полина.

— Что же удивительного? — улыбнулся он.

— Мне казалось, британцы чопорны и холодны. И такая женщина, как Ида Рубинштейн, может вызывать у них только отторжение, — бесцеремонно объяснила она.

— Может быть, я не совсем типичный британец.

— Судя по фамилии — совсем.

— Или Ида Рубинштейн не так далека от английского сознания, как можно думать, — не обращая внимания на ее бесцеремонность, сказал Роберт. — Во всяком случае, мне очень понятна ее личность. А что вы собираетесь делать в Берлине? — неожиданно спросил он.

— Пока — погружаться в богемную жизнь! — засмеялась Полина.

— «Адлон» не то место, где царит богема, — заметил он.

— В «Адлон», по правде говоря, я пришла только ради хорошего обеда, — призналась Полина. — В уверенности, что его здесь найду. Но все-таки была приятно удивлена.

— Чем же?

— Я не предполагала, что в Берлине появились мраморные стейки, да еще австралийские. Мы в Париже как привыкли, что в Германии безумная инфляция, безработица и экономическая депрессия, так и пребываем в этой уверенности.

— Вы сторонница Гитлера? — поинтересовался он.

«Так, — подумала   Полина. — Вот   теперь — осторожно».

— Скажем так, я не думаю, что мир состоит только из черного и белого, — ответила она. — Жизнь сложна, и не бывает так, чтобы кто-нибудь был полностью прав, а кто-нибудь совершенно неправ. И вообще, я привыкла составлять обо всем собственное суждение.

— И каково же ваше суждение о нынешнем Берлине?

— Люди слишком часто склонны преувеличивать ужасы происходящего, — дипломатично ответила Полина.

— Мраморные стейки, безусловно, хороши, — усмехнулся Роберт. — И с безработицей Гитлер отлично справился, ее уже нет. А богема еще есть, и очень интересная! — Он легонько хлопнул ладонью по столу. — И если вы хотите, то я готов вас с ней познакомить прямо сегодня.

Глава 3

Роберт не обманул.

— А я не то чтобы совсем никогда не обманываю — я не ангел, разумеется, — но все-таки стараюсь не делать этого без крайней необходимости, — сказал он, когда Полина сообщила ему, что берлинскую богему он представил ей исчерпывающе. — Только не говорите «исчерпывающе». Вы не видели еще и половины.

Но и то, что Полина увидела этой ночью, произвело на нее самое приятное впечатление.

Вечером Роберт зашел за ней в пансион. Вернее, он ожидал ее на тротуаре под окнами, а она долго и с удовольствием одевалась у себя в комнате перед высоким венецианским зеркалом. Не то чтобы ей хотелось испытать его терпение, просто вечерний туалет в самом деле требовал времени.

Для своего первого выхода в берлинский свет Полина выбрала платье из жемчужного ламе. Ей нравилось, что ткань облегает фигуру плотно, как перчатка, и вместе с тем выглядит невесомой, и парчовые узоры словно нанесены по ней тончайшей кистью. И к тому же под это платье у нее имелась длинная нитка темного жемчуга.

Вот прическа вызвала некоторые колебания. Обычно к вечернему туалету она делала «пикабу» — волосы распущены до плеч, а один завитый щипцами локон закрывает глаз — действительно, игра в прятки, что это слово «пикабу» и означает.

Полина переняла такую прическу у голливудской актрисы Вероники Лейк и очень гордилась своей наблюдательностью, но вскоре заметила, что «пикабу» вошла в моду повсеместно. Это ее расстроило: неприятно сознавать, что твой вкус так подвержен массовым веяниям. Из-за нежелания им подчиняться она и волосы не высветляла — сохраняла природный темно-русый цвет. Хотя все сходили с ума по платиновым блондинкам и в ходу была идиотская поговорка: «Ничто так не украшает женщину, как перекись водорода».

Прическу Полина сделала простую, и даже слишком простую: расчесала волосы на прямой пробор, сколола их в низкий узел шпильками с жемчужинами, перехватила жемчужной же нитью, перечеркнувшей лоб.

И вот ведь как — выбрала прическу немножко назло себе самой и немножко из хитрости, а вышло замечательно: голова гладкая, украшения исполнены простоты, но спина открыта почти до талии, и в соединении это создает ощущение такого утонченного соблазна, какого Полина не добилась бы, если бы оделась в какое-нибудь прозрачное мини.

Она последний раз покрутилась перед зеркалом, выглянула в окно — Роберт во фраке безропотно ожидал у подъезда — и вышла из комнаты.

И они отправились в «Нельсон-ревю», здесь же, на Курфюрстендамм.

— Я думала, это запрещено, — шепнула Роберту на ухо Полина, когда в разгар канкана среди многочисленных танцовщиц в блестках и страусовых перьях на эстраду триумфально явилась рыжая примадонна и публика взорвалась аплодисментами. — Ведь она — мужчина?

— Да, — кивнул Роберт.

— В таком случае, слухи о здешней ненависти к гомосексуалистам явно преувеличены.

— Ну да, Нельсон-шоу не закрывают, — пожал плечами он. — Зачем? Его всегда можно предъявить, когда говорят, что фашисты нелояльны к искусству. Да им и самим надо ведь чем-то развлекаться, не одними же парадами. Олимпиада тоже была грандиозна, жаль, вы не приехали раньше, посмотрели бы. Я был ею впечатлен, и не я один. А эта рыжая примадонна такая же достопримечательность Берлина, как старинные телефоны на столиках. Не здесь, а в кабаре «Старый Берлин», поедем и туда непременно. Однако все это уже не имеет значения, — заключил он.

— Почему? — не поняла Полина.

Но тут оркестр взорвался такой россыпью восхитительных звуков, что едва ли Роберт услышал ее вопрос.

Да и ей сейчас не так уж важно было услышать ответ. Она впитывала в себя эти звуки, эти яркие огни, этот шум в зале, ей нравилось быть среди настоящих столичных людей, вот в чем дело! Ей надоела провинциальность, которой была пропитана советская Москва, и фашистский Берлин оказался в этом смысле предпочтительнее.

И в «Романском кафе», куда они с Робертом приехали уже под утро, все было пронизано настоящим богемным столичным духом. И даже не просто богемным, а интеллектуально-богемным. Это Полина заметила сразу, как только, пройдя мимо карлика в униформе через просторный дверной тамбур, они оказались в зале. Драпировки из бордового бархата, золотая лепнина, отражающаяся в многочисленных зеркалах, живые цветы на столиках, — все это привлекло ее внимание меньше, чем публика.

— Публика здесь особенная, — заметила Полина, когда они с Робертом уселись за столик. — Лица интеллектуалов, вы не находите?

Столик, кстати, отыскался с трудом, и то лишь на время: какая-то актерская компания покинула «Романское кафе», но должна была вскоре вернуться.

— Остатки прежней роскоши, — ответил он.

— Почему?

— Издатели, художники, поэты — здесь интеллектуальный центр Берлина, особенная публика, вы правы. Но в Германии остались ведь не многие. Кто уехал, кто просто исчез. А оставшиеся едва ли могут претендовать на то, чтобы считаться цветом нации.

— Неужели вы полагаете, что цветом немецкой нации теперь следует считать военных? — насмешливо спросила Полина. — Странно слышать такое от подданного британской короны.

— Ничего странного. — Роберт пожал плечами. — Художники, желающие существовать в немецком искусстве, должны работать так, как будто в нем нет Нольде и Кокошки и никогда не было. Не думаю, что при таком, дипломатично скажем, самоограничении они могут претендовать на то, чтобы считаться цветом чего бы то ни было. Впрочем, это слишком сложный умственный выверт, — добавил он.

— Боитесь, что он мне непонятен? — иронически заметила Полина.

— Боюсь, что он вам скучен. И в любом случае не нужен. Киностудии работают, фильмы снимаются, и многие из них очень даже неплохи, по-моему. Да вы их и сами видели, конечно. Или в Париже невозможно теперь увидеть немецкие фильмы? Я давно у вас не был, просто не знаю.

Полина тоже этого не знала. Может быть, теперь уже и нельзя, ведь отношения между Германией и Францией обострились до крайности.

Напоминание о Париже отдалось у нее внутри болью, короткой и острой. Уезжая из Москвы, она оставила Неволину пятьдесят открыток с московскими видами и с описанием своих замечательно обстоящих дел — она получила роль во МХАТе, прошла кинопробы, скоро начинает сниматься, вот съемки уже начались... Он обещал отправлять эти открытки во Францию еженедельно и, наверное, так и делает. Но мысли о родителях... Они-то и отдутся в ней болью при одном только слове «Париж».

А немецкие фильмы, снятые за тот год, который Полина провела в Москве, она просмотрела перед своим отъездом в кинозале в Малом Гнездниковском переулке, в том самом кинематографическом комитете, сотрудником которого представился ей Неволин при знакомстве. Об этом тоже вспоминать не хотелось, но не от душевной боли, а от одного лишь чувства стыда, которое появлялось при воспоминании о первой встрече с Неволиным, да и вообще о нем.

— В Париже можно увидеть все, — сказала она. — А как вы догадались, что я приехала в Берлин ради киносъемок?

— Ну а ради чего же еще может приехать в Германию французская актриса? — улыбнулся он. — Кстати, на студии УФА — это на Дёнхофплатц, вы еще не были? — весьма разнообразно кормят в самой обыкновенной студийной столовой. Вам как гурману будет интересно.

— С чего вы взяли, что я гурман? — удивилась Полина.

— В Берлине глаза разбегаются от обилия ресторанов и баров, а молодая актриса, едва приехав, отправляется обедать в скучнейший «Адлон». Значит, она либо шпионка и интересуется офицерами и дипломатами, либо гурман, и ее привлекли австралийские стейки.

— Сами вы шпион! — рассердилась Полина. — Ваша наблюдательность подозрительна!

Роберт не обратил на ее возмущение ни малейшего внимания.

— УФА именует себя немецким Голливудом, — сказал он. — Самонадеянно, конечно, но что центр европейского кино находится теперь в Берлине, а не в Париже или где-либо еще, несомненно. Москва пытается соперничать, но вряд ли русские сумеют сделать у себя Голливуд.

— Почему?

От шерри-коблера, заказанного для нее Робертом, у Полины слегка кружилась голова. Но это было именно алкогольное, физиологическое головокружение. Никакого восторга от всего, что ее окружало — от зала в багрово-золотых тонах, от дивного голоса певицы на эстраде, от томящего запаха роз на столике и, главное, от безупречного джентльмена, сидящего рядом с нею, она больше не испытывала. Это было ей так странно! Но это было именно так. Возможно, она просто устала — близилось утро.

— Почему у русских не получится Голливуд? — машинально повторила Полина.

— Потому что их же Чехов говорил, что необходимое условие творчества — чувство личной свободы, — ответил Роберт. — Вы полагаете, оно возможно в советской России?

— Понятия не имею, что возможно в советской России, — сказала Полина. — Я никогда там не была.

— Вам скучно? — неожиданно спросил Роберт.

Надо же, а она думала, он не замечает ее состояния.

— Нет, — ответила Полина. — Но я немного устала, это правда.

— Жаль. Мы могли бы поехать еще в «Танцфест».

— Что такое «Танцфест»?

— Очередное кабаре. Любимое всеми берлинскими англичанами.

— За что же они вы так его любите?

— Лично я к нему равнодушен. Но весь английский дипкорпус обожает «Пляску смерти». И журналисты заодно. Разумеется, те, что пишут о политике.

— Почему же именно они? — заинтересовалась Полина.

— Потому что они привыкли к ежедневной пошлости.

— А вы, разумеется, натура утонченная, — язвительно заметила она.

— Разумеется. Во всяком случае, мои эстетические рецепторы не возбуждаются, когда на эстраду выскакивают танцоры в черных трико с намалеванными скелетами и начинают истошно орать: «Берлин, Берлин, твоя пляска — пляска смерти!».

— Да, это, судя по вашему описанию, действительно пошло, — согласилась Полина. — Тогда зачем же вы зовете меня в этот «Танцфест»?

— Саксофонисты там виртуозные. Вот их можно слушать бесконечно. Даже когда они исполняют эту «Пляску смерти» или бог знает какой еще бред.

— Нет, сегодня мне уже никуда больше не хочется. Видимо, берлинская богемная жизнь разнообразнее, чем мои скромные силы позволяют выдержать, — сказала Полина. — Но я привыкну. Вы обещаете не оставлять меня?

Она посмотрела Роберту прямо в глаза. И вместо веселого блеска ее встретила темная бездна. Полина этого не ожидала — его взгляд вдруг показался ей опасным.

Но лишь на мгновенье — тут же это странное впечатление развеялось.

— Обещаю, — сказал он. — Пойдемте, я отвезу вас домой.

Глава 4

Неизвестно, могла ли студия УФА сравниться с Голливудом, но работала она безостановочно и фильмы выпускала более чем приличные. И французские актрисы действительно приезжали в Берлин на съемки, и оставалось только недоумевать, почему Марлен Дитрих уехала из Германии, такая звезда наверняка была бы здесь нарасхват.

Маргарет, маленькая пикантная актрисулька, с которой Полина завела приятельство, объяснила вполголоса:

— Марлен просто не выносит фюрера. Какая глупость! Он любит кинематограф, и она могла бы процветать. Сама виновата. В конце концов, в сравнении с любым европейским лидером фюрер... Боже, да разве можно сравнивать! Те вялые, безвольные и не способны ни на что, а фюрер — сама энергия, настоящий лидер великой нации.

«Интересно, она говорит все это потому что боится, что я донесу, или действительно в это верит? — глядя в безмятежные голубые глаза Маргарет, подумала Полина. — Похоже, верит, и искренне. Странные люди».

Ей непонятен был этот всеобщий восторг перед фюрером. Полина видела Гитлера и даже коротко разговаривала с ним во время приема, устроенного в честь его приезда на киностудию. Ее представил приятель рейхсмаршала Геринга, с которым она познакомилась через его жену, а к той привело рекомендательное письмо от известного французского режиссера, выданное Неволиным на Гар-де-л'Эст вместе с деньгами. Но во время того приема Гитлер не произвел на Полину ни малейшего впечатления. Ей показалось, он слишком самодоволен для великого человека, каким его считают, и слишком назойливо преподносит свое величие, как он его понимает. Так может вести себя только посредственность, каковой он и является. И ладно еще, что его прославляют в газетах и по радио, это просто пропаганда, глупый, но объяснимый социальный ритуал. Но то, что она видела своими глазами — безумное, до массовой истерики восхищение, руки, тянущиеся к нему из ревущей толпы... Очень странно!

«Крошка Цахес, — подумала Полина. — Классический Циннобер, несмотря на немаленький рост. Интересно, выдернет кто-нибудь когда-нибудь золотые волоски из его головы?».

Впрочем, слово «интересно» попало в эту ее мысль лишь как фигура речи. На самом деле это было ей не интересно совершенно. В конце концов, большинство людей, подавляющее большинство, глупы непроходимо. И если они вообще способны поклоняться кому бы то ни было с таким исступленным неистовством, то какая разница кому? Почему не этому крошке Цахесу, чем он хуже или лучше любого другого, вот хоть Сталина, к примеру, которого славословят в СССР? Правда, ничем хорошим весь этот восторг не кончится, энергию самоупоения надо же куда-то девать, и самая вероятная сфера ее приложения — война. Что ж, войны время от времени случаются, ничего с этим не поделаешь, а может быть, еще и обойдется. Судеты и Австрию немцы присоединили без единого выстрела, при всеобщем восторге, ну и дальше может быть так же.

Вся эта несложная картина сложилось в Полининой голове довольно быстро, вскоре после того, как она начала работать и таким образом погрузилась в берлинскую жизнь по-настоящему, как никогда не смогла бы погрузиться, если бы видела только фасад этой жизни, пусть и не каждому доступный богемный фасад. И, раз составив себе впечатление о германском обществе, больше она к размышлениям о нем не возвращалась. У нее здесь нашлись занятия поинтереснее.

Да, именно в Берлине, а не в Москве сбылась наконец ее мечта о кинематографической карьере. Только ради этого стоило сюда приехать! Теперь Полина понимала, что в СССР никакой такой карьеры у нее просто не могло быть. Сколько фильмов там снимается в год? По пальцам пересчитаешь. И актрисы сражаются за роли, и ролей не хватает даже половине из тех, что талантливы. А в Германии! Киностудии работают бесперебойно, актеры не знают, что такое быть в простое, как и режиссеры, и операторы, и декораторы, и художники по костюмам. И кроме убогих ура-патриотических агиток снимаются, между прочим, виртуозные музыкальные картины и отличные мелодрамы, и психологические истории. Одним словом, можно найти нишу, в которой будешь чувствовать себя замечательно, занимаясь тем, что тебе нравится.

За год, проведенный в Берлине, Полина сыграла три роли, и не эпизоды, а настоящие роли, пусть и не очень большие, зато в фильмах с Марикой Рёкк, которая, как Полине потом сообщили, отозвалась о ней благосклонно. Но дело было даже не в этом... Вернее, не только в этом.

В Берлине она почувствовала, как вновь после долгого перерыва охватывает ее тот восхитительный дух, который впервые родился в ней бесконечно давним вечером, когда она чуть не погибла от рук бандита.

Это был дух авантюризма.

А она-то уж думала, что разочарование, которым обернулась для нее Москва, и не только разочарование, но страх перед мрачной московской реальностью, оскорбительный страх, — она думала, что все это похоронило в ней авантюризм навеки.

А вот — нет! Не угас в ней этот редкостный огонек и не угаснет, наверное, уже никогда.

В этом состояло, пожалуй, самое большое удовольствие от Берлина.

Но, конечно, было и множество удовольствий поменьше. Полина закрутила роман с Вальтером Кохом, штурмбанфюрером из рейхсканцелярии, и роман получился именно такой, как ей нравилось — пикантный, легкий, на грани серьезных отношений, но не переходящий за эту грань. Вот это последнее нравилось ей особенно. Однажды, когда Кох повез ее кататься на лодке — озер вокруг Берлина было множество, — он попытался перевести отношения в новую плоскость, но Полина не позволила. Она не то чтобы оттолкнула Коха, попытавшегося увлечь ее на траву за кустами, но ловко вывернулась, засмеялась, закружилась, побежала по лужайке — в общем, разыграла эффектную сцену из какого-то фильма, не имеющего названия и даже не существующего, но при этом укорененного в сознании всех недалеких людей. Кох был, кажется, обескуражен, но офицерский аристократизм не позволил ему настаивать на близости, если женщина ее не желает.

Маргарет, которой Полина со смехом рассказала о своей вчерашней прогулке, заметила, что не стоило бы подвергать Коха такому афронту.

— Он на хорошем счету, — объяснила Маргарет. — И поднимется высоко, это все говорят. О таком любовнике мечтала бы любая актриса. Или ты надеешься на более высокопоставленного покровителя? — предположила она. И рассудительно добавила: — Я бы на твоем месте не очень на это рассчитывала.

— Почему? — заинтересовалась Полина.

Они с Маргарет только что пообедали в студийной столовой — она располагалась прямо на крыше съемочного павильона, кормили в ней не только сытно, но и вкусно, — и теперь принимали здесь же, на крыше, воздушные ванны, сидя в шезлонгах и нежась под нежарким сентябрьским солнцем.

Дёнхофплатц простиралась внизу, обрамленная зеленью лужаек, которыми изобиловала территория УФА. С этой территории вообще можно было не выезжать, на киностудии было все, что делало жизнь приятной. Именно поэтому Полина с Маргарет проводили воскресенье здесь, хотя все берлинцы, воспользовавшись отличной погодой, устремились в парки.

— Ты приехала из Франции, вдобавок русская, — объяснила Маргарет. — Это может вызвать настороженность у мужчин. Во всяком случае, у тех, которые занимают солидное положение и не хотят им рисковать.

— Глупости! — фыркнула Полина. — А Ольга Чехова?

Ольга Чехова, эмигрировавшая из советской России, мало того что снималась во множестве немецких фильмов, неизменно получая главные роли, но еще и пользовалась покровительством самого высокого свойства. Рейхсмаршал Геринг бывал в ее доме постоянно, и говорили, что сам Гитлер тоже не оставляет ее вниманием.

— Ого! — воскликнула Маргарет. — Так вот на что ты рассчитываешь!

— А почему бы и нет? — усмехнулась Полина.

«Не дай Бог, — подумала она. — Что я буду делать, если это произойдет? Тогда в меня вопьются намертво».

За весь этот год из Москвы не было ни слуху, ни духу. Полина жила в Берлине так, будто действительно приехала прямо из Парижа с французскими рекомендательными письмами в поисках актерской удачи. Только приходившие каждый месяц из Франции деньги — если бы кто-нибудь ими заинтересовался, то обнаружил бы, что отправителем является месье Андрей Самарин, ее отец, — напоминали о бездне, из которой она вырвалась.

Да, Полина была уверена, что, уехав из Москвы, вырвалась из бездны, в которой едва не оказалась по собственному — нет, не желанию, а лишь недомыслию. Что бы там ни думал на этот счет Неволин и его начальники — Сергей Петрович, Михаил Иванович, кто там еще? да пропади они пропадом все до единого! — она не собиралась больше попадать в их цепкие лапы. Она пробудет в Берлине ровно столько, сколько сама сочтет нужным, а потом сама же и решит, что ей делать дальше. Да, к родителям ей больше не вернуться — у них ее найдут мгновенно, и нельзя подвергать их риску, — но паспорт у нее, по счастью, не советский, а французский, и она отправится с ним туда, где люди живут, а не прозябают. Куда именно, решит по обстоятельствам.

«Я от дедушки ушел, я от бабушки ушел... — вспомнила Полина детскую сказку. — И от лисы уйду тоже! Да я сама колобок и лиса в одном лице».

— Ты очень самонадеянна. — Маргарет напомнила о своем существовании. — Хотя все может быть, конечно. Не исключено, что тебе повезет подняться до самых вершин. Германия теперь стала страной великих возможностей. Или ты держишь в уме своего англичанина? — предположила она.

— Я держу в уме всех! — засмеялась Полина. — Мужчин не вредно сталкивать лбами, от этого у них проясняется сознание. И потом, это просто забавно.

Конечно, она не допускала полной откровенности с такой недалекой особой, как Маргарет, но сейчас сказала чистую правду: Роберт Дерби тоже мог оказаться кстати, и гораздо более, чем Вальтер Кох. Она встречалась с Робертом, имея это в виду, но точно так же, как с Кохом, не доводила отношения до ненужной близости. Правда, в отличие от Коха, мистер Дерби и поползновений к близости не делал. Такая загадочная его сдержанность даже уязвляла Полину, но и подзадоривала тоже, поэтому она считала ее приемлемой.

— Пойдем, Марго, — сказала она, вставая из шезлонга. — Солнце не летнее, но обгореть все-таки можно.

— Ты не обгоришь, — завистливо заметила Маргарет. И поддела: — Солнце опасно только для натуральных блондинок.

Полина и не скрывала, что волосы у нее высветлены. Она вообще не сосредоточивалась на этом. Если для того, чтобы получать роли, необходимо быть блондинкой, она ею будет. И это даже не компромисс — о подобных мелочах актриса вообще размышлять не должна.

— А твой мистер Дерби сегодня... — начала Маргарет.

И испуганно замолчала. Потому что ожили разом все многочисленные репродукторы, развешанные по всему пространству студии — на съемочных павильонах, хозяйственных постройках и даже в кронах деревьев.

— О боже... — с ужасом произнесла Маргарет, когда репродукторы замолчали; всего лишь через несколько минут, сообщение было очень кратким. — Я так и знала, что эта дурацкая Польша нам дорого обойдется... То есть, — поспешно воскликнула она, — я знала, что наш фюрер не позволит Англии и Франции остаться в стороне!

Полина молчала. И не потому что придумывала, как бы поаккуратнее выразить свои мысли. Какое ей дело, что подумает о ней эта дура Маргарет!

Она была ошеломлена до оторопи. Она не предполагала, что это все-таки произойдет. Ну да, Гитлер только что вошел в Польшу, но мало ли куда он уже вошел! Что значит какая-то Польша? Когда он захватил Чехословакию, никто слова поперек не сказал, а чем Польша от нее отличается? И вот... Война! Как она могла это предвидеть?..

«Надо было предвидеть! — подумала Полина. — Надо было читать, что пишут их идиотские газеты, внимательнее слушать, что они орут по радио. Боже, какая же я дура! Вела себя как глупая домохозяйка — киндер, кюхе, кирхе. Нет, как восторженная юная дурочка, на которую навели киноаппарат! И что теперь делать? Возможно, меня вообще вышлют. Но куда? В Париж, прямо к Неволину в объятья, и хорошо еще, если к Неволину, а не какому-нибудь его Михаилу Ивановичу с блеклыми глазами убийцы!».

От злости на собственную глупую беспечность у нее даже голова закружилась.

— Теперь вышлют... — эхом к ее мыслям прошелестела Маргарет.

— Замолчи! — не в силах сдержать ярость, заорала Полина. — Кто тебе сказал?!

— Я... но мы же как раз говорили про твоего англичанина... Я думаю, его теперь вышлют... — пролепетала она.

Полина немного пришла в себя. Маргарет не обязательно знать, что она в отчаянии. И, кстати, с Робертом надо встретиться немедленно. Вышлют его или нет, а информацию о происходящем у него можно получить самую достоверную.

Глава 5

— Как переменился Берлин...

Полина смотрела в окно автомобиля. Огромные имперские орлы, нарисованные, высеченные в камне, отлитые в бронзе, попадались через каждые сто метров. Не успевал исчезнуть один, как его тут же сменял другой. Только они и были освещены, да и то не все, вообще же улицы тонули в ноябрьской ночной тьме, будто это были не улицы столицы, а деревенские проселки.

— Не обманывайте себя, Полина.

Конечно, Роберт понял, к чему относятся ее слова. Пожалуй, он теперь единственный человек, которому она может ничего не объяснять.

— Можно подумать, все это произошло три дня назад. Они давно уже превратили Берлин в уродливую казарму, — сказал он. — Или вам нравилось то убожество, которое возвели для новой рейхсканцелярии?

Новое здание рейхсканцелярии, торжественно открытое год назад, напомнило Полине кинотеатр «Гран-Рекс» на Больших Бульварах. Так же огромно, помпезно, ярко, та же пошлая театральщина в духе Людовика Четырнадцатого. Впрочем, что это она? Парижский «Гран-Рекс» по сравнению со зданием рейхсканцелярии — образец изысканного вкуса. По крайней мере, там нет всех этих псевдоантичных колонн, портиков и неизменного гигантского каменного орла со свастикой, укрепленного над гигантскими же бронзовыми дверями.

— Здание рейхсканцелярии мне никогда не нравилось, — вздохнула она. — Но прежде я его как-то не замечала...

— Не обманывайте себя, — повторил Роберт. — Вы все прекрасно замечали.

«Он прав, — подумала Полина. — И поделом мне. Поделом!».

Чего она не замечала прежде? Повсеместных, громогласных, заглушающих всякий голос разума воплей о великом рейхе? Или табличек на дверях ресторанов «Евреям вход воспрещен»? Когда она однажды спросила баронессу фон Дитрих, меценатку и самую респектабельную из своих берлинских знакомых, как это возможно, чтобы в современной европейской столице были подобные таблички, та лишь снисходительно улыбнулась и сказала:

— Ах, милая, но это ведь всего лишь причуда фюрера. Великий человек имеет право на причуды. И это вполне безобидно, уверяю вас. Вы просто не знаете, вы же иностранка, но мы-то здесь видели, что в какой-то момент евреи стали играть в жизни Германии несоразмерно большую роль. Теперь им надо уйти в тень, отсидеться в других странах или просто дома. А потом их количество установится в разумных пропорциях, и эти таблички — странноватые, я с вами согласна — исчезнут.

И она, Полина Самарина, выслушав этот подлый бред, не то что не вылетела из дома баронессы, громко хлопнув дверью, но и продолжала бывать у нее в гостях и числилась в ее приятельницах! Что сказал бы папа, узнай он о таком ее позоре?

— Что мне делать, Роберт? — вырвалось у Полины.

— Сейчас? — спросил он.

— И сейчас, и... Вообще — что мне делать? Я не могу вернуться во Францию. Это долго объяснять, но действительно не могу, поверьте.

— А в Россию?

— Тем более, — забыв, что обычно она говорила, что вообще никогда не бывала в России, ответила Полина. — А оставаться здесь... Это плохо кончится. Когда-нибудь для них для всех, а для меня уже в ближайшем будущем.

— А вы выходите за меня замуж.

Полина чуть из автомобиля не вывалилась от неожиданности. Она изумленно взглянула на Роберта. Он вел машину с самым невозмутимым видом и смотрел только на темную дорогу.

— Вы издеваетесь? — придя в себя, сердито спросила Полина.

— Почему? Беспокоитесь, что нас не обвенчают? Да, это морока: я принадлежу к англиканской церкви, а вы наверняка нет. Но ведь вы можете поменять церковь, я полагаю.

— Да какая церковь?! — воскликнула Полина. — До церкви мне вообще дела нет!

— Я почему-то так и думал, что вы не набожны, — насмешливо заметил он.

— Вот зачем вы говорите мне эти глупости? — сердито спросила Полина.

— Что вы называете глупостями? Мою догадливость?

— Причем здесь ваша догадливость! Зачем вы делаете мне такие предложения? Странные, чтобы не выразиться посильнне.

— Ничего странного я в своем предложении не вижу, — пожал плечами Роберт. — Не такая уж я плохая партия. Между прочим, окончил Оксфорд. Вполне джентльмен.

— Ох, Роберт, — вздохнула Полина, — тут и так не знаешь, что делать, а еще вы дразнитесь. Мы с вами даже не любовники, — ехидно напомнила она. — Хотя знакомы уже два года, между прочим.

— Да, — кивнул он. — Я тоже никогда не понимал, почему наши отношения остаются платоническими. Ни вы, ни я не производим впечатления людей, которым чужд секс.

«Это ты, дружок, по себе судишь. А меня ты просто не знаешь, — с горькой усмешкой подумала Полина. — Тебе секс, может, и не чужд, а мне о нем и подумать тошно. Хватит с меня Неволина».

На самом деле ей было тошно думать не о сексе вообще, а о том, что он может происходить с человеком, к которому она не испытывает ничего кроме телесной тяги. Как удивительно! По всему своему складу Полина не относилась ни к сентиментальным, ни тем более к романтическим особам, скорее, она могла считать себя циничной. Но при мысли о том, чтобы лечь в постель с каким-то посторонним, ничего для нее не значащим мужчиной, которого она всего-навсего захотела бы... Нет. Больше никогда. Все, что принадлежит телу, слишком примитивно, чтобы определять человеческую жизнь, огромную жизнь, в которой имеют решающее значение такие нетелесные вещи, как самолюбие, авантюризм, отчаяние... Во всяком случае, для нее это так. А чье мнение, кроме своего, она должна учитывать?

«Ты просто холодная, — услышала она у себя в голове. — Знаешь, как это называется в медицине? Ты не знаешь, не поинтересовала узнать, но это о тебе. От настоящей женщины в тебе только привлекательная оболочка».

Голос был так отчетлив, как если бы Полина вслух произнесла эти слова. Слышать их было крайне неприятно.

«Глупости! — сердито подумала она. — Может быть и холодная, да. Но это и хорошо. Моя холодность удобна: благодаря ей я вижу мужчин насквозь. А не будь я такой, они бы подчинили меня себе».

Что бы ни было причиной, физическая холодность или нежелание никому подчиняться, но в Берлине Полина вела странноватую для молодой и красивой женщины жизнь весталки. И делала она это виртуозно. Каждый из тех, с кем у нее происходил флирт или даже роман на грани фола, предполагал, что ему просто не повезло и любовником этой взбалмошной актрисы, то ли русской, то ли француженки, является кто-то другой — кто-нибудь из плотного мужского роя, что вьется вокруг нее постоянно.

Но, конечно, проницательному англичанину об этом знать не обязательно.

— Куда мы едем? — вздохнув, спросила Полина.

Роберт Дерби позвонил в пансион и сказал, что хотел бы показать ей кое-что интересное, а потому не будет ли она так любезна спуститься через полчаса на улицу. На часах была половина первого ночи, Полина уже легла, когда недовольная хозяйка постучалась к ней в комнату и пригласила к телефону. Но напоминать Роберту, который час, она, конечно, не стала. Вряд ли он побеспокоил бы ее ночью по пустяковому делу.

И вот они едут куда-то по темному городу — по Кудамм, потом по Александерплатц, потом вдоль Шпрее... Машина остановилась у моста. По нему бесконечным строем шли военные. Их сапоги стучали так мерно и гулко, что казалось, мост не выдержит резонанса. Полина смотрела на них, и ей становилось не по себе. Куда они идут? Убивать. А она сидит в «Мерседесе», закутавшись в горжетку из чернобурки, и ждет, когда они пройдут мимо, и ей досадно, что их мерное движение задерживает ее.

— Пойдемте, — сказал Роберт, когда солдаты наконец миновали мост и двинулись дальше по набережной. — Нас ждут. Не бойтесь, не в гестапо.

Полина вздрогнула при этой дурацкой шутке. Времена, когда она считала, что зловещие слухи о гестапо сильно преувеличены, закончились с началом войны. Теперь, если на студии кто-нибудь не выходил на работу, то никто не спрашивал почему, все понимали, что его арестовали ночью.

А буквально вчера Полина увидела, как арестовывают во время рабочего дня, и поняла, что только она видит это впервые.

За пожилой костюмершей Ильзе Вурст приехали прямо на студию два человека в черной гестаповской форме. У нее случился сердечный приступ, она не могла идти, и тогда эти двое велели взять носилки — они нашлись в реквизиторском цехе — и вынести ее к машине. И осветители, работавшие с фрау Вурст на одной картине, послушно это сделали.

Назавтра Маргарет объяснила Полине, в чем дело.

— У Ильзе бабушка оказалась еврейкой, — с ужасом сказала она. — И почему было не сообщить самой, как предписано? Просто отправили бы в лагерь, а теперь...

— Что — теперь? — едва сдерживая ярость, спросила Полина.

— Не знаю... — растерянно проговорила Маргарет. И добавила с истерическими нотками в голосе: — Не спрашивай меня о таких вещах! Я не хочу об этом знать! Почему я должна хотеть об этом знать?!

Истерика у нее все же случилась. Она рыдала, дрожала, зубы ее стучали. Полине пришлось отвести Маргарет за декорации и долго брызгать ей в лицо холодной водой, чтобы она успокоилась.

— Ты просто не понимаешь!.. — трясясь, бормотала Маргарет. — Ты жила в своем Париже как хотела, потому и не боишься ничего! Ты просто не знаешь, что это такое... Ты не должна была кричать «хайль Гитлер», когда учительница входит в класс! А потом она всех по очереди вызывает к доске, и надо быстро перечислить свои расовые достоинства.

— Какие достоинства? — не поняла Полина.

— Боже, ну понятно же какие! Я принадлежу к нордической расе, глаза у меня голубые, волосы светлые, плечи прямые, таз идеально приспособлен для деторождения...

— Что, прямо вот так надо перечислять? При всем классе? — не поверила Полина. — Не может быть!

— Каждый день, каждый день вслух при всех, обязательно при всем классе, ты понимаешь?! — воскликнула Маргарет. — А моя прабабушка сбежала от мужа, о ней в семье не принято было вспоминать, и вот теперь я думаю: а вдруг она была неарийка?! — дрожащими губами выговорила она. — Цыганка или славянка, или вообще... Господи, что тогда делать, что?!

— А ты не думай, — сказала Полина. Ей стало жалко перепуганную Маргарет. — Это случилось давным-давно, зачем тебе теперь об этом думать?

— Как зачем? — Маргарет посмотрела на Полину прояснившимся от недоумения взглядом. — Ну да, если еврейкой была прабабушка, для меня это уже не имеет значения. Но для папы она ведь бабушка, это важно! Я должна прийти в гестапо и сообщить.

Полина смотрела в ясные глаза Маргарет, и ей казалось, что под слезами, как под увеличительными линзами, в них полыхает адское пламя.

А этот невозмутимый англичанин шутит про гестапо! И, кстати, каким образом вообще он так безмятежно проживает в Берлине, когда его страна находится в состоянии войны с Германией?

«А я? — подумала она. — Я гоню от себя эти мысли, но каким образом я существую здесь так, будто училась вместе с Маргарет в школе и каждый день повторяла перед всеми, что у меня широкий таз? Почему они позволяют мне спокойно жить в их обезумевшей стране?».

Страх от этой мысли, которую она всегда старательно от себя гнала, пробрал Полину до самых костей, и она не стала ни о чем спрашивать Роберта. Да и некогда уже было спрашивать — он вышел из машины и открыл дверцу перед нею.

Впереди за мостом высился Музей кайзера Фридриха, огромное здание с коринфскими колоннами. Казалось, верхние его этажи вырастают прямо из реки. Полина не раз бывала здесь — приятно было гулять по острову, да и экспонаты были хороши, особенно скульптуры. Но зачем Роберт привез ее сюда ночью? В музей хочет повести, что ли?

К ее удивлению, так оно и оказалось: они подошли к двери музея, Роберт постучал, и дверь перед ними приоткрылась. Все это было так странно и так, следовало признать, интересно и загадочно, что тяжелые Полинины мысли отступили, и она решила ни о чем Роберта не спрашивать. Пусть делает как знает!

Впервые за последние три года она сказала себе так. И неожиданно поняла, что это очень приятно: выбросить из головы все мысли и предоставить мужчине решать, что произойдет в ее жизни в следующую минуту.

— Спасибо, Генрих, — негромко сказал он едва видимому в полумраке человеку, открывшему дверь. — Включишь свет?

— Да, господин Дерби, — едва слышно прошелестел тот. — Мы же договорились.

Роберт положил что-то в его карман и взял Полину за руку. Рука у него оказалась такой твердой и горячей, что Полина даже удивилась. Они ведь пришли с улицы, где стоит холод, почему же рука горяча, и зачем журналисту, пишущему о живописи и театре, иметь такую твердую ладонь, такие сильные пальцы?..

«Что за глупости у меня в голове? — одернула она себя. — Это от нервов».

Вообще-то она любила состояние нервной взвинченности и считала его полезным для актрисы. Но только совсем не таким оно должно быть, как у нее в последнее время. Теперешняя нервность не взвинчивает, а гнетет.

Да, Полина бывала здесь не раз, но днем это здание выглядело красивым, роскошным, величественным — каким угодно, но не жутким, каким оно показалось ей сейчас.

Они с Робертом миновали коридор и вошли в большой купольный зал с широкими пролетами лестниц. Посреди зала темнела гигантская конная статуя какого-то курфюрста. Полина замерла на пороге — ощущение, что сейчас этот огромный всадник тронет коня и растопчет ее, явилось самым достоверным ощущением в ее жизни. Зал освещался еле-еле, всадник нависал над нею как судьба. По спине у нее заструился холодный пот.

Наверное, Роберт почувствовал ее страх. Он снова взял ее руку, которую оставил было, чтобы пропустить

Полину перед собою в дверях. Все-таки было в нем что-то особенное: прикосновение его руки успокоило.

Они с Робертом прошли через большой купольный зал, через итальянскую базилику, через анфиладу комнат — свет зажигался по всему их пути — и оказались в зале с куполом поменьше. Скульптуры здесь тоже стояли — судя по тяжеловесной пафосности, это были фигуры каких-то старинных немецких военных, — но все же не такие огромные, как курфюрст на коне, а потому они не выглядели пугающе.

— Нам туда, — сказал он, указывая на лестницу-рококо в глубине зала.

Голос Роберта разнесся по всему пространству музея так гулко, что Полина испуганно сжала его руку.

— Не волнуйтесь, — сказал он. — Мы здесь одни. Во всяком случае, Генрих поклялся, что никого не будет.

— Их клятвы... — пробормотала Полина.

— Вы правы, верить их клятвам нельзя. Но приходится. К тому же он обязан мне своей должностью смотрителя, а это по нынешним карточным временам очень хлебное место.

Они поднялись по лестнице. Полина вздохнула с облегчением: зал, в который они вошли, не подавлял размерами, и пугающих всадников в нем не было вовсе. На стенах висели картины, но какие, невозможно было разглядеть в почти абсолютной темноте.

Лампа была включена только над одной картиной — над той, что отдельно от всех висела на стене напротив входа. Она была невелика, это был женский портрет.

Отпустив руку Роберта, Полина подошла поближе. Перед ней была «Дама с горностаем».

Конечно, она знала эту картину по репродукциям. Но то, что делал Леонардо да Винчи, никакие репродукции передать не могли. Это она знала тоже — поняла еще в детстве, когда папа впервые привел ее в зал Лувра, где висели «Джоконда» и «Прекрасная Ферроньера», и сказал: «Ну, вот они», — как будто речь шла о близких людях, которых ты должен был непременно увидеть когда-нибудь и наконец увидел.

И такой же была Дама на портрете. Все, что можно было узнать о жизни, учась, размышляя, набираясь опыта, страдая, любя, — можно было узнать иначе: только вглядевшись в нее.

Полинино знание живописи ограничивалось лицейскими уроками, но даже этого было достаточно, чтобы понять, почувствовать: это юное лицо, этот направленный в себя и необъяснимый в своей притягательности взгляд и не нуждаются в объяснении, потому что сами в себе содержат смысл — и своего существования, и существования мира вообще.

Странно было думать об этом здесь, посреди Берлина, посреди страны, которая неожиданно для всех отринула саму необходимость существования живого и разнообразного мира, решив согнуть, подогнать его под себя. Да, это было странно, но именно об этом Полина подумала сразу, как только увидела Даму с горностаем.

— Господи... — чуть слышно, сквозь сжатое слезами горло, проговорила она.

Мысли о Боге не приходили ей в голову еще минуту назад. Да и никогда они не приходили ей в голову.

— Ну, вот она, — сказал Роберт.

Полина вздрогнула от того, что он повторил те давние, произнесенные папой слова, которых не мог слышать.

— Я не думала... — пробормотала она.

— Неужели? Уверен, вы знали, как сильно на нее похожи.

Может, он все-таки ясновидящий? А впрочем, если он угадывает слова, которые звучали много лет назад, то почему не может угадать те, которые она беззвучно произносит в своей голове сейчас?

— Я... То есть я, конечно, знала. Но одно дело знать, а другое — вот так увидеть, — сказала Полина.

— Когда вы вышли из дому в тот вечер, помните? С жемчужной ниткой через лоб. Вы были так на нее похожи, что я онемел. — Его голос дрогнул, но тут же выправился. — Я сразу понял, что вы оделись и причесались именно таким образом, чтобы проверить мои познания в искусстве, — добавил он уже обычным своим тоном.

— Я уж и не знаю, искусство ли это.

Полина смотрела на портрет, не в силах отвести взгляд. Роберт стоял в нескольких шагах у нее за спиной.

— Искусство, искусство, — сказал он. — Это оно и есть.

Он произнес это так уверенно, что ей стало интересно.

— А как вы поняли? — обернувшись, спросила она.

— Да просто. — Он пожал плечами. — Эта Дама не рождена, а создана, сделана. Но она содержит в себе такой смысл, которого делаемые людьми предметы вообще-то содержать в себе не могут. Я говорю слишком сложно? — уточнил он.

— Нет. Я поняла.

— Это потому, что вы... Вы сейчас улыбнулись точно как она, — сказал он, помолчав.

Полина и не почувствовала даже, что улыбнулась. Впрочем, ведь и улыбку Дамы на портрете почти невозможно было различить.

— Как она здесь оказалась? — спросила Полина. — Я читала, что она в Польше, в каком-то замке...

И осеклась. Роберт усмехнулся. Ей стало страшно при виде его усмешки.

— Из Польши и привезли, — сказал он. — Они любят искусство.

Искусство и Неволин любил, кстати. Полина была у него в гостях только один раз. Он жил в массивном длинном доме, стоящем на набережной напротив Кремля. От его квартиры веяло нежильем, на мебели тускло блестели казенные бирки, но стены сплошь были увешаны картинами, и далекими от реализма в том числе, хотя в московских музеях ничего, выходящего за рамки реализма, не было. Где он их взял? Только теперь она об этом подумала.

Банальность сравнения не сделала его менее жутким.

Полина снова посмотрела на портрет. На этот раз Дама с горностаем показалась ей пронзительно беспомощной. Что толку в красоте, если любой обладающий силой и властью подонок может сделать с нею что угодно — исказить, унизить, уничтожить?

— Не думайте об этом, Полина. — Не оглядываясь, она почувствовала, что Роберт шагнул к ней. Теперь он стоял прямо у нее за плечами. — На всякую силу найдется противосила.

— Но неизвестно, хватит ли ее.

— Чтобы защитить вас, ее во всяком случае хватит. Если вы все-таки позволите вас защитить.

— Почему «все-таки»?

— Но ведь вы не говорите мне ни да, ни нет. И не могу же я вас заставить.

— Я не думала, что вы так робки.

— Все же вы очень русская.

— Почему?

— Только русские принимают уважение к личной воле за робость.

Она не знала, что на это сказать. Она не то чтобы даже не знала — его дыхание, которое она чувствовала затылком, лишало ее способности разумно отвечать ему. А когда она и руки его почувствовала у себя на плечах, всякий разум исчез вовсе — вылетел у нее из головы, как невидимое облачко.

И воля исчезла тоже. Впервые за последнее время, которое уже казалось Полине не просто долгим, а вот именно что последним — бесконечным.

— Я больше не могу, Роберт, — не оборачиваясь, дрожащими губами чуть слышно проговорила она. — У меня нет больше сил. Я все их потратила... На что, на что?!

Полине показалось, что слезы сейчас хлынут у нее не из глаз даже, а прямо из горла, и это будет, наверное, отвратительно, как если бы ее вывернуло наизнанку.

Но заплакать она не успела — Роберт развернул ее к себе и обнял. Она успела увидеть блеск его глаз в неярком свете единственной лампы и больше не видела уже ничего. Потому что уткнулась лбом в его плечо, лицо уткнула ему в грудь — и видимый мир перестал для нее существовать. Весь. Даже Дама с горностаем.

Неизвестно, сколько они стояли так в полном молчании. Они не целовались, не смыкали объятья крепче — они вообще не двигались. Во всей Полининой жизни не было мгновений сильнее, чем эти. Может быть, только те, когда она пришла в этот мир, но тех она ведь не помнила.

Глава 6

— Я же говорил, что это очень глупо.

Полина вздрогнула. Он считает произошедшее глупостью?! Вот сейчас?..

— Что глупо? — стараясь, чтобы в голосе звучало только безразличие, спросила она.

— Что мы не угадали сразу, как...

Роберт запнулся. Это было так непохоже на него, смущенно запнуться, подбирая слова, что Полина подняла голову с его плеча и заглянула ему в глаза с удивлением.

— ... как подходим друг другу, — уже ровным тоном закончил он. — Вернее, я угадал, но не решился тебе сказать о своей догадке. Возможно, ты права, что считаешь меня робким.

— Невозможно!

Полина засмеялась, обняла его и снова положила голову ему на плечо, теперь немножко по-другому, прижавшись не лбом, а щекой.

— Это невозможно, считать тебя робким, — объяснила она. Его глаза блестели где-то над нею, и этот блеск щекотал ее, как будто был не блеском, а прикосновением. — Это надо полной дурой бесчувственной быть, а я все-таки не полная, наверное. И не совсем бесчувственная.

— Не совсем.

Она почувствовала, что он улыбнулся. Она ощутила это щекой, прижатой к его плечу; как странно! Хотя после того, что так неожиданно между ними произошло, после близости этой невозможной, странным Полине не казалось уже ничего.

Как они поднимались по лестнице дома на Ку-дамм — то почти бежали по широким и длинным пролетам, то вдруг останавливались на площадках и обнимались, и долго стояли, обнявшись, в лунном свете, падающем из высоких окон, словно это не они так спешили минуту назад, что чуть не падали, и вот именно только обнимались, не целовались даже, и так на каждой лестничной площадке до четвертого этажа, на каждой.

Как вошли они в квартиру и пробежали по коридору на цыпочках, как дети, и дружно прыснули, когда дверь хозяйкиной комнаты приотворилась и ее голова выглянула оттуда, словно осуждающий символ, увенчанный папильотками.

И как Полина не могла открыть дверь своей комнаты, потому что руки у нее дрожали и ключ не попадал в замочную скважину, и так это было, пока Роберт не взял у нее ключ и не открыл дверь сам.

И как, оказавшись наконец в комнате, они не начали бурно целоваться и не упали на кровать, срывая друг с друга одежду, а снова стояли обнявшись, и Полина вся дрожала и думала — если можно было назвать мыслями то, что проносилось в ее голове, — что мужчине должно быть скучно и чуждо вот это ее состояние, этот трепет пронзительный, который ее охватил, но вместе с тем она каким-то образом знала, что Роберту все это не скучно и не чуждо, хотя он мужчина в самом настоящем, самом главном смысле этого слова, и только такая самовлюбленная дура, как она, могла не замечать этого прежде...

— Как я не замечала прежде? — проговорила Полина, поднимая взгляд. — О чем я думала, чем была занята моя голова?

«И душа, — подумала она. — Если у меня вообще осталась душа».

Глаза Роберта темно блестели над нею. Загадка была в этом блеске, и этой загадкой была жизнь как она есть.

— Не вини себя, — сказал он. — Нам пришлось жить во время, которое вот так ломает. Чтобы никакой души не было вовсе.

— Но тебя же не сломало.

Полина уже не удивлялась, что он слышит ее мысли.

— Я — другое дело.

Еще вчера она, пожалуй, возмущенно фыркнула бы на такие его слова. Но сегодня — уже нет. Он действительно другое дело, этого невозможно не понимать, потому что это правда.

Она сняла плащ и стала расстегивать блузку. Но дрожь в руках, оказывается, продолжалась, и из-за этого пальцы путались с пуговками и петлями так же, как только что путались с ключом и замочной скважиной.

— Но я совсем не замечала, что мы с тобой так... — Полина не знала, какое слово может описать то, что есть между ними, и, оказывается, было всегда. — Что мы с тобой так близки, — наконец подобрала она хоть сколько-нибудь подходящее слово.

— Потому что я не хотел, чтобы ты это заметила.

Роберт уже сидел на краю кровати, а Полина стояла между его коленями. Он расстегивал на ней блузку, а она гладила его по голове, и пальцы ее дрожали по-прежнему, но для того чтобы касаться его волос, это не имело значения, а с пуговицами он теперь справлялся сам.

— Почему ты не хотел? — спросила она.

— От растерянности, может быть.

— Не может этого быть. — Она наклонилась и осторожно коснулась его волос губами. — Я не могу представить тебя растерянным.

— Но вот же ты это видишь.

Ничего она не видела. Блузка ее была расстегнута, плащ Роберта лежал на полу рядом с его брюками, но она видела не это, а только его глаза перед собою, и все время, пока вздрагивали и сплетались на кровати их тела, видела глаза, глаза, в которых блестела, не исчезая и ничем не заслоняясь, любовь.

И сейчас, когда тела их были уже спокойны и расслаблены, любовь из его глаз все равно не исчезла. Полина знала это, хотя лежала теперь на его плече щекой и глаз его уже не видела.

— Тебе опасно здесь оставаться, — сказал он. — Несмотря ни на что.

Это прозвучало неожиданно. Полина не предполагала, что Роберт думает сейчас об этом. Она вообще не предполагала, что он думает сейчас о чем-либо рациональном.

— На что — несмотря? — помолчав, спросила она.

Все у нее внутри сжалось то ли от страха, то ли от дурного предчувствия.

— Несмотря на то, что тебе помогают. Назовем это так.

«Он все про меня знает, — подумала она со всей ясностью, на которую было способно сейчас ее сознание. — Никакой он не журналист, я же всегда это понимала, потому и держалась с ним настороже».

Она села на кровати и спросила:

— Кто же, по-твоему, мне помогает?

— Русские, я думаю. Не бойся, это очевидно только для меня.

— С чего ты взял, что я боюсь?

— Ты побледнела. Стала еще больше похожа на свой портрет. — Он притянул ее к себе, подышал в ухо и в ухо же повторил: — Не бойся. Я люблю тебя. Это правда. Но только...

— Что — только? — чуть слышно спросила Полина.

Она не могла спросить громче, потому что горло у нее перехватило от его слов. Не о русских, которые ей помогают, а о том, что он ее любит. Так просто и прямо он сказал об этом, что все остальное вообще не имело больше значения.

— Но только нам лучше уехать.

— Ты ведь не собирался уезжать из Берлина, — помолчав, сказала Полина.

— А теперь собираюсь.

— Из-за меня?

— Да.

— Мне не надо таких жертв! — возмущенно воскликнула она.

— Это обычная предусмотрительность, а не жертва. Хотя бы потому, что я в любой момент могу вернуться в Берлин снова.

— Ты самонадеян, — заметила Полина. — А вернее, загадочен.

Роберт улыбнулся.

— Что же во мне загадочного?

— Все, — ответила она. — Допустим, ты... Ну, естественно ведь предположить, что ты шпион.

— Неужели естественно?

— Да, да. Но дело даже не в том, шпион ты или журналист.

— А в чем же? — с интересом спросил он.

— Вот объясни, почему тебя не высылают? Англия объявила Германии войну, а ты живешь здесь как ни в чем не бывало, разъезжаешь по Берлину на «Мерседесе» и устраиваешь знакомых на хлебные места.

— Вот как раз это объясняется очень просто, — сказал он. — Таких семей, как моя, в мире не так уж много. Это старая аристократия, а с ней любые правительства стараются поддерживать если не добрые, то благожелательные отношения. На всякий случай. Нужны же контакты со внешним миром, через эту касту они и происходят. Даже правительство Гитлера в этом смысле не исключение. Я удовлетворил твое любопытство?

— Значит, ты не шпион? — спросила Полина.

— А ты полагала, я безбедно существую в Берлине в качестве английского шпиона? Странная логика.

— Не знаю, что я полагала, — вздохнула Полина. — Я даже про себя саму не знаю, как живу в Берлине. А главное, зачем.

— То есть?

Край его брови взлетел вверх. Так бывало каждый раз, когда он удивлялся, и каждый раз Полина думала: как естественен, как утонченно красив этот легкий полет!

— Я совершенно запуталась, Роберт, я...

И дальше слова полились сами, она не могла их больше удержать и не хотела удерживать. Задыхаясь от волнения, она рассказала о встрече с Неволиным, о том, как вовремя случилась эта встреча, потому что как раз тогда изнывала она от обыкновенности, от бесконечной обыденности своей жизни, и о том, как разгорелся в ней огонек авантюризма, рассказала тоже, и как он завел ее сначала в Москву, а потом в Берлин, и только в Берлине она поняла: то, что показалось ей живым авантюрным огоньком, на самом деле было огнем святого Эльма, обозначающим места, где остались лишь мертвецы.

Она говорила быстро, лихорадочно быстро, и только когда Роберт взял ее за руку, немного успокоилась.

— Вот так все это вышло, — сказала Полина, сжимая его пальцы. — Они мне помогают, ты прав. Уговорили приехать сюда, присылают деньги. Я делаю что хочу — снимаюсь в кино, веду богемную жизнь. Но зачем все это? Не понимаю! Я даже не в высоком смысле говорю, — уточнила она. — Что происходит в Германии, я уже поняла, и мне от этого тошно и страшно, но сейчас не о моем самоощущении. Я не понимаю, что им нужно, тем людям, которые перевезли меня сюда из Москвы, помогли попасть на киностудию и обеспечивают мою жизнь. Они мне ничего не объяснили. Я никому не отчитываюсь, меня никто не беспокоит... Но в таком случае, чего же они от меня хотят? Вот это мне непонятно.

— Это как раз понятно, — сказал Роберт. — Хотят, чтобы ты стала агентом влияния.

— Кем-кем? — удивилась Полина. — Но на кого я должна влиять?

— На кого получится. У красивой женщины, вдобавок киноактрисы, потенциал в этом смысле высокий.

— Не может быть, чтобы причина была такая... ненадежная, — покачала головой Полина. — Это просто нерационально. Представляешь, сколько стоит, например, такой пансион, как этот? На завтрак здесь каждый день по-прежнему сливочное масло, хотя по карточкам уже год как дают только маргарин.

— Масло нетрудно достать, — заметил Роберт. — И кофе, и вино, и бельгийский шоколад. Были бы деньги.

— Вот именно, — кивнула Полина. — Квартирная плата в нашем пансионе именно такая, чтобы хозяйка могла добывать все это для постояльцев за безумные деньги. А мой гардероб? Я покупаю все что хочу, денег мне присылают достаточно. И что, все это ради того, чтобы я когда-нибудь шепнула что-нибудь на ушко кому-нибудь высокопоставленному? Да это просто слишком дорого, содержать меня здесь ради такой абстракции!

— Теперь ты рассуждаешь как экономная француженка, — улыбнулся Роберт. — Агенты влияния всегда стоят дорого, но любая разведка идет на эти расходы. Тем более советская — насколько я понимаю, рацио не главная черта русских. У них слишком богатая страна, чтобы можно было ожидать от них рачительности. Во всяком случае, содержать в Берлине потенциального агента влияния они могут себе позволить точно.

— О господи... — Полина почувствовала, как волосы начинают шевелиться у нее на голове. — То есть ты уверен... Но что же теперь... Я не хочу!

Она расслышала слезы в своем восклицании.

— Если бы действительно не хотела, то с самого начала отказалась бы. Не стала бы пробовать, что из всего этого выйдет.

Если бы Полина умела краснеть, то, наверное, ее лицо сделалось бы сейчас пунцовым.

«Как глубоко сидит во мне ложь, — немея от стыда, подумала она. — Я говорю и одновременно понимаю, что лгу — ну хорошо, недоговариваю, — и все равно продолжаю лгать... И кому? Он же видит меня насквозь».

Она ожидала сейчас чего угодно. Например, что после ее лжи, которую он так легко разгадал, Роберт встанет, оденется и молча уйдет.

— Мы с тобой можем уехать завтра утром, — сказал он. — Точнее, так: если мы хотим уехать, то должны сделать это завтра утром.

— Ты все еще хочешь, чтобы я ехала с тобой? — не глядя на него, пробормотала Полина.

Она сидела на кровати, а он лежал, закинув руки за голову, и его взгляд пронизывал ее насквозь, как ни отводи глаза.

Она все-таки решилась взглянуть на него. Глаза у него были совсем не темные, их расчерчивали светлые лучи, и от этого в них светилось внимание. Он смотрел сурово и нежно. Полина не понимала, как все это вообще может соединяться в одних глазах, но в его — соединялось.

— Да, — ответил он.

И одновременно с этими словами взял ее за руку и заставил снова лечь рядом с ним. Как только она почувствовала его плечо у себя под щекой, спокойствие к ней вернулось.

«Я буду с ним счастлива», — подумала Полина.

Отчетливость этой мысли поразила ее. Не многое в своей жизни она сознавала так ясно. И по этой ясности поняла, что это — правда. Есть на свете единственный человек, с которым она будет счастлива столько, сколько отведено ей жить, и ее счастье с ним будет таким же необъяснимым, как спокойствие, которое охватывает ее, как только она хотя бы просто прикасается к нему.

— Где ты живешь? — спросила Полина, покрепче прижимаясь щекой к его плечу.

— А где бы ты хотела?

— Не знаю. Все равно.

— Можно жить у океана, в графстве Кент. Там замок близ Английского пролива. Родители в нем не живут, но и продать его нельзя, это майорат.

— Бр-р! — Полина тихо засмеялась прямо ему в плечо. — Майорат... Там, наверное, страшно. Старинный английский замок, привидения...

— Привидения не так уж страшны. — Она почувствовала, что он тоже улыбнулся. — Но жить в замке

не обязательно, ты права. Хлопотно и скучно. Я живу
в Лондоне. Возле вокзала Виктория, у Варвик-сквер.
Шебутной район, но удобно — если откуда-нибудь возвращаешься, то выходишь из поезда и идешь пешком,
и через пятнадцать минут ты дома. И каждый вечер
можно гулять вдоль Темзы, она тоже рядом. Заметь,
я зазываю тебя, как профессиональный гид.

— Зачем тебе это, Роберт?

Полине не хотелось отрываться от его плеча, но она
все-таки села снова, чтобы видеть его лицо в тусклом
свете осенней луны, заглядывающей в окно через щель
между гардинами.

— Зачем каждый вечер гулять вдоль Темзы? Мне
нравится смотреть на большую реку. Но это не обязательно. Можно пойти в Вестминстер, те же пятнадцать
минут, и просто засесть в пабе с кружкой эля.

— Зачем тебе обременять себя мною? — не обращая
внимания на его легкий тон, повторила Полина. — Ты
совсем меня не знаешь. Это безрассудно.

Край его брови снова взлетел вверх — он удивился
ее вопросу.

— Я люблю тебя, — тем тоном, которым объясняют
что-либо малосмышленым детям, сказал он. — Значит,
это не безрассудно.

— Ты думаешь?

— Уверен. Любовь случается не в каждой жизни.
Меня учили ценить такие вещи.

«Принцесса почувствовала горошину через десять
перин, и по этому стало понятно, что она настоящая
принцесса. А он знает, что любовь следует ценить, и это
значит, что он настоящий джентльмен».

Полине стало так смешно от этой мысли, что пришлось снова уткнуться носом Роберту в плечо, чтобы он не заметил ее смеха и не обиделся бы. Хотя он не обиделся бы в любом случае, наверное.

И как только она почувствовала его плечо снова, ее охватил сон. Что-то необъяснимое от него исходило все же. И вот теперь эта загадочная эманация подействовала на нее как снотворное.

— Я сейчас проснусь… — едва шевеля губами, пробормотала Полина. — Я только совсем чуть-чуть… Да что же это со мной?..

— Спи. — Голос Роберта был ей еще слышен, но самого его она уже не видела, засыпая. — Я съезжу за вещами и через два часа вернусь за тобой.

Полина почувствовала, как Роберт вынимает руку из-под ее головы, услышала, как он встает с кровати…

«Не надо! — хотела крикнуть она. — Не уходи, не надо!».

Но губы ее уже не двигались, и веки уже не поднимались, и даже руку протянуть, чтобы удержать его, она уже не могла. Ее охватил мертвый сон.

Но вот странность: сон этот был неодолим, но не глубок. Не она была погружена в сон, а сон окутывал ее, как пелена, и при этом она сознавала, что спит.

Сначала она чувствовала себя в беззвучном пространстве, потом это пространство начало гудеть, потом дрожать, потом гул и дрожь сделались сильнее, еще сильнее, перешли в раскатистый грохот…

Полина вскрикнула от боли и проснулась. Она лежала на полу у кровати, болело плечо — наверное, ушибла его, падая, — но эта боль не имела значения, потому что за окном творился настоящий ад. Все гремело, грохотало, стекло дребезжало в оконной раме так, что непонятно было, почему оно до сих пор еще не вылетело.

Полина вскочила, бросилась к двери, сообразила, что на ней нет даже ночной сорочки, схватила шелковый пеньюар, попавшийся под руку, надела валяющиеся у кровати туфли на шпильке и, распахнув дверь, выскочила в коридор.

Жильцы выбегали из всех комнат. Некоторые были уже одеты к утреннему табльдоту, но большинство, как Полина, выскочили прямо из постелей.

— Что это? Что?! — истерически кричала фрау Хофманн из лучшей в пансионе комнаты.

— Успокойся, Трудди! — Муж хватал ее за рукава парчового халата, пытаясь удержать. — Куда ты бежишь?

— Ты идиот! — Фрау Хофманн взвизгнула так, что супруг выпустил ее руки. — Это бомбежка! Мы сейчас взорвемся!

Грохот прекратился. Но тишина, наступившая после него, вызывала еще большее смятение.

— Что вы говорите, Гертруда? — недовольно проговорила хозяйка. Она величественно выплыла из своей комнаты в полном утреннем облачении и с неизменным золотым медальоном на груди. Папильоток у нее на голове, конечно, уже не было, волосы были тщательно уложены. — Какая бомбежка? Кто, по-вашему, может бомбить Берлин?

Фрау Хофманн посмотрела на хозяйку круглыми от ужаса глазами и открыла рот, чтобы ответить, но тут же закрыла его снова. Все понимали, что хозяйка докладывает о каждом слове своих постояльцев в гестапо, и, вероятно, догадливая Гертруда сообразила, что лучше не высказывать свою версию происходящего.

— Вероятно, это военные учения. Но что бы это ни было, нам лучше спуститься в подвал, — рассудительно заметил пожилой господин из комнаты возле ванной. — Наденьте пальто, — обратился он к Полине. — Неизвестно, сколько времени нам придется там провести. И на вашем месте я переменил бы обувь.

Одновременно с его словами раздался такой грохот, что у Полины заложило уши. Она уже не слышала ни визга фрау Хофманн, ни криков остальных пансионеров. Только сирену воздушной тревоги, пронзительную, проникающую, казалось, сквозь стены. Она взрывала ее голову будто бы не снаружи, а изнутри.

Полина бежала вместе со всеми по лестнице вниз, на площадке второго этажа сбросила туфли, потому что бежать на шпильках было невозможно, спускалась босиком по холодным ступенькам в подвал, глубокий, как преисподняя... Дом сотрясался, сирена выла, и звук ее перестал быть слышен, только когда тяжелая железная дверь захлопнулась за спиной.

Тут из ушей словно пробки вынули — Полина поняла это по тому, что наконец стала слышать голоса людей, спустившихся в подвал вместе с нею.

— Без сомнений, это англичане, — негромко, так, чтобы услышала только Полина, произнес пожилой господин из комнаты возле ванной; имени его она не знала. — Только их самолеты могут долететь до нас.

— Но ведь нам обещали, что этого не будет! — В голосе фрау Хофманн звенели слезы. — Ведь фюрер сказал, что англичане уже разгромлены!

— Трудди, замолчи! — воскликнул ее супруг. — Дело обстоит именно так, как сказал фюрер. Неужели ты не понимаешь?

Фрау Хофманн обмякла, как будто из нее выпустили воздух. Даже в полумраке подвала было видно, как мгновенно опустели ее глаза.

— Если Англия разгромлена, то почему, скажите на милость, мы сидим сейчас в подвале? — пробормотал себе под нос пожилой господин.

— Это последняя черта! — торжественно провозгласила хозяйка. — Если англичане действительно решились бомбить Берлин, то они сами подписали себе смертный приговор. Теперь фюрер не оставит от их Лондона даже пыли!

Эти слова были глупы в своей пафосности, и не от них вошел в Полинино сердце леденящий ужас, конечно, не от них...

«Он не вернется, — все более холодея, поняла она. — Ему не дадут вернуться. Никогда».

Глава 7

Жизнь в Доме со львами обернулась неожиданным событием. И вряд ли оно произошло бы, если бы не Люда.

— О, так ты в человеческих условиях теперь, — сказала она, когда наутро после Антонининого отъезда Вика сообщила ей по телефону, что временно переменила местожительство. — Ну так давай я пацана тебе привезу. Я в школе как раз сейчас, послезавтра в Москву собираюсь. Каникул в ближайшее время нету, но на недельку можно у драконов Витьку выцарапать.

Люда обладала замечательным качеством: она видела жизнь каким-то первым взглядом. А потому всего, что остальным людям казалось препятствиями или самое малое сложностями, не замечала вовсе.

— Я узнаю, какое надо письмо сюда прислать, чтобы мне его выдали. Завтра пришлешь — и привезу, — заключила она.

Таким вот образом ровно через двое суток после той ночи, когда Вика смотрела из арочного окна на крыльцо со львами, она уже стояла в зоне прилета Шереметьева и сердце у нее колотилось так, что в глазах темнело от его грохота.

И как он вышел к ней, ее мальчик, и как сказал, глядя не на нее, а на стеклянные стены аэропорта: «О, а у нас дождь, а у вас снег еще», — и как она притянула его к себе и почувствовала, что он слегка дернул плечом, пытаясь высвободиться... Все это происходило будто в тумане.

— Сразу видно, мамаша с сыночком, — сказала Люда, глядя на них. — Все у вас как-то... Нет того, чтобы попросту, как люди.

Впрочем, Вика этих слов как будто и не услышала. Всю дорогу из Шереметьева до города она видела перед собой только своего ребенка, смущенного и скованного, вернее, не его даже, а его затылок, потому что Витька смотрел не на нее, а в окно машины.

— Вить, — чуть не плача, проговорила она, — я сама не понимаю, почему только сейчас...

Несусветная, убийственная глупость собственного поведения была ей теперь совершенно очевидна. Она словно попала в какую-то матрицу и действовала в ней с заданностью мертвого механизма: за год надо накопить на следующий год Витькиной учебы, нельзя потратить ни рубля на что-либо кроме этого, денег не хватает, не хватает, но если она будет действовать последовательно, то сумеет их собрать, обязательно сумеет... Эти мысли сделались постоянным, неутихающим фоном ее жизни, они долбили ее голову изнутри, как молоточки, и их звук мешал ей слышать звуки жизни — вот это смущенное шмыганье носом, которым Витька уткнулся в стекло...

— Ты на меня сердишься? — спросила Вика.

Он наконец обернулся и крутнул головой. Что означает этот жест, отрицание или подтверждение, Вика не поняла.

Люда привезла их на Малую Молчановку, высадила у крыльца и сразу уехала. Витька пощупал зубы у одного из львов и спросил:

— А что это у них на щитах?

— Масонские символы, — ответила Вика. — Их из-за этого в войну убирали даже. А может, просто из-за бомбежек.

Она специально почитала о Доме со львами накануне его приезда. Так и знала, что он начнет расспрашивать.

— А!.. — сказал Витька.

И больше ничего не спросил. Зря она обрадовалась.

— А вон то окно, арочное на шестом этаже, оно на фотографии есть, помнишь? — спросила она.

И сама расслышала, что ее голос звучит жалобно.

— Ага, — кивнул Витька.

«Я могла бы привезти его и в Пречистое, — думала Вика, пока поднимались по ступенькам к лифту. — Будто ему цветы в подъезде нужны! Что я наделала?».

Рассматривать квартиру Витька не стал — кивнул только, когда Вика показала ему, где туалет и ванная, и сразу направился в комнату в конце коридора.

— Я шарлотку испекла, — вслед ему сказала Вика. — Только неправильную.

— Почему?

Ей показалось, в его голосе мелькнуло что-то вроде интереса. Нет, опять только показалось, он спросил об этом на ходу и даже не обернулся.

— Яблок кислых нету. А со сладкими совсем не то, — растерянно ответила она.

Витька вошел в комнату и закрыл за собой дверь. Эту трещину уже не склеить. Странно, что он вообще согласился приехать. Вику охватила паника.

— Я... обед разогрею... — пробормотала она.

Обед на плите был еще теплый, разгореть его можно было за пять минут. Вика стояла в кухне у окна и пыталась сдержать слезы.

«Сама виновата, сама», — гремело у нее в голове.

— Ма-ам!.. — вдруг услышала Вика. — А это чей лоток?

«Какой лоток?» — не поняла она.

И тут же воскликнула:

— О господи!

Она совершенно забыла про кошку! Витькин приезд решился и состоялся так стремительно, что все остальное вылетело у нее из головы. Последние два дня она провела в лихорадочном выполнении одних заказов и отмене других, в закупке продуктов, в приготовлении обеда — насколько она умела его готовить, — в изучении всевозможных детских развлечений, доступных в Москве... Не до кошки ей было!

Она бросила взгляд на мисочки с кормом и водой — все стояло нетронутое. Вика похолодела.

«Может, просто ест и пьет мало, — подумала она. — Это же котенок».

Витька вошел в кухню и спросил:

— Здесь кот есть? А где он?

— У тебя не мать, а идиотка! — воскликнула Вика. — Если не что похуже!

— Ты что, мам?

Он посмотрел удивленно. Кажется, его взгляд стал как-то живее, но Вика не успела это осмыслить — она бросилась в гостиную и сразу же легла на пол перед диваном.

Белое пятно виднелось у стены. Но было неподвижно.

Жизнь отшатывалась от нее, не хотела с ней сосуществовать. Но почему? Вика не понимала.

Правда, сейчас ей было не до отвлеченных размышлений. Она вскочила, уперлась руками в диван и стала отодвигать его от стены. Он оказался такой тяжелый, словно был сделан из мрамора. Витька, пыхтя, тоже толкал диван. Вряд ли его помощь оказалась решающей, но пространство возле стенки освободилось, и Вика увидела котенка. Он лежал на боку, не шевелился, и не было никаких сомнений в том, что он мертвый.

Но это у Вики их не было. А Витька сразу проскользнул за отодвинутый диван и прежде чем она успела что-либо сказать, схватил котенка на руки.

— Он не умер! — воскликнул Витька. — Он дышит и теплый! Его скорее к врачу надо!

Это Вике и самой было теперь ясно. Она же не знает, как реанимируют котят. Впрочем, где найти ветеринарного врача, она тоже не имела понятия.

— Я найду. — Витькин голос прозвучал с неожиданным спокойствием. — Сейчас.

Вика хотела сказать, чтобы искал где-нибудь поближе к дому, но поняла, что в ее указаниях нет необходимости. Как и где искать что-либо в сети, Витька разбирался лучше, чем она.

Пока сын изучал информацию, она принесла из кухни стакан воды и осторожно побрызгала на мордочку котенка, которого Витька по-прежнему держал на руках. Ей показалось, что котенок шевельнулся, но, может, только показалось.

«Напоить его, что ли? — подумала Вика. — Рот ему открыть и воду влить. Попьет и очнется».

Но поскольку вовсе не была в этом уверена, то решила не экспериментировать.

— Возле Нового Арбата клиника есть, — сообщил Витька. — Только, по-моему, лучше на Цветной бульвар поехать.

— Почему лучше?

Вика спросила это из прихожей, где искала обувную коробку. Та, что была устлана розовым шелком, показалась ей наиболее подходящей. Вика вытащила из нее ярко-красные Антонинины туфли на золотых шпильках и вернулась в комнату с этой коробкой в руках.

— Почему ты думаешь, что надо на Цветной бульвар? — повторила она.

Ее удивило, что Витька, совсем не знающий Москву, говорит об этом с такой уверенностью.

— Потому что та клиника рядом с цирком, — объяснил он, пока Вика укладывала котенка в коробку. — Значит, врачи лечат цирковых животных, и котенка тем более вылечат.

Вика не была уверена, что это именно так, но решила послушаться сына. Она не ошиблась, когда заметила, как он изменился за полгода. Раньше, наверное, бегал бы в растерянности вокруг котенка и, может, заплакал бы. А теперь говорит спокойно и делает все точно и быстро. Она догадывалась, что эта перемена будет, но не предполагала, что так скоро.

Пока Витька надевал куртку и ботинки, Вика вызвала такси. Денег на это было жаль, она считала, и на метро можно было бы доехать. Но что теперь поделаешь: перед ребенком неудобно экономить в такой ситуации, да и все-таки котенок заболел если не из-за нее, то при ней.

Темнело в марте рано, Москва уже сверкала огнями и была красива той бесспорной красотой, которую невозможно не замечать. Но Витька ничего не замечал сейчас точно: он то и дело заглядывал под приоткрытую крышку коробки, прикладывал ладонь к кошачьему боку и сообщал:

— Дышит.

Ветеринарная клиника располагалась в хорошо отремонтированном старинном особнячке в два этажа. Перед дверьми кабинетов сидели люди с собаками, кошками, попугаями, даже с игуаной был один. Судя по качеству ремонта и местоположению, клиника была дорогая. Но посетители были самые разнообразные — от пафосной девицы с йоркширским терьером, у которого шерсть блестела как шелк и точно так же блестели стразы Сваровски на ошейнике, до аккуратной старушки в мятой шляпке, держащей на коленях старого облезлого кота и принадлежащей к тому типу московских людей, которых Вика считала существующим уже только в книжках.

— А у вас кто? — спросила эта старушка у молодого человека, который стоял в углу один и мрачно смотрел на всех этих кошатников и собачников, которых явно считал полоумными.

— Хомячок, — нехотя ответил он. — В кармане. — И объяснил оправдывающимся тоном: — Девушка весь мозг из-за него вынесла: Тиша три дня уже грустный, его к врачу надо. Хотел Тишу на волю отпустить на Садовом кольце, да совесть не позволила.

Вика еле сдержала улыбку.

Она думала, что придется скандалить, чтобы пропустили без очереди, сюда ведь никто не пришел просто так, у всех больные животные. Скандалить-то она умела, но очень не хотелось это делать, особенно при Витьке.

Однако ни скандалить, ни даже униженно просить не пришлось.

— Извините, пожалуйста! — громко сказал Витька. — У нас котенок без сознания. Ему требуется срочная помощь. Можно, мы вне очереди пройдем?

«Сейчас крик поднимется», — подумала Вика.

Но, к ее удивлению, ничего подобного не произошло. Похоже, что кошатники и собачники, которых она до сих пор видела только издалека, составляли лучшую часть человечества.

— Конечно-конечно! — воскликнула старушка с облезлым котом. — Проходи, мальчик. В пятый кабинет иди, там сегодня заведующий Герман Тимофеевич принимает. Это бог, — убежденно добавила она. — Он твоего котенка оживит.

Неизвестно, являлся ли Герман Тимофеевич богом, но что человек он хороший, трудно было не почувствовать. А может, это только Вика сразу почувствовала: она ценила в людях сдержанность.

— Давно ел твой котенок? — спросил Герман Тимофеевич, вынимая белое тельце из коробки.

— Не знаю... — растерянно проговорил Витька. — Он вообще-то не мой.

И оглянулся на маму. Что она могла сказать?

— Дня три не ел, наверное, — вздохнув, ответила Вика. — Мне его оставили, а я про него забыла. Он под диван залез. Я думала, есть захочет, выйдет и поест, это же кошка, — добавила она в свое оправдание.

— Его в чужой квартире оставили? — уточнил Герман Тимофеевич.

— Нас обоих, — объяснила Вика. — Сначала его принесли в чужую квартиру, а потом меня вызвали к нему в чужую квартиру.

Ей было непонятно, зачем врачу знать такие подробности. Но этот врач, немолодой, с коротко стриженными серебряными волосами, производил впечатление такой абсолютной надежности, что Вика подумала: неплохо бы в случае болезни превратиться в кошку, чтобы стать пациенткой именно у него и тогда уж не сомневаться в возможности выздороветь.

Оказалось, подробности он выяснял не из праздного любопытства. Пока молоденькая медсестра ловко измеряла лежащему неподвижно котенку температуру, Герман Тимофеевич сказал:

— Кошки часто впадают в стрессовое состояние в незнакомых помещениях. Не все, конечно, но вам досталась на попечение деликатная особа. Она ангорская, по-моему.

— Понятия не имею, — снова вздохнула Вика. — И что, в чужом доме вообще есть не станет, даже если проголодается? Не может быть!

— Может, может, — подтвердил Герман Тимофеевич. — Собака — да, проголодается и поест, инстинкт свое возьмет. Кошка — нет, ни есть не станет в таком состоянии, ни пить. Через трое суток наступит обезвоживание организма, и она уже не восстановится.

— Так она что, умрет? — жалобно спросил Витька.

По его лицу было понятно, что он не может себе этого представить — чтобы здесь, в этой красивой клинике, в огромных ладонях этого врача, под ласковое воркование медсестры, мог умереть маленький белый котенок.

— Будем надеяться, выживет, — сказал Герман Тимофеевич. — Придется оставить ее часа на три у нас.

— Зачем? — не поняла Вика.

— Капельницу поставим. Для начала это необходимо. Потом сами будете кормить — из шприца вливать ей в рот разбавленный корм.

«Только этого мне не хватало! — сердито подумала Вика. — Кошку из шприца кормить. Да еще капельница в клинике. Сколько это будет стоить, интересно?».

Но тут она вспомнила, как Антонина объясняла, что кошка должна питаться хлебом и считать это за счастье, и ей стало стыдно: кому уподобляется? Да и Витька смотрел на врача в самом деле как на бога, и по его лицу было понятно, что слова «только этого мне не хватало» не могут даже прийти ему в голову.

— Ну, оставим, конечно, — вздохнула Вика.

Обсуждать было нечего. Выбора тоже не было никакого: для себя Вика точно отправилась бы искать бесплатную больницу, но что таковые существуют в Москве для кошек, она сильно сомневалась. И во всяком случае не собиралась высказывать недовольство при Витьке. Хотя от суммы, которую ей назвали на рецепции, чуть сознания не лишилась.

«Никогда никого не заведу! — подумала она, с трудом заставив себя не высказать вслух свое мнение о братьях наших меньших. — Даже хомяка!».

Глава 8

А все-таки котенок оказался счастливым. Вернее, приносящим счастье. К тому времени как они вышли из клиники на бульвар, Витька преобразился совершенно, и именно счастье забилось от этого в Викином сердце. Да, счастье забилось в сердце. Оно было таким большим, что она не стеснялась называть его прямым именем.

— Мам, ты совсем не виновата, — сказал Витька. — Ты же не знала, что кошки так странно переживают стресс.

— Все-таки виновата, — ответила Вика, хотя соблазн согласиться был велик. — Я про нее действительно забыла.

— Из-за меня.

Он улыбнулся. Вот такое оно и есть, счастье. Прошло всего несколько часов, а Вика уже не понимала: что это вдруг встало между нею и Витькой, почему? Ни разу за полгода, прожитых в Оксфорде, он не сказал, что ему там плохо, что он обижен на нее, что хотел бы вернуться домой. Да не то что не сказал — он об этом и не думал, она бы почувствовала, если бы думал, она всегда чувствовала такие вещи, и теперь это не изменилось.

«Он просто растерялся при встрече, — подумала Вика. — И я растерялась. Что мы, проще кошки? Она вон и то стресс переносит странно, а мы тем более».

От этой смешной мысли ей стало весело и легко.

— Может, пока котенок под капельницей, домой не пойдем? — спросила она. — Посидим в кафе, посмотрим на улицу. Я иногда так сижу, смотрю, что-то про людей придумываю — какие они, что им важно, что нет. Мне интересно.

— Мне тоже, — кивнул Витька. — Пойдем в кафе.

Кафе, в которое они зашли, оказалось какое-то артистическое, вернее, цирковое: на стенах висели старинные фотографии Цирка на Цветном и циркачей — воздушных гимнасток в блестящих юбочках, дрессировщиков со львами, канатоходцев на канатах и жонглеров с горящими факелами.

— Только есть не будем, — сказал Витька, когда они уселись за столик. — Чаю выпьем, и все.

— Почему? — удивилась Вика. — Ты ведь не успел пообедать.

— Но ты же обед приготовила, — объяснил он. — Мы вернемся и его съедим.

Вика расхохоталась.

— Представить не могла, что ты станешь таким рациональным европейцем! — воскликнула она.

— А англичане считают, что они не европейцы. — Витька смутился. Может, подумал, что мама иронически относится к его неожиданной рациональности. — Англия же не континент, а остров.

— Ну и что? Не в географии дело. Я у Довлатова прочитала и ужасно смеялась — как ему сказали, что если напишет хорошую статью в газету, то его премируют поездкой на Запад — в ГДР. А он ответил: разве ГДР — это Запад? Вот Япония — это Запад. Ну и точно так же Англия — это Европа.

По Витькиному лицу она видела, что он не понимает, что здесь смешного, в чем заключается аналогия, и хочет возразить, что Япония — это не Запад, а Восток, и даже Дальний Восток.

«Ну и ладно, — подумала она. — Может и хорошо, что он такого юмора уже не понимает».

Перед чаем Вика заказала Витьке морковный фреш. Ее от одного вида морковки передергивало, а он любил, она и дома ему морковный сок выжимала — через марлю, потому что отмыть после этого соковыжималку не представлялось ей возможным.

Стакан, в котором принесли сок, был сделан в виде фотообъектива. Витька с интересом его разглядывал, а Вика радовалась, что не угас в нем этот чудесный его интерес ко всему, что не имеет практического смысла, но будит воображение.

— В Англии много чудаков, — сказал Витька. — Я думал, это только в книжках, а оказалось, и на самом деле. Помнишь, возле Темзы на дереве ботинки висят? Непонятно зачем.

— Может, для бомжей кто-то вынес.

— Я тоже так думал, но потом у Джерри спросил, и он сказал, что нет, это просто так. У них многое просто так и очень странно.

— Как у кошек? — улыбнулась Вика.

— Ну да, они очень естественные. Хотя и очень держат себя в узде.

— Как же это может сочетаться?

— Не знаю. — Витька улыбнулся той волшебной улыбкой, которую она так любила в нем. — Во мне — не может. А в них — может.

— Ты все-таки говоришь о себе отдельно.

— Ага, — кивнул Витька. — Все-таки я другой же, чем они. Хотя мне с ними очень хорошо, мам, ты не волнуйся, — поспешил добавить он. — Я их хорошо понимаю.

— Они тебя не обижают? — осторожно спросила Вика.

Это было главное, что ей хотелось знать. Слишком трепетным был ее мальчик, слишком натянута была в нем струна жизни. Вика боялась такого натяжения, и особенно теперь боялась, когда Витька был далеко от нее. По телефону они разговаривали каждый день, но она не была уверена, что он скажет ей по телефону о том, что так сильно ее волновало.

— Там можно быть каким угодно, — сказал Витька.

Он странным образом ответил на ее вопрос, но она его ответ поняла. И вздохнула с облегчением. Вика догадывалась, что это так, но одно дело догадываться, а другое — услышать от него самого. Она обрадовалась — может, потому что Витькины слова успокаивали ее совесть.

Официант принес чай. В стеклянном чайнике завораживающе кружились, опадая на дно, листья мяты и мелкие цветочки чабреца. По дороге обратно к стойке официант включил телевизор, стоящий на тумбочке под портретом Ивана Поддубного. Вика махнула было, чтобы выключил, но слова, который она услышала сразу же, как только появился звук, так поразили ее, что она замерла.

— Мы будем стоять за спинами женщин и детей. Я хочу, чтобы вы это поняли. Российские солдаты будут стоять не впереди, а за спинами. И пусть кто-нибудь из украинских военных попробует отдать приказ в них стрелять!

Она как завороженная смотрела на экран, через который протянулись бело-сине-красные полосы флага и с которого неслись эти слова, смотрела, слушала и не верила своим ушам, и глазам не верила тоже.

«Он не может такое говорить! — мелькнуло у нее в голове. — Он же президент, как такое вообще может быть?!».

И тут же ее холодный разум ответил с той жесткостью, которая всегда была ей присуща: «Все к этому шло. Сегодня началось, что ли?».

Вика опомнилась и посмотрела на Витьку. Лицо у него было такое же, как у молоденькой журналистки, которая там, на экране, сидела на пресс-конференции и слушала все это.

Растерянность была у него на лице, растерянность и ужас. Вика ожидала, что сейчас он задаст тот же вопрос, который она только что едва не произнесла вслух сама: как такое может быть? Но он молчал. За соседним столиком, где сидела молодая компания, тоже воцарилось молчание.

Вика встала из-за стола и выдернула шнур телевизора из розетки. Краем глаза она увидела, что бармен за стойкой хотел что-то сказать. Но не сказал, а включил музыку, аргентинское танго. Вике показалось, что пронзительная мелодия Пьяццолы звучит отчаянием.

Чай выпили молча.

— Пойдем? — спросила Вика. — По бульвару прогуляемся, памятник Никулину посмотрим. Там такой памятник — Никулин стоит у машины, и в нее можно залезть.

— Мам, — сказал Витька, — ты себя зря мучаешь. Я по тебе скучаю, но если бы я сейчас был здесь, то было бы хуже.

Он сказал это словно бы невпопад и не очень понятно. То есть это кому-нибудь другому было бы непонятно, а Вика поняла все, что хотел ей сказать ее сын. И не удивилась, что он отвечает на вопрос, который она не произнесла вслух. За двенадцать лет, которые они жили на белом свете вдвоем, она успела привыкнуть к этому его необыкновенному вообще-то качеству — к тому, что он без труда читает ее мысли.

— Ничего не поделаешь, — тоже невпопад, и тоже лишь по видимости невпопад сказала она. — Во всяком случае, я больше ничего не могла поделать. Пойдем?

На исходе зимы вечер начинался так рано, что день не успевал побыть белым днем. Уже стемнело, и в бульварной жизни проступил, проявился праздник. Лампочки, украшающие деревья, были сделаны в виде сосулек, по ним медленно стекали световые капли, люди шли под этими сияющими каплями, под светящимися древесными арками и смеялись, скользя на тающих ледяных дорожках. Жизнь словно сопротивлялась тому чудовищному, необъяснимому — на экране, под полосами флага, — что хотело ее уничтожить.

— Меня там все спрашивают, — сказал Витька, — как такое может быть, чтобы вдруг взять и отнять у другой страны целый полуостров и забрать себе. Я на форумах смотрел, здесь все пишут, что Крым раньше был наш. Но сейчас же он уже не наш, там же граница! — В его голосе мелькнули слезы. — Здесь все пишут, что граница ничего не значит, а там я даже никому не говорю, что здесь такое пишут. И вот это, что он сказал — чтобы солдатам за детьми стоять... Он же президент, как он может? Там никто не понимает, как можно так относиться к другим людям. Я и сам не понимаю. А ты понимаешь? — спросил он.

— Я понимаю, — помолчав, ответила Вика. — Я до твоего примерно возраста, пока в художественную школу не стала ходить, думала, что по-другому и не бывает. Если что-то хочешь, то надо брать. Вцепиться посильнее и тащить, зубами рвать, а то другие вырвут, они только и ждут, когда ты слабину дашь. Я думала, что это правильно.

— Но... почему? — тихо спросил Витька. — Почему ты так думала?

— Вокруг меня все были такие. И думали, что и везде все такие. И я так думала. И этот... в телевизоре. Он тоже так про всех думает. Потому что сам такой. Свое детство трудно преодолеть, Вить.

— Но ты же преодолела.

— Я — другое дело.

— Почему ты — другое дело?

— Не знаю.

Она боялась говорить обо всем этом с Витькой. Удара нерассчитываемой силы, вот чего она боялась. Не порвать бы струну.

— Это называется защитная проекция, — ученым тоном сообщил Витька. — Бессознательное наделение других людей своими чувствами и устремлениями. К этому располагают определенные черты характера — недоверчивость и подозрительность.

Как ни тошно было на душе, Вика чуть не расхохоталась.

— Вам там играть дают вообще, в вашей драконской школе? — спросила она. — Или только учиться требуют?

— Не-а. Про защитную проекцию я сам прочитал. Случайно. А в школе мы все время играем. И на уроках тоже. Там совсем не такие уроки, как у нас здесь были. Я даже у Хан Соло спросил, почему так.

— И что он тебе ответил? — с интересом спросила Вика.

Ей правда было это интересно. Но главное, она обрадовалась, что Витька отвлекся от мыслей, которые не должны мучить ребенка, тем более такого, как он.

— Сказал, что нам должно стать интересно самим получать знания. Что этому обязательно надо научиться, и это сейчас самое главное.

— А без игры на уроках это невозможно? — хмыкнула Вика.

— Не знаю.

По его тону Вика поняла, что размышлять о школьных методиках ему не интересно. Ну и ладно! Она тоже не будет. Все равно от ее размышлений ничего не изменится.

Они побродили еще немного по бульвару, взяли на завтра билеты в цирк и, промерзнув, решили идти в клинику: вдруг кошку уже можно забрать. Так оно и оказалось — медсестра вынесла ее из кабинета в оставленной ими обувной коробке.

— На прививку через три недели привезете, пусть окрепнет. Кошечка необыкновенная, — с искренним восхищением сказала она. — Такое нежное существо!

«Даже слишком», — подумала Вика.

А вслух спросила:

— И чем ее, такую нежную, кормить?

Пока медсестра рассказывала Витьке о кормах — он даже диктофон включил, чтобы не ошибиться в их разновидностях, — Вика приоткрыла крышку. Котенок лежал на шелковой подкладке и выглядел здоровым, только очень тихим. Он в самом деле казался необыкновенным — глаза у него были голубые. Вика и не знала, что у кошек бывают такие глаза.

— Я про нее знаешь что сразу подумала? — сказала она, когда они с Витькой вышли из клиники. — Что она на кошку Пульхерии Ивановны похожа.

— Почему? — удивился Витька. — Та разве белая была?

«Помнит, — подумала Вика. — Хорошо».

Что уж такого хорошего, что он помнит «Старосветских помещиков», она объяснить не сумела бы. Может, наоборот, лучше бы ему забыть все это поскорее и с двух слов угадывать уже совсем другие книги. Но все-таки она обрадовалась.

Глава 9

«Красивое место, — думала Вика. — Даже странно, что я здесь еще не бывала».

Впрочем, она много где еще не бывала в Москве, и то, что впервые оказалась у Белорусского вокзала, было неудивительно.

На вокзальной площади шел ремонт, машины проезжали через нее с трудом, люди сновали туда-сюда беспорядочно, но у края этой площади высилось странное здание. Оно состояло из нескольких геометрических фигур — треугольника, параллелепипеда, — а на их фоне стояла старообрядческая церковь. Она была белая, стройная и строгая, с темным куполом, и это соединение ее старинной красоты с современным странным зданием показалось Вике замечательным.

В этом совсем не было пошлости, а пошлости в Москве вообще-то было немало.

Она не знала, почему Влад назначил ей свидание именно на улице Тверской-Ямской. Может, просто потому, что она сегодня работала рядом, на Страстном бульваре, и сказала ему об этом. А может, хочет доставить ей удовольствие: по всей Тверской множество красивых кафе, в которых приятно будет посидеть после разлуки.

Долгой ли была их разлука, Вика вообще-то не понимала. С одной стороны, да, долгой, целый месяц. Один из клиентов, с которым Влад занимался фитнесом по личной программе, позвал его с собой в Швейцарские Альпы. Клиент уезжал туда кататься на лыжах каждый год, а занятия фитнесом ему прерывать не хотелось. Конечно, Влад поехал — кто бы не поехал, бесплатно на полный пансион-то! Вот и разлука, и долгая. Но, с другой стороны, как раз в это время приезжал Витька, и отсутствия Влада Вика поэтому почти не заметила. Даже обрадовалась, что так совпало: ей не хотелось рассказывать ему о сыне, она даже сама не понимала почему, но и не особенно это анализировала.

Как и вообще свои отношения с Владом. Они были гораздо более близкими, чем с каким-либо мужчиной до него, это Вика понимала. И понимания этого ей было достаточно. Он веселый, легкий, великодушный. Он отличный любовник, сильный и чувственный. Он красивый, в конце концов. Когда она видит его, ей становится радостно: идет Финист Ясный Сокол, и идет именно к ней.

Эта радость будоражила ее и сейчас, когда она подходила к дому, номер которого он ей назвал, и предвкушала что-то неожиданное и хорошее.

Дом оказался школой. Это Вику смутило. Хотя, конечно, ничего странного в этом не было: она сразу вспомнила, что Влад ведь и в школе ведет спортивную секцию. Но когда увидела обнесенное забором школьное здание, похоже, довоенных времен, и двор со старыми березами, и клумбы с астрами у крыльца, — у нее стеснилось дыхание. Это было не нужно, это следовало преодолеть.

Вика думала, что ее даже во двор не пустят, и хотела уже позвонить Владу, чтобы вышел к ней, но оказалось, она есть в списке посетителей. Охранник, сидящий в будке у ворот, сразу нашел ее фамилию, открыл калитку, и она подошла к зданию.

«Поднялася на крыльцо и взялася за кольцо», — мелькнуло у нее в голове.

Но дверь перед ней отворилась не тихонько, как перед Мертвой Царевной у Семи богатырей, а с оглушительным грохотом, как с петель только не сорвалась.

На крыльцо вылетела компания мальчишек лет четырнадцати. Вика еле успела отпрыгнуть в сторону, иначе они снесли бы ее с крыльца. Мальчишки орали и били друг друга рюкзаками по спинам, но при этом хохотали — не дрались, значит, а просто сбрасывали избыточную энергию.

«Наверное, с тренировки как раз, — подумала Вика. — Вот же силушка богатырская!».

Она вошла в школу и сразу погрузилась в тишину. Ну да, вечер ведь, уроки давно закончены. Стены вестибюля были увешаны множеством разных географических карт — Испании, Италии, Аргентины. Под картами стояли лавочки, как в сквере, а вокруг лавочек были расставлены картонные фигуры в человеческий рост, одетые в человеческую же одежду. Это было интересно, но Вику все больше охватывало смятение, и она не подошла поближе, чтобы разобраться, что за карты, что за фигуры, что за лавочки и для чего здесь все это.

Из вестибюля вела на второй этаж широкая лестница. Вика остановилась перед ней и достала уже телефон, чтобы все-таки позвонить Владу и спросить, где он и зачем ее сюда позвал.

Но тут он сам на этой лестнице появился. Точно такой, каким являлся в ее сознании — высокий, веселый, прекрасный Финист Ясный Сокол. Он спускался по лестнице легкой походкой, на плече у него висела спортивная сумка, а улыбка на лице сияла такая открытая, что впору было сказать какую-нибудь банальность вроде того, что его улыбка затмевает солнце.

— Привет! — сказал Влад и обнял Вику.

«Почему же я думала, что о нем не скучаю? — с недоумением подумала она. — Ох, как скучала!».

Это была самая естественная мысль, которая могла прийти в голову в его объятьях. Если что-либо вообще могло прийти в голову в этот момент. Он был еще разгорячен тренировкой, он пылал той же самой молодой силой, которая даже на расстоянии чувствовалась в мальчишках, едва не снесших Вику с крыльца, и голова у нее закружилась, когда она эту его силу всем своим телом почувствовала.

Они поцеловались, и Вика спросила:

— А зачем ты сюда меня позвал?

— Соскучился. — В глазах у него мелькнула радость. — Утром прилетел, сразу тренировки до самого вечера. Сейчас вот пацанов тренирую, а сам про тебя думаю. А вчера еще по Женевскому озеру гулял!

— Ну и думал бы про Женевское озеро, — улыбнулась Вика. — Оно, наверное, красивое.

— Да, ничего. Ну, пошли. — Влад взял у Вики сумку, в которой она носила инструменты для ресниц. — Поужинаем. Я бы тебя дома покормил, но приготовить же не успел ничего. Австралийские стейки помнишь? — подмигнул он. — В другой раз. А сегодня в ресторан, здесь рядом классный есть. Поужинаем — и ко мне, да?

Вика кивнула. Они вышли на школьный двор, направились к воротам.

Ворота оказались заперты, калитка тоже. Охранника в будке не было.

— Вот придурок! — рассердился Влад. — Куда девался, интересно?

— В туалет пошел, наверное, — пожала плечами Вика.

— Если бы! Он сюда девок водит. Ей-богу, скажу Палычу, чтоб гнал его в шею. — Влад посмотрел на часы. — И сколько нам теперь под забором тут стоять?

— Может, перелезем? — предложила Вика, окинув взглядом высокую, с пиками на концах, решетку забора.

Влад посмотрел на нее удивленно. И расхохотался.

— А что ты смеешься? — не поняла она.

— Первый раз вижу женщину, у которой реакция на препятствие вот такая, — объяснил он. — Ну давай попробуем перелезть. Вон там, где пика сломана, видишь? А то и проголодался, и на салют посмотреть охота. У меня с балкона видно будет.

— Какой салют? — не поняла Вика.

— Ну ты даешь! Крым же взяли. Праздник сегодня.

Если бы она знала про этот салют заранее, то, наверное, промолчала бы — было бы у нее время подготовить себя. Но она услышала об этом впервые, и кровь бросилась ей в голову мгновенно, и в виски будто током ударило.

— У меня никакого праздника нет, — проговорила Вика.

— Как нет?

Влад удивился так искренне, что ей стало его почти жалко. Впрочем, это сразу прошло.

«Жалко у пчелки, — вспомнилась детдомовская дразнилка. — А пчелка в... известно где».

— Вот так — нет, — отрезала Вика. — Траур надо справлять, а не праздник.

— Ты что? — Он прищурился. Искры сверкнули в его глазах. Ей всегда нравились эти чудесные живые искры. — Крым всегда наш был. Это ж придурок лысый хохлам его отдал. Если б мы не отобрали, сейчас бы его америкосы захватили!

— Америкосы? — усмехнулась Вика. — Ты уверен? Давно последний раз с ними беседовал?

И вдруг ей стало все равно. Безразличие, охватившее ее, было таким же неожиданным и полным, как только что гнев. Она смотрела на Влада, на его сверкающие глаза, на то, как алым заливаются его щеки и бледнеет лоб, и понимала, что не хочет говорить ему ничего. Ни-че-го! Убеждать, приводить какие-то доводы... Какие доводы убедят человека, что Земля круглая, если он ясно видит, что она плоская? И под его окном плоская, и к дружбану за сто километров ездил, везде плоская, он своими глазами видел, нигде не закругляется. Что ему скажешь — про Галилея и Магеллана? Он тебе ответит: кто они такие, чтобы я им верил? И будет прав, для него они в самом деле никто, он про них и не слыхал никогда.

Вика смотрела на Влада и чувствовала, что сознание ее сместилось. Вот она смотрит на мужчину, минуту назад он вызывал у нее радость, возбуждал в ней желание, а сейчас он ей безразличен. Только безразличен, и больше ничего. Как это могло произойти всего от нескольких слов, Вика не понимала, но это было так, и ничего с этим поделать она не могла. Да и не хотела вообще-то.

«А как бы я с ним в ресторан пошла? — вяло, будто не о себе подумала она. — Я же Соню на прививку записала».

Соней назвал кошку Витька, объяснив, что так зовут одну девочку из их класса, на которую кошка очень похожа.

«Ого! — подумала Вика. — Интересно, что за девочка?».

Витька заметил интерес, мелькнувший в маминых глазах, и сказал с поспешным смущением, что если ей это имя не нравится, то пусть она, конечно, выберет какое хочет. А она тогда подумала, что хочет только сбыть эту голубоглазую обузу с рук под любым именем, но говорить этого Витьке, конечно, не стала. Как

не стала и напоминать, что с кошкиной прививкой должна вообще-то возиться не она, а хозяйка.

Да, через два часа ей надо быть на Цветном бульваре, а за кошкой еще на Молчановку надо съездить,
а тут все это...

Вика протянула руку, чтобы снять у Влада с плеча
свою сумку.

— Ты что? — дернулся он.

— Ничего, — ответила она. — Мне домой пора.

— Ты сдурела, что ли?! — воскликнул он. — Из-за
чего?!

— Я пойду, Влад, — сказала Вика. — Правда спешу.
Ну, занята сегодня. Могут у меня быть свои занятия?

Она смотрела на Влада и видела, как с каждой
секундой меняется его лицо. Недоумение, которое появилось на нем сначала, сменилось возмущением, гневом
и наконец ненавистью. Да, ненавистью — у Влада на лице
она была теперь так отчетлива и беспримесна, что даже
с меньшей, чем у Вики, проницательностью невозможно
было ее не распознать.

— Ты — враг, — сказал он.

Вон оно как! Такого Вика не ожидала. Но, впрочем,
удивилась не слишком.

— Враг народа? — уточнила она.

— Такие, как ты, всё развалили!

— Что ж я тебе развалила, дружок ты мой? — усмехнулась Вика. — И когда?

Она тут же пожалела, что повелась на это. Плоская
его Земля, плоская, не забывай.

— Всё! Вас танками надо давить! Из огнемета! Мы
великие были, нас все боялись! А вы...

Еще немного, и на губах у него показалась бы пена.
Увидеть это воочию Вике совсем не хотелось.

— Вот что, сокол ясный, — сказала она. — Танк тебе еще дадут, не переживай. И огнемет тоже. Успеешь пострелять. А пока кушай австралийские стейки и радуйся, что ты такой великий.

Она снова протянула руку к своей сумке, висящей у него на плече. На этот раз Влад не только дернул плечом, не давая взять сумку, но и схватил ее за запястье. У Вики в глазах потемнело, так сильно он сжал ее руку. Показалось, кости хрустнули, она еле сдержала вскрик. Но сдержала все-таки и, быстро схватив свободной рукой его запястье, надавила двумя пальцами на болевую точку. Этот приемчик, который Ольга Васильевна называла бандитским, Вике еще в шестом классе показал Санька по прозвищу Убийца. Он попал в детдом ненадолго, вскоре перекочевал обратно в колонию для малолетних, но за это недолгое время проникся к Вике чем-то вроде любви, вот и поделился полезными навыками.

Влад вскрикнул, коротко ругнулся и отпустил ее руку. Сумку у него уже не отнимешь, это понятно. Зато непонятно, куда теперь деваться: ворота закрыты, двор обнесен решеткой с пиками, и перелезть через нее самостоятельно, да еще быстро, конечно, не удастся.

Вика развернулась и побежала обратно к зданию. Сначала она хотела обогнуть его, но уже на ходу догадалась, что позади наверняка такая же решетка. Она взлетела на крыльцо, вбежала в школу и помчалась по лестнице на второй этаж. Оглушительно захлопнулась входная дверь. То ли за нею, то ли за Владом — Вика не видела, побежал ли он следом.

Глава 10

Расположение коридоров и лестниц было не совсем привычным, но все-таки Вика понимала, где здесь можно спрятаться. В дальнем углу второго этажа обнаружилась дверь. То есть она не обнаружилась бы, потому что была завешена полотном, но на полотне этом были нарисованы очаг и котелок, и трудно было не догадаться, что дверь за таким рисунком найдется обязательно.

Дверная ручка, сделанная в виде полена, была почти не заметна среди нарисованных дров, но Вика ее все-таки разглядела и, потянув за нее, оказалась на пороге каморки. Она думала, что увидит ведра и швабры, но, в точности как в «Приключениях Буратино», в каморке стояли театральные декорации. Правда, они были не расставлены для представления, а просто придвинуты к стенам.

Вика зашла в каморку, довольно, кстати, просторную, и закрыла за собой дверь на шпингалет. Окон здесь не было, и она сразу же погрузилась в полную темноту, но выключатель искать не стала: может, дверь закрывается не плотно и из коридора будет заметно, что в каморке кто-то есть.

Да и не нужен ей был сейчас выключатель — свет сам собою засиял в ее сознании, и так ярко, что захотелось зажмуриться.

И в этом неожиданном свете она увидела, как ранним утром ползет на четвереньках по узкому гребню скалы Хамелеон, за нею ползет Витька, за ним остальные мальчишки и одна повизгивающая от страха девчонка, тропинка перед ними становится все тоньше, делается совсем узенькой, но это не страшно, а весело, и она встает во весь рост, видит море по обе стороны скалы и солнце, восходящее над морем, и тяжелую, прекрасную, как простонародное лицо Волошина, гору Кара-Даг справа, и его дом на коктебельской набережной — и ей становится так хорошо и легко, как будто все, из чего состоит этот берег, эти горы и это море, все видимое и невидимое, из чего они состоят, влилось в нее разом и наполнило ее такой силой, таким счастливым духом, какого она никогда не знала прежде. И в этом сияющем утреннем свете, в этой неожиданной силе все, что должно казаться сложным и пугающим, делается понятным и преодолимым, а почему это так, она объяснить не может, но радость ее безмерна и смелость безмерна, и она смеется, и берет за руку Витьку, бледного от страха — очень же узкая тропинка, и высоко же очень! — и кричит во весь голос: «Смотрите! Это всё — мы с вами, смотрите!»...

Виденье было таким отчетливым, что Вика вздрогнула в темноте каморки. Хотя почему ему не быть отчетливым? В прошлом году все это было. В прошлом году обошли пешком почти весь Крым, только в Херсонес не успели и в поезде по дороге обратно решили, что в следующем году доберутся туда обязательно.

Вика сжала ладонями голову.

«Надо успокоиться, — сказала она себе. — Много чего больше нет, а теперь и Крыма не будет. Снявши голову, по волосам не плачут. Я должна успокоиться. Я не хочу сойти с ума».

До сих пор эти слова, которые она сама для себя изобрела, всегда ей помогали, но сейчас не помогли нисколько. В них не было смысла, вот в чем дело. Жить на свете только для того, чтобы не сойти с ума... Какой в этом смысл?

Неизвестно, какие еще мысли атаковали бы ее смятенное сознание, но тут за дверью послышались шаги, и Вика насторожилась. Правда, она сразу же поняла, что это не Влад: шаги были неторопливые, и шел не один человек, а двое.

— Вы все правильно понимаете, Анна Алексеевна, — произнес мужской голос. — Входите в попечительский совет и начинайте действовать.

— Спасибо, Дмитрий Павлович, — ответил голос женский. — Я понимаю, почему вы говорите так осторожно. И стены имеют уши. Теперь уже в прямом смысле слова. Но бояться нам, по-моему, нечего. Я мать, мне не все равно, как учат моего ребенка, и я желаю помочь школе. Не деньгами, заметьте, деньги я плачу и так, а добрым словом.

— Доброе слово и кошке приятно, — согласился мужчина. — А бояться в самом деле не стоит. Смелым Бог владеет.

— Как-как? — засмеялась женщина. — Это что за пословица?

— Обыкновенная пословица. Из Даля. В общем, если вы нас от этого бреда прикроете, мы будем очень рады.

— От этого прикрою. А от какого-нибудь другого — как получится.

Голос у нее был властный, и по интонациям понятно было, что она преодолевает в себе привычную надменность.

— До свидания, — сказала она. — Так победим.

Застучали ее каблуки по коридору. Мужчина за ней не пошел — остался стоять прямо у двери, прикрытой холстом, на котором были нарисованы очаг и котелок. Вика затаила дыхание, прислушиваясь: что он будет делать? И, наверное, именно от того, что она так старалась не дышать, в носу у нее защипало, засвербило, и она чихнула, от неожиданности даже не сумев сделать это потише.

— Кто здесь? — раздалось за дверью.

Таиться дальше было глупо. Судя по случайно подслушанному разговору, это директор школы. Еще подумает, что сюда террористы проникли.

Вика отодвинула шпингалет и вышла из каморки.

— Вот так явление Ренессанса! — удивленно сказал он. — Здравствуйте, Виктория.

— Здравствуйте... — пробормотала Вика.

Вот это да! Меньше всего она могла ожидать, что незнакомый человек назовет ее по имени, да еще в таком глупом положении.

— Нас с вами Влад Развеев однажды знакомил, — сказал директор, заметив, конечно, ее оторопь.

А!.. Точно, знакомил. Вика вспомнила день, когда Влад ожидал ее у Дома со львами и в его машине сидел вот этот человек. Как его зовут, она тоже теперь вспомнила — Дмитрий Павлович Зимин. Все-таки и у нее память неплохая, хотя и не такая стремительная, как у него. А в тот день Влад повез ее к себе и она поняла, что ей с ним совсем не плохо, и решила, что этого достаточно... Дура набитая!

— А что вы здесь делаете, Виктория, позвольте спросить?

Голос Зимина отвлек от неприятных воспоминаний. Вика посмотрела на него почти с благодарностью.

— А я здесь от вашего Влада как раз и скрываюсь, — призналась она.

— Да?

Он не удивился или не подал виду, что удивлен, и не стал выспрашивать подробности. Умеет держать себя в руках. В узде, — вспомнила она Витькины слова.

«Прямо как англичанин!» — подумала Вика.

Мысль была неожиданной и веселой.

— Ну вот, все у вас уже в порядке, — всмотревшись в ее лицо, сказал Зимин.

— Почему вы так думаете?

— Потому что вы улыбаетесь.

Вика готова была поклясться, что несмотря на веселую мысль, улыбка на ее лице не появлялась ни на секунду. Но вот разглядел же. Проницательный, стало быть, человек. Впрочем, ему по должности положено быть проницательным, кому это и знать, как не ей.

— Или хотите еще у папы Карло посидеть? — поинтересовался Дмитрий Павлович. — Каморка в вашем распоряжении.

И что каморка имеет отношение к папе Карло, она догадалась правильно, и никто ее отсюда не гонит... От всего этого — от каморки, от самого даже голоса этого директора — Вике стало так хорошо, что хоть ложись прямо на подоконник, свернись калачиком и усни. Как кошка.

Про кошку вспомнилось кстати. Или некстати — неважно. Как бы там ни было, а следует поспешить.

— Спасибо, Дмитрий Павлович, — сказала Вика. — У папы Карло хорошо, но Буратино пора в путь.

— Луковицу возьмите.

Он достал из кармана пиджака яблоко и протянул Вике. Она засмеялась и взяла яблоко.

Они вместе дошли до широкой лестницы, ведущей в вестибюль. На стенах над ступеньками висели рисунки. На всех было изображено одно и то же, но совсем по-разному. Вика хотела остановиться и разглядеть, что и как здесь нарисовано, или спросить об этом Дмитрия Павловича, но не стала останавливаться и спрашивать тоже не стала.

Спустившись по лестнице, она взглянула вверх. Зимин стоял у перил и смотрел на нее. Наверное, он просто хотел удостовериться, что она действительно покинет школьное здание. Но ей стало как-то радостно от того, что он стоит вот так и смотрит. Как будто она уходит в ночь и метель, а близкий человек провожает ее на пороге дома и будет ждать ее возвращения.

Эта мысль была нелепой. И метели никакой нет, и не из дома она уходит, и никто не будет ее ждать, тем более совершенно посторонний, а вовсе не близкий человек.

Но все-таки, пока Вика шла через школьный двор, это странное ощущение билось в ее сердце.

— Сумочка ваша, девушка?

Охранник уже вернулся в свою будку. Викина сумка с инструментами стояла перед ним. Великодушен ее бывший любовник, что тут скажешь.

Вика взяла сумку и вышла за ворота. Город подхватил ее, и все, что мимолетно коснулось сердца, сразу развеялось. Она взглянула на уличные часы и стремглав побежала к метро: времени до Сониной прививки оставалось совсем мало.

Кошка вышла Вике навстречу в прихожую, окинула ее доброжелательным голубым взглядом, потерлась о ногу и направилась обратно в комнату.

— Соня, стой! — позвала Вика. — На прививку. Кис-кис-кис!

Кошка не обернулась и даже ухом не повела. Странное она все-таки существо — ласковая, но ведет себя только так, как сама считает нужным, а на любые призывы сделать то или это вот именно что ухом даже не ведет. Или все кошки такие? Впрочем, Сонина ненавязчивость Вику вполне устраивала. Она поймала ее на пороге комнаты и, посадив в обувную коробку, вынесла из квартиры.

Как и в прошлый раз, оказавшись в клинике на Цветном бульваре, Вика сразу же подумала, что хотела бы быть кошкой, чтобы полностью положиться на здешних врачей и медсестер. Даже мысль о том, что принятая здесь доброжелательность и приветливость стоит очень дорого, то есть в буквальном смысле дорого, немалых денег, — даже эта мысль не уничтожала уверенности и покоя, которые охватывали ее, как только она попадала в этот особнячок, спрятавшийся в переулке за шумным бульваром.

— Ой, я коробку вашу забыла! — сказала одна из таких вот приветливых медсестер, вынося Соню из кабинета, где ей сделали прививку, как сказали Вике, от всех кошачьих болезней. — Подержите пока на руках, я сейчас.

Медсестра ушла обратно в кабинет за обувной коробкой.

— Ну что? — спросила Вика, глядя в Сонины загадочные глаза. — Другая здесь жизнь, правда?

Ей показалось, что Соня кивнула, соглашаясь. Это, конечно, едва ли могло быть, но Вика уже заметила: когда держишь кошку на руках, она откликается на все обращения совсем по-другому, чем обычно — отвечает сразу и прямо по-человечески.

— Ну как ваша деликатная особа?

Врач Герман Тимофеевич шел по коридору и приостановился возле Вики.

— Спасибо, все в порядке, — ответила она. — Марсианка здорова.

— Марсианка — это имя?

— Это характер. На земные обращения не отвечает. Как будто не слышит.

— Может, правда не слышит.

— Почему вы решили? — удивилась Вика.

— По цвету глаз, — объяснил он. — Голубоглазые ангорские кошки часто бывают глухими.

Этого только не хватало!

— И что же делать? — растерянно проговорила Вика.

— Ничего. — Он улыбнулся. Улыбка была такая, что Вика сразу успокоилась. — Вы же не собираетесь использовать ее для охоты. А для мирной домашней жизни ей хватит других чувств.

Кто-то позвал его, и он направился дальше по коридору.

— Герман Тимофеевич, а у вас брата случайно нет? — спросила Вика. — Вы очень на одного моего знакомого похожи.

Она не была уверена, что может называть знакомым школьного директора, с которым едва словом перемолвилась, но похожи этот врач и тот директор были удивительно — не столько коротко стрижеными головами или суховатым сложением, сколько ощущением, которое оба вызывали даже при мимолетном разговоре.

— Это случайность, что похож, — ответил Герман Тимофеевич. — Братьев у меня нет. А вот вы похожи на картину Леонардо да Винчи. «Дама с горностаем», знаете? Может, это и не случайность.

Из другого конца коридора его позвали снова, и он ушел, коротко и ободряюще коснувшись перед этим Викиного плеча большой своей ладонью и оставив ее в недоумении.

«Еще и кошка глухая! — подумала Вика, выйдя на заметенный мгновенным мартовским снегом бульвар. — За что ни возьмусь, все вот так... Но что же это, почему?».

Она вспомнила Влада, его сузившиеся от ненависти глаза, его слова, вылетающие изо рта как плевки, и вместо резкой мобилизующей злости, которая вздыбилась у нее внутри, когда он назвал ее врагом народа, ее охватило отчаяние. Теперь, когда не было рядом даже случайного хорошего человека, кошкиного врача с огромными ладонями и излучающим спокойствие взглядом, ничто не могло Вику от этого беспощадного отчаяния избавить.

Она стояла посреди заметаемого мокрым снегом Цветного бульвара, посреди огромного города совершенно одна, мир не обращался к ней никакой своей стороной, кроме враждебной, с этим ничего невозможно было поделать, помощи ожидать было неоткуда, и даже понять, отчего все это происходит с нею, что говорит ей мир этой своей необъяснимой беспощадностью, почему он обращается к ней именно так, — Вика не могла.

Глава 11

Появляться в коммунальной кухне Полина терпеть не могла, но иногда делать это все-таки приходилось. Обед она себе, правда, не готовила — еще не хватало! — а ходила для этого в «Метрополь» или в «Националь». Пускали ее туда без единого звука, швейцары почтительно кланялись, из чего она сделала вывод, что состоит на особом учете. Иначе невозможно было объяснить, почему в послевоенной Москве, скудно питающейся по карточкам, она допущена в закрытые для простых смертных рестораны, где есть хорошая еда.

Кофе Полина варила у себя в комнате на хрустальной спиртовке, которую купила в комиссионном магазине. Но иногда ей требовалась теплая вода, тогда-то она и выходила в кухню, чтобы вскипятить чайник на Тайкином примусе — своего не завела. Полина старалась делать это утром, когда меньше была вероятность увидеть соседей. Впрочем, Шура Сипягина слонялась по квартире всегда, потому что считалась инвалидом.

Какая уж имеется инвалидность у костистой, похожей на крупную лошадь Шуры, особенно в сравнении с многочисленными безногими людьми на Смоленском рынке — они сидели на дощечках и передвигались, отталкиваясь от асфальта деревянными опорками, — Полина не понимала. Но она многого не понимала в Москве. Даже в Берлине все было гораздо проще.

Как бы там ни было, утренняя встреча с одной соседкой, даже с такой невыносимой, как старшая по квартире Сипягина, была все же менее обременительна, чем вечерняя со всеми одновременно.

На этот раз кухня была пуста. Вернее, так показалось Полине, когда она вошла туда с чайником в руке. Но уже через мгновенье заметила стоящую у окна Серафиму. Впрочем, ее-то можно было не принимать во внимание, во всяком случае, как помеху. В Серафиме не было ничего заметного, она не была ни хороша собою, ни как-нибудь особенно дурна, не притягивала взгляд и всем своим существованием напоминала едва ощутимое дуновение, и не ветра даже, а какого-то невидимого духа.

Она стояла у кухонного окна и сквозь тусклое, забрызганное жиром стекло смотрела на осеннюю улицу.

— Доброе утро. Вы не на работе? — спросила Полина. И, спохватившись, что задает бестактные вопросы, уточнила: — Вернее, это я не на работе.

— Я сегодня отпросилась, — ответила Серафима. — Вчера плохо себя почувствовала и вот позвонила сегодня начальнице, отпросилась.

Она посмотрела на Полину узкими беспомощными глазами. Беспомощность была во всем ее облике и еще — какая-то необъяснимая отрешенность. А может, как раз вполне объяснима была эта отрешенность: когда ты беспомощен перед миром, логичнее всего просто отстраниться от него. Серафима и отстранилась.

Полина вспомнила Тайкин рассказ о том, как Серафимина мать когда-то привела в квартиру бывшего владельца, выселенного советской властью в подвал. Кстати, этот тихий старичок недавно отошел в мир иной, его комната возле кухни была опечатана. Проходя мимо этой комнаты, Шура Сипягина любовно поглаживала дверь и даже похлопывала ее, как живое существо: потерпи, мол, скоро моя будешь.

Полина налила воду в чайник, поставила его на примус и хотела уже уйти, как вдруг услышала стон, такой короткий и легкий, что его можно было принять за слуховую галлюцинацию. Но Полина отлично знала, что галлюцинаций у нее не бывает, а потому быстро подошла к Серафиме и сбоку заглянула ей в лицо.

Лоб ее был прижат к оконному стеклу, а по щекам текли слезы. Они текли потоком — Полина никогда не видела, чтобы кто-нибудь плакал вот так. Навзрыд, можно было бы сказать, если бы слезы не текли беззвучно, один только стон у Серафимы и вырвался.

— Я могу чем-нибудь помочь? — спросила Полина.

Серафима помотала головой. Но тут же губы у нее задрожали, она закрыла лицо руками и заплакала уже не скрываясь.

— Н-нет... — сквозь слезы проговорила она. — Ничего не надо...

У нее уже не только дрожали губы, но и зубы стучали. Если бы Полина могла еще чему-нибудь удивляться в людях, то, конечно, удивилась бы. И посочувствовала бы, если бы могла.

— Давайте я вас в комнату провожу, — снимая с примуса чайник, сказала она Серафиме. — Ко мне.

О том, что Серафиме лучше не оставаться одной хотя бы некоторое время, Полина догадалась случайно и предложение свое сделала наугад. Та коротко кивнула.

— В кресле вам будет удобно, — сказала Полина, входя вместе с ней в свою комнату и запирая дверь на цепочку. — Вы пьете кофе?

Не дожидаясь ответа, она зажгла спиртовку и насыпала молотый кофе в маленький итальянский никелированный кофейник. Ей нравился кофе, сваренный особенным итальянским способом, и она обрадовалась, обнаружив этот кофейник в магазине, куда москвичи сдавали трофейный товар.

Полина залила кофе водой, поставила кофейник на подставку над огнем, потом налила воды из графина в стакан и подала этот стакан Серафиме. Та сделала несколько судорожных глотков. Зубы сначала стучали о край стакана, потом перестали.

— Извините, — сказала она. — У нас вчера было такое тяжелое собрание на работе. Просто чудовищное. Я сегодня всю ночь не спала и вот... Извините.

— Извиняться не за что, — пожала плечами Полина. — А что на вашем собрании происходило?

— Директора увольняли. Я в библиотеке работаю. В научной библиотеке. И вчера увольняли Якова Ароновича, директора. Как это было ужасно, если бы вы знали!

«Надо же, какая впечатлительная особа, — подумала Полина. — Или влюблена в своего директора? Да, пожалуй».

При взгляде на Серафиму трудно было представить ее влюбленной, как-то слишком уж трепетна была в ней жизнь, но ничем иным объяснить ее отчаяние от такой обыденной вещи, как увольнение начальника, Полина не могла.

Она видела, что Серафиме совсем не требуется сейчас ее мнение, впечатление, даже слов каких-нибудь с ее стороны она не ожидает. И точно — глядя не на Полину, а на китайскую вазу на полу, да и той, кажется, не видя, Серафима сказала:

— Он очень хороший и, главное, глубоко порядочный человек. И человек, и руководитель, а это ведь редкость. Он знает дело и уважает людей. Таких очень мало, да вы и сами это знаете, конечно.

«Почему она решила, что я это знаю? — удивленно подумала Полина. — И почему считает, что я думаю так же, как она?».

Но тут же поняла: а ведь правда, она тоже считает, что порядочных, да еще глубоко, людей очень мало и еще меньше среди них таких, которые знают свое дело, а уж чтобы именно они становились начальниками... Полина никогда не работала в коллективе, то есть в Москве не работала — театр «Одеон» или берлинская студия УФА не в счет, — поэтому здешних начальников видела не много. Но те, которых видела — вспомнились пустые глаза Михаила Ивановича, — давали все основания думать, что среди московских начальников порядочные люди не в избытке.

— И вот вчера вдруг приезжает какое-то начальство, — сказала Серафима. — Я не очень разбираюсь, из наркомата просвещения или из райкома партии, может быть. Ах, да какая разница откуда! Начальство, и все. Велят всем прийти в актовый зал, и начинается что-то ужасное. Какой-то поток безумия. Я сначала подумала, это всё заранее готовили, но нет, я бы все-таки знала. Все спонтанно, но так вдохновенно, как по нотам. То есть да, я понимаю, может быть или вдохновенно, или по нотам, но было вот именно это вместе.

— Кофе, — напомнила Полина.

Она сняла кофейник с подставки, перелила из него кофе в две маленькие чашечки с тонким узором из бледных роз. Мейсенских чашек, сервизов и фигурок в московских магазинах после войны появилось такое множество, что глаза разбегались. Полина любила фарфор и просто не могла что-нибудь не купить.

— Благодарю.

Серафима и поблагодарила машинально, и так же машинально отпила из чашки. Ее равнодушие выглядело удивительным: кофе у Полины был настоящий, такого в магазинах не продавали, она купила его у бармена в «Метрополе» — как здесь это называли, из-под прилавка.

— Так что же ваш директор? — напомнила она.

— Директор молчал. Слушал весь этот бред. Про вражеское гнездо в научной библиотеке. Борьба с космополитами и все прочее, что сейчас везде твердят, ну, вы знаете.

— Ничего не знаю, — пожала плечами Полина. — Я газет не читаю. У меня даже радио нет. А что такое везде твердят про космополитов? Здесь их кто-нибудь живьем вообще видел когда-нибудь? — иронически добавила она.

В голове у нее мелькнули обрывки лицейских сведений о космополитизме — о Сократе, Пелопоннесской войне и Иммануиле Канте. Вряд ли борьба с ними могла всерьез беспокоить москвичей.

— Да, вы отличаетесь от всех, — сказала Серафима. — Я не понимаю, кто вы, но я и не вправе этим интересоваться. А космополиты это просто эвфемизм. На самом деле они взялись бороться с евреями. Как это отвратительно, боже мой! После такой войны, после всего...

Полина вздрогнула. Таблички «евреям вход воспрещен» на дверях берлинских ресторанов вспомнились ей так ясно, словно аккуратные буквы проступили перед нею на стене комнаты, как на пиру Валтасара.

— Собак еще разрешают выгуливать? — усмехнулась она.

— Причем здесь собаки?

Серафима посмотрела с недоумением. Слезы еще не высохли у нее на щеках, а одна слеза дрожала на волнистых волосах и блестела, как бриллиант. Да, именно как чистой воды камень, Полина никогда не видела таких слез.

— В Берлине не разрешали, — объяснила она. — Евреям, среди прочего, запрещалось выгуливать собак.

— Но почему? — удивленно спросила Серафима. — Почему именно выгуливать собак?

— Я думаю, для нагнетания абсурда. Абсурд деморализует и лишает возможности сопротивляться. Ладно, что толку об этом рассуждать? Аналогия и без того очевидна.

На этот раз Серафима посмотрела на Полину почти с опаской. Видимо, не часто встречались ей люди, которые вот так прямо говорили об аналогии между гитлеровским Берлином и нынешней Москвой. Да и кто вообще мог здесь что-либо знать о жизни в Берлине? Берлин, Париж, Лондон — на другой планете, это Полина еще до войны поняла, и в этом смысле москвичи ничем не отличались от жителей Вятки, из которой она только что вернулась по очередной прихоти своей бурной судьбы.

— А почему вас так тронуло увольнение вашего директора? — спросила Полина.

Ей стало жаль эту неотмирную женщину. Пусть поговорит о чем-нибудь безобидном. О своем романе, например.

Но по тому, как мгновенно потемнели ее глаза, стали похожи на пропасти, узкие и бездонные, Полина поняла, что напомнила, наоборот, о самом болезненном.

— Это было так отвратительно, что даже я... — Серафима вздрогнула. — Поверьте, я много видела, как унижают людей, мы все это видели и давно уже поняли, что не в наших силах что-либо с этим поделать. Но даже когда ночью забирали Степана Тимофеевича — он в этой комнате жил, вам Таисья уже рассказала, наверное, — даже тогда это выглядело просто зловеще, страшно в своей механичности, будничности. А то, что творилось вчера... У всех глаза горели, когда они говорили о Якове Ароновиче невообразимые мерзости. Он слушал, слушал, лицо у него стало белое, и вдруг он говорит: Павел Николаевич, что же ты плетешь? Это заместитель его, Павел Николаевич, — пояснила Серафима. — Мы же, говорит, с тобой вместе воевали, ты же со мной в Москву с фронта приезжал сына моего хоронить, Женьку моего, над могилой его со мной стоял — и ты говоришь, что я за чужими спинами в войну отсиживался?.. А я его Женю знала, чудесный был мальчик, он на фронт буквально сбежал, хотя у него близорукость была ужасная и в армию его не взяли, а он в ополчение в сорок первом и сразу же погиб под Волоколамском. — Она допила кофе залпом, не различая вкуса, как воду. — Все замолчали, когда Яков Аронович это сказал, мертвая стала тишина. А Павел Николаевич знаете что ему ответил? Не-у-бе-ди-тель-но! Неубедительно, говорит, вы оправдываетесь, гражданин Браверман. Я никогда не привыкну, что люди на такое способны, — помолчав, чуть слышно произнесла она.

Лицо у Серафимы стало такое же бледное, каким было, наверное, у ее директора во время собрания. Но Полина думала уже о другом...

— Это правда, что об этом сейчас везде твердят? — спросила она. — Вот это всё — что евреи враги и прочее?

— Да. В Москве просто вакханалия. Здесь же учебные заведения и учреждения культуры, — с прелестной своей тихой серьезностью пояснила Серафима. — Конечно, евреев работает много. И вот такой ужас. Вы как-то помрачнели, — заметила она. И догадалась: — Беспокоитесь о ком-то близком?

— Да, — помедлив, ответила Полина. Глупо было опасаться этой Серафимы, она и не опасалась. Да и надоело, что не с кем словом перемолвиться, не с Тайкой же. — У меня... ну, скажем, возникли близкие отношения с одним человеком. Он врач и как раз еврей. Живет в Вятке, я с ним там и познакомилась. Это долгая история, сейчас не к месту. Главное состоит в том, что я позвала его в Москву. Мне казалось, это глупо, что он хоронит себя в глуши, он хирург от Бога и человек очень незаурядный. А здесь, оказывается, вот что...

— Сейчас, наоборот, из Москвы люди в глушь уезжают, — сказала Серафима. — Скрыться хотят, раствориться. Страна-то большая. Надеются, что о них забудут, если они не будут на виду. У нас одна сотрудница куда-то в Сибирь уехала. Уволилась потихоньку, в один день собралась и уехала. Мне так и сказала: в Москве мы слишком на виду, надо спрятаться, отсидеться.

Полине сразу же вспомнилась баронесса фон Дитрих с ее снисходительной улыбкой: «Ах, милая, но это ведь всего лишь причуда фюрера. Великий человек имеет право на причуды. И это вполне безобидно, уверяю вас».

Но что толку было в очередной раз проводить очередную аналогию? Полина не любила пустых занятий.

— Может быть, вам стоит как-то предупредить вашего друга? — осторожно спросила Серафима.

— Да. Постараюсь, — сказала она.

«Я запуталась сама и всех запутала, — мелькнуло у нее в голове. — И это только разрастается».

— Спасибо, Полина. — Серафима поставила на стол пустую кофейную чашечку, которую до сих пор сжимала в руках, будто грела о нее руки. — Вы меня очень поддержали. Вы добрый и душевный человек.

«Я – душевный? — с горечью подумала Полина. — Вот уж точно нет».

В том месте, которое согласно романтическим представлениям должна занимать душа, она ощущала выжженную пустыню. Не следовало ей звать в такую пустыню доктора Немировского, это очевидно. Даже если бы не разыгрывалась в Москве вся эта бредовая кампания по борьбе с Иммануилом Кантом и Яковом Ароновичем, как его... Браверманом.

Когда это случилось с нею, когда угасли все чувства и даже самое яркое из них, интерес к жизни, — Полина не знала. Не было такого утра, когда она проснулась бы и поняла, что чувств у нее больше нет.

Но другое она понимала: несмотря на холод в сердце, никуда она отсюда, из Москвы, не денется. Узел, завязанный шесть лет назад Неволиным — да нет, конечно, не Неволиным, он всегда был только жалкой пешкой, — завязан так прочно, что и сделавшись ледяною, душа ее все-таки удерживается этим узлом.

Он был прочнее государственных границ, этот невидимый узел, и не было у Полины сил для того, чтобы его развязать.

Глава 12

Что она беременна, Полина поняла только через три месяца после той ночи, когда проснулась от грохота бомбежки и от сирены воздушной тревоги. Возможно, она догадалась бы о своем положении и раньше, но тревоги, не воздушные даже, а человеческие, сделались столь частыми, что нарушение женского календаря на их фоне ее не обеспокоило.

После английской бомбежки жизнь в Берлине на некоторое время сделалась нервной, взвинченной, каждый день проходил в ожидании очередного какого-нибудь опасного события, а беспечность и уверенность в будущем, владевшая всеми после присоединения Судет и Австрии, сменилась всеобщей же растерянностью. Каждый скрывал свою растерянность, как умел, однако она была, и ни быстрая победа над Францией, ни пакт о дружбе с советской Россией не могли избавить от нее.

Однако вскоре стало понятно, что бомбежка, так напугавшая обитателей пансиона на Курфюрстендамм, была совершенно случайной, а потом самолеты Люфтваффе сами разнесли англичан в клочья в Ковентри, и Берлин постепенно успокоился, снова повеселел, проникся оптимизмом. Вдобавок и фюрер сказал, что война с Англией поднимет дух народа и объединит всех, и так ведь и происходило, точь-в-точь так, как сказал фюрер... В общем, если и было о чем переживать, то лишь о том, что ассортимент продуктов стал более скудным, но понятно было, что это вскоре восстановится. Ну невозможно же, чтобы хлеб навсегда остался таким, как сейчас, слишком мягким и мгновенно плесневеющим! Так никогда не пекли хлеб, не будут печь и впредь, надо только переждать неприятный период, который, конечно же, не затянется надолго. Впрочем, после победы над Францией все можно было купить французское, от фруктов до вина и чулок, в этом смысле стало даже лучше, чем до войны, и будет, без сомнений, еще лучше.

О Франции Полина старалась не думать. Главное, что снедало ее больше, чем тревога о родителях, было исчезновение Роберта Дерби. Ей стыдно было признаваться себе в этом, но о нем, только о нем были ее мысли. К тому же известие о родителях пришло довольно скоро — к очередному переводу из Парижа была сделана приписка: «Дорогая дочь, мы с мамой благополучны, живем по-прежнему», — и хотя почерк был не отцовский, да и никогда папа не обращался к ней так официально, Полина поняла, что таким образом Неволин выполняет свое обещание извещать ее обо всем, что с родителями будет происходить, и понадеялась на его честность.

А от Роберта известий не было. Он не вернулся утром, когда бомбежка закончилась. Он не появился ни к вечеру, ни на следующий день. Он не позвонил в пансион, не дал о себе знать никаким другим способом. Полина прислушивалась к разговорам во всех кафе, где он бывал прежде, надеясь, что кто-нибудь из общих знакомых обмолвится о нем. Нет, ни слова. Это было и понятно — опасно стало упоминать о британском журналисте даже мимолетным образом, — поэтому, прислушиваясь, она отдавала себе отчет в том, что делает это напрасно. Роберт исчез, и объяснений его исчезновения не много: либо он погиб, либо арестован, либо просто обманул женщину — очередную, быть может. Когда Полина называла в уме этот третий вариант, ее охватывала злость. Но тут же она вспоминала о первых двух и понимала, что страх за него и тоска о нем в ее душе все-таки сильнее злости и обиды.

Стоило ли удивляться, что она не обеспокоилась необычным состоянием своего здоровья!

Беспокойство пришло вместе с утренней тошнотой, да и тогда она не сразу догадалась, в чем тут дело, списав это недомогание на то, что мысли об исчезнувшем мистере Дерби одолевают ее ночами, не давая как следует выспаться. И только когда тошнота стала постоянной, Полина сообразила наконец, что с ней происходит.

Ужас, охвативший ее, когда она все поняла, не укладывался в рациональные границы. Он был первобытным, сродни ужасу неандертальца перед молнией, наводнением, ураганом и прочими стихиями, над которыми голый пещерный человек не имел власти, но которые могли переменить его жизнь и напрочь ее уничтожить. Полина даже посмеялась бы над тем, что так мгновенно перевоплотилась в неандертальца, однако ей было не до смеха.

Что она будет делать с ребенком?! Одна в этой стране, в этом городе, который она видит теперь беспощадным взглядом и который ей поэтому ненавистен? Среди этих людей, дух которых и даже, кажется, зрение повреждены настолько, что от них можно ожидать чего угодно, любого нечеловеческого проявления?

«Да с каким еще ребенком, о чем я?! — Полина почувствовала, как волосы у нее на голове начинают шевелиться. — Что это я как овца, идущая на заклание? О ребенке даже речи быть не может!».

Она вскочила, заметалась по комнате, бросилась к двери, но все-таки одернула себя и остановилась, села на кровать. Бежать некуда — ночь. Да и утром некуда будет бежать, врача еще найти надо. Это, положим, не станет большой трудностью: деторождение — не самое модное занятие среди актрис, а любовники между тем есть у каждой, значит, есть и врачи, готовые помочь.

Эта здравая мысль должна была бы успокоить Полину. Но не успокоила. А почему? Она не понимала. Однако заставила себя лечь, накрыться пуховой периной и даже — о чудо! — уснуть. Конечно, состояние, в которое она погрузилась, невозможно было считать настоящим сном, но...

Но сознание ее стало расплывчатым и легким.

«Это ты? — там, в легком пространстве своего сознания спросила она. — Наконец-то! А я уж подумала...».

«Что же ты подумала? Что я тебя разлюбил?».

«Нет, конечно, нет. Ты все равно что я сама, я вся состою из тебя, и как же я могла бы подумать, что ты меня разлюбил? Я вся — ты, но все-таки тебя нет. Как это странно!».

Ему, наверное, это было странно тоже — краешек его брови взлетел, как крыло ласточки. Да, как же она раньше не понимала, на что это похоже! Ласточка взлетает, улетает...

«Ты живой?» — спросила она.

«Мы с тобой очень счастливые», — ответил он.

И исчез.

Полина очнулась. Ее била дрожь, пот стекал по лбу холодными каплями.

«Что значит — счастливые? — билось в голове. — Жив ли, нет, ведь не сказал!».

Легкий край брови вспомнился ей, улетающая ласточка... Она заплакала.

Утром Полина пошла на почтамт и отправила телеграмму в Париж, на то почтовое отделение, откуда приходили ей денежные переводы.

«Дорогой отец, — написала она, — я рада, что вы с мамой благополучны. Но я очень соскучилась и жду встречи. И чем скорее, тем лучше».

Встреча произошла незамедлительно. Полина даже не удивилась, когда, возвратившись домой со студии, обнаружила на коврике у себя под дверью письмо — хозяйка всегда раскладывала таким образом корреспонденцию для жильцов, — в котором коротко сообщалось, что папа передал ей подарок к Пасхе и ей будут рады вручить его завтра в Тиргартене на аллее у большого пруда.

Еще менее она удивилась, увидев Неволина. Он сидел на лавочке и любовался лодками, скользящими по воде. Был первый теплый день, и после долгой, всем надоевшей зимы в Тиргартен выбрался, казалось, весь Берлин. Мамаши с младенцами дефилировали по аллеям — их стало как-то очень много, или просто Полина начала обращать на них внимание? Во всяком случае, женский щебет и детский крик раздавались отовсюду. И громкий мужской хохот — молодые солдаты, отправляющиеся на фронт в Польшу или прибывшие оттуда на побывку, весело фотографировались с девушками.

Увидев Полину, Неволин поднялся с лавочки и быстро пошел к ней.

«Пальто элегантное, — окинув его взглядом, подумала Полина. — Не французское. А какое? Похоже, итальянское. Он теперь уже в Италии, что ли?».

Это были абсолютно глупые мысли, но они помогли ей сосредоточиться.

— Здравствуй, — сказала она по-немецки.

— Здравствуй, — по-русски ответил он.

Неволин привлек ее к себе и поцеловал в щеку. Полина поморщилась и отстранилась.

— Я думала, ты здесь в качестве немца, — тоже по-русски сказала она.

— Зачем? Советский импресарио, все как есть.

— Перенимаешь передовой кинематографический опыт? — усмехнулась она.

— Именно. У нас с Германией пакт о дружбе, как ты знаешь. Или ты про все такое не знаешь?

— Здесь трудно не знать про все такое. Господин Геббельс доносит до каждого уха.

Из репродуктора, укрепленного на столбе, действительно неслась какая-то речь в привычном взвинченном тоне. Вперемежку с легкой музыкой, впрочем.

— Ладно, — сказала Полина. — Я тебя вызвала не для того, чтобы поболтать о недостатках немцев. Мне надо отсюда уехать. Немедленно.

— Так. — Неволин помрачнел. — Это почему же уехать? Да еще немедленно? Тебе что, плохо в Берлине? Живешь как сыр в масле.

— Сыр в масле не живет. Но дело не в этом.

— А в чем?

— В том, что через шесть месяцев я рожу. Вернее, уже через пять.

— От кого? — быстро спросил Неволин.

— Не твое дело.

— Вон как, значит! Помощи просишь у меня, а дело не мое. — По его голосу было понятно, что он уязвлен. — Ладно, и без тебя знаю. От англичанина.

— Почему же именно от англичанина?

Полина собрала все свое самообладание для того, чтобы в ее голосе не прозвучало ни тени растерянности. Но то ли Неволин хорошо ее знал, то ли просто был профессионально подготовлен — провести его не удалось.

— С кавалерами своими будешь в эти игры играть, — поморщился он. — А со мной не надо. Спала ты только с ним, а с другими динамо крутишь. Ладно, не ярись, — заметив, видимо, как сузились от злости длинные Полинины глаза, примирительно сказал Неволин. — От Дерби так от Дерби. Это даже лучше.

— Для кого лучше? — сквозь зубы процедила Полина.

— И для тебя тоже. Такой ребенок — хорошая страховка. Он всегда нужен, а значит, и ты нужна.

«Ничего это не значит, — подумала она. — И неизвестно даже, зачем я вам нужна».

— Ну и рожай, — сказал Неволин. — В чем проблема-то?

Вся кровь бросилась Полине в голову от прозвучавшей в его голосе снисходительности. Барин разрешает!.. Она еле удержалась, чтобы не отвесить Неволину пощечину. Но все-таки удержалась — он был ей нужен. Настолько нужен, что приходилось терпеть его хамский тон.

— Это только ты считаешь, что ребенок от англичанина — это прекрасно, — сказала она. — Боюсь, все остальные здесь считают иначе.

— А кто здесь догадается, от кого у тебя ребенок?

— Но ты же догадался. А твои немецкие коллеги не глупее тебя. Коллеги-кинематографисты, — язвительно уточнила она. — Если они этим заинтересуются, то быстро выяснят истину.

— Если переспишь еще с кем-нибудь, и лучше не с одним, это решит проблему. Тогда уже никто никакую истину не выяснит.

Удерживать себя от пощечины становилось все труднее.

— Это ничего не решит, — холодно произнесла Полина. — Вряд ли потенциальные отцы поверят, что я родила через пять месяцев после совокупления.

Теперь она уже не волновалась о том, что Неволин заподозрит ее в неискренности. Ненависть к нему вела ее безошибочным путем. Сильнее была только ее ненависть к самой себе, но разбираться в этом сейчас было не время.

Неволин подумал несколько секунд и нехотя сказал:

— Пожалуй. И что ты предлагаешь?

— Вывези меня отсюда.

— Куда?

— Во Францию. У меня французский паспорт, у меня родители в Париже.

Только это ей требовалось. Только это! При мысли, что ее ребенок родится в этой стране, среди этих обезображенных людей, она готова была на все. Во всяком случае, на многое.

Неволин молчал.

— Я не расскажу им о том, как славно провела последние годы, — прибавила убедительности Полина. — Не хочу выглядеть перед родителями... тем, кем являюсь. Для вас это лучшая гарантия, что я буду молчать.

— Тоже мне гарантия, — хмыкнул Неволин. — Но дело даже не в этом.

— А в чем? — быстро спросила Полина.

Сердце у нее забилось в нехорошем предчувствии.

— Родители твои уже не в Париже, — нехотя произнес Неволин. — Они... Ну, в общем, с немцами не поладили. Совесть, честь и все такое. Ваши там все свихнулись на этом. Ида твоя, Рубинштейн — все продала, в Лондоне госпиталь открыла и сама медсестрой в нем работает. Белогвардейцы хреновы! — с досадой добавил он.

— Они не белогвардейцы, — с трудом шевеля губами, проговорила Полина.

— Я обобщенно говорю, не про твоих. А твои — ну что... Возмущение стали выражать, прятать кого не надо. А немцам только дай повод, ты же понимаешь.

— Где они?

— В лагере. Где именно, не скажу — не знаю.

«Ты старалась о них не думать. Внушала себе, что у них все хорошо, беспокоиться не надо, есть другие причины для беспокойства. Вот — получай».

— Полин, Полин, ты что?

Голос Неволина донесся до нее как сквозь вату. Его лицо стало похоже на луну — такими же неопределенными, приблизительными сделались черты этого лица, как глаза и нос на лунном лике.

— Н-ничего... — пробормотала она.

— Давай-ка на лавочку. Черт, воды нету!

Полина поняла, что полулежит на скамейке, а Неволин машет шляпой перед ее лицом.

— Перестань, — выговорила она. — Сейчас пройдет. Токсикоз. Вывези меня отсюда.

Его лицо снова сделалось перед ее глазами отчетливым. На нем выразилось что-то вроде восхищения и опаски одновременно. Но сразу же он мотнул головой и выражение опять стало такое, как в начале их встречи, снисходительно-равнодушное.

— Ну так а я при чем? — сказал он. — Сама же говоришь, французский паспорт. Вот и езжай в свою Францию, если хочешь.

— Я неправильно выразилась. — Полина села ровно, поправила прическу. — Оставьте меня в покое, вот что я имею в виду. И тогда я сама разберусь, куда мне ехать и что делать.

— Вот что, Полина. — Лицо Неволина сделалось теперь жестким, безжалостным. Она и не предполагала, что оно может так быстро меняться. — Коготок увяз — всей птичке пропасть, знаешь русскую пословицу? Знаешь. Это чтоб ты правильно понимала: никто тебя в покое уже не оставит. Тут тебе не театр и не кино, все серьезно. Цирлих-манирлих я с тобой разводить не буду. Но и опасаться тебе нечего, — добавил он. — Твоя жизнь имеет ценность. Не всякая жизнь ее имеет, а твоя — да. Тем более теперь.

«Со старой аристократией любые правительства стараются поддерживать благожелательные отношения, — вспомнила Полина. — На всякий случай. Нужны же контакты со внешним миром».

Не дьявол сидел перед нею, не дьявол смотрел на нее пустыми глазами. Слишком мелок был этот человек. Дьяволом являлось... Нет, все-таки не дьяволом, но порождением дьявола являлось то, что им руководило. Оно было могущественно, всеведуще и всегда находилось настороже: не удастся ли подцепить человека за мелкий крючочек его слабостей? Его самоупоения, тщеславия, честолюбия, непомерных амбиций... Что из этого было использовано в случае с нею?

Впрочем, теперь это уже неважно. Ее не отпустят. Просить бессмысленно. Но и смириться... Нет. Лучше сразу подняться на крышу дома на Кудамм или студии на Дёнхофплатц да и броситься оттуда вниз головой.

Полина представила это так живо, что ее передернуло. Нет! Это тем более — нет. То ли воображение у нее было слишком ярким, то ли беременность давала о себе знать не только токсикозом, но и волей к жизни.

— Не переживай, — сказал Неволин. — Хочешь уехать — уедешь. — И объяснил: — Это даже не забота о тебе, а обыкновенная целесообразность. С ребенком толку от тебя здесь будет не много. Так что уехать я тебе помогу. В Москву.

Этого только не хватало!

— Я что, непонятно объяснила... — начала было Полина.

Но Неволин не дал ей продолжить.

— Послушай меня, — сказал он. — Москва сейчас самое безопасное место. Мы — в силе, понимаешь? Гитлер думает, что он в силе, а на самом деле — мы. Дождемся, чтобы он англичан перебил, а потом как муху его прихлопнем. У Германии же ни ресурсов, ничего. А у нас-то вон страна какая! Наша с тобой страна, Полина, наша Москва. Она каждому местечко найдет. И тебе, и ребенку твоему.

Что ей найдут местечко, прозвучало двусмысленно, но шестеренки, крутящиеся у Полины в голове, перерабатывали не пустые подробности, а только существенную информацию. Кто кого собирается перебить-прихлопнуть и когда, в это она сейчас не вникала. Все равно она не может на это повлиять, ну и нечего об этом думать в таком случае. А вот то, что Москва единственный город, где она с ребенком может найти сейчас пристанище... Похоже, так оно и есть. У нее, по крайней мере, нет другого решения.

— Европа огнем горит, — сказал Неволин. — Что здесь через год будет? Выжженная земля. Не дура же ты, сама все видишь и понимаешь.

— Вижу и понимаю... — медленно произнесла она. — Как мне уехать, Игорь?

Родить самостоятельно Полина не смогла.

Врач, который осматривал ее в приемном покое роддома имени Грауэрмана, сразу ей сказал:

— До завтра понаблюдаем, но в общем-то картина ясная. Таз узкий, предлежание ягодичное. Рисковать не будем, прокесарим.

«Да уж, таз подкачал, — подумала Полина. — Не-арийский таз».

— Не волнуйтесь, Полина Андреевна, — решив, видимо, что она испугалась, сказал врач. — Кесарята смелые, говорят. Хотя девочке, может, лишняя смелость и ни к чему.

— Почему девочке? — спросила Полина.

Чувствовала она себя всю беременность отврати-тельно, токсикоз сохранялся даже сейчас, на восьмом месяце. Она не загадывала, кто у нее родится, а только ждала, чтобы все это закончилось поскорее. Хотя что она станет делать после родов, было ей совершенно непонятно.

— Так мне кажется. По сердцебиению и вообще, опыт подсказывает, — сказал врач. — А вы мальчика ждете? — И, не дождавшись ответа, добавил: — Девочки лучше.

— Чем же они лучше? — невесело усмехнулась Полина.

— Мальчики к войне рождаются, а девочки к миру. Как назовете?

— Не знаю.

— Ну, ложитесь на каталку. В палату поедете. А зав-тра утром и прокесарим.

Больничный коридор был похож на вокзал, выгля-дел таким же чужим и унылым. Ощущение вокзальной неприкаянности не оставляло Полину все время, пока санитар вез ее на каталке. И в палате оно не прошло, и ночью, когда она с трудом поднялась, чтобы сходить в туалет. Вся ее жизнь сделалась такой бесприютной, вот именно вокзальной, что никаких других аналогий ей в голову не приходило.

«Вокзал Виктория, — вдруг вспомнила она. — Если откуда-нибудь возвращаешься, то выходишь из поезда и идешь пешком, и через пятнадцать минут ты дома».

Это воспоминание пришло так некстати, что, стоя в туалете возле тусклого окна, Полина чуть не завыла, как бездомная собака. Но сразу вслед за этим воспоминанием пришло другое — взлетающая бровь, небесная ласточка...

«Викторией назову, — подумала она. — Решительное имя. Победное. Ему понравилось бы».

От этой мысли ей стало как-то спокойнее. Ощущение было непонятное — имя Виктория никакого спокойствия в себе не содержало. Но Полине показалось, что это неожиданно и беспричинно пришедшее ей в голову имя связывает ее с Робертом. Пусть призрачно связывает, но что теперь не призрачно в ее жизни? Только брови-ласточки в воспоминаниях.

О том, что врач не ошибся и у нее родилась дочь, Полина узнала от Неволина. Когда она пришла в себя после наркоза, он сидел у нее в палате. В отдельной палате, которую ей отвели в переполненном роддоме.

— Поздравляю с дочерью, — сказал Неволин, увидев, что Полина открыла глаза. — Как назвать?

— Виктория, — машинально ответила Полина.

Только потом она поняла, как странно прозвучал его вопрос. Не «как назовешь», а «как назвать», будто само собой разумелось, что называть будет не она.

Уже в то утро все было решено. Но в то утро голова у нее соображала слабо. А Неволин был слишком взволнован, чтобы следить за своей речью.

Полина заметила его волнение и подумала было, что оно связано с событием, произошедшим в ее жизни.

Но уже со следующей его фразой все переменилось. Жизнь ее переменилась — в очередной раз.

— Война, Полина, — сказал Неволин.

— Где? — не поняла она.

Война шла уже так давно, что стала для нее привычной.

— У нас. С Гитлером твоим война, — мрачно бросил он.

— Ты думай, что говоришь, — еле шевеля не отошедшим еще от наркоза языком, сказала Полина. — Он ваш, а не мой.

— Все равно теперь. Сегодня утром немцы перешли границу СССР. Минск бомбят.

Он говорил сурово, резко, как никогда прежде. И лицо его переменилось совершенно. Никогда Полина не видела на этом лице выражения такой сосредоточенности, целенаправленности и еще чего-то, для чего она не находила иного названия кроме горестности.

И вдруг — от взгляда на переменившееся лицо Неволина, что ли? да нет, совсем от другого! — она почувствовала, что и у нее внутри поднимается что-то совсем новое, незнакомое.

Это была ярость — чувство такое ясное, что ошибиться в нем было невозможно.

«Да что же это такое? — задыхаясь от этой всевластной ярости, подумала она. — Что же он меня по свету гоняет?! Хватит! Пропади он пропадом, черт проклятый!».

Да, именно эти слова пришли ей в голову. Все, что составляло, как ей всегда казалось, ее взбалмошную, ветреную натуру, вдруг слетело, как ничего не значащая шелуха, а то, что осталось, что держалось в ней крепко, намертво, — оказалось вот таким простым, простонародным, будто из сказок Пушкина выписанным: «Пропади он пропадом, черт проклятый!».

Гитлер, которого она видела вблизи лишь несколько раз, предстал в ее сознании отчетливо, как будто соткался из тьмы, и ярость, которую она испытала, неожиданно оказалась самой большой яростью, какую она вообще испытывала в жизни. Она вскипела в ней, эта ярость, поднялась как волна. Это было так странно!.. Ничего подобного Полина не испытывала, когда Гитлер вошел в Польшу, да что там в Польшу, даже во Францию. Тогда ей было страшно, и только. А теперь вот...

— Что же мы будем делать? — спросила она.

— Ну, что? — пожал плечами Неволин. — Ты в себя сначала приди, оклемайся. Потом решим.

— А где ребенок?

Из-за ошеломляющего известия о войне она чуть не забыла о том, что произошло какой-нибудь час назад!

— С ним все в порядке, — ответил Неволин.

Полина насторожилась. Как-то слишком уж быстро он это проговорил.

— А ты откуда знаешь? — с подозрением спросила она.

— А почему мне не знать?

— Ты, может, вообще отцом здесь представился?

— Никем я не представился, — хмыкнул Неволин. — Кто б тут меня спрашивать стал.

От самодовольства, мелькнувшего в его голосе, Полине стало противно. Схлынула волна ярости, и сразу обнажился песок, и унылый мусор на этом песке обыденности обнажился тоже.

Наверное, выражение брезгливости проявилось на ее лице более явственно, чем она хотела.

— Отдыхай. — Неволин встал, коснулся ее плеча. Она дернула плечом, отстраняясь. — Тебе сейчас главное восстановиться. Все у тебя впереди, Полина.

И, не дожидаясь естественного вопроса, что же такое предстоит ей впереди, он вышел из палаты.

Полина осталась одна. Сознание еще плыло, к тому же боль внизу живота сделалась ощутимой. Слова Неволина о том, что все у нее впереди, казались ей зловещими, но сейчас она не находила в себе сил вдумываться в них. Даже на то, чтобы попросить, потребовать принести ей ребенка, сил у нее не было тоже.

«Их правда нет, — закрыв глаза, подумала она. — Нет сил, ушли. И откуда же мне их брать теперь? Не знаю».

Глава 13

«Как все-таки это глупо, отнять имя у города, чтобы отметить какого-то... Кто он такой вообще, этот Киров? Да не все ли равно!».

Вот уж это ей точно было все равно. Полина лишь мимолетно отметила, что название Вятка звучит гораздо красивее, чем Киров. Но существенным ей представлялось только одно: как долго придется здесь оставаться и подействует ли ее угроза. Она была настроена более чем решительно, и, кажется, Неволин это понял. Но вот сумел ли объяснить своему начальству... А может, никому он уже ничего объяснять не должен, потому что сам начальство и есть. Что ж, подождем, что будет дальше.

Полина вспомнила, как он смотрел на нее, стоящую у окна в вагонном тамбуре и лихорадочно бросающую ему в лицо:

— Убью, Неволин. Что тебя мне не жаль, уж поверь. И учти, себя мне не жаль тоже. Вы у меня все отняли, не только ребенка, хоть это ты понимаешь? Выжгли вы меня. Да, сама виновата, но какая теперь разница? Меня больше нет. Пустая оболочка. Избавиться от нее ничего мне не стоит. Еще раз тебя увижу — избавлюсь.

Неволин молчал. Полина не видела его всю войну — он не только погрузнел и обрюзг, но переменился гораздо более глубоко, это она понимала. Но что означает его молчание и каменное выражение лица, чего от него следует ожидать, этого ей понять не удавалось.

— Ну? — сказала она.

Он повернулся и вышел из тамбура.

Когда Полина вернулась к себе в купе, Неволина там уже не было. Наверное, он просто перешел в другой вагон, ну конечно, не на ходу же из поезда выпрыгнул, но все-таки это была победа, которая обрадовала бы ее, если бы она сохранила способность радоваться. Но поскольку радоваться Полина разучилась, она просто разобрала постель, выключила свет и легла, благо в купе мягкого вагона никого кроме нее не было.

Штору она не опустила, все равно за окном сплошная тьма. Полина знала, конечно, что Россия огромна, но только теперь, когда она вскочила в поезд на Ярославском вокзале и поехала по Транссибу куда глаза глядят, да хоть в Тихий океан готова была броситься во Владивостоке, лишь бы уйти от того, что уничтожило ее жизнь, — после этого размеры страны перестали быть для нее отвлеченностью.

Леса, леса, пустоши, поля, мерцающие огоньки редких деревень, леса, леса опять — бесконечные пространства проносились мимо. Нет, не мимо — она чувствовала, что погружается в эти пространства, и не понимала только, что происходит с нею при этом, что означает для нее такое погружение, тревогу или наоборот покой? Скорее покой, да. Но кажется, что это покой небытия.

С этой мыслью Полина уснула. А проснулась от такой острой, такой резкой боли, что не смогла сдержать вскрик. Ей показалось, что кто-то ударил ее в живот ножом, и на секунду она даже подумала, что Неволин решил ее убить. От него всего можно было ожидать, да и приказ ему могли отдать какой угодно, и он вряд ли ослушался бы любого приказа.

Но в купе было по-прежнему пусто, и тишину нарушал только стук колес. Полина сползла с полки и, сидя на полу, с трудом дотянулась до защелки на двери. В коридор она тоже не вышла, а выползла. На полу в коридоре и обнаружила ее, скорчившуюся, проводница.

Все дальнейшее — беготню, восклицания, носилки к поезду на ближайшей станции — Полина помнила сквозь режущую боль, такую сильную, что она не оставляла возможности чем-либо интересоваться. Поэтому то, что сняли ее с поезда в городе Кирове, который раньше назывался Вятка, стало ей известно уже в больнице, и то не сразу, а после операции — удаления аппендикса с начавшимся перитонитом.

Сказала ей об этом медсестра, когда зашла проведать ее вечером после операции. По тому, что и в Кирове ей отвели отдельную палату, Полина поняла, что Неволин находится где-то неподалеку. О его присутствии свидетельствовало и лекарство, которое он доставил в больницу — недоступный простым смертным английский пенициллин. Можно было радоваться, что ее преследователь по крайней мере не является перед нею открыто, как явился в купе, когда поезд остановился на станции Котельнич. Но Полине этого было мало, она хотела избавиться от его присутствия совсем.

Медсестра по имени Зина подходила для ее плана как нельзя кстати. Одного взгляда на эту серьезную девушку, на ее простонародную красоту было достаточно, чтобы понять: она сделает все, о чем Полина ее попросит, если обосновать просьбу убедительно, пусть даже эта просьба будет такой экзотической, как помощь в побеге из больницы.

Людей Полина видела насквозь, не ошиблась и на этот раз. Именно Зина вывела ее на следующий день из палаты и отвезла в Трифонов монастырь, кельи которого были превращены в комнаты коммунальной квартиры. Целую неделю Зина делала Полине перевязки и уколы и сообщала, что происходит во внешнем мире:

что Неволин сначала устроил в больнице скандал, но потом почему-то успокоился и вообще исчез.

Полина усмехнулась, узнав об этом. Ей-то причина его исчезновения была понятна. Видимо, записка, которую она оставила на больничной тумбочке: «Смотри, я тебя предупредила», — показалась ему убедительной и он не стал испытывать ее решимость.

Она хотела избавиться не от него даже, он был ей безразличен, а от всего, что было с ним связано. Она провела черту у себя за спиной, поняв, что ничего не может сделать — ребенка ей не отдадут. Она каждую ночь, как заклинание, повторяла: если чего-то не можешь изменить в своей жизни, значит, надо или прервать эту жизнь, или свыкнуться с неизбежным. С отсутствием ребенка ей и свыкаться было не надо, она его ни разу не видела, а после того, что пришлось ей увидеть в войну, этот огонек — рожденная ею дочь — едва мерцал в глубине ее сознания и уже казался призрачным.

— Нету никаких призраков, Полин. Люди наяву такое творят, что и призраков не надо.

Полина вздрогнула. Она и не предполагала, что уже сама с собой разговаривает. Так и с ума сойти недолго!

— А кто же здесь в стенах стучит, а, Коля? — сказала Полина. — Призраки точно.

Она обернулась от окна и посмотрела на соседа, только что вошедшего в общую кухню.

Николай Чердынцев был самым интересным человеком среди разношерстной публики, населяющей монастырские кельи. В людях он разбирался не хуже Полины, это она сразу поняла, и это было неудивительно после семи лет Вятлага, куда он попал из Московского университета за организацию студенческого исторического кружка, который сочли то ли правоцентристским, то ли наоборот, Полина не стала вникать в эти подробности. Из лагеря Николай вышел больным, это для нее было очевидно. Болезнь у него была не физическая — душа его была искалечена, разум взбудоражен, и понятно было, что жизнь ему сломали навсегда, нигде он не найдет покоя. Из-за постоянно снедающей его нервной тревоги общаться с Николаем было трудно, но интересно. Он был умен и беспорядочно, но глубоко образован — в лагере, как он объяснил, не было недостатка в профессуре.

— Ты о чем задумалась? — спросил Николай. — А я с работы шел и тебя с улицы увидел. Стоишь у окошка, как на картине. Ждешь кого-то?

— Нет. То есть да! — вспомнила Полина. — Подругу жду, сейчас должна прийти.

Хотя ее отношения с Зиной трудно было назвать дружбой, слишком уж разными они были, но объяснять это Николаю ей не хотелось. Никому и ничего ей не хотелось больше объяснять. Кокон ее одиночества отвердел, превратился в броню.

— Познакомила бы с подругой, — подмигнул Николай. — Сама ты со мной не хочешь, и что ж мне, одному пропадать, молодому-удалому?

Он часто вот так вот ерничал, это было частью его тревоги, его надлома.

— Через час заходи, — сказала Полина. — Представлю тебя в лучшем виде.

Николай кивнул и ушел. Полина вздохнула с облегчением. Даже с ним ей не хотелось разговаривать. Казалось, каждое слово, которое она произносит, это обман.

Ощущение, что она живет в непреходящем обмане, было таким сильным, что повлияло на состояние ее ума. Полина заметила, что стала придумывать какие-то несуществующие истории и даже рассказывать их Зине в ответ на ее расспросы о том, например, что за человек привез для нее пенициллин и почему этот человек потом исчез. Да, в ответ она выдумала что-то сногсшибательное — что человек этот влюблен в нее с тринадцати лет, что она бежала от него за границу... Чушь какую-то выдумала, в общем. Неизвестно, поверила ли всему этому Зина, но Полине было проще сказать ей даже такую вот чушь, чем неприглядную правду.

Если бы не опустошенность, которую чувствовала в себе, то она радовалась бы, что жизнь свела ее с Зиной Филипьевой. Полина даже не предполагала, что в современном мире еще живут такие тургеневские девушки. Или крестьянские дети Некрасова — непонятно, какое определение Зине подходило больше.

При всей своей простонародности Зина не была ни глупа, ни даже наивна. Она была честна, серьезна и так внутренне чиста, что было непредставимо, как ей удалось сохранить такую чистоту — не только внутреннюю, кстати, Полина была уверена, что Зина девственница, — пройдя войну во фронтовом медсанбате. Правда, эта загадка, как выяснилось, имела самое простое объяснение: Зина была влюблена. Предмет ее любви как раз медсанбатом и командовал. Зина обмолвилась о нем всего несколькими фразами, но и по ним, а главное, по ее виду и тону Полина поняла, что влюбленность эта, скорее всего, осталась безответной. Ну а что такая девушка, как Зина, не нашла своей великой любви какую-нибудь невеликую замену, удивляться не приходилось.

Да что Зина!.. Полина и сама, может, не стала бы больше никого искать, если бы такой человек, как майор Немировский, встретился ей в юном возрасте. Если бы где-нибудь в Люксембургском саду он ей встретился, когда она гуляла по солнечным весенним аллеям и мечтала о чудесном, полном счастливых загадок будущем.

Но майор Немировский встретился ей не под небом Люксембургского сада, а под сводчатым потолком кельи Трифонова монастыря, в которую Зина поселила ее после побега из больницы. А главное, ничего чудесного она от будущего уже не ожидала и никаких загадок для нее в жизни не было.

В тот день, когда Немировский приехал в Киров, Полина с утра думала только о том, что сидеть в этом опостылевшем городе, ожидая погоды у несуществующего моря, не имеет смысла. Если попытка переменить жизнь не удалась, и уже не первая такая попытка, значит, надо что-то решать с самой этой жизнью — с ее завершением. Мысли такого рода приходили к ней и раньше, но если раньше они ее пугали, то на этот раз она отнеслась к ним спокойно.

Все-таки одно дело знать, что смерть существует, а другое — увидеть ее воочию, удары, вспышки смерти вокруг тебя в виде бомб и орудийных снарядов, а особенно почувствовать, что смерть может исходить от твоих собственных рук. Полина вспомнила, как бил ей в плечо приклад автомата и как не замечала она этой отдачи, потому что все внимание было сосредоточено на падающих от ее выстрелов фигурах немецких солдат в развалинах на Кудамм... Вспоминать об этом было неприятно, но думать после этого о смерти — просто. Она и думала.

С этими мыслями возвращалась она в свою комнату после прогулки к роднику у монастырской стены; это было единственное место, где Полина могла себе позволить гулять, не привлекая ненужного внимания.

Зина встретила ее на пороге комнаты.

— А кстати, — сразу же сказала Полина, — помнишь, я тебе рассказывала, что здесь живет один молодой человек...

И осеклась, не успев даже приступить к выполнению своего обещания представить Зине в лучшем виде Николая Чердынцева.

Посередине комнаты сидел у обеденного стола майор в шинели. Он был похож на осунувшуюся темную птицу. Полина не была уверена, что птицы бывают осунувшиеся, но именно это слово пришло ей в голову сразу, как только она увидела его.

— Полина! — Голос у Зины был растерянный, он дрожал от счастья и слез. — Леонид Семенович приехал! Он... Ему сюда назначение, в Киров к нам, в больницу... Это Немировский Леонид Семенович!

Немировский встал, кивнул, здороваясь, и посмотрел на Полину такими глазами, от одного вида которых любая нормальная женщина должна была бы упасть в обморок. Неудивительно, что даже Зина, прошедшая фронт и много чего в свои двадцать лет повидавшая, на грани обморока и находилась, она была в высшей степени нормальной.

Полина же отметила только, что глаза у Немировского темно-зеленые, как лед на зимней реке, да, как самая глубина льда. И что при таких глазах, необыкновенных не только цветом, но и умом, это она тоже отметила сразу, он беспросветно несчастлив.

Так что его глаза если не заставили ее упасть в обморок, то все же ввели в некоторую оторопь. Она умела распознавать именно такое несчастье, неизбывное, потому что носила его в себе.

Зина хлопотала, расставляя на столе нехитрую закуску и бросая на майора робкие влюбленные взгляды.

Немировский и Полина сидели молча и думали каждый о своем. При этом Полина чувствовала, что их мысли схожи: они оба думали о неизбывном горе.

И еще одно почувствовала за те несколько минут, которые они сидели молча перед накрываемым столом: что Леонид Немировский так же мало нуждается в сочувствии, как она сама, и по той же причине, что она сама — потому что оба они уже перешли черту, до которой горе еще можно чем-то избыть, пока оно не успело искалечить душу.

Немировский привез спирт — выпили, помянули погибших. Кого, называть не стали. Несмотря на радость от приезда Леонида Семеновича, Зина пригорюнилась: ей было кого вспомнить, конечно, после фронта-то. Поговорили о чем-то незначимом. Потом Зина спохватилась, что надо посмотреть комнату, которую Немировскому отвели в Трифоновом монастыре, может, там и кровати нету, и уборка наверняка требуется. Она взяла у него ключ и ушла.

— Когда ваша семья приедет, Леонид Семенович? — спросила Полина.

Этот вопрос был не совсем из разряда «разговор поддержать», ей действительно хотелось это знать, чтобы правильно понимать, с помощью каких доводов надо будет объяснять влюбленной Зине, что про Немировского ей лучше забыть. Что это так, Полина была уверена, хотелось только с аргументами разобраться.

— Семья не приедет, — ответил он. — Погибла.

— Жена? — спросила Полина.

— И дочь. Родители тоже.

— А где?

— Родители в Литве, в гетто. А жена и дочь в Ленинграде, в блокаду.

Со стороны их разговор мог показаться странным и даже страшным разговором бесчувственных людей, так сухо и буднично они об этом говорили. Но Полина знала, что им позволяет говорить так не бесчувственность, а совсем другое, то, что она давно уже чувствовала в себе и впервые почувствовала в отдельном от нее человеке.

Она взглянула на Немировского, и ей показалось, что не в глаза ему смотрит, а в зеркало.

— У Зины с матерью две женщины из Ленинграда живут. Многих эвакуировали, — сказала Полина. — Вы уверены, что ваши погибли?

— Уверен, — ответил Немировский. — Соседка выжила. Она Белле глаза закрыла. Белла — это жена, — пояснил он. — А дочку Полиной звали, как вас. — Он помолчал и добавил: — Соседка сказала, что Белла ей до последней минуты сказки читала, дочке. Всю книгу уже не могла в руках удержать, на страницы разняла и читала. Я помню эту книгу, сказки Андерсена, огромная...

— Вы не нашли могилу?

— Нет могил. Всех хоронили в общей. Если вообще хоронили — в основном сжигали, говорят. И мне, знаете, последнее время одна мысль покоя не дает. — Он посмотрел Полине в глаза прямым взглядом. — Что, если это правда, что в день Страшного суда мертвые действительно должны встать во плоти? У евреев потому и не принято сжигать. Всегда я над родительской религиозностью подшучивал, а теперь вот сам... Никогда не знаешь, как эта кровь о себе в тебе напомнит.

— У Бога нет мертвых, Леонид Семенович, — сказала Полина.

Она уж точно не была религиозна. И мысль эта пришла ей в голову сама собою, из собственной жизни, а не из церковной проповеди.

— Наверное. Во всяком случае, хочется в это верить. Хотя вера у меня получается странная. Собирательная, я бы сказал.

— Как у всех умных людей.

— Спасибо вам, Полина Андреевна.

— За что?

— До сих пор я ни с кем не мог об этом говорить.

— Дело не во мне.

Она не кокетничала — действительно понимала, что дело не в ней и не в нем, а в том резонансе, который возник между ними по какой-то от них не зависящей воле.

Вернулась Зина, сказала, что комната в хорошем состоянии, кровать есть, подушки и постель она пока возьмет отсюда, из комнаты своей одноклассницы, на время отъезда которой и поселила сюда Полину, а потом из дому принесет, пусть Леонид Семенович не беспокоится, и надо еще чайник купить на барахолке... Зина была так взволнована, что Полина догадалась: она, наверное, услышала обрывок их разговора, сочла его слишком доверительным и забеспокоилась. Что ж, ревность естественное чувство, и даже таким чистым девушкам, как Зина, оно присуще.

Если бы Полина хоть на мгновенье почувствовала, что Немировский нуждается в заботе и жалости, то даже не взглянула бы в его сторону, лучшего человека, чем Зина, ему бы в таком случае не найти. Но он нуждался только в забвении.

«Есть способы и получше, чем спирт», — подумала она.

Стоило разлить по кружкам последний спирт, как пришел Коля Чердынцев с самогоном и конфетами. Где уж он взял конфеты, которых по карточкам не выдавали, неизвестно. Заговорили о том, что когда-нибудь в Кирове сделают красивую гранитную набережную. На эти Зинины слова Коля лишь усмехнулся и сказал, что попытка заставить его верить в завтрашний день бессмысленна — он и в сегодняшний вечер не верит.

Верь в него или нет, а вечер катился к концу. Немировский ушел в келью, которую ему отвели на втором этаже. Полина выразительно взглянула на часы и на Чердынцева: ей было понятно, что зря он тратит время на охмурение девушки. Кажется, он и сам это понял, но все же предложил Зине проводить ее до дому. Согласилась ли она, Полина уже не узнала, так как вежливо, но твердо выставила обоих за порог.

К Немировскому она пришла ночью сама. Ни скрывать свою тягу к нему, ни размышлять, что лежит в основе этой тяги, Полина не видела смысла. За четыре года войны она спала в Берлине с такими людьми, которые не то что тяги у нее никакой не вызывали, но возбуждали ярую ненависть, поэтому отвлеченные рассуждения на подобные темы уже не казались ей значимыми.

Дверь была не заперта. Можно было предположить, это для того, чтобы она вошла без стука, но Полина поняла, что Немировский просто не придает значения мелким подробностям быта. Как бы там ни было, а дверь открылась сразу, и она вошла.

Занавески на окне не было, комната была залита лунным светом. Леонид поднялся с кровати и, подойдя к Полине, быстро притянул ее к себе. Они целовались долго и яростно, обоих снедало желание, и оба считали его драгоценным по общей причине: из всех оставшихся им чувств только оно было достаточно сильным, чтобы разрушить ту самую броню, мертвую броню одиночества, которой каждый из них был окружен.

«Он должен нравиться женщинам, — подумала Полина. — Очень сильно должен нравиться».

Ее не удивляло, что она думает об этом в ту минуту, когда Леонид кладет ее на кровать. Чувств у нее больше не было — тело и разум, вот из чего она теперь состояла. А Леонид отвечал устремлениям и того, и другого.

Кровать ходила под ними ходуном и громко скрипела, но Полине было на это наплевать. Она и стонов, и вскриков не сдерживала, и Леонид тоже. Может, их слышно было в соседних кельях, несмотря даже на мощные монастырские стены.

Из-за этих непрогреваемых стен в комнате было холодно. Наверное, в монастыре и должен был стоять такой холод в ноябрьские дни, это способствовало молитвам. Но то, что происходило между мужчиной и женщиной на кровати, молитвой уж точно не являлось. Безудержно, исступленно крушили они жизнью смерть, и раскатистый рокот, их общий крик, стал таким же последним ударом, как сплетенное содрогание их тел.

Полина обхватила Леонида сверху, упала на него, прижалась плечами и животом, сжала его бедра коленями и замерла в последних судорогах. Он бился под нею, из его губ вырывались какие-то бессвязные звуки, пальцы сжались на ее плечах так, что ей стало бы больно, если бы телесное удовольствие не было сильнее телесной же боли.

Наконец они замерли, застыли. Полина отстранилась от Леонида и легла рядом. Он не попытался обнять ее снова. Связь между ними и так не утратилась, просто теперь близость тел сменилась близостью разума.

— Не ожидал, что это здесь произойдет, — сказал он. — Я ведь в Киров наугад поехал. Куда глаза глядят. Всплыло в памяти — Вятка, Киров — даже не сразу догадался, почему. Уже по дороге вспомнил: Зина Филипьева отсюда ведь родом.

— Я тоже — куда глаза глядят, — сказала Полина. — Не знаю, долго ли мне удастся здесь оставаться.

— Что значит удастся?

Полина замешкалась.

«Можно ли ему рассказывать?» — мелькнуло у нее в голове.

И тут же она рассердилась на себя за то, что вообще об этом подумала. О чем она беспокоится? О разглашении государственной тайны? Да провались оно сквозь землю, это государство вместе со всеми своими проклятыми тайнами. Может, на чистой земле что-нибудь хорошее и прорастет.

— Я работала в Германии, Леня, — сказала Полина. — Не в разведке — я актриса, а на киностудии много не разведаешь, это же не военный штаб. Я была агентом влияния. Знаешь, что это такое?

— Не знаю, но понимаю.

То, что она сообщила, его не потрясло. Он не отшатнулся, не вздрогнул, не взглянул удивленно. Война, война. Она и Полину отучила удивляться чему бы то ни было.

И, ободренная его неудивлением, она рассказала ему все: как вернулась из Москвы в Берлин, то есть не прямо из Москвы, конечно, ведь уже шла война, поэтому ее отправили сначала в Италию, там она месяц жила под Флоренцией на пустой вилле Медичи, оттуда приехала в Германию и всему Берлину рассказывала потом, что ее полугодовое отсутствие объясняется бурным романом с потомком древнего рода знаменитых отравителей, ради которого она бросила все, прервала артистическую карьеру...

Обо всем она рассказала Леониду без жалости к себе, даже о том, ко скольким высокопоставленным немецким дипоматам и офицерам была благосклонна. И только о ребенке, оставшемся в Москве, не сказала ни слова, хотя именно он был единственным крючком, на который ее еще можно было поймать. Они и поймали — не на честолюбие уже, не на страсть к авантюрам, а только на обещание, что после войны отдадут ей дочь и отпустят восвояси, дадут возможность жить в Париже и не станут больше тревожить.

Про Париж она, впрочем, все же сказала.

— И ты в это веришь? — спросил Леонид. — Думаешь, они действительно дадут тебе уехать?

— Не знаю, — помолчав, ответила Полина. — Во всяком случае, я потребовала, чтобы они выполнили свое обещание. Очень резко потребовала. Сижу вот теперь в этой Вятке и жду, что они мне сообщат. А сколько буду ждать, не знаю. Поедем со мной, Леня, — помолчав, сказала она.

— В Париж?

— Сначала в Москву. Что бы со мной дальше ни случилось, а в Москве тебе лучше будет, чем здесь.

— Ты думаешь? — Он усмехнулся. — Да нет, лучше не будет. Больница и здесь есть, а большего мне не надо. Не вмещаю я в себя уже ничего, Полина. Ты и сама, наверное, почувствовала.

— Почувствовала. Но ведь и я такая же, Леня. Так что лучше нам с тобой все же держаться вместе.

— Не знаю.

Несмотря на этот безучастный ответ, в его голосе впервые за весь вечер — за все время, что Полина его знала, — прозвучали нотки жизни.

— Подумай, — сказала она. — Давай так договоримся: если я уеду в Москву и пойму, что тебе надо ко мне приехать, то дам тебе знать.

— Никогда не предполагал, что буду лежать в кровати с женщиной, от одного присутствия которой у меня пульс учащается, и заключать с ней при этом какие-то договоры.

Теперь в его голосе прозвучала ирония. Полине это понравилось: какое ни есть, а все-таки живое чувство.

— Ну так ведь и я восторженностью не отличаюсь, — ответила она. — И в Москву не наобум святых тебя зову. Это какой-то шанс, мне кажется. Непонятно пока, какой, но просвет. Приедешь?

Вместо ответа он повернул к себе Полинину голову и поцеловал ее в губы. Она не понимала, согласился он с ее доводами или нет. Но что тела их нащупали друг друга в сплошной тьме и холоде, это она понимала точно. И, отвечая на его поцелуй, языком проводя по его губам изнутри, Полина поняла, что в холоде и тьме ей стало чуть менее одиноко.

Глава 14

— Вот здесь ваша знакомая и проживает, — донеслось из коридора.

Полина вздрогнула. Шурин услужливый голос, шаги в коридоре... Шура шла не одна, это было слышно.

Слишком очевидно совпало это с ее мыслями. Не бывает таких совпадений.

«Не успела, — подумала Полина. — Не успела — приехал! И что с ним теперь здесь будет?».

Как она могла зазвать Леонида сюда? Эгоистка чертова! Или дура беспечная — теперь уже все равно, по какой причине она повела себя так опрометчиво. Шанс, просвет... Да она его, считай, на самое минное поле заманила!

А может, это не к ней? Не последняя же ее комната в коридоре.

Шаги стихли у ее двери. Раздался Шурин стук, отвратительный в своей заискивающей осторожности.

— Андревна! — позвала Шура. — Тут к тебе гражданин пришел. А сколько раз звонить, не знал. Ты ему скажи, чтоб другой раз как положено звонил, я вам что, нанялась открывать-провожать?

Под эту бессмысленную Шурину болтовню Полина открыла дверь.

На пороге стоял Роберт Дерби. Как только Полина его увидела, ей показалось, что она не расставалась с ним ни на минуту.

Она смотрела на его глаза, брови, губы и понимала, что видела их всегда. И даже не видела, а просто всегда он присутствовал в ее жизни точно так, как в ту ночь, когда он явился ей во сне и она сказала ему: «Ты все равно что я сама, я вся состою из тебя».

Она увидела его так же, как увидела бы свою ладонь или прядь волос. Только вот взгляд на свою ладонь не наполнил бы ее таким счастьем, конечно.

Полина вскрикнула и упала Роберту на грудь. Как во французском любовном романе. И хорошо еще, что не завыла в голос, как в русской народной сказке. Ей было все равно, что она делает и как это выглядит.

Роберт быстро шагнул в комнату. Мелькнуло у него за спиной оторопелое Шурино лицо, но он тут же закрыл за собой дверь, и оно исчезло.

И все исчезло. Полина замерла. Ей казалось, если она шевельнется, оторвет лицо от его груди и взглянет на него, то он исчезнет тоже. И она не шевелилась, не отрывалась, не взглядывала — только вжималась лицом в его грудь и, зажмурившись, вдыхала его запах, смешанный запах сигарет, одеколона и того, что не имеет названия, как не имеет названия запах вечернего воздуха в лесу, у океана, у большой реки — в сплошной свободе.

Роберт сам отстранил ее от себя — ему все-таки хотелось взглянуть на ее лицо, она догадалась.

— Хорошо, что я не поверил в твою гибель, — сказал он. — От Кудамм почти ничего не осталось.

— Я этому даже отчасти помогла, — сказала Полина.

— Каким образом?

Он удивился. Край брови взлетел вверх ласточкиным взмахом, таким знакомым и любимым, что Полина рассмеялась и перестала бояться, что Роберт исчезнет.

— Уже в последние дни, — ответила она. — Русская артиллерия уже била прямой наводкой, и я помогала одному капитану объяснять по полевому телефону, где немцы и куда надо целиться. Он был из Тамбова и совсем не знал Берлина, конечно же.

— И, конечно же, успел в тебя влюбиться, пока вы вместе воевали.

— Не знаю. Он погиб.

Это именно из его автомата Полина стреляла, пока не подошла часть, передвижением которой капитан с ее помощью руководил по телефону. Огонь стоял стеной, грохот не утихал ни на секунду, она даже не успела спросить, как его зовут, и уж точно не думала, влюбился он в нее или нет. Но то, что Роберт ревнует, было ей приятно.

— Извини, — сказал он.

— Ничего. Ты надолго в Москву?

— Как светски ты спрашиваешь! — засмеялся он. — Надеюсь, что ненадолго.

— А от чего это зависит?

— От тебя. Если ты согласишься уехать со мной, мы уедем немедленно. Я простить себе не мог, что оставил тебя в ту ночь.

— Ты так говоришь, будто это я от тебя сбежала! — фыркнула Полина.

— Не ты, не ты.

Он коснулся ее руки очень коротко, но она успела почувствовать, какая твердая у него ладонь. Это совсем не переменилось. Да и ничего не переменилось — как странно! Нет, не это странно...

Странным было то, что в себе она больше не чувствовала перемен. Все произошедшее с нею — тоска, никчемность, безысходность, а главное, ощущение выжженной пустыни вместо души, — все это сделалось несуществующим в одно мгновенье.

Она не думала, что это может стать так. Это и не могло стать так! Все, что случилось с ней за войну, было необратимо.

Но все переменилось в ту минуту, когда она замерла у Роберта на груди.

И этим прежним своим, так необыкновенно сделавшимся прежним взглядом Полина взглянула теперь на него — без страха, без тревоги и неизбывности, с одним только бесконечным счастьем.

Он стоял перед нею в каком-то ослепительном свете. Этот свет не мог исходить от тусклых комнатных лампочек, он имел совсем другую природу. Он был так же ясен и чист, этот свет, как мужчина, им освещенный, а вернее, его излучающий. И глаза его были по-прежнему расчерчены светлыми лучами, и взгляд от этого по-прежнему светился вниманием.

Но все-таки Полина увидела теперь и перемены, произошедшие с ним.

— А что это за шрам? — Она взглянула на его правую скулу. — И вот здесь.

Второй шрам, тоже багрово-синий, как от ожога, тянулся вниз от его левого виска.

— Я не сбежал от тебя после той ночи. — Роберт произнес это таким виноватым голосом, что Полина мимо воли улыбнулась. Но улыбка тут же сошла с ее лица. — Не надо мне было тогда возвращаться к себе. Я должен был кое-что сжечь и кое-что забрать, но все-таки лучше было не возвращаться. Я же знал, что будет бомбежка и что после нее оставаться в Берлине мне будет уже невозможно. Но надеялся успеть. И не успел.

— Это... от гестапо?

Полина вскинула руки и провела пальцами по двум шрамам на его лице.

— Гестапо крайне неприятная контора, — сказал Роберт. — Но мое пребывание в ней длилось недолго, — поспешил добавить он.

— Недолго — это сколько?

— Ну... Там время идет по-другому. Я, конечно, беспокоился, что могу не дождаться, пока меня оттуда вытащат. Но дождался ведь. Теперь уже не о чем переживать. Это очень давно было. — Он прижал Полинины руки к своим щекам, потом поочередно поцеловал их. — С тех пор много всего произошло. Про то я уже забыл.

— Ты меня обманываешь. — Она почувствовала, что сейчас заплачет. — Про это невозможно забыть.

— Это про тебя невозможно забыть. В гестапо мне хотелось выжить, а потом — уже нет.

— Почему? — не поняла Полина.

— Мне сказали, что в пансионе тебя больше нет. И на студии нет. Никто не знал, куда ты исчезла из Берлина.

Наверное, ненависть, которую Полина испытала к себе в эту минуту, отразилась на ее лице, потому что Роберт добавил:

— Но потом я узнал, что ты вернулась. Да я и всегда знал, что ты... Я всегда знал, что ты жива.

— Как же ты мог это знать? — проборматала Полина.

Она отвернулась и быстро смахнула слезы.

— Боюсь, ты не поверишь, но ты мне снилась каждую ночь.

— Я поверю.

— Я даже не назвал бы это снами. Сказал бы, что это были галлюцинации, но не хочу, чтобы ты подумала, что я свихнулся. А назвать это виденьями — слишком романтично для взрослого человека.

— Можешь вообще никак не называть, — сказала Полина. — Я знаю, о чем ты говоришь. Со мной было то же самое.

И они наконец поцеловались. Странные это были поцелуи! Губы касались губ так легко, так мимолетно, как будто не было не только разлуки в шесть лет длиной, но и страсти не было между ними. Да, не страсть влекла их друг к другу, иначе называлось то, что соединяло их губы.

— Пойдем, — сказала Полина. — Какая там погода? Я не выходила сегодня. Пальто надеть или плащ?

Она хотела сказать ему о ребенке, но понимала, что говорить об этом в комнате не следует. Надо решить, что делать, и решить это надо так, чтобы никто не смог им помешать. А здесь, может, Шура под дверью стоит, вся обратившись в слух, да и что в эти стены вмонтировано, кто знает.

Полина вспомнила, как, вцепившись Неволину в пиджак, трясла его и требовала сказать, где ее ребенок, как уходил он, уклонялся от ответа, пока она не пригрозила, что не вернется в Берлин, пусть хоть расстреляют. Только после этого он нехотя сказал:

— Да все с ней в порядке, что ты неистовствуешь? Здоровая девочка, веселая. Вес набирает хорошо. Что б с ней было сейчас в Европе? Франции, считай, нету, Англию бомбят, в Германии… Сама знаешь, что в Германии. Хочешь дочку там растить? А здесь у нее все есть. Главное, жива-здорова. Вернешься — заберешь.

— Она что, в приюте? — быстро спросила Полина. И воскликнула с отчаянием: — Она потеряется! Ведь война! Она у вас просто потеряется!

— Не потеряется, — уверенно ответил Неволин. — Война, не война — у нас везде учет и контроль. Тем более, на ней метка надежная.

— Какая метка? — вздрогнула Полина.

Она представила концлагерь, об узниках которого тайком шептались в Берлине на киностудии, и ее обуял ужас.

— Ну, это я выразился неточно, — поправился Неволин. — Просто я ей отцовскую фамилию записал. В метрику, как положено. Это тебе от меня подарок, заслужила. Девчонок с такой фамилией в стране кроме нее нет, сама понимаешь. Так что не волнуйся, всяко найдешь ты свою Викторию. Хоть со мной, хоть без меня. Получишь в целости-сохранности, еще спасибо нам скажешь за правильное воспитание.

Тогда она высказала Неволину все, что думает о его воспитании, но вынуждена была ему подчиниться. А теперь...

Теперь следовало вести себя так, чтобы отнять у них ребенка наверняка. Расчетливо и жестко следовало себя вести, а для этого нельзя было высказывать в порыве чувств то, что чужим ушам слышать не надо.

«Через Красный Крест, — подумала Полина. — Через Красный Крест мы его вернем».

— Пойдем, Роберт, — повторила она.

— Подожди.

Он достал из кармана плаща коробочку и протянул ей. Полина открыла коробочку и чуть не зажмурилась от брызг света, ударивших ей в глаза. Она не поверила бы, что такое бывает — чтобы приходилось жмуриться от блеска драгоценных камней.

На белом бархате в коробочке лежали серьги, две длинные сапфировые капли без оправы, и кольцо с таким же крупным неоправленным камнем. В каждый сапфир были вкраплены, будто рассыпаны по нему, бриллианты, и казалось, что серьги и кольцо вырезаны прямо из ночного неба, в котором сияют звезды. Это была такая благородная старинная работа, какой Полине не приходилось видеть никогда.

— Я могу считать, что ты согласилась выйти за меня замуж? — спросил Роберт.

— Можешь.

Полина едва сдержала смех — таким серьезным тоном он это произнес.

— Тогда пусть это будет к помолвке.

— Благодарю вас, сэр Дерби, — церемонно проговорила она.

Роберт обнял ее быстро и так крепко, что Полина едва не вскрикнула. И вспомнила, как однажды давным-давно удивилась силе его рук. Еще ведь подумала какую-то глупость тогда — зачем, мол, журналисту иметь такую силу в руках… Какой ерундой все это теперь казалось!

— А я боялся, что ты откажешься, — сказал он. — Что не простишь мне…

— Не прощу, что ты попал в гестапо?

— Это неважно, куда я попал. — Он посмотрел на нее так, что сердце у нее забилось от счастья. — Я оставил тебя одну, только это имеет значение. Ты возьмешь с собой что-нибудь из вещей?

— Ничего не возьму.

Полина вспомнила, как покупала трофейные чашки и тряпки, и ей стало так противно, что она покраснела. Может быть, Роберт заметил это, но ни о чем ее спрашивать больше не стал.

— Документы возьми, — сказал он.

— У меня ничего нет. Только справка из домоуправления. А мой французский паспорт у них. И что же теперь делать?

Она подумала, что он растеряется, но зря подумала, конечно.

— Ничего, — сказал он. — Паспорт восстановим.

— Но как же... — начала было Полина.

И тут же поняла, что не хочет больше об этом думать. Вернее, что ей не надо больше об этом думать. Единственный человек на свете имеет право сказать ей, что делать. И она сделает все, что он ей скажет. И это будет правильно. Потому что она его любит.

Они поцеловались, то есть хотели просто поцеловаться, но снова начались объятья, прикосновения рук, губ, совсем легкие прикосновения, но невозможно их прервать... Да, с трудом они их прервали, отшатнулись друг от друга и поспешно вышли из комнаты.

В коридоре было пусто.

— Твоя соседка испугалась иностранца, — негромко сказал Роберт.

— Ты думаешь? — усмехнулась Полина. — Эта соседка испугается, только если ее стукнуть чем-нибудь тяжелым по лбу. Ничто другое не помешает ей проявлять свою натуру.

Спустившись по лестнице на два пролета вниз, они стали целоваться снова. И на следующем пролете — опять. Полина тихо засмеялась. Не было никакой разлуки, не было! Ничто не встало между ними, даже время, самая неодолимая преграда. Точно так же шли они по лестнице в Берлине и точно так же целовались на каждой площадке.

— Ты помнишь? — спросила она.

— Конечно.

Он улыбнулся тоже, и, улыбаясь от необоримого счастья, вышли они на крыльцо Дома со львами.

Глава 15

— Так, — сказал Роберт. — Мы рано успокоились.

Полина не поняла, что он имеет в виду. Но, проследив за его взглядом, увидела на противоположной стороне Малой Молчановки мужчину с фотоаппаратом. Он увлеченно фотографировал фасад дома и львов на крыльце.

— Я никогда ничего такого не замечала... — растерянно проговорила она. — Может быть, это просто фотограф?

— Нет. Не просто.

— И что же делать? — с ужасом спросила она.

— В твоей квартире есть телефон?

— Общий в коридоре. Как в пансионе на Кудамм.

— Тогда мы вернемся.

В трубке телефона, висящего на стене в прихожей, стояла мертвая тишина. На обороты диска и дерганье рычага аппарат не реагировал.

— Шура донести успела, — сказала Полина. — Больше некому. Хотя, может, и еще кто-нибудь.

— Неважно. — Роберт взял Полину за руку и быстро пошел по коридору к ее комнате. — Не бойся.

— Я все равно боюсь, — жалобно проговорила она, когда дверь комнаты закрылась за ними.

У нее подкашивались ноги. Она села на стул посреди комнаты. Роберт присел перед нею на корточки, взял ее руки в свои. Только теперь Полина поняла, что руки у нее ледяные. Или нет — что у него они по-прежнему горячи всегда. Она еще в ту единственную их ночь это заметила.

«Не в единственную, а в первую, — сердито подумала она. — Что ты дрожишь, как осиновый лист? Соберись!».

Но это заклинание помогло ей очень мало: страх и отчаяние били ее дрожью, как будто она была присоединена к оголенному электрическому проводу.

— Послушай меня, — сказал Роберт. — И сделай все точно так, как я тебе скажу.

— А как же уважение к личной воле?

Полина заставила себя улыбнуться. Хотя едва ли его могла обмануть ее жалкая улыбка.

— Я буду уважать твою волю во всем, — торжественно заявил Роберт. Веселые искры мелькнули в его глазах таким естественным образом, что Полина голову готова была дать на отсечение: в опасном положении, в котором они оказались, он действительно не испытывает страха. — Я не буду семейным деспотом, мне все равно, что ты станешь готовить на завтрак, и можешь не готовить вообще. Клянусь, я буду считать ерундой все мелочи нашего быта.

— Спасибо, милорд Дерби! А ты заседаешь в палате лордов? — улыбаясь дрожащими губами, спросила Полина.

— Это я тебе потом расскажу. А сейчас прошу тебя: запри за мной дверь комнаты и не открывай, пока не услышишь мой голос.

— Откуда я услышу твой голос? — вскинулась Полина. — Ты уйдешь?!

— Тебе не дадут отсюда выйти просто так, — сказал Роберт. Его голос звучал сухо и жестко, но ладони, в которых он держал Полинины руки, но пальцы, которыми он их сжимал, были так нежны, что все остальное не имело значения. — А не просто так — дадут.

— Что значит не просто так?

Полина наконец почувствовала, что успокаивается. И непонятно, от чего больше, от нежности его рук или от жесткости интонаций.

— Значит, ты должна сесть в машину посла Великобритании. И к машине он должен тебя вывести за руку.

— Ты думаешь, он это сделает?

— Да. Я надеялся вызвать его по телефону, но это не получается, ты видишь. Я должен пойти сам. Мы вернемся за тобой через час. Ты понимаешь, Полина?

— Да, — кивнула она. — Все-таки я еще не совсем превратилась в трусливую курицу. Хотя, правду сказать, твое появление очень меня расслабило. — И спросила, помолчав: — А если тебе не дадут за мной вернуться?

Она еле удержалась от того, чтобы сказать «опять не дадут». Ей не хотелось упрекать его, даже намеком не хотелось.

— Мы пошли бы вместе сразу! — расстроенно произнес он. — Но они просто вырвут тебя из рук на улице, это же понятно. И выдворят меня немедленно, чтобы я ничего не успел уже предпринять. И куда они отправят тебя, ты понимаешь? Я не могу рисковать. Все нужно сделать сразу, резко и жестко.

Полина понимала, что он прав. Но все-таки спросила:

— А если они схватят на улице тебя?

— Побоятся. Это слишком большой международный скандал. А они еще трусливее, чем фашисты. И считают, что мир стоит на тайных замыслах и секретных договоренностях.

— Разве это не так?

— Нет. Они судят по себе.

Роберт поднялся, быстро поцеловал Полину в макушку и пошел к двери.

— А на чем стоит мир? — спросила она ему вдогонку.

Он обернулся, не ответил, улыбнулся и вышел.

Она вскочила, бросилась следом, прижалась к двери. Ей пришлось собрать все свои силы, чтобы не выбежать в коридор и не закричать, что она все равно пойдет с ним.

Рисковать было нельзя. Она понимала это даже лучше, чем Роберт, потому что он о ребенке не знал, а она знала.

Она заперла дверь на замок и на цепочку.

Час это очень долго. Невыносимо долго. Чем заполнить час, который похож на дырявое ведро — сколько ни лей в него воду, она тут же вытекает?

Полина снова села на стул посреди комнаты. Плащ она не сняла, и, садясь, почувствовала угол коробочки в кармане. Да, ведь у нее сегодня состоялась помолвка!

Она вытащила коробочку — скорее, плоскую металлическую шкатулку с вензелем, теперь разглядела, — и вынула из нее подарок. Кольцо оказалось впору на безымянный палец левой руки. Мама носила обручальное кольцо на правой, как принято в России.

«Почему носила? — рассердилась на себя Полина. — Она и сейчас так носит. Я их найду. Мы найдем».

Она вдела серьги в уши, подошла к зеркалу. Хотела включить свет, чтобы брызнули бриллиантовые искры, но решила, что не стоит этого делать, хотя занавеска на окне и задернута. Потом разглядит получше, потом. Часами будет вертеть головой перед зеркалом и любоваться игрой камней.

Вообще-то Полина стала равнодушна к драгоценностям. Может быть, Роберт обидится, когда об этом узнает. А может, поймет, что кроме него она стала равнодушна ко всему и не так-то просто ей будет от этого равнодушия избавиться.

Она вернулась на стул посередине комнаты. Мерно постукивали ходики. Она всегда ненавидела этот звук. Но не решилась выбросить часы, когда поселилась здесь: ходики остались от прежних хозяев. Наверное, надо взять книгу или подумать о чем-нибудь интересном, чтобы время прошло быстрее. Но она не могла. Ни книга, ни какие бы то ни было мысли не могли отвлечь ее от ожидания.

Ходики стучали, в коридоре слышались шаги. Полина поняла, что это не обычное передвижение соседей из комнат в кухню и обратно, только когда шаги стихли под ее дверью.

Она вскочила и подошла к порогу. За дверью было тихо, но Полина понимала, что там кто-то стоит. И это не мог быть Роберт, потому что он ушел совсем недавно. А главное, потому что опасность, которая явственно ощущалась даже через дверь, не могла исходить от него.

Ключ повернулся в замке. Полина инстинктивно опустила руку в карман. Как будто каким-то необыкновенным образом могло получиться, что ключ переместился оттуда в коридор, и вот теперь этим ключом открывают дверь.

Ее ключ, конечно, оставался в кармане. Зачем она вынула его из замка?! Но теперь это уже не имело значения.

Дверь распахнулась бы мгновенно, если бы не цепочка. Из-за цепочки она распахнулась через пять секунд — ее выбили сильным ударом. Полина успела вскрикнуть, и сразу жесткая, отвратительно пахнущая папиросами рука зажала ей рот. Тот, кто это сделал, тут же оказался у нее за спиной, а перед собой она увидела Неволина. Она не видела его с тех пор, как он вышел из ее купе в поезде, мчащемся по Транссибу, и думала даже, что его, может быть, уже нет в живых, потому что могла предположить, что здесь, в Москве, сотрудники секретных служб исчезают так же необъяснимо, как в Берлине.

Но нет, он был вполне жив и никуда не исчез.

— Значит так, Полина, — сказал Неволин, входя в комнату и закрывая за собой дверь. — Спокойно спускаешься вниз, садишься в машину. Без единого звука. По коридору тоже идешь без звуков, ровно и прямо между нами. Поняла? Поняла, ты не дура. Пошли.

Дурой Полина действительно не была. И по тому, что Неволин ничего не стал ей объяснять, ничего не стал сулить и даже в дверь стучаться не стал, просто выбил ее ногой или поручил это сделать тому животному, которое теперь держало ее сзади, закрывая ей ладонью рот, она поняла, что участь ее решена и то, что она поведет себя тихо, будет лишь удобнее этим двоим, а ей овечья покорность уже не поможет.

Что ж, это даже хорошо. Идти, как овца на заклание — это совсем против ее натуры, ей было бы трудно и противно так идти. Ну а раз в покорности нет смысла, то она поведет себя так, как для нее естественно.

Ее подвели к двери, Неволин кивнул тому, что закрывал ей рот, и он опустил руку. Они вышли в коридор.

И сразу же Полина заорала так, что у самой в ушах зазвенело.

— Помогите! — кричала она. — Убивают! Грабят! Бандиты! Убивают, помогите!

Соседи повыскакивали из своих комнат. Коридор заполнился, все недоуменно переглядывались, что-то спрашивали друг у друга. Двое мужчин и Серафима бросились к ней.

— Полина, что с вами?! — воскликнула Серафима. — Кто вас убивает?

Но прежде чем Полина успела ответить, Неволин рванул ее к себе — глупо она закричала, слишком рано! — протащил несколько шагов по коридору и втолкнул обратно в комнату. Второй ввалился следом и запер дверь.

— Дура! — с досадой бросил Неволин. — Ну, сама виновата. Бандиты так бандиты.

Он быстро и как-то косо кивнул своему подручному. И боль, мгновенная и острая, полоснула Полину по горлу. Именно боль полоснула — ножа она увидеть не успела.

Она схватилась за горло, увидела кровь у себя на руках и больше не видела уже ничего.

Сознание ее угасало, но слова еще звучали в нем, и это было самое мучительное. Они не проговаривались ею, а словно доносились извне — из той части жизни, в которую она прежде не могла заглянуть, а теперь переходила.

«Он никогда себе не простит... И как же будет с этим жить?.. Но ведь он не виноват, совсем не... Я виновата, только я... Лгала, даже в правде лгала... Что с ними теперь будет?.. Роберт, девочка... И дальше, дальше...».

Что означает это «дальше», к кому относится, Полина понять уже не успела.

Мелькнули напоследок легкие крылья ласточек, и горестная тьма охватила ее навсегда.

Часть III

Глава 1

Лето пролетело, как один день.

Если бы Вика увидела такую фразу в тетрадке, то снизила бы оценку за сочинение, и вот только теперь поняла: это главное, что можно сказать про лето.

Деньги она собрать все-таки успела, но ровно столько, сколько требовалось на следующий Витькин оксфордский год. На лето остались такие копейки, за которые можно было разве что питаться, и то очень, как принято стало говорить, бюджетненько. Вика ненавидела это бессмысленное слово.

Но слова можно ненавидеть сколько угодно, а денег от этого не прибавится. Оставалось только привезти ребенка на каникулы в Пречистое. Отдых в девятиметровой комнате на втором этаже панельной сельской трехэтажки был радостью, конечно, более чем сомнительной — соседи сверху и снизу буянили ежевечерне, — но ничего другого Вика предложить не могла.

Люда сообщила ей, что они с Серёнькой и Максом собираются летом в Мексику смотреть пирамиды древних племен, а потом будут отдыхать в Рио-де-Жанейро. В ее взгляде при этом без труда читалось: «Ну? Попроси, чтобы я взяла твоего Витьку с собой. Тебе же девать его некуда, что ж ты гордую из себя корчишь?».

Новые черты появились — скорее, наверное, проявились — в Люде совсем недавно, и Вика сразу их заметила. Что ж, Люда присоединилась к большинству, многих людей раздражает чужая независимость. Особенно если она присуща тем, кому по их представлениям не положена по чину.

Все это означало, что отдыхать придется в Пречистом.

И когда вдруг выяснилось, что у квартирной хозяйки есть дом в соседней деревне — не дом, а сарай, Вик, дом-то я людям сдавала бы, — и она готова предоставить его своей жиличке за символическую плату — потому что за такое деньги брать, Вик, вообще рука не поднимается, ну разве что совсем копейки, — это оказалось неожиданным подарком судьбы.

Лет сто назад этот дом был именно домом, крепкой деревенской избой, стоящей над рекой Нудолью. Однако его слишком давно не подновляли и слишком давно ушли из него люди, поэтому хозяйка не ошиблась, назвав это жилье сараем.

Но Витьке дом понравился, даже очень. Больше он понравился разве что Соне, но та не выражала своих чувств в открытую.

Антонина вернулась домой вскоре после того, как Витька уехал из Москвы обратно в Англию. По ее бодрому виду Вика поняла, что проблемы, выгнавшие Антонину за границу «лечиться», разрешились благополучно. Кто бы сомневался: она была такой органичной частью жизни, которую сама же и создавала, что эта жизнь просто не могла ее отринуть.

В Швейцарии она похудела, посвежела, наконец осуществив мечту о волшебном омоложении, и накупила тьму платьев, костюмов, обуви и сумочек, увидев которые, Вика поразилась, как удалось отыскать такое в Европе. Антонине она, впрочем, свое впечатление от ее обновок высказывать не стала. Та примеряла их, вертясь у зеркала, так самозабвенно, что грех было ее разочаровывать.

— А еще вот что, Вичка, смотри! — воскликнула она. — Сережки купила и кольцо.

— Тоже в Швейцарии? — спросила Вика.

Она потихоньку улизнула в кухню, потому что от мелькания одежды у нее начала болеть голова.

— Нет, это в Москве. — Скрыться не удалось: Антонина пришла за ней. — Глянь, какой гарнитур.

Она уже вдела в уши серьги, а кольцо держала на ладони.

— Даже на мизинец не налазит, — объяснила Антонина. — Ну ничего, отдам растянуть. Главное, вещь эксклюзивная.

Украшения в самом деле были необыкновенные, это даже Вика, равнодушная к драгоценностям, сразу поняла. Серьги представляли собою две длинные сапфировые капли без оправы, такой же крупный неоправленный камень был в кольце. И в каждый из этих темно-синих сапфиров были вкраплены, будто рассыпаны по синему фону, бриллианты, поэтому казалось, что серьги и кольцо вырезаны прямо из ночного неба, в котором сияют звезды.

— А?.. — довольно воскликнула Антонина, заметив, как внимательно Вика разглядывает эти небесные камни. — Антикварные. Я к таким вообще-то осторожно отношусь, мало ли у кого вещи побывали, а камни энергию накапливают, еще заболеешь потом, если судьба у них плохая. Но тут хозяин надежный, генерал с Лубянки. Его отец тоже чекист был, шпионов ловил. Гарнитур этот иностранный, видишь, вензель на шкатулочке. Он его когда-то жене своей подарил, матери генерала, значит. А генерал этот, между нами, пьет по-черному, с головой совсем раздружился, распродает родительское добро. Смотри, красота какая!

Антонина повертела головой. Брызнули от сережек бриллиантовые искры.

Вика поскорее положила кольцо на стол. Неизвестно, что там накапливают камни, но держать его в руке ей было как-то… Не то что неприятно, но почему-то тяжело.

В кухню вошла Соня, проследовала к своим мисочкам.

— А это что? — удивилась Антонина. Но тут же вспомнила: — А!.. Домой пойдешь, оставь где-нибудь. Только не в подъезде, соседи заскандалят. Надо было сразу выбросить, зря я тебе его навязала. Маринка теперь в Монако будет жить, а мне зачем кот? Тем более я ремонт тут буду делать. Надоела эта белизна, как в больнице, ей-богу.

Антонина стала рассказывать про обои из тисненой кожи по десять тысяч евро за метр, которые видела у кого-то из здешних своих соседей, а Вика думала, как Соня отнесется к тому, что ей придется проводить целые дни в одиночестве в девятиметровой комнате.

На душе у нее было тяжело и, может, не из-за Сони. Вика связала бы это чувство необъяснимой тягости и горести с камнями, похожими на звездное небо, но для такой связи не было никаких причин.

Таким вот образом голубоглазая Соня переехала с Малой Молчановки сначала в Пречистое, а потом в избу над речкой Нудолью. И в этой избе провели все втроем лето, такое же незабываемое, как и быстротечное.

Они жили, словно на необитаемом острове. Вика не знала, кем себя считать, Робинзоном или Пятницей. А Соня, наверное, не стала бы возражать, чтобы ее считали козой, она относилась к людям нежно и снисходительно.

Обустраивать ничего особенно не стали, Вика только вымыла все в избе, включая стены, и окатила кипятком. Ни стенам, ни всей скудной обстановке это повредить не могло.

Крыша напоминала решето, и во время дождей всюду приходилось расставлять тазы и ведра. Но дожди этим летом были редки, и когда они шли, даже хорошо становилось от того, что капли звенят по всему дому.

Мебель была не сделана, а сработана — это слово подходило к ней лучше — из простых сосновых досок. Точно такой стол, какой стоял в этом полуразвалившемся доме — он был до того тяжелый, что во время уборки едва сдвинули его с места вдвоем, — Вика и Витька увидели потом в Клину, когда ездили в музей Чайковского. Вернувшись из Клина, Витька сел за стол и, потрогав огромную столешницу, сказал с какой-то даже опаской:

— А за ним ведь тоже можно Шестую симфонию написать.

Вика боялась, что ему станет скучно: деревня была заброшенная, людей в ней почти не осталось, а детей не осталось совсем. Понятно было, что вскоре все здесь застроится дачными поселками, но пока царило полное запустение, и не мерзость запустения, а его прекрасная глубина.

Но это Вика радовалась тому, что кругом ни души, да Соня была в восторге от того, что научилась ловить мышей, и занималась этим целыми днями и ночами, а ребенку-то ровесники нужны.

— Не нужны, мам, — сказал Витька, когда она высказала ему свои опасения. — Наоборот...

Вика поняла, о чем он говорит. Она знала, что такое засыпать и просыпаться в комнате, где вместе с тобой живет десять человек, и весь день проводить на людях. Да, школа в Оксфорде — не детдом в Пермском крае, но ощущение, что сын повторяет ее жизнь, пусть даже приблизительно, не давало Вике покоя, хотя умом она понимала то, о чем он сказал ей однажды: «По-другому было бы хуже».

Это «по-другому» обступало их в то лето, как лесной пожар. В доме, несмотря на запустение, имелся телевизор, и что-то можно было разглядеть на его экране. Но каждый взгляд на этот экран вызывал у Вики такой ужас, что она старалась не включать телевизор при Витьке, чтобы не отравлять его сознание отвратительной, бредовой ложью, вгоняющей людей в безумие. Эта ложь была намертво соединена с войной, она породила войну и теперь оправдывала ее. Можно было не верить этой лжи, и Вика не верила и не понимала, почему другие не могут, как она, провести час-другой в сети и самостоятельно разобраться в происходящем. Да, лжи можно было не верить, но соприкосновение с ней отравляло мозг все равно, так умело она была сделана.

Каждая вылазка в окружающий мир только подтверждала ее страшную силу.

Зайдя в деревенский магазин, Вика в один непрекрасный день обнаружила, что исчезла половина товара, а оставшаяся половина подорожала так, что невозможно было глазам своим поверить, глядя на цены. Она давно уже дала себе зарок ни с кем не заговаривать ни о войне с Украиной, ни о Крыме, ни о запрете ввозить литовский сыр, но при взгляде на полупустой прилавок не выдержала и воскликнула:

— Да что же это стало!

— Стало гораздо лучше, — глядя на нее сузившимися от ненависти глазами, отрезала продавщица.

— Как же лучше? — не поняла Вика. — Не само же собою все исчезло. Начальство запретило, как при крепостном праве. Это же бред какой-то!

— Без. Америки. Стало. Гораздо. Лучше, — отчеканила продавщица.

И по ее взгляду Вика поняла, что та сейчас вцепится ей в волосы.

Если бы год назад ей сказали, что простая деревенская тетка будет рассуждать о чем-нибудь кроме своих повседневных забот — что на обед приготовить, где мясо подешевле, сын попивать начал, невестка не налево ли глядит, — она не поверила бы. Да их не уговорить было хотя бы проследить, чтобы дети книжки читали! Не видели они связи между книжками и своей жизнью и не понимали поэтому, зачем их читать. И вдруг — ненавидящий взгляд и рубленые слова, и почему-то Америка, хотя чем уж ей помешала Америка и что она вообще про эту Америку знает.

К чему все это может привести, Вика старалась не думать. Какой-то необъяснимый инстинкт заставил ее укрыть от всего этого своего ребенка, когда все это не было еще таким явным, — и достаточно. А своя жизнь... Она сказала бы, что на своей жизни надо поставить крест, но эти слова ее все-таки пугали, хотя, произноси их вслух или нет, а так оно и есть: ее жизнь идет по инерции, и не видно ни малейшей возможности как-либо это переменить.

Поэтому Вика без лишних размышлений радовалась тем явлениям счастья, которые принесло это лето. Сын спит или читает в соседней комнате, домовой постукивает на чердаке, мелкие яблоки на старых деревьях, просторный закат, утренний запах полыни под окнами и маленькая чистая речка в двух шагах от дома.

Глава 2

Вика ехала из Оксфорда в Лондон, и на сердце у нее было тяжело.

Когда она привезла Витьку после каникул в школу, то сразу увидела, как борются в нем два чувства: расстройство от разлуки с мамой и радость от встречи с друзьями, да и просто от того, что закипела, забурлила его жизнь. Крики по дороге из школы к дому, какие-то громкие споры, беготня на спортивной площадке, кокетливый взгляд девочки с ярко-голубыми глазами, ага, вот в честь кого кошку назвали Соней... О кошке Витька, кстати, беспокоился больше всего: по дороге в Оксфорд не переставал названивать квартирной хозяйке, которая согласилась взять ее на несколько дней, и расспрашивать, ест ли Соня.

— Это очень хорошо, что он здесь, — сказал Хан Соло.

Вика помнила, что в действительности его зовут Майклом, но когда обмолвилась и назвала его школьной кличкой, он улыбнулся и сказал, что это ему привычнее. Он в самом деле был похож на героя «Звездных войн», такой же спокойный и веселый.

— Хорошо, что Вик окончит Оксфорд, — повторил Хан Соло. — Его взгляд на мир станет шире, и когда он вернется после университета домой, то сможет достичь очень многого.

«Вы думаете?» — чуть не сказала Вика.

Но не сказала, конечно. Слишком горько это прозвучало бы.

— И потом, — добавил Хан Соло, — это даже прагматически хорошо для него. Дружба детства и юности значит очень много. Вик всегда сможет обратиться к любому из тех, с кем сейчас играет. — Он кивнул на изумрудную, как в волшебной сказке, лужайку, по которой бегали ученики Дрэгон-скул. — Никто не откажет ему в помощи. И это очень немало, такая помощь и такая связь, можете быть уверены.

В этом-то Вика как раз не сомневалась. Но от этого не становилось яснее ни Витькино будущее, ни ее собственное зыбкое настоящее, от которого его будущее так отчаянно зависело.

— Я и в этом году вряд ли смогу сюда приезжать, — сказала она. — Во всяком случае, редко смогу.

— Я знаю, Вик мне объяснил. Не беспокойтесь о нем, прошу вас.

— Скажите... — Вика колебалась, потому что не знала, принято ли об этом спрашивать. Но все-таки спросила: — Ведь он все равно не будет здесь до конца своим?

Хан Соло замялся.

— Я это понимаю, — поспешила сказать Вика. — Это и словами не назовешь, но я понимаю.

— Он будет настолько своим, насколько это вообще возможно для иностранца, за которым нет поколений, родившихся здесь, — глядя Вике в глаза прямым взглядом, сказал учитель. — В Америке, если бы он вот так выучился, то стал бы своим абсолютно. Но в Англии... А кстати! — Видно было, что ему очень хочется уйти от обсуждения неловкой темы. — Почему у Вика английская фамилия?

— Не знаю. Видимо, какой-то курьез, — улыбнулась Вика. — Моя мама выросла в детском доме. Может быть, директор начитался английских книжек, Диккенса, что ли, ну и придумал ребенку такую фамилию. Мама была сиротой, родители ее неизвестны. После войны много таких сирот осталось, — объяснила она. И спросила: — Витька мне рассказывал, в списке выпускников Оксфорда есть его однофамильцы?

— Да, фамилия очень известная, — кивнул Хан Соло. — Пять столетий неомраченной чести, этим не каждая семья может похвастать. Из последних самый знаменитый был сэр Роберт Дерби, конечно. Я о нем читал, необыкновенная судьба. Даже более ошеломительная, чем у Лоуренса Аравийского. Он был разведчик, потом военный летчик, это во время Второй мировой, а потом крупный дипломат. Поразительного ума был и бесстрашия. Вообще, знаете, когда читаешь его биографию и видишь, что он совсем не боялся смерти, это завораживает. Хочется понять: как такое может быть, почему? Но у него потомков не осталось, он никогда не был женат.

— Да я и не предполагаю, что Витька может быть потомком сэра Роберта Дерби! — засмеялась Вика.

— Его одиночество странно, кстати, — заметил Хан Соло. — Я видел его портрет — даже в старости женщины не должны были обходить его стороной, а уж в молодости точно.

Разговор на отвлеченную тему отвлек Вику от тяжелых мыслей очень ненадолго. Уже в электричке, идущей в Лондон, печаль легла ей на сердце снова, и не легка, не светла была эта печаль.

Жизнь ее замерла в непонятной точке. Но при такой вот замершей жизни время странным образом уходило, утекало сквозь пальцы. И что с этим делать, что вообще делать дальше, Вика не знала.

Она улетала из Хитроу, времени до рейса оставалось совсем мало, а еще надо было переехать с вокзала в аэропорт и выкупить билет на самолет. Билет Вика забронировала, но не оплатила, потому что не знала точно, не придется ли ей задержаться в Оксфорде по каким-нибудь необходимым в первые Витькины школьные дни делам.

Жаль, что нет у нее даже получаса, чтобы пройтись вдоль Темзы к Вестминстеру, не говоря уже, в Галерею Тейт зайти, и неизвестно, когда она в следующий раз в Лондон попадет. Пробегая сквозь огромный, бьющийся, как сердце, вокзал Виктория, Вика лишь мельком глянула в окно на оживленную улицу, вздохнула и, лавируя в толпе, направилась через большой зал к билетным автоматам. Вспомнила, как впервые сюда попала, когда привезла Витьку на собеседование в школу, да, тогда она и подумала: вокзал Виктория бьется, как сердце...

Возле автомата Вика открыла сумку, чтобы достать бумажник, и поняла, что его в сумке нет. И ничего в ней нет, даже расчески. Холодея, она опустила руку поглубже — рука свободно прошла сквозь длинную прорезь на дне.

Когда это могло случиться?! В Оксфорде, в электричке? На перроне вокзала Виктория? Да не все ли равно теперь...

Апатия охватила Вику мгновенно, как огонь охватывает дерево, доведенное жарой до состояния пороха. Однажды такое уже случалось в ее жизни, и теперь она сразу узнала это полное, глубокое, неизбывное безразличие ко всему, что с ней было, есть и будет.

Бумажника с деньгами и банковской картой нет. Нет даже телефона, чтобы карту заблокировать. Как-то слишком уж безжалостно сопротивляется жизнь любым ее попыткам... Попыткам чего? Вырваться из стальных обстоятельств, наверное. И не разберешься, почему так, и нет смысла в этом разбираться.

Вика вышла из здания вокзала и медленно побрела по улице. Сказала бы, что идет куда глаза глядят, но глаза ее не глядели никуда.

Как ни странно, при таком своем ко всему безразличии Вика видела происходящее вокруг каким-то пронзительным взглядом. Вот закончилась привокзальная суета, вот улица стала малолюдной, вот и вовсе почти пустынной... Вечер подступает, густеют сумерки. Скоро ночь.

Ноги двигались все медленнее, медленнее... Воздух жизни выходил из нее, и все труднее было идти. Надо где-то присесть, иначе она просто упадет на асфальт, как подбитая. Но присесть негде: по всей улице ни одной лавочки, а на кафе у нее нет денег.

Наконец Вика увидела маленький сквер — клумба на перекрестке, вокруг нее раскидистые кусты, между ними лавочка. Варвик-сквер. Да, здесь однажды проходили с Витькой, спешили на вокзал. Еще собачку тогда увидели, хозяйка ее была чуть не босиком, несмотря на холод, а у собачки все четыре лапы были обуты в щегольские красные сапожки.

На этот раз сквер был пуст. Повезло. Вика села на лавочку, обхватила себя руками за плечи. Надо сообразить, что делать. Но голова ее пуста. Вернее, наполнена безразличием.

По противоположной от сквера стороне улицы тянулись светлые, с маленькими крылечками дома. Подошла к одному крылечку девушка, втащила по ступенькам чемодан на колесиках, отперла дверь. Вспыхнул свет на первом этаже. Наверное, вернулась откуда-нибудь — приехала на вокзал Виктория, пришла домой пешком...

Дело не в украденных деньгах. Ей некуда возвращаться в этих осенних сумерках. И не в этих тоже некуда. Хрупкий дом, который она выстроила за свою жизнь, разрушен, и не в ее силах было остановить махину, которая это сделала. Или в ее?.. Или сама она что-то сделала не так?.. Вика не понимала.

Из соседнего дома высыпала на улицу большая компания. Люди были очень молодые, почти дети, кажется. Да, подростки. Мальчишки наперебой кричали, девчонки хихикали. Они остановились на тротуаре перед домом, похожим на гостиницу, и принялись что-то бурно обсуждать. Один из них был, кажется, постарше. Вика не то чтобы присматривалась, просто взгляд ее упирался в противоположную сторону улицы, а она не находила в себе сил даже на то, чтобы отвернуться. Да и зачем отворачиваться? Ей все равно, что у нее перед глазами.

Молодые люди, наверное, договорились, куда идти, и двинулись по направлению к метро. Не к станции Виктория, а к другой, поближе.

«Пимлико, — вспомнила Вика. — Станция поближе называется Пимлико».

Зачем это пришло ей в голову? В какой бессмысленный, ни для чего не нужный набор сведений и событий превратилась ее жизнь!

Эта мысль была такой мучительной, что пробила даже пелену, которой Вика была окутана — пелену безразличия. Она закрыла лицо руками и едва сдержала звук, который, если бы сдержать его не удалось, напоминал бы собачий вой.

Но какой-то звук из ее горла все же вырвался, наверное. Во всяком случае, возгласы на противоположной стороне улицы стихли. А может, просто не осталось там уже никого, ушла компания восвояси.

— Вам плохо? — услышала Вика. — Помощь нужна?

Вопрос был задан по-английски, но русский акцент Вика определяла легко. Она отняла руки от лица и подняла глаза.

Перед нею стоял человек, которого она определённо знала. Кто он и откуда она может его знать, Вика вспомнила не в первое мгновенье, но в первое же мгновенье, просто в ту самую секунду, когда она его увидела, её охватило такое странное, такое ничем не объяснимое чувство, что она задохнулась, как будто в лицо ей неожиданно плеснули водой.

Ей показалось, что человек перед нею стоит такой близкий, какого не было в её жизни никогда. То есть Витька был близким, конечно, но Витька был всё равно что она сама, а чтобы близким показался ей посторонний человек, которого она даже по имени не могла вспомнить, — нет, такого не бывало.

— Виктория, — по-русски произнёс этот человек, — что случилось?

Конечно, всё это именно от того, что с ней случилось. От того, что она оказалась в чужом городе без денег и телефона, от того, что непонятно, что ей теперь делать, от того, что просто растерялась, в конце концов, и кто бы не растерялся... Конечно, от всего этого кто угодно близким покажется.

Но все объяснения, вполне логичные, вдруг перестали иметь для неё хоть какое-то значение. Она сделала то, чего не сделала бы никогда и не делала прежде никогда: часто-часто заморгала, шмыгнула носом, всхлипнула — и заплакала. Зарыдала в голос.

Слёзы брызнули у Вики из глаз, упали ему на руки. Да, упали, как дождевые капли падают на листья деревьев. Он уже смотрел на неё снизу, потому что присел перед нею на корточки и заглядывал в её лицо, скривившееся, зарёванное, с дрожащими губами.

— Н-ничего...

Вика попыталась сдержать слезы, но это ей не удалось. Она замахала руками, не на него, конечно, не на него, она просто не знала, что делать со своими руками, глазами, слезами — со всей собою.

Он быстро взял ее за руки и сжал их между своими ладонями. В литературном кружке, который она вела, девочка из десятого класса написала стихи, они давно забылись, но одна строчка помнилась, даже обрывок строчки только: «Но когда ты руки вложишь меж ладоней дорогих...».

Ей не могли быть дороги ладони, между которыми лежали сейчас ее руки. Но ладони эти были горячи и тверды, и этого оказалось достаточно. Для чего достаточно, Вика не поняла. Чтобы жить, может быть.

Она замерла, почти с испугом прислушиваясь к тому, что с ней происходит.

Ей показалось, что вся она, всем своим существом попадает в нарочно для нее изготовленную форму. Да, именно так: вдруг стало понятно, что окружающая жизнь не представляет собою нечто неясное, хаотичное, ни для чего не предназначенное, а имеет форму, и эта форма создана кем-то именно для нее, Виктории Дерби, такой, какая она есть — с ее настороженностью, с ее решительностью и неприкаянностью, с ее ошибками и правотой и с безграничной от всего этого усталостью.

Это ощущение найденной формы было так отчетливо, что ей показалось, внутри у нее что-то щелкнуло, вошло в пазы.

Слезы прекратились. Вика изумленно взглянула на Зимина. Она уже вспомнила, кто он, конечно. У нее вообще была отличная память, а с ним она последний раз виделась при очень даже запоминающихся обстоятельствах.

— Извините, Дмитрий Павлович, — сказала Вика. — Я вас увидела и... И вот.

— Что же я вас в такое отчаяние ввел, а?

Он поднялся, сел рядом. Отпустил ее руки при этом, конечно.

— Вы не ввели... То есть это не вы. У меня бумажник украли. Деньги и все вообще.

«И из-за этого я впала в отчаяние? — с недоумением подумала Вика. — Да что это со мной было?».

Теперь она в самом деле не понимала, почему еще пять минут назад ей не хотелось жить.

— А паспорт? — спросил Зимин.

Вика быстро расстегнула сумку. Паспорт был на месте: он лежал в отдельном кармашке под замком, и его не вынули через прорезь.

— Ну вот видите, — сказал он. — Все не так страшно. Да и если бы украли, ничего страшного тоже не было бы. Мы завтра пошли бы с вами в консульство и взяли справку.

Он сказал это так, как говорят о чем-то само собой разумеющемся. Как будто это точно было известно, что они встретились бы на Варвик-сквер.

— Возле Виктории гостиницы дешевые, — словно услышав ее мысли, сказал Зимин. — И самый центр, и до всего пешком дойдешь. Мы всегда здесь останавливаемся.

— Мы — это кто? — спросила Вика.

Нормальное восприятие действительности постепенно к ней возвращалось. Дети, глядящие на них с противоположной стороны улицы, это его ученики, конечно. И им не терпится отправиться гулять по Лондону, и они не понимают, почему должны задерживаться из-за незнакомой тетки.

— Мы в Лондоне каждый год несколько дней проводим. Когда в Брайтон ездим, в летнюю языковую школу, — сказал Зимин. — Городок такой на Ла-Манше, знаете? На Английском проливе то есть, — уточнил он с улыбкой. — Англичане ведь полагают, что их пролив французы от снобизма Ла-Маншем называют, ну а французы, соответственно, презирают английские чудачества.

Он хотел ее отвлечь и успокоить, он делал это легко и словно бы мимоходом, но Вика все-таки заметила это. Не заметила даже, а поняла или, еще вернее, почувствовала.

— Вас дети ждут, Дмитрий Павлович, — сказала она. — Вы идите. Со мной все в порядке, честное слово.

— Что с вами все в порядке, я не сомневаюсь, — согласился он. — Но это в глобальном смысле. А в сиюминутном — может, пойдемте с нами, а, Вика? Или вы устали?

Отнекиваться, ссылаясь на усталость, было неловко. Не устала же она на самом-то деле, и Зимин, конечно, сразу заметит ее ложь. Да и себе врать тоже незачем: ну что она будет делать — с опустошенной сумкой, на ночь глядя посреди Лондона?

— Спасибо, — сказала Вика, вставая. И зачем-то сообщила: — Здесь весной соловей пел, в этом сквере. Я своими ушами слышала.

Она сказала про соловья и сразу же догадалась, зачем: ей, будто маленькому ребенку, захотелось рассказать что-то интересное. Выглядело это, может быть, глупо, но от такой своей глупости Вике стало весело. Тем более что и Зимин улыбнулся ее словам.

— Есть английская песня, — сказал он. — Как пел соловей на Беркли-сквер, когда женщины провожали солдат на войну. Что-то вроде нашего «Синенького платочка».

Есть пронзительные вещи, а почему они пронзительные, непонятно, вы правы.

И после его «вы правы» Вика поняла, что хотела сказать именно о том, как песня соловья непонятным образом пронзает сердце.

Вот еще что он, оказывается, умеет — выявлять настоящий смысл слов.

От всего этого Вика совсем повеселела. И когда перешла вместе с Зиминым через улицу к ожидающим его ученикам, вид у нее был уже вполне обыкновенный. Даже следы слез почти не видны были на лице.

Оказалось, что честная компания из восьми человек направляется не к метро, а пешком в Вестминстер, а оттуда в Сохо.

— А вы не боитесь? — негромко спросила Вика.

Они с Зиминым шли позади его учеников.

— Чего я должен бояться?

— Ну, что они… Сохо опасный район, мне кажется.

— Не боюсь, — сказал Зимин. — Они в Лондоне не первый раз и в Сохо тоже. Ну и… Вы видели, как здесь мамы с детьми на велосипедах ездят? — неожиданно спросил он.

— Как? — недоуменно спросила Вика. — Я не обращала внимания.

Ей стало стыдно, что она не обращала внимания на такую, оказывается, важную вещь.

— Я это в первый же приезд заметил. — Опять он оборачивал жизнь таким загадочным образом, что неловкость от того, что ты чего-то не понимаешь, проходила мгновенно. — Смотрю, едет мама на большом велосипеде, за ней трое детей на не очень большом, совсем не большом и маленьком. На всех шлемы, наколенники. И ни разу — ни единого разу! — мама на свой выводок не обернулась. Даже когда на перекрестке поворачивали. Меня это тогда поразило. Ну как она может быть уверена, что у них все в порядке — не упал никто, с велосипедной дорожки никто не съехал, что они вообще за ней повернули, а не куда им вздумалось? Я потом долго об этом думал и понял, что все она делает правильно. И для ее детей это хорошо. И нашим неплохо этому поучиться. В условиях Сохо, инкубаторских по сравнению с Выхино по вечерам, — улыбнулся Зимин.

Вика улыбнулась тоже.

— А родители? — все-таки спросила она. — Родители же скандал поднимут.

Ей ли было этого не знать!

— Родителей я предупредил. И они мне все подписали бумагу, что не возражают, чтобы их дети гуляли самостоятельно по Лондону вообще и по Сохо в частности. Они же два месяца в Брайтоне в семьях жили, — объяснил Зимин. — И гуляли где хотели, и в океане плавали, и никто их с ложечки не кормил. Это правильно и хорошо, — повторил он.

Разговаривая, они шли медленно. Дети ушли далеко вперед. Один из парней обернулся.

— Дмитрий Палыч! — крикнул он. — Ну мы пойдем уже?

— Обратно дорогу найдете? — спросил Зимин.

Девчонки расхохотались от глупого предположения, что они могут не найти дорогу куда бы то ни было.

Все это было так понятно, так знакомо, что у Вики сжалось сердце. Ни разу за целый год такого не было, и вдруг...

— Все-таки я себе места не находила бы, пока они там гуляют, — сказала она.

— Я тоже не очень-то нахожу. Но ничего не поделаешь.

— Наверное.Мне просто трудно это представить. У нас в школе такое было бы невозможно.

— Вы работали в школе?

Удивительно, что он об этом догадался, а не решил, что она просто вспоминает свои школьные годы. Вика не была похожа на учительницу, ей всегда это говорили. И раньше не была похожа, и тем более теперь.

— Да, — помолчав, ответила она. — Правда, мне в это уже и самой не верится.

Глава 3

Что она закончит университет, не верил ни один человек.

Кроме Витьки, конечно, но Витька — это понятно: он знал, что мама всегда права и всего, чего захочет, добьется.

А выучиться Вика хотела, несмотря даже на то что, когда поступала на филфак, не сумела бы точно сформулировать, зачем ей это нужно. Ну, читать ей нравилось, это да. Взрослые книги она читала так же увлеченно, как и беспорядочно, а детские, наоборот, очень последовательно, от «Мухи-Цокотухи» двигалась к «Сказке о царе Салтане», «Питеру Пэну» и «Пеппи Длинныйчулок». Такая последовательность была понятна: детские книги она читала подрастающему Витьке. Но при этом чувствовала, что они, не прочитанные в детстве, нужны ей самой.

Но одно дело любить читать, а другое — ездить по два раза в год на сессию в Пермь, то таская с собой маленького ребенка, то оставляя его в детском саду на пятидневку, и тогда возвращаться на выходные в Крамской, чтобы рано утром в понедельник снова уехать на сессию. Чтобы делать все это пять лет, надо очень хорошо понимать, чего ради ты это делаешь.

Вика понимала только одно: что хочет вырваться из судьбы, которая ей предназначена.

Она поняла это еще в шестом классе, когда только-только начала заниматься в Школе искусств и когда такое отвлеченное, такое непонятное слово, как «судьба», еще не могло даже возникнуть у нее в голове, полностью занятой одними лишь практическими соображениями.

Она понимала это, когда, заканчивая школу, сутки напролет зубрила учебник для поступающих в вузы под названием «Шурики» с портретами двух Александров, Пушкина и Блока, на обложке. Вика занималась исступленно, так как не сразу узнала, что как сирота имеет право быть зачисленной в университет без экзаменов, а когда узнала, «Шурики» были уже выучены, и она поняла, что сделала это будто бы напрасно, но… Но все-таки не напрасно, это была ее собственная догадка.

Много чего она поняла, вернее, постепенно понимала по мере своей учебы на филфаке. И уверенность в том, что все она делает правильно, так же постепенно крепла в ней.

Университет Вика закончила в двадцать три года, не очень-то отстав от тех, кому не приходилось уходить в декрет, и к моменту окончания уже определенно знала, что не станет искать, куда бы пристроиться с филфаковским дипломом, а будет работать в школе.

Вот это уж точно выглядело странным! В ней ничего не было от учительницы, во всяком случае, от того, что в расхожем людском представлении должно быть присуще школьной учительнице — ни склонности к назиданиям, ни однозначности, ни почтения к авторитетам. Она была порывиста, быстроумна и свободна внутри себя так, что в глазах всех, кто ее знал, такая свобода граничила с безрассудством.

Но именно эти ее качества считал очень для учительской профессии подходящими Исай Ливериевич Ненастьев, и именно он пообещал, что возьмет Вику работать к себе в школу, и слово свое сдержал. Пока Вика училась, она подрабатывала в школе над Камой воспитательницей продленки, а как только получила диплом, стала преподавать русский язык и литературу.

Она познакомилась с Исаем Ливериевичем, когда он пришел встретить свою дочь Наташку после занятий в художественной студии. Вика с Наташкой дружила, это получилось как-то само собою и оказалось так хорошо, так естественно и легко, что она стала этой дружбой дорожить, хотя вообще-то не дорожила в то время своей жизни ничем, кроме разве что независимости, которую отстаивала яростно. Из-за дружбы с Наташкой она и согласилась пойти в тот вечер к Ненастьевым в гости, хотя настороженно относилась ко всему, что называлось теплой семейной атмосферой, и старалась всего этого избегать, не прошло для нее бесследно короткое удочерение.

В доме Ненастьевых она не увидела ничего нарочитого, ничего такого, что заставило бы ее насторожиться.

Дом этот, рубленый пятистенок, стоял в старой части Крамского. То есть даже не самого города, в котором ничего старого не могло быть по определению, — Ненастьевы жили в одном из немногих домов, оставшихся от деревни, на месте которой когда-то поселились строители ГЭС. Это была деревня староверов, оттого и имя-отчество у Исая Ливериевича было такое необычное. Ну а у Наташки уже самое обыкновенное было имя, и сама она была обыкновенная рыжая хохотушка.

Ни каких-нибудь старинных прялок, ни лаптей, ни староверческих икон в доме не было, но было много книг, они занимали все стены, и даже в кухне было больше книжных полок, чем посудных. И как же Вике это понравилось! Она стояла перед этими бесконечными книжными полками с таким видом, что Исай Ливериевич сразу догадался, о чем она думает, и сразу же предложил ей брать читать любые книги, какие она захочет. Вика тогда подумала, что сама ни за что не предложила бы незнакомой девчонке, да еще детдомовской, брать свои книги, ведь точно же не вернет. Но Исай Ливериевич не боялся потерь и посерьезнее, в этом она убедилась много позже, когда уже работала у него в школе над Камой.

Не по номеру, а вот именно школой над Камой ее называл весь город, и весь город мечтал в ней учиться. То есть чтобы дети в ней учились. Благодаря Исаю Ливериевичу, конечно, но все-таки, проработав здесь год, Вика с удивлением и радостью поняла, что и сама она кое-что делает для того, чтобы школа была необычной. А еще через год она понимала это уже с уверенностью, а еще через три считала это само собой разумеющимся. Но все-таки, когда во время уроков она бросала взгляд в окно и видела вдалеке огромную реку, просторное ее течение, то ее охватывало такое счастье, как будто она видела все это впервые. Такое свойство было у этой школы, так Вика думала.

И гордилась тем, что является ее частью, и знала, что самые необыкновенные ее замыслы всегда осуществятся — твори, выдумывай, пробуй, как Маяковский ее обожаемый говорил.

Первым из таких замыслов был День Одной Книги, который Вика и придумала, и устроила так, что весь город был им увлечен.

Она решила, что книгой, которую захочет прочитать, получив в подарок, каждый человек в городе, должен быть «Белый Клык». Сама она эту книжку любила самозабвенно, и точно так же любил ее Витька. Он прочитал всего Джека Лондона в девять лет, даже «Мартина Идена», и не нашел ничего для себя непонятного, поэтому Вика решила, что и другие разберутся, даже те, кто ни одной книги в руки не брали никогда.

Она как приклеенная сидела в кабинете у мэра, добиваясь, чтобы он выделил деньги и книга была отпечатана именно таким тиражом, которого хватило бы, чтобы она появилась у всех жителей Крамского, от младенцев до стариков. А потом, добившись своего от мэра, сидела часами уже с художником, придирчиво отбирая сделанные им иллюстрации, а потом скандалила в типографии, которая норовила задержать тираж, а потом лично проверяла, расставили ли книжные лотки по бульвару над Камой. Там, под яблоневыми арками, книжки и раздавали, и там же, у реки, начался потом праздник — со спектаклем про гордого волка, с танцами и даже с фейерверком.

И на литературном кружке, который Вика вела в школе, они потом Джека Лондона обсуждали тоже, хотя вообще-то кружок она придумала для того, чтобы можно было читать вслух и обсуждать то, что школьники пишут сами. Занятия кружка бывали такими бурными, что в классе, где они проходили, шум стоял до позднего вечера. Он рвался через открытые окна, этот самозабвенный шум, летел над Камой, уносились в вечность неловкие, с корявыми рифмами строчки... Да, именно это Вика чувствовала: вот летят над рекою детские рифмы, и это полет прямо в вечность.

Глава 4

Она так сильно была всем этим увлечена, и не одномоментно, не накоротко увлечена, а долго, годами, — что не сразу заметила, как стала меняться жизнь.

Вернулась с курсов повышения квалификации историчка Таня Ростовцева и рассказывала в учительской:

— Про тоталитаризм запретили объяснять на примере Советского Союза. Нет, ну можно такое представить? Это у нас-то в крае! Сколько семей из ссыльных, по косточкам ходим. Я у методиста, который лекции читал, спрашиваю: объясните, как такое может быть, что репрессии были, а тоталитаризма не было?

Вика подняла голову от тетрадок. У нее было окно между уроками, и она проверяла домашние работы в учительской.

— И что он тебе объяснил? — спросила она.

— Ничего! — возмущенно воскликнула Таня. — Сказал: я ничего не обязан вам объяснять, а вы обязаны следовать государственному образовательному стандарту. А детям, детям-то что я скажу?! — говорю. — Дети ведь спросят, что такое тоталитаризм. Детям, — отвечает, — Татьяна Валентиновна, вы расскажете про гитлеровскую Германию. И имя-отчество мое уже знал, представьте! Хотя зачем бы ему знать.

— Да что же это? — растерянно проговорила пожилая математичка. — Опять, что ли? Господи...

Вика тогда не обратила внимания на ее растерянный вздох, вместе со всеми повозмущалась идиотом-методистом и вскоре про этот разговор забыла. В ее жизни хватало событий насущных и радостных, она немало усилий приложила для того, чтобы из таких событий состояла ее жизнь, дни ее были заполнены ими доверху, и это было хорошо.

Следующий звоночек, который она услышала уже куда более явственно, прозвенел на ее собственном уроке.

Его решила посетить начальница районного управления образования. Начальницу назначили на эту должность недавно, после того как сняли прежнего мэра и без всяких выборов поставили нового.

Начальственных посещений Вика никогда не боялась, так как при всей своей порывистости была педантична и общепринятых предписаний не нарушала.

Новая начальница показалась ей комичной: дама неопределенного, но явно постбальзаковского возраста, прическа «вшивый домик», губы ниточкой. Где такой реликт откопали? Впрочем, не Вику же начальницей делать, она ни за какие коврижки не пошла бы. Ну вот и пусть работает чиновником тот, кому это нравится.

Темой урока был Лермонтов. Вика увлеченно читала наизусть «Думу», потом разбирали, почему стыдно и просто глупо прожить такую жизнь, которую поэт назвал ровным путем без цели, пиром на празднике чужом. Ничего необычного в этом уроке в общем-то не было, но Вика увлеклась, и ученики увлеклись тоже. Они жарко спорили, и она была уверена, что урок им запомнится и подумают они еще над «Думой».

После урока начальница попросила ее остаться в классе. Конечно, надо же высказать впечатления. И замечания тоже выскажет, уж это к гадалке не ходи, одного взгляда на поджатые губы достаточно, чтобы понять, что недовольство, чистое и цельное, ни к чему даже конкретному не привязанное, мадам испытывает от рождения. Вика таких еще в детдоме с одного взгляда определяла, у них воспиталка такая была.

— Виктория Викторовна, объясните, пожалуйста, зачем вы делаете такой акцент именно на «Думе»? — спросила начальница.

— А почему мне не делать акцент именно на «Думе»? — Вика постаралась не подать ни малейшего вида, что она удивлена этим странным вопросом. — Это стихотворение входит в программу.

— Да, входит. — По всему тону начальницы было понятно, что она не понимает, как такое безобразное стихотворение может входить в школьную программу. — Но я бы вам советовала изучать его как можно менее подробно.

— Почему? — спросила Вика.

Она уже понимала, что дело тут не в одном только начальницыном гнусном характере. Многое из того, что волнами накатывало в последнее время, вспомнилось ей разом.

Но того, что она услышала в ответ, Вика все же не ожидала.

— Я надеюсь, это стихотворение в ближайшее время будет убрано из школьной программы, — отчеканила та.

— Почему? — прищурившись, чтобы не вспылить, снова спросила Вика.

— А вы сами не понимаете? Вы считаете, дети должны размышлять вот в этом направлении? «К добру и злу постыдно равнодушны, в начале поприща мы вянем без борьбы; перед опасностью позорно малодушны и перед властию — презренные рабы»? — Когда она чеканила эти строки — наизусть запомнила, надо же! — в ее голосе слышалось не отвращение даже, а ненависть. — Вы считаете, школа должна вот этому учить?

Вика растерялась. Растерянность была так странна, так необычна для нее, что она даже не сразу поняла, что это с нею. Она не терялась никогда и ни от чего, а тут...

— Но это же Лермонтов... — глупо пробормотала она. — Классик.

— У классиков тоже были ошибки. Они многого не понимали. И их могут неправильно понять. Особенно дети.

«Что это? — глядя на эту женщину вытаращенными глазами, подумала Вика. — Откуда это, как такое может быть?!».

Она понимала, что перед ней сидит чудовище, и понимала, что дело не в самой этой глупой тетке с ее идиотской прической.

«Чудище обло, озорно, огромно, стозевно и лаяй», — всплыло у Вики в памяти.

Как ни странно, ей тут же стало смешно. Радищевское чудище помогло не бояться, вот что.

— Вы зря иронизируете, Виктория Викторовна. — Мадам была не лыком шита, сразу приметила чертиков у Вики в глазах. — Подход к преподаванию гуманитарных предметов должен быть пересмотрен, и он будет пересмотрен.

С этим она и ушла, оставив Вику в недоумении.

Недоумение длилось недолго. Прятаться за ним, вообще за чем-либо прятаться — за увлеченными спорами на уроках литературы, за прекрасным летним походом в Крым, да мало ли за чем еще, — больше не удавалось. Все это катило валом, шло свиньей, как псы-рыцари на Чудском озере. Только, в отличие от Ледового побоища, темная сила валила не извне, а изнутри, и непонятно было, как ее одолевать, как ее избегать хотя бы. Ну как избежишь того, чтобы писать тонны никому не нужных отчетов и планов, которые сжирают все твое время и лишают тебя сил, нужных совсем на другое, живое? Что возражать бесконечным проверяющим, зачастившим к ним в школу над Камой, да и разве только в одну их школу!..

— Исай Ливериевич, что мы будем делать?

Вика сидела в кабинете директора, едва сдерживая ярость. Два часа назад была получена бумага, в которой учреждениям образования предписывалось не пользоваться поисковиком Гугла, а также не заводить на нем почтовые ящики. В другой бумаге, пришедшей вдогонку, предписывалось также не участвовать в иностранных образовательных программах. Почему, в бумаге написано не было, но всезнающая Таня Ростовцева сказала, что устно разъяснили: из соображений безопасности. Какая опасность исходит от Фестиваля Больших Рек, который только-только затеяли вместе с гимназией из Кельна, Тане разъяснить не смогли.

Да Вика и не ждала разъяснений. Темная тень, наползающая на жизнь, и так была для нее очевидна.

Она только хотела знать, что ей, вот именно ей, Вике Дерби из школы над Камой, делать в сложившихся обстоятельствах.

— Мы будем жить и работать, — сказал Исай Ливериевич. — Будем учить детей. Что нам еще остается, Вика?

— Ничего не остается... — пробормотала она.

О том, что именно дети ее больше всего и пугают, говорить Ненастьеву она не стала. Он и сам наверняка это знает, и даже получше, чем она. Одного Вика не понимала: как же могла не замечать, что это начинается, крепнет, становится всеобъемлющим? Оправдывало ее лишь то, что произошло все это мгновенно, а вернее, как-то мгновенно, одномоментно вышли на поверхность мрачные силы, душащие жизнь.

На литературном кружке Алина Петрик из восьмого «Б» прочитала рассказ, написанный по впечатлениям от летней поездки с родителями в Испанию. В рассказе рассказывалось, что большинство жителей Барселоны лицемеры, потому что постоянно улыбаются незнакомым людям.

— А ты не предполагаешь, что им приятнее улыбнуться незнакомому человеку, чем посмотреть на него волком? — спросила Вика.

Она уже догадывалась, что услышит в ответ.

— У них неискренние улыбки, — уверенно сказала Алина. — Это же понятно.

— Почему это понятно?

— Ну, у нас же никто вот так вот не улыбается каждому встречному-поперечному.

— А ты не допускаешь, что в этом смысле не они, а мы ведем себя неправильно?

— Не допускаю, — отчеканила Петрик. — Это непатриотично, так говорить о своей стране.

Вика не поверила своим ушам. Она и глазам своим уже не верила. Алина была красивая, длинноногая, и прическа у нее была не «вшивый домик», а современный боб. Но чеканные интонации были те же самые, что у начальницы управления образования, и сделать с этим ничего уже было нельзя. Вика, во всяком случае, не знала, что с этим делать. Она учила эту девочку, самую обыкновенную, неглупую и веселую девочку, пять лет, и все оказалось бесполезно. И Ваню Малеева учила, а он сказал, что согласен с Алиной, а все остальные, кого Вика учила тоже, просто промолчали. И даже то, что после кружка к ней подошел Коля из седьмого класса и, с опаской какой-то озираясь, быстро проговорил, что Алинка просто дура, — даже это ее не утешило.

Но надо было жить и работать, Исай Ливериевич был прав.

Она умела только учить русскому языку и литературе. Она любила только эту работу. Она не представляла без этой работы свою жизнь. А главное, у нее был Витька, его надо было вырастить, и это было самым весомым аргументом против того, чтобы опустить руки.

Того, что произойдет через неделю, Вика предвидеть не могла. Да и никто не мог этого предвидеть, иначе подготовились бы, может. Хотя как к такому подготовишься...

Глава 5

— Ненастьева «Скорая» увезла!

Вика не успела войти в здание, еще оббивала снег с сапог на крыльце, когда бросилась к ней с этими словами химичка Оля Воротынская.

— Что случилось? — быстро спросила Вика.

По тому, как гулко грохнуло сердце, она поняла: произошло что-то ужасное.

Витька заболел гриппом, Вика взяла больничный и неделю не была в школе. Первый день сегодня вышла, к третьему уроку.

— Комиссия приходила, — торопливо рассказывала Оля. Они так и стояли на крыльце, отворачиваясь от пронизывающего февральского ветра. — Из округа, из управления образования, три дня нас проверяли. Что-то в планах не то нашли, ну, в общем. Ерунда фактически, но кровь попортили, конечно. А сегодня с самого утра... Вдруг Синицына опять является и с ней трое.

Синицына — это была та самая начальница с вечно поджатыми губами.

— Какие трое? — спросила Вика.

— Никто их не знает. Они не из управления образования вообще. Компьютеры стали проверять. В кабинетах во всех, в учительской... В продленке даже. Ну и говорят...

Оля махнула рукой и заплакала.

— Что говорят? — заорала Вика. — Да перестань ты реветь!

— Я ничего, Вик. — Оля вытерла слезы и взглянула на нее с испугом. — Сказали, что со школьных компьютеров заходят на порносайты, из продленки как раз, и с директорского будто бы тоже.

Вика онемела. Что за бред? Первоклассники в продленке заходят на порносайты?

Но по тому, как ужас из сердца поднялся к горлу, она уже понимала: не бред это. Если бы бред!

— У нас же на всех компах контроль стоит, — с трудом выговорила она. — С них же нельзя на порносайты зайти, даже если б захотел кто-нибудь.

— Ну! Ненастьев им так и сказал. А они говорят: нет, у вас ученики по порносайтам лазают, и вы их к этому поощряете. Представляешь? Это же уголовное дело готовое. Еще педофилию пришьют!

— Да мало ли что они сказали! — воскликнула Вика. Возмущение ее оказалось сильнее ужаса и оцепенения. — Доказательства у них какие?

— А кто с них доказательств потребует? — вздохнула Оля. — Как захотят, так и будет. Кто им что сделает? Ушли, а у Исай Ливерьича сердечный приступ...

«Конечно! — подумала Вика. — Не все же к такому безобразию как к закату-восходу относятся!».

Думала она об этом уже на бегу: забыв обо всем, Вика бросилась в больницу.

И не успела. С рыдающей Наташкой она столкнулась на улице перед больничным зданием...

Все, что происходило в следующие три дня, слилось в Викином сознании в одно черное пятно. Гражданская панихида в школе, отпевание по старообрядческому канону — на этом настояла мама Исая Ливериевича, которая, оказывается, была жива, — ее потемневшее, как лик на иконе, лицо, суровый взгляд, ни единой слезы у гроба... Только перед тем как бросить землю в могилу сына, она сказала: «Пусть будут прокляты», — и все поняли, к кому относятся ее слова, к чему они относятся.

Хорошо, что на следующий день пришлось двадцать третье февраля, выходной, а за ним суббота и воскресенье. Вика не могла себя заставить не то что в школу пойти, даже с кровати подняться.

Все стало ей безразлично — что будет дальше, что будет с нею, с ее настоящим и будущим. Витька смотрел на нее удивленно и обиженно, но и это не приводило ее в чувство.

В понедельник, едва войдя в школу, Вика увидела, что в директорском кабинете начался ремонт.

— Директрису новую уже назначили, — шепнула ей историчка Таня. — Завуч из третьей школы, знаешь?

Завуча из третьей школы Вика знала. Все друг друга знали в маленьком городе Крамском.

— Рабочих с утра прямо вызвали, — озираясь, сообщила Таня. — Она сказала, ей противно в такую атмосферу даже входить.

«Такой атмосферой» новая директриса назвала, конечно же, фотообои. На них был вид Манхэттена с небоскреба — крыши, уходящие вдаль во все стороны, шпили и башни, дымка над океаном, деревья Центрального парка далеко внизу... Год назад Исай Ливериевич увидел эти обои в интернете и сразу же заказал. Ему нравилось ощущение простора, которым наполнился его тесный кабинетик, и Вике это нравилось тоже, особенно когда у Исая Ливериевича было открыто окно и небоскребы соседствовали с Камой.

Теперь Манхэттена не будет. Новой хозяйке он противен.

«Я не могу в этом жить! — давя в себе рыдания, подумала Вика. — Я не хочу во всем этом жить, не хочу! Но у меня нет выхода. Никакого».

Это была правда, и надо было смотреть этой правде в глаза. Куда она денется, что станет делать? Без единой родной души на белом свете, с зависимой профессией, с ребенком, который вот-вот вступит в подростковый тяжелый возраст...

Она стиснула зубы и пошла на урок. Она не хотела сойти с ума. Да, в тот день Вика мысленно произнесла эти слова впервые: «Я не должна об этом думать. Я не хочу сойти с ума».

Только Витька держал ее на плаву, только он. И если бы не Витька, долго еще она, может, уговаривала бы себя, что как-нибудь проживет и в сложившихся обстоятельствах.

Вика стала потихоньку отказываться от всего, от чего можно было отказаться, и не чувствовала при этом даже сожаления. Как глупо было бы после смерти Исая Ливериевича сожалеть об обоях в его кабинете, так же глупо было бы и оплакивать День Одной Книги. Ну, устраивала она этот праздник семь лет, да. Но после того как ей настоятельно порекомендовали не задействовать — так и сказали, не задействовать — в общегородском мероприятии произведения иностранных авторов, Вика поняла, что больше этого делать не будет.

— Не обязана, — отрезала она, когда новая директриса попыталась ее пристыдить и даже воззвать к ее гражданскому долгу. — И долга у меня перед вами никакого нет.

И все-таки, уже выходя от директрисы, уточнила:

— «Мэри Поппинс» тоже не подходит?

— А почему вы против отечественных авторов? — глядя на нее немигающими, как у ящерицы, глазами, проговорила та. — Считаете, что наши русские писатели не достойны уважения потомков?

Отвечать на идиотские вопросы, даже задаваемые начальством, Вика не считала своим долгом уж точно. Она молча вышла из кабинета.

— С такими настроениями вы в нашей школе долго не проработаете, имейте в виду, — сказала ей вслед директриса.

С тяжелым сердцем шла она в тот вечер на литературный кружок. Да и вела его, следовало признать, халтурно.

— Что ж, — сказала Вика, когда Нина Перепелкина, угловатая и резкая девочка из одиннадцатого класса, закончила читать свой рассказ. — По-моему, это написано с любовью к героям.

Обычно она старалась не говорить банальностей, но в этот раз ничего не могла придумать. Вике стыдно было признаться, что рассказ она почти не слушала, потому что погружена была в свои невеселые мысли. К тому же ей не хотелось обидеть Нину, она была у них в школе новенькая. Да то, что Вика все-таки расслышала, и не показалось ей написанным плохо. Что-то про дружбу двух мальчишек, один робкий, другой, наоборот, смелый, и тот, который смелый, оберегает того, который робкий. Все довольно предсказуемо.

— И стиль хороший, — поспешила добавить Вика.

— Причем тут стиль? — сказал Ваня Малеев. — Это же про голубых!

— Что за ерунда? — удивилась Вика.

— Никакая не ерунда! — возмутился Ваня. — Они там у нее за руки друг друга берут, как эти... И вообще. Они у нее там голубые точно, даже слушать было противно!

— Мне не противно было слушать, — отрезала Вика. И, повернувшись к Нине, которая застыла у доски с исписанными листками в руке, сказала: — Не обращай внимания, пожалуйста. Сейчас мы обсудим рассказ по существу.

— А я и говорю по существу! — не унимался Ваня. — Пусть докажет, что они у нее не голубые!

— Она не обязана ничего... — начала было Вика.

— А между прочим, это нарушение закона, — вдруг сказала Ира Сорокина. — Запрещено пропагандировать гомосексуализм несовершеннолетним, а она пропагандирует.

Ира указала пальцем на Нину, чтобы не оставалось сомнений, кто здесь злостно нарушает закон.

— Дорогие литераторы! — Вика попыталась перевести все это в шутку. — За законом пусть следят правоохранительные органы, а мы с вами давайте о метафорах поговорим. Они-то как раз в Ниином рассказе есть, и мне интересно, заметили вы их или нет.

— Почему же законами только органы должны заниматься? — вступила в разговор Алина. — Я считаю, мы все должны им помогать. И закон не нарушать, во всяком случае.

Вика поняла, что шутки кончились.

— Вот что, — жестким тоном сказала она, — пока я веду эти занятия, а не вы, я требую, чтобы мы здесь с вами занимались делом. Так вы скоро на родителей доносы писать начнете! Не хотите о метафорах поговорить — не надо. Значит, закончим занятие.

Она понимала, что перед ней дети. Что дети легко поддаются внешним влияниям, но могут измениться и будут меняться — все это Вика знала, в университете на пятерки училась. Но не могла она больше все это слышать. Не могла, не хотела — неважно.

В классе стояло гробовое молчание. Вика обвела взглядом своих кружковцев. А ведь их гораздо меньше стало... Пропал к занятиям интерес. Может, сама она виновата. А может и не она: жизнь переменилась, и детям непонятно, для чего в этой переменившейся жизни может понадобиться писать рассказы и стихи и зачем тратить на это время.

— Они не голубые! — воскликнула Нина. В ее голосе звенели слезы. — Они у меня просто дружат, я ни про что такое вообще даже не думала, вы что?!

— Нина, ты не обязана ни перед кем оправдываться, — сказала Вика. — Какими будут твои герои, это только твое дело и ничье больше. Ты должна честно писать все, что думаешь и чувствуешь. И никаких других обязанностей у тебя, пишущей, ни перед кем нет. Так относились к этому все писатели, после которых в литературе что-то осталось.

В ту ночь Вика долго не могла уснуть.

«Что мне делать? — думала она, то ворочаясь в кровати, то вставая, чтобы выпить воды. — Я стараюсь обо всем этом не думать, стараюсь... Но не могу! Была бы я парикмахер или вот ресницы бы наращивала, как Катя-соседка, тогда проще было бы. А так — ну что я, голову с себя сниму? Мозг свой заморожу? Как мне обо всем этом не думать, когда все это моя жизнь, другой нету?».

Заворочался на диване Витька — его часть комнаты книжным стеллажом была отделена от Викиной, — и она испугалась, что не дает ему спать своей бессонницей. Воду пить Вика больше не стала, но все равно не спала до самого рассвета.

Когда на следующий день Витька вернулся из школы мрачный, она подумала, что сын, наверное, не выспался. Но причина его состояния оказалась совсем в другом.

— Меня сегодня раз пять педиком назвали! — бросил он с порога. — Из-за тебя!

Он был не зол даже, а растерян и расстроен. Вика поняла это, потому что знала каждое движение его ресниц.

От его слов она оторопела.

— То есть... почему? — проговорила она.

— Потому! Зачем ты вчера тот рассказ про голубых нахваливала?

— Вить, ты что?! — воскликнула Вика. — Во-первых, он был вообще не про это, во-вторых...

— А все говорят, что он был про гомиков!

Витька не смотрел на нее, косился в сторону.

— А если бы даже и так? — сказала Вика. — Автор имеет право писать обо всем, что его волнует. — Она слышала, что ее голос звучит почти холодно. Хотя внутри у нее все кипело. — А читатель имеет право выбирать, что из написанного волнует его. Не нравится — не читает, вот и все.

— Но все же говорят, таких рассказов писать нельзя, — упрямо повторил Витька. — Что, вот прямо все ничего не понимают?

— Им кажется, что понимают.

— А может, это тебе кажется, что ты понимаешь! Откуда ты знаешь, что ты права, а не все?

Он никогда не разговаривал с ней таким тоном. Он мог спорить, мог даже сердиться на нее, хотя этого почти не бывало, но никогда ее сын не бросал ей в лицо обвинения.

Вика смотрела на него, растерянного, ощетинившегося, глядящего на нее исподлобья, и понимала, что со многим может смириться, но вот с этим не смирится никогда. Чтобы стозевное чудище изуродовало ее ребенка, заставило его ненавидеть ее, мучиться от этого и в конце концов сломало бы его этим мученьем и этой ненавистью? Да ни за что!

Она лихорадочно думала, как объяснить Витьке, что происходит, сейчас, вот именно сейчас, какие привести доводы, когда ребенок находится в нервном смятении. Но вот именно сейчас ничего объяснять не пришлось. Витька вдруг шмыгнул носом и заплакал, и она обняла его, стала целовать, успокаивать, кое-как успокоила, зазвала в кафе-мороженое, новое, в нем они еще не были…

Можно было считать, что обошлось. Вернее, если бы Вика привыкла врать самой себе, то она могла бы так считать. Но она почему-то отшатывалась от лжи с самого детства и даже объяснить себе не могла почему. Она отшатывалась от лжи как-то… по большому счету, даже когда ей, как любому детдомовскому ребенку, приходилось врать в мелочах.

И вот теперь она понимала, что ей предъявлен большой счет. Очень большой.

Витька до полуночи не выключал компьютер. Вика видела, что он не блуждает по сети в поисках каких-нибудь интересных сведений — про то, как марсоход путешествует по Марсу, или про обезьянку бонобо, которая умеет набирать на клавиатуре пятьсот символов, и вообще бонобо не обезьяны, мам, а антропоиды, и человечество давно уже должно это признать, — а исступленно играет в какую-то однообразную игру, и на экране то и дело вспыхивают взрывы.

«Не сегодня, так завтра это все равно случится, — думала Вика. — Это будет подступать отовсюду, он не сможет этому противостоять, да что он, даже я с этим не справлюсь».

Она думала, думала бесконечно, пока не поняла, что эта мыслительная бесконечность бесплодна, и не направила свои мысли к ясной цели.

На следующее утро, пока Витька спал, Вика спустилась на этаж ниже к соседке Кате и спросила, сколько будет стоить обучение технике наращивания ресниц.

Глава 6

— Квартира у меня была хорошая, — сказала Вика. — Продала я ее мгновенно и довольно дорого. Для Крамского дорого, конечно. На первый год в Оксфорде хватило.

— А почему именно в Оксфорде? — спросил Зимин.

Они сидели в пабе в Вестминстере. Вика не заметила, как они туда дошли и вошли. На улице ей казалось, что они то ли вообще не двигаются, то ли двигаются без усилий, как летающие мальчишки из «Питера Пэна».

И она почти с удивлением обнаружила, что они уже сидят в пабе, и вокруг не тишина сказочного острова Гдетотам, а обычный говор и смех, и перед ними стоят большие кружки с элем.

— Я просто хотела его увезти, — сказала Вика. — Он не в меня, понимаете? То есть во многом в меня, он совсем мой мальчик, но вот в этом... Он не умеет никому противостоять, и я не знаю, как его этому научить. Я не могу его учить, чтобы он был жестким. Или не хочу, может. Он в детском саду даже сдачи давать не умел, а я в детстве первая била в лоб, как только понимала, что меня хотят ударить. Но у меня другое было детство. А Оксфорд... Ну а почему не Оксфорд? У Витьки английский отличный. Он с первого класса по скайпу с питерской преподавательницей занимался и еще с одной, из Фолкстона, она ему и произношение поставила. Я стала по сети бродить, смотреть, что вообще есть, и сразу нашла Дрэгон-скул. И... И вот так все получилось, — закончила она.

— Выпьем, Вика, — сказал Зимин. — За вашу необыкновенную решимость.

— Что уж такого необыкновенного? — пожала плечами она.

— Я не знаю ни одного человека, который в вашей ситуации не сказал бы себе, что это непреодолимые обстоятельства и он ничего сделать не может. Ни одного, — повторил он. — Ну, может, кто-нибудь бросился бы вместе с ребенком куда глаза глядят. Да и таких не знаю.

Вика сделала большой глоток из кружки. Пить ей не хотелось совсем. Но эль неожиданно сделал ее голову ясной и легкой.

— Я об этом тоже думала, конечно, думала, — сказала Вика. — Не куда глаза глядят, но в Москву я с Витькой хотела уехать. Мне было страшно представить, что он будет от меня далеко. Но ведь и в Москве... Я думаю, в московских школах то же самое творится. То есть, наверное, есть хорошие школы, как наша раньше была...

— Есть, — кивнул Зимин. — У меня хорошая школа. Но она частная, правда. Лично моя.

— Так бывает? — удивилась Вика. — То есть я знаю, что есть частные, но это же очень дорого, наверное, частную школу открыть. Здание и вообще всё.

— Здание у нас свое, — объяснил Зимин. — Мне его когда-то друг подарил. Не смотрите на меня с таким ужасом, Вика, — улыбнулся он. — С другом мы в одном дворе выросли, в Марьиной Роще. Теперь район вполне респектабельный, а тогда бандитский был. Ну он и стал бандитом, Сашка. А школу, в которой я математику вел, вот эту самую, на Тверской-Ямской, где вы были, в то время закрывать собирались. Место золотое, хотели что-нибудь доходное на нем выстроить. Сашка и сказал: я это здание куплю вместе с землей и тебе, Мить, подарю. Его убили вскоре. Двадцать лет уже прошло... Ну, в двух словах не расскажешь, потом как-нибудь. Но здание теперь лично мое. Все равно трудно, конечно, дело же не только в здании. Пока держим круговую оборону. А что же, просто так им сдаваться? Извините, Вика, — спохватился он. — Что-то я не к месту разговорился.

— К месту, к месту. Я вас с открытым ртом слушаю! Но все это для меня было как на Марсе, понимаете? Я и не знала, где они, эти школы хорошие, да и вообще... Я не справилась бы, Дмитрий Павлович. Я не знала, как всему этому противостоять, — помолчав, сказала она. — Даже тогда не знала, а теперь тем более. Теперь ведь даже телевизор включать невозможно, сплошь какое-то адское вранье. Как будто тебя психотропным оружием расстреливают, ей-богу.

— А вы не включайте, — посоветовал Зимин.

— Я и не включаю. И об этом обо всем, о чудище этом стозевном, ни с кем не разговариваю. Но получается, что я в таком случае вообще ни с кем не должна разговаривать, понимаете? Все же будто с ума сошли. Я представить не могла, что такое возможно. Даже не верила первое время — казалось, все это какой-то кошмарный сон, сейчас проснусь, и все кончится. А это не сон. Девчонки мои, учительницы в Крамском... Я же вижу, что они в соцсетях пишут. Они ведь не дуры вроде, книжки читали, учились. И ничего не помогло — твердят как заведенные: мы в окопе, весь мир против нас, надо колючей проволокой огородиться, чтоб американцы не залезли, они нас хотят на колени поставить, но мы лучше всех, и картошка у нас лучше всех, и интернет тоже сами будем выращивать. И в Москве то же самое, я же каждый день новых людей вижу и что они говорят, слышу. Мне ни один нормальный человек не встретился, ни единый! В лучшем случае какая-нибудь дура ресницами хлопает и говорит: а я политикой не интересуюсь.

Как будто это политика! Как кошки, ей-богу. И как мне в этом ребенка растить, когда я сама в этом жить не могу? Я и то уже от такой своей жизни одичала, людей шарахаюсь, а Витька... Ему же дружить надо, о чем-то серьезном с одноклассниками спорить, глупости какие-нибудь болтать. А не одергивать себя каждую секунду: об этом не говорю, на то не отвечаю.

— А вам не надо? Дружить, глупости болтать?

— Обо мне уже речи нет.

Вика глотнула еще эля. Она никогда и ни с кем не раговаривала о том, что выплескивалось из нее сейчас. Не мудрено, что разволновалась.

— Вам сколько лет, Вика? — спросил Зимин.

— Тридцать один. Но...

— Ваша жизнь не кончена в тридцать один год.

Вика улыбнулась. Конечно, она сразу поняла, что он напоминает о князе Андрее Болконском, и от того, что ее вот так вот поддразнивают, волнение притихло в ней. Его слова справились с ее волнением лучше, чем эль.

— Не попался мне дуб у дороги, — сказала Вика.

— Ничего, попадется еще. Кругом деревьев много.

Он произнес это с какой-то странной интонацией, которую Вика не очень-то поняла. Но тут официант поставил на их столик две огромные тарелки с фиш энд чипс и она почувствовала, что хочет есть. Так зверски хочет, что сейчас у нее слюна закапает с губ, честное слово!

Вика судорожно сглотнула слюну.

— Я голодный, как собака, — сказал Зимин. — А рыба с картошкой здесь замечательные, я и заказал, вас не спросив. Ничего?

— Н-ничего... — пробормотала Вика. — Спасибо.

Жареная рыба таяла во рту, картошка тоже, но даже если бы они были жесткие, как подошвы, Вика расправилась бы с ними во мгновенье ока. Ей не верилось, что час назад она не смогла бы себя заставить даже воды глотнуть.

«Как после тифа, — подумала она. — Не лопнуть бы с непривычки».

Вряд ли это опасение относилось к еде. Не в первую очередь к еде точно.

— Вот видите, вы совершенно нормальны, — сказал Зимин, когда Вика положила вилку с ножом на пустую тарелку и отдышалась. — Нисколько не одичали. А что вам плохо в капсуле... Ну так и должно ведь в одиночестве плохо быть человеку. Все-таки мы для космического вакуума не приспособлены. И не предназначены. Пойдемте, а? — попросил он. — Дети обещали в одиннадцать вернуться. Пора проверять.

— Уже одиннадцать? — поразилась Вика. — У нас вообще ночь, значит. А меня даже в сон не клонит!

— Это на вас свежий эль так благотворно действует, — заметил Зимин. — Английских корней нет случайно?

— Английским взяться неоткуда, — улыбнулась Вика. — Но вообще-то я о своих корнях понятия не имею. Пыталась что-нибудь про мать выяснить, но она сама детдомовская была, и сведений о ней никаких. Звали Виктория, фамилия непонятно откуда. Удивительно, кстати: все-таки если ее родители в войну погибли, то хоть что-нибудь должно же о них быть известно. Значит, враги народа были, наверное.

Вышли из паба и пошли обратно в сторону Белгрэйв-роуд, к отелю. Теперь Вика уже не казалась себе сомнамбулой, парящей над мостовой. Она чувствовала каждый свой шаг и каждый шаг человека, идущего рядом, и от этого ясного ощущения каждого шага ей было так хорошо, будто она превратилась вдруг в рыбу и поплыла по большой полноводной реке.

— Почему вы думаете, что они были враги народа? — спросил Зимин.

Он шел очень быстро и, наверное, думал только о том, вернулись ли его ученики. То есть это Вика понимала, что он думает об этом, а по его вопросу, по тону, которым он его задал, понять это было невозможно.

Не из вежливости он задал этот вопрос, вот что она в его голосе расслышала.

— А почему тогда никаких о них сведений нет? У меня только фотография есть, и то случайно, — ответила Вика. — И я, знаете, думаю...

Но тут они увидели впереди знакомую компанию, и Зимин поспешно произнес:

— Извините, Вика. Идите в отель без меня, ладно? Вот ключ.

— Но как же... — начала было она.

— Это от моего номера. Можете занимать, я у мальчишек переночую, у них кровать одна свободна. Извините! — повторил он и ушел к своим ученикам.

А Вика осталась одна. И пошла в отель напротив Варвик-сквер, куда ж еще ей было деваться.

Отель оказался из разряда «бэд энд брэкфест»: крошечный чистенький номер, в котором вдвоем не разминешься, и такая же ванная комната с узкой душевой кабиной. Вика умылась холодной водой, взглянула на себя в зеркало.

Ей показалось, что она видит не себя. То есть лицо ее не переменилось, конечно, те же высокие скулы и тот же подбородок треугольником, и глаза не приобрели другую форму, остались длинными, до висков. Но словно бы кто-то другой смотрел на нее из зеркала этими глазами.

Вика зажмурилась и помотала головой. Она не любила мистику и не верила в загадочные видения.

Но стоило только подумать этими словами, «загадочные видения», как лицо Дмитрия Павловича Зимина представилось ей с такой ясностью, как будто она по-прежнему сидела напротив него за столиком в пабе.

В его лице не было ничего загадочного — не считать же загадкой внимательный взгляд, — но что-то необычное было точно. Что, Вика не понимала, и это беспокоило ее, волновало. От этого волнения, а не от холодной воды горели сейчас ее щеки.

«Но когда ты руки вложишь меж ладоней дорогих...».

Да, это было как глубокий вдох. После него все и переменилось, после этого вдоха. После того как она почувствовала, как он держит ее руки между своими ладонями.

Но что же такого необычного в его лице?..

Оставаться в комнате было невозможно. Вика металась бы по ней, как по клетке, но по ней и метаться было невозможно: нос утыкался то в одну стенку, то в другую.

Она вышла в коридор, прислушалась. В дешевом отеле останавливались, конечно, люди большей частью молодые, поэтому за каждой из дверей стоял шум. И не стучаться же в каждую с вопросом, не здесь ли Дмитрий Павлович Зимин. Да если она его и обнаружит, то что ему скажет?

Вика поскорее пробежала по коридору и вышла на улицу. Теперь, в темноте, запах осени — листьев, травы, живой влажной земли — стал глубоким и острым. Она перебежала на другую сторону Белгрэйв-роуд, миновала Варвик-сквер и пошла куда ноги несут, понимая при этом, что ноги несут ее к Темзе. Она выросла на большой реке, поэтому чувствовала ее присутствие, как другие люди чувствуют только присутствие близкого человека, да и то не все его чувствуют вообще-то.

Остался справа светящийся бессонный вокзал Виктория. Река уже блестела впереди темным ночным металлическим блеском. Вика замедлила шаг. Она шла и думала. Нет, нельзя было назвать это мыслями — она шла и пыталась понять, почему так переменилась ее жизнь от одного лишь движения рук человека, которого она видела два раза в жизни. Как такое может быть, что по их мановению мир перевернулся, плеснул хвостом, как огромная рыба, и стал совершенно новым? Вдруг, в одно мгновенье перестал быть скопищем мелких и непонятных хаотичных движений, приобрел смысл и устремился вперед.

Ну и просто волновалась она в эти минуты, идя по пустынной улице к реке. Просто билось у нее сердце, чуть не выпрыгивало из груди.

— Вика, подождите!

Она не удивилась. Может, Зимин просто увидел в окно, как она вышла из отеля, может, сам покурить вышел и разглядел ее издалека. Как бы там ни было, она не удивилась, когда он догнал ее на пустынной улице.

— Вы отдохнули бы, — сказал он и пошел рядом. — Постарались бы уснуть.

— Я не устала, Дмитрий Павлович, — сказала Вика. — Я волнуюсь просто, вот и вышла.

— Отчего волнуетесь?

— Так. Думаю.

— Это волнующее занятие, да.

Она не смотрела на него, но почувствовала, что он улыбнулся.

— Я вас как раз перебил, когда вы говорили, что думаете о родителях вашей мамы, — сказал Зимин. — И что у вас есть их фотография.

— Я вообще-то не знаю, их это фотография или нет. Но наверное, все же их.

— Почему?

— А вот.

Вика достала из сумки старую фотографию. Чудо, что она уцелела — только потому, что лежала не в бумажнике, а в паспорте.

Зимин взял фотографию, посветил на нее телефоном.

Мужчина и женщина улыбались, взявшись за руки, на крыльце Дома со львами. Очень они были счастливы, этого невозможно было не понимать.

— Конечно, это ваша бабушка, — сказал Зимин. — Тут и сомнений нет.

— Почему?

— А вы разве не видите, как на нее похожи? Не зря мне сразу показалось, что вы как будто с картины сошли. Что-то из Возрождения, да Винчи, может.

— Я скорее вижу, что Витька похож, — сказала Вика. — И на нее, и на него. На него даже брови похожи, мне кажется. У Витьки такие же — как ласточки. Ну и хорошо. У этого человека лицо хорошее, правда?

— Правда. Недюжинное, я бы сказал.

Вика засмеялась.

— Что? — спросил Зимин.

— Так. — Она смутилась. — Я, знаете, уже отвыкла. Недюжинное... Не ожидаю уже такие слова услышать. Мне все время кажется, что вокруг меня бесконечное количество глупых людей. Хороших, плохих — неважно. Беспросветно глупых. Я себя больной от этого чувствую уже, честное слово. Я по улице иду, случайные какие-то взгляды на них бросаю и думаю: вот эта женщина, может, неплохая, лицо у нее не злое, на щеках ямочки, но она точно уверена, что Крым правильно отобрали, он же наш, мало ли чего там на бумаге считается, ерунда какая... И вон тот парень, думаю, наверное, ничего, лицо у него простое и открытое, но он знает, кто сильнее, тот и прав, автомат возьмет и пойдет абсолютно ему не знакомых людей стрелять из-за какого-то бреда, который ему в голову влили, и это не потому что он злой, а потому что ни себя не уважает, ни других, и глупый, глупый, беспросветно глупый...

Зимин вдруг быстро обнял Вику и прижал к себе.

— Тихо, — сказал он. Его дыхание коснулось ее виска. — Тише, тише. Не надо больше об этом думать. Успокойся. Ну-ка успокойся. Все не так, вот ты сама увидишь. Еще удивляться будешь: что это со мной было, что за наваждение? Оно кончится, милая.

Вика почувствовала, как дрожь, которая начала ее бить, когда она заговорила о глупости человеческой, стихает, стихает... Замирает совсем. И сама она замерла, прижавшись к груди Зимина. Потом подняла на него глаза.

— Всё? — спросил он. — Успокоилась?

Она помотала головой. Ей не хотелось, чтобы он отпускал ее. Он засмеялся и сказал:

— Пойдем. Посидим у реки. Вон там лавочка, видишь?

И сколько шли они до реки, Вика думала, обнимет он ее еще раз или нет.

Лавочка стояла на высоком постаменте, на который надо было подниматься по ступенькам, как во дворец. Наверное, это было сделано для того, чтобы с лавочки видно было побольше Темзы. Сиял мост у Вестминстерского аббатства, светилась башня Биг-Бена, плясали на воде сияющие блики… Вика вдохнула поглубже и зажмурилась.

— Что ты? — спросил Зимин.

— Хорошо! — сказала она. — Я по реке очень соскучилась, по большой реке, как Кама. И вот она, большая река, и мне очень хорошо.

Зимин подал ей руку, чтобы подняться на постамент. Они сели на лавочку, и он обнял Вику. Она замерла, потом отстранилась, посмотрела ему в лицо.

— Что ты? — повторил он.

Большая сила соединяется с абсолютным доверием, вот что в его лице главное, наконец она поняла.

Вика знала цену силе — невысока была для нее эта цена, потому что сама по себе сила легко переходила в жестокость. И доверчивость легко переходила в глупость. Но соединение силы с доверием… Вика видела его впервые, и оно поразило ее.

Объяснить это Зимину она не смогла бы. Да и не хотелось ей сейчас ничего объяснять. Ей хотелось сидеть рядом с ним, и чтобы он обнимал ее, а руки чтобы лежали между его ладонями, хотя не может же он делать то и другое одновременно.

— Замерзла? — спросил Зимин. — Руки холодные.

У него ладони были горячие даже холодной осенней ночью. Это было необъяснимо.

— Я еще знаешь что думаю? — сказала Вика.

И это тоже было ей необходимо — говорить с ним. Говорить с ним бесконечно и медленно, не путаясь лихорадочно в словах, не боясь отчаяния от того, что никому твои слова не нужны и просто никому не понятны.

— Что? — спросил он.

— Что, может быть, эти двое... Ну, на фотографии. Может, они что-нибудь ужасное натворили, и потому теперь все вот так... Со мной. Иначе я не могу объяснить, почему все у меня так происходит.

«Происходило», — тут же подумала она.

Сейчас ей казалось уже, что с ней происходит одно только счастье. Вот просто сплошное счастье, и больше ничего. Может, оно свалилось на нее так же незаслужено, как прежде валились несчастья, но теперь она думала, что несчастий тех было много и они были какие-то мелкие, а это счастье одно, и оно огромное.

— Не может такого быть, чтобы все натворили только что-то ужасное, — сказал Зимин. — Там, до тебя. Кто-нибудь что-нибудь хорошее да сделал. Это скажется.

— Все-таки кровь — большая сила.

— На всякую силу найдется противосила. Сила это вообще не то, на чем стоит мир.

Вика хотела спросить: «А на чем стоит мир?».

Но ничего она спросить не успела. Зимин повернул ее к себе и поцеловал. Не поцеловал даже, а коснулся губами ее губ легко и осторожно, как будто спросил: так?

«Так!» — губами же, поцелуем ответила Вика.

Она чувствовала, что знает его столько, сколько знает себя, и не понимала, как же такое получилось — мгновенно, вдруг. Еще меньше она понимала, как все это будет дальше.

Но руки ее вздрагивали меж дорогих его ладоней, воздух осени и ночи врывался прямо в сердце, текла перед ними большая река, и мир стоял над этой рекою прочно, как... Да просто как лавочка на постаменте!

2015 год, Москва